动态网页设计教学与实践丛书

Flash CS5、Dreamweaver CS5、Fireworks CS5

网页设计标准实例教程

三维书屋工作室

王佩楷　魏启刚　王静　杨雪静 等编著

机械工业出版社

本书是一本全面介绍使用 Flash CS5、Dreamweaver CS5 与 Fireworks CS5 网页制作工具进行网页和网站制作的教材，旨在教授读者学习创建网页、网站。全书共分 17 章：第 1 章介绍了网页制作基础；第 2 章介绍 Dreamweaver CS5 中文版基础知识；第 3 章介绍基本网页制作；第 4 章介绍网页布局技术；第 5 章介绍动态网页效果；第 6 章介绍 Fireworks CS5 中文版基础知识；第 7 章介绍对象的绘制与编辑；第 8 章介绍制作动画效果；第 9 章介绍编辑 Web 对象；第 10 章介绍图像的优化与导出；第 11 章介绍 Flash CS5 中文版基础知识；第 12 章介绍处理图像与文本；第 13 章介绍元件、实例和库；第 14 章介绍创建动画；第 15～17 章介绍三个网站制作综合实例。

本书内容丰富、结构严谨、讲解详尽、实例典型、极富启发性，适合初中级用户、各类网页、网站设计人员使用，可作为大专院校相关专业学生或社会培训班的教材，也可以作为熟练掌握网站开发人员的参考书。

本书附有一张多媒体光盘，包含实例源文件和素材文件以及实例操作过程配音讲解 AVI 文件，可以帮助读者形象直观地学习。

图书在版编目（CIP）数据

Flash CS5、Dreamweaver CS5、Fireworks CS5 网页设计
标准实例教程/王佩楷等编著. —2 版. —北京：机械工业
出版社，2011.10
ISBN 978-7-111-36005-6

Ⅰ．①F… Ⅱ．①王… Ⅲ．①网页制作工具，Flash CS5、
Dreamweaver CS5、Fireworks CS5—教材 Ⅳ．①TP393.092

中国版本图书馆 CIP 数据核字（2011）第 198298 号

机械工业出版社（北京市百万庄大街 22 号　邮政编码 100037）
责任编辑：曲彩云　责任印制：乔　宁

北京铭成印刷有限公司印刷

2012 年 1 月第 2 版第 1 次印刷
184mm×260mm · 24.75 印张 · 610 千字
0001—4000 册
标准书号：ISBN 978-7-111-36005-6
　　　　　ISBN 978-7-89433-233-2（光盘）
定价：48.00 元（含 1DVD）

凡购本书，如有缺页、倒页、脱页，由本社发行部调换
电话服务　　　　　　　　　　　策划编辑：（010）88379782
社服务中心：（010）88361066　网络服务
销售一部：（010）68326294　门户网：http://www.cmpbook.com
销售二部：（010）88379649　教材网：http://www.cmpedu.com
读者购书热线：（010）88379203　**封面无防伪标均为盗版**

前　言

随着 Internet 的迅猛发展和普及，网络信息化的社会方式已逐步席卷全球，上网变得越来越便捷，就连以前只有专业公司才能提供的 Web 服务现在许多普通的宽带用户也能做到。此时，您是否有种冲动，想自己来制作网页或网站，为自己在网上寻求一片属于自己的天地呢？也许你会觉得网页制作很难，而设计出与众不同、独树一帜的网站更难。但是如果使用了 Flash CS5、Dreamweaver CS5 与 Fireworks CS5 网页制作工具，即使制作一个功能强大的网站，也是件非常容易的事情。

Flash CS5、Dreamweaver CS5 与 Fireworks CS5 强大的功能已经能胜任网页制作的各个方面，更令人惊喜的是它们并不是独立的三个软件，而是一个真正的"组合"。三个软件制作山的很多文件都能互相编辑、导入和修改。其中的 Dreamweaver CS5 是 Adobe 公司的网页设计制作工具，是继 Dreamweaver CS4 之后的升级版本，是目前最完美的网站制作工具。Fireworks 也是网页设计中常用的工具之一，其主要功能是完成网页中图形效果的处理，目前 Fireworks CS5 又新增了许多容易操作的功能，在网页设计时给用户和设计者带来很大的便利。而 Flash CS5 更是 Adobe 公司最新推出的网页动态制作工具。它们作为网页制作的重要工具，将为您提供许多便利，助您迅速高效地制作网站。

本书是一本全面介绍使用 Flash CS5、Dreamweaver CS5 与 Fireworks CS5 网页制作工具进行网页和网站制作的教材，旨在教授读者学习创建网页、网站。全书共分 17 章：第 1 章介绍了网页制作基础；第 2 章介绍 Dreamweaver CS5 中文版基础知识；第 3 章介绍基本网页制作；第 4 章介绍网页布局技术；第 5 章介绍动态网页效果；第 6 章介绍 Fireworks CS5 中文版基础知识；第 7 章介绍对象的绘制与编辑；第 8 章介绍制作动画效果；第 9 章介绍编辑 Web 对象；第 10 章介绍图像的优化与导出；第 11 章介绍 Flash CS5 中文版基础知识；第 12 章介绍处理图像与文本；第 13 章介绍元件、实例和库；第 14 章介绍创建动画；第 15～17 章介绍三个网站制作综合实例。

本书力求内容丰富、结构清晰、实例典型、讲解详尽、富于启发性；在风格上力求文字精炼、脉络清晰。本书的内容适合刚入门的网站设计人员使用，可以作为熟练掌握网站开发技术人员的参考书，也可作为大专院校相关专业学生或社会培训班的教材。

随书光盘包含实例源文件和素材文件以及实例操作过程录音讲解 AVI 文件，可以帮助读者形象直观地学习本书。

本书主要由三维书屋工作室总策划，由湖北黄冈职业技术学院的王佩楷、河北省考试院的王静以及杨雪静三位老师主编，参加编写的还有袁涛、周冰、李瑞、董伟、胡仁喜、王艳池、路纯红、王兵学、王敏、王玉秋、郑长松、王义发、孟清华、王培合、李广荣、刘昌丽、张日晶、康士廷、王文平、董荣荣、王宏、夏德伟、王玮、王渊峰等。本书的编写和出版得到了很多朋友的大力支持，值此图书出版发行之际，向他们表示衷心的感谢。

书中主要内容来自于作者几年来使用 Dreamweaver、Fireworks 和 Flash 网页制作工具的经验总结，也有部分内容取自于国内外有关文献资料。虽然笔者几易其稿，但由于时间仓促，加之水平有限，书中纰漏与失误在所难免，恳请广大读者登录网站 www.sjzsanweishuwu.com 或联系 win760520@126.com 提出宝贵的批评意见。

作　者

目　录

前言
第1章　网页制作基础 1
　1.1　网页制作的基本概念 2
　　1.1.1　Internet 服务 2
　　1.1.2　网站与网页 3
　　1.1.3　文件路径与 URL 3
　　1.1.4　静态网页与动态网页 4
　　1.1.5　HTML 简介 5
　1.2　网页设计的基本原则与步骤 6
　　1.2.1　网页设计的基本原则 6
　　1.2.2　规划阶段 7
　　1.2.3　设计阶段 7
　　1.2.4　制作与测试阶段 7
　　1.2.5　发布阶段 7
　1.3　思考与练习 8
第2章　初识 Dreamweaver CS5 9
　2.1　工作界面 10
　　2.1.1　菜单栏 11
　　2.1.2　文档工具栏 11
　　2.1.3　"插入"面板 13
　　2.1.4　文档窗口 13
　　2.1.5　浮动面板 14
　2.2　创建与管理站点 15
　　2.2.1　创建本地站点 15
　　2.2.2　由已有文件生成站点 18
　　2.2.3　管理站点 18
　　2.2.4　编辑站点文件 19
　　2.2.5　存储库视图 20
　2.3　构建动态网站 23
　　2.3.1　安装 Web 服务器 24
　　2.3.2　配置 IIS 服务器 24
　　2.3.3　创建虚拟目录 26
　2.4　简单的文件操作 28
　　2.4.1　创建新文件 28
　　2.4.2　打开文件 29
　　2.4.3　设置页面属性 29
　　2.4.4　保存文档 30
　2.5　思考与练习 31

第3章　基本网页制作 32

3.1　编辑网页文本 33

　　3.1.1　添加普通文本 33

　　3.1.2　设置文本格式 33

3.2　特殊字符、日期和水平线 34

　　3.2.1　插入特殊字符 34

　　3.2.2　插入日期 35

　　3.2.3　插入水平线 36

3.3　创建列表 36

3.4　使用图像 37

　　3.4.1　插入图像 37

　　3.4.2　设置图像属性 38

　　3.4.3　图像映射 39

　　3.4.4　翻转图像 40

3.5　添加超链接 40

　　3.5.1　建立普通链接 41

　　3.5.2　创建邮件链接 42

　　3.5.3　链接到命名锚点 42

　　3.5.4　创建空链接和脚本链接 43

　　3.5.5　文本与链接网页实例 43

3.6　CSS 样式表 45

　　3.6.1　创建 CSS 样式表 46

　　3.6.2　链接/导入外部样式表 47

　　3.6.3　修改 CSS 样式表 47

　　3.6.4　部分常用的属性和值 48

　　3.6.5 CSS 样式应用实例 50

3.7　思考与练习 51

第4章　页面布局技术 53

4.1　表格排版 54

　　4.1.1　创建表格 54

　　4.1.2　创建嵌套表格 55

　　4.1.3　表格基本操作 56

　　4.1.4　表格布局实例 59

4.2　框架网页 61

　　4.2.1　创建框架 61

　　4.2.2　框架的基本操作 63

　　4.2.3　生成无框架内容 65

　　4.2.4　在框架中打开文档 65

　　4.2.5　框架的应用实例 65

4.3　使用 AP 元素定位 67

4.3.1　创建 AP 元素与嵌套 AP 元素 68

4.3.2　AP 元素的基本操作 69

4.3.3　AP 元素与表格相互转换 71

4.3.4　AP 元素的应用实例 72

4.4　模板和库 74

4.4.1　创建模板和嵌套模板 74

4.4.2　定义可编辑区域 77

4.4.3　定义重复区域 78

4.4.4　定义可选区域 80

4.4.5　更新模板文件 81

4.4.6　创建库项目 82

4.4.7　在页面中使用库项目 83

4.4.8　更新库项目 85

4.4.9　模板与库的应用 85

4.5　思考与练习 92

第 5 章　动态页面效果 94

5.1　表单技术 95

5.1.1　创建表单及表单对象 95

5.1.2　设置表单及表单对象 96

5.1.3　表单的应用实例 102

5.2　行为和 JavaScript 106

5.2.1　绑定行为 107

5.2.2　修改行为 107

5.2.3　使用内置行为 108

5.3　使用其他媒体元素 116

5.3.1　添加背景音乐 117

5.3.2　添加视频对象 117

5.4　思考与练习 120

第 6 章　初识 Fireworks CS5 中文版 121

6.1　Fireworks CS5 的工作界面 122

6.1.1　工具栏 123

6.1.2　工具箱 123

6.1.3　编辑窗口 123

6.1.4　浮动面板 125

6.2　文件的基本操作 126

6.2.1　创建新文档 127

6.2.2　导入图像 128

6.2.3　插入其他文件中的对象 128

6.2.4　修改画布的属性 129

6.2.5　显示文档 130

6.2.6 应用辅助工具 131

6.3 思考与练习 133

第7章 绘制图像 135

7.1 绘制矢量对象 136

7.1.1 基本矢量对象 136

7.1.2 自由路径 138

7.1.3 笔触和填充效果 139

7.1.4 修改路径 141

7.2 位图对象 143

7.2.1 创建位图图像 143

7.2.2 选取位图区域 144

7.2.3 羽化位图选区 144

7.3 编辑对象 145

7.3.1 选择、删除对象 145

7.3.2 复制、重制、克隆 146

7.3.3 对齐、组合、排序 146

7.3.4 缩放、旋转、变形 147

7.3.5 绘制矢量图像实例 149

7.4 文本处理 150

7.4.1 创建文本 150

7.4.2 文本与路径 150

7.4.3 文本特效实例 152

7.5 滤镜和特效 153

7.5.1 应用滤镜 153

7.5.2 使用特效 157

7.6 应用图层和蒙版 159

7.6.1 图层的基本操作 159

7.6.2 蒙版效果 160

7.6.3 编辑蒙版 162

7.7 思考与练习 163

第8章 制作动画效果 164

8.1 元件与实例 165

8.1.1 创建丰富元件和实例 165

8.1.2 创建动画元件和实例 166

8.1.3 编辑动画元件 167

8.1.4 元件的基本操作 168

8.1.5 导入/导出元件 169

8.1.6 动画实例制作 170

8.2 动画状态 170

8.2.1 管理动画状态 171

　　　8.2.2 编辑状态 ………………………………………………………… 173

　8.3　生成动画 …………………………………………………………… 174

　　　8.3.1 合并图像合成动画 ………………………………………………… 174

　　　8.3.2 插帧动画 ………………………………………………………… 174

　8.4　输出动画 …………………………………………………………… 175

　　　8.4.1 预览动画 ………………………………………………………… 176

　　　8.4.2 设置动画播放方式 ………………………………………………… 176

　　　8.4.3 优化动画 ………………………………………………………… 176

　　　8.4.4 导出动画 ………………………………………………………… 177

　8.5　动画制作实例 ………………………………………………………… 177

　8.6　思考与练习 …………………………………………………………… 180

第9章　编辑网页对象 ……………………………………………………… 181

　9.1　热点与图像映射 ……………………………………………………… 182

　　　9.1.1 创建、编辑热点 …………………………………………………… 182

　　　9.1.2 创建图像映像 …………………………………………………… 183

　9.2　切片 ………………………………………………………………… 186

　　　9.2.1 创建、编辑切片 …………………………………………………… 186

　　　9.2.2 创建文本切片 …………………………………………………… 188

　　　9.2.3 导出切片 ………………………………………………………… 189

　9.3　按钮和导航条 ………………………………………………………… 190

　　　9.3.1 按钮的创建与编辑 ………………………………………………… 190

　　　9.3.2 导出按钮 ………………………………………………………… 193

　　　9.3.3 创建导航条 ……………………………………………………… 193

　9.4　行为 ………………………………………………………………… 194

　　　9.4.1 添加行为 ………………………………………………………… 194

　　　9.4.2 Fireworks 的内置行为 …………………………………………… 195

　　　9.4.3 应用内置行为制作交互网页 ……………………………………… 198

　9.5　思考与练习 …………………………………………………………… 201

第10章　图像的优化与导出 ……………………………………………… 202

　10.1　优化图像 …………………………………………………………… 203

　　　10.1.1 使用内置优化模式 ……………………………………………… 203

　　　10.1.2 优化 JPEG 图像 ………………………………………………… 204

　　　10.1.3 优化 GIF 格式的图像 …………………………………………… 205

　　　10.1.4 优化 PNG 格式的图像 …………………………………………… 206

　10.2　导出图像 …………………………………………………………… 206

　　　10.2.1 使用导出向导 …………………………………………………… 206

　　　10.2.2 导出预览 ……………………………………………………… 206

　　　10.2.3 导出图层或状态 ………………………………………………… 207

　10.3　思考与练习 ………………………………………………………… 210

第11章　初识 Flash CS5 …………………………………………………… 211

11.1 Flash CS5 概述 212

11.2 Flash CS5 的工作环境 212

    11.2.1 常用工具栏 213

    11.2.2 绘图工具箱 213

    11.2.3 时间轴控制区 214

    11.2.4 浮动面板 215

11.3 修改文件属性 215

11.4 设置发布参数 216

    11.4.1 Flash 217

    11.4.2 HTML 220

    11.4.3 GIF 220

    11.4.4 JPEG 222

11.5 预览导出 Flash 文件 222

11.6 打包动画文件 224

11.7 思考与练习 224

第 12 章 处理图像与文本 225

12.1 绘制、处理图像 226

    12.1.1 线条绘制工具 226

    12.1.2 填充绘制工具 227

    12.1.3 擦除工具 230

    12.1.4 填充工具 231

    12.1.5 选取和变形工具 232

    12.1.6 视图工具 236

    12.1.7 3D 转换工具 236

    12.1.8 喷涂刷和 Deco 工具 239

    12.1.9 骨骼工具和绑定工具 245

12.2 对象的基本操作 248

12.3 文本处理 251

    12.3.1 创建文本 251

    12.3.2 分散文字 257

    12.3.3 文字特效 257

12.4 思考与练习 260

第 13 章 图层、元件和库 262

13.1 元件和实例 263

    13.1.1 创建元件和实例 263

    13.1.2 编辑元件和实例 266

    13.1.3 使用滤镜 268

    13.1.4 使用混合模式 272

13.2 库的管理和使用 272

    13.2.1 公用库 273

13.2.2 库 273

13.3 思考与练习 275

第 14 章 创建动画 277

14.1 动画中的帧 278

14.1.1 时间轴窗口 278

14.1.2 帧的基础知识 279

14.1.3 帧的相关操作 280

14.2 逐帧动画 281

14.3 传统补间动画 283

14.4 形状补间动画 285

14.5 遮罩动画 287

14.6 运动引导动画 290

14.7 补间动画 291

14.8 反向运动 298

14.9 交互动画 300

14.9.1 制作音量控制按钮 301

14.9.2 动态修改颜色 302

14.9.3 控制蝴蝶飞舞 303

14.10 制作有声动画 305

14.10.1 添加声音 306

14.10.2 编辑声音 308

14.11 应用视频 309

14.12 思考与练习 311

第 15 章 综合实例——制作游戏网站 312

15.1 规划网站结构 313

15.1.1 设置站点栏目 313

15.1.2 站点的文件结构 314

15.2 创建站点 314

15.2.1 制作站点的引导页 314

15.2.2 制作首页 320

15.2.3 将站点上传至服务器 324

第 16 章 综合实例——制作个人网站 325

16.1 实例效果 326

16.2 规则网站结构 328

16.3 创建站点 329

16.4 制作首页 330

16.4.1 制作导航条 330

16.4.2 使用表格布局页面 335

16.4.3 设置超链接的样式 337

16.4.4 精确定位元素 338

16.4.5 版权声明 340

16.4.6 添加导航动态效果 341

16.5 使用模板生成其他页面 342

16.5.1 制作文章显示页面 342

16.5.2 使用框架显示页面 343

16.5.3 制作留言板 346

16.6 制作动态页面 350

第 17 章 综合实例——制作幼儿教育网站 354

17.1 实例效果 355

17.2 创建站点 357

17.3 制作素材 358

17.3.1 制作弹出菜单 358

17.3.2 制作标题动画 360

17.4 制作页面布局模板 362

17.4.1 制作库项目 362

17.4.2 制作模板 362

17.4.3 制作嵌套模板 368

17.5 基于模板制作页面 369

17.5.1 制作咨询留言页面 369

17.5.2 制作信息显示页面 371

17.6 制作首页 373

第 **1** 章

网页制作基础

本章通过对网页制作知识的学习，掌握网页制作的一些基本技术。首先介绍一些网络和网页制作的基本知识，然后简要介绍 Adobe 公司推出的梦幻组合——Dreamweaver CS5、Flash CS5 和 Fireworks CS5。它们涵盖了网页制作与站点管理（Dreamweaver）、网页动画制作（Flash）及网页图像处理（Fireworks），是使用最多的网页制作工具之一。

学 习 要 点

- 网页制作的基本概念
- 网页设计的基本原则与步骤
- 网页制作三剑客概述

1.1　网页制作的基本概念

近年来，信息技术发展和应用突飞猛进，互联网已经成为第四媒体，使全球信息共享成为现实。电子商务、网络大学、网上远程医疗、网络即时通信等为全球建立了一个功能和内容丰富的网络世界。越来越多的公司、机构乃至个人都拥有了自己的网页或网站，网络经济逐步成为当今最热门的话题之一。一个成功的网站可以很清楚地将网站的内容和特色传递给浏览者，因此，如何设计出与众不同、独树一帜的网站就成了设计者的重要课程。

1.1.1　Internet服务

将地理位置不同的多个计算机系统通过通信线路连接在一起，由网络软件实现网络资源共享和互相通信的整个信息系统叫计算机网络。计算机网络按照覆盖地域的大小分为局域网（LAN）和广域网（WAN）。Internet 即国际计算机互联网，也被称为全球信息资源网。它由符合 TCP/IP 协议的网络组成。Internet 上的信息存放在世界各地数以百万计的计算机上，供网上的用户交流和使用。

随着计算机和通信技术的发展，计算机网络由过去的军事与教育专用网络发展成为无所不包、无所不能的国际互联网络 Internet。Internet 已成为我们生活与工作中不可缺少的一部分，使人们可以在全球范围内实现通信和信息资源共享。它提供的常见服务有以下几种：

（1）电子邮件服务：电子邮件（E-mail），是用户或用户组之间通过计算机网络收发信息的服务。目前，电子邮件已成为网络用户之间快速、简便、可靠且低成本的现代通信手段。它是 Internet 上最先提供的服务之一。

使用电子邮件服务的前提是拥有自己的电子信箱。即电子邮件地址。一般电子邮件的地址格式为：账户名@电子邮件服务提供者域名。如：hgwpk@tom.com.

（2）远程登录服务：远程登录是在远程登录协议（Telnet）的支持下使本地计算机暂时成为远程计算机仿真终端的过程。使用远端计算机上的软件就像使用自己计算机上的程序一样。

在远程计算机上登录，一般必须事先成为该计算机系统的合法用户，并拥有相应的账号和安全口令。登录时，通过支持 Telnet 协议的软件登录远程计算机的域名或 IP 地址。

（3）文件传送服务：文件传送是指在计算机网络上的主机之间传送文件，它是在文件传送协议（file transfer protocol, FTP）的支持下进行的。Internet 上的两台计算机在地理位置上无论相距多远，只要两者都支持 FTP 协议，网上的用户就能将一台计算机上的文件传送到另一台计算机中。

（4）网络新闻服务：网络新闻（network news）通常又称作 USENET。它是具有共同爱好的 Internet 用户相互交换意见的一种无形的用户交流网络，它相当于全球范围的电子公告板系统。只要用户的计算机运行一种称为"新闻阅读器"的软件，就可以通过 Internet 随时阅读新闻服务器提供的分门别类的消息。

（5）文档查询索引服务

1）Archie 服务：Archie 是 Internet 上用来帮助用户在遍及全世界的千余个 FTP 服务器

中查找其标题满足特定条件的所有文档的自动搜索服务的工具。如果把匿名 FTP 的世界比喻成一个不断变化的巨大的世界图书馆，Archie 服务器就是图书目录。用户只要给出所要查找文件的全名或部分名字，文档查询服务器就会指出在哪些 FTP 服务器上存放着这样的文件。

2）WAIS 服务：WAIS 称为广域信息服务（wide area information services），是一种数据库索引查询服务，用户通过给定索引关键词查询到所需的文本信息，如文章或图书等。

Archie 所处理的是文件名，不涉及文件的内容；而 WAIS 则是通过文件内容（而不是文件名）进行查询。因此，如果打算寻找包含在某个或某些文件中的信息，WAIS 便是一个较好的选择。

（6）信息浏览服务

1）Gopher 服务：Gopher 是基于菜单驱动的 Internet 信息查询工具。根据 Gopher 提供的菜单实际上可以得到任何类型的文本信息（包括由其他的 Internet 资源提供的）。Gopher 的菜单项可以是一个文件或一个目录，分别标以相应的标记。如果是目录，则可以继续跟踪进入下一级菜单；如果是文件，则可以用多种方式获取，如邮寄、存储、打印等。

Gopher 内部集成了 Telnet、 FTP 等工具，可以直接取出文件，而无须知道文件所在及文件获取工具等细节。

2）Web 服务：：在 Internet 提供的服务当中，WWW(World Wide Web)服务是目前 Internet 上很重要的一项服务。WWW 也称万维网，简称 Web，它基于超文本（Hypertext）结构体系，靠网页（Page）传播信息。

Web 服务是 20 世纪末出现的新技术，它将位于全世界 Internet 网上不同网址的相关数据信息有机地编织在一起，通过浏览器（browser）提供一种友好的查询界面。它为用户带来的是世界范围的超文本服务，使得浏览 Internet 变得非常简单，只要用鼠标点击，就可以显示图文并茂的网页，甚至可以有声音、视频、动画等。它的引入打破了 Internet 仅供专业人员使用的传统，使得成千上万的非专业用户也能加入 Internet，这也使得万维网成为 Internet 上最受欢迎、最富生命力和使用最多的组成。

1.1.2　网站与网页

Web 上的超文本文件（Hypertext）称为网页，存放这些网页的 Web 服务器即构成网站。简单来说，网站由通过超链接连接在一起的网页集合而成。超文本文件就是指具有超链接功能的文件，鼠标点击超文本文件中已经定义好的关键字（Keyword），便可以得到该关键字的相关解释，类似于早期使用的 WIN32 下的 HELP 文件。

通常这些服务器都有一个能够连接到网上的唯一编码，即 IP 地址。IP 地址是由 32 位二进制数组成的，为了便于记忆，通常把它分为 4 组，每组 8 位，每组之间用小数点隔开，例如：202.14.5.7。由于 IP 地址非常不便于记忆，所以通常用一串文字来代替，例如 www.sina.com 等，这就是人们常说的域名。域名也必须是唯一的，它是由固定的网络域名管理组织在全世界范围内进行统一管理的。

1.1.3　文件路径与URL

在平时使用计算机时，要找到需要的文件就必须知道文件的位置，而表示文件的位置的方式就是路径，文件路径即文件的存储位置，有绝对路径和相对路径之分。

所谓"绝对路径"，就是从根目录开始一直到该目录的全程的路径。绝对路径包含定位文件所必需的信息。例如，路径"c:\website\img\photo.jpg"表示 photo.jpg 文件是在 C 盘的 website 目录下的 img 子目录中。在网站中用类似于 http://www.pckings.net/img/photo.jpg 的路径来确定文件位置的方式也是绝对路径。

所谓"相对路径"，就是相对于当前目录的路径。例如，当前目录是"c:\apache\htdocs"，如果要浏览 c:\apache\htdocs\cgi-bin\test.cgi 文件的内容，只需在命令行里输入"type cgi-bin\test.cgi"就可以了。

URL（Uniform Resource Locator，统一资源定位符），它是在 Internet 中用于指定信息位置的表示方法，换句话说，它是 Internet 上的地址。

URL 通常以"协议://文件路径/文件名称"的形式出现，采用 URL 可以描述如下的一些文件属性：

◆ 文件名称。

◆ 文件在本地计算机上的位置，包括目录和文件名等。

◆ 文件在网络计算机上的位置，包括网络计算机名称、目录和文件名等。

◆ 访问该文件的协议。

URL 中的路径是绝对路径。根据协议的不同，URL 分为多种形式，最常用的是以 HTTP 开头的网络地址形式和以 FTP 开头的文件地址形式。例如：http://www.adobe.com/exchange/update/index.html。其中，http:// 表示该文件的协议为 HTTP 协议，www.adobe.com 是 Web 服务器的地址，/exchange/update/是文件在服务器中的路径，index.html 是文件名。

1.1.4 静态网页与动态网页

在 Web 中，有相当一部分网页是静态的，这些静态网页也称之为静态 HTML 文件。

所谓静态网页，就是指纯粹 HTML 格式的网页，它是一次性写成的，内容相对稳定，不须经常修改，文件比较小，适合在网上传输，执行效率很高。当用户浏览网页内容时，服务器仅仅是将已有的静态 HTML 文档传送给浏览器供用户阅读。简而言之，静态网页从本质上来说是带有格式标识符和超文本链接的内嵌代码的 ASCII 文本文件，它不需要进行编译后才能执行，是靠运行它的浏览器解释执行的。

由于具有固定信息的 HTML 文件，若网站维护者要更新网页的内容，就必须重新使用设计工具手工更新所有的 HTML 文档，然后重新放置在 WWW 服务器上。因此，静态网页的致命弱点就是不易维护，为了不断更新网页内容，就必须不断地重复制作 HTML 文档，随着网站内容和信息量的日益扩增，网页维护的工作量无疑将是非常巨大的。

Internet 的强大生命力更多地体现在 Web 服务器和用户之间的动态交互上。所谓动态网页，就是指服务器会针对不同的使用者以及不同的要求而动态地、随数据库内容不断变化地提供不同的服务。

动态网页又称为网页应用程序。在 WWW 上可以看到大量的各种各样的动态网页，如：.php、.aspx、.cgi、.jsp 等文件。动态网页中包含的是需要频繁更新的数据，一般由数据库和相应的应用程序所构成，由于其页面中包含的内容是来自数据库的，因此，可根据用户的不同选择返回不同的页面。

动态网页的动态性一般体现在以下几个方面：

◆ 网页会根据用户的要求和操作动态地改变和响应；

◆ 页面自动生成，无须手工维护和更新 HTML 文档；

◆ 不同的时间、不同的人访问同一网址时会产生不同的页面。

在 HTML 格式的网页上，也可以出现各种动态的效果，如.GIF 格式的动画、FLASH、滚动字母等，这些动态效果只是视觉上的，与动态网页是不同的概念。

1.1.5 HTML简介

HTML 的英文全称是 Hyper Text Markup Language，直译为超文本标记语言。最早出现的 HTML 是由欧洲的粒子实验室开发的，用于相互交流的标志语言，后来应用于 Internet。它是可以用于创建可从一个平台移植到另一平台的超文本文档的一种简单标记语言，经常用来创建 Web 页面。

HTML 语言不是一种程序语言，而是一种描述文档结构的标记语言。HTML 与操作系统平台的选择无关，只要有 Web 浏览器就可以运行 HTML 文件，显示网页内容。

HTML 由标记（Tag）组成，通过标记来确定网页的机构与内容。下面是一个典型的 HTML 文件，它的扩展名为.htm（或.html）：

```
<html>
 <head>
  <title>你好，万维网！</title>
  <meta http-equiv="Content-Type"content="text/html;charset=gb2312">
 </head>
 <body bgcolor="#FFFF99">
 <p align="center">
 <font color="#FF0000" size="6">你好，万维网！</font>
 </p></body>
</html>
```

像 HTML 文件中的<html></html>、<head></head>和<body></body>就是标记，它们通常写在尖括号"<>"内。

除了标记，在 HTML 中还常常引用脚本语言，如 JavaScript 和 VBScript。使用脚本语言，可以制作出网页特效和一些简单的动态效果。

制作网页实际上就是编辑 HTML 文件。随着 HTML 技术的不断发展和完善，随之产生了众多网页编辑器，从网页编辑器基本性质可以分为所见即所得网页编辑器和非所见即所得网页编辑器（原始代码编辑器），两者各有千秋。

所见即所得网页编辑器的优点就是直观性，使用方便，容易上手，在所见即所得网页编辑器进行网页制作和在 Word 中进行文本编辑不会感到有什么区别，但它同时也存在难以精确达到与浏览器完全一致的显示效果的缺点。也就是说，在所见即所得网页编辑器中制作的网页放到浏览器中是很难完全达到真正想要的效果，这一点在结构复杂一些的网页（如分帧结构、动态网页结构及精确定位）中便可以体现出来。常见的 Dreamweaver、FrontPage、Go Live、HomeSite 都是所见即所得的网页编辑工具。

非所见即所得的网页编辑器就不存在这个问题，因为所有的 HTML 代码都在用户的监控下产生，但是，由于非所见即所得编辑器的先天条件就注定了它的工作效率太低。常用的 Word、Notepad、UltraEdit 等文本编辑工具都可作为非所见即所得的网页编辑器。

HTML 最初的构想是作为一种交换科学和其他技术文档的一种语言，供那些不熟悉书写文档的专家使用。在非常短的时间内 HTML 变得广泛流行，并且很快超出了其原来的目的。HTML 内部的新元素以很快的速度创造出来，HTML 也被很快地改编以用于垂直的，高度专门化的市场。多余的新元素导致文档在跨平台时的兼容问题。随着软件和平台不一致性增加，"经典的"HTML 4 已经成为不断发展的 Web 开发领域的瓶颈；HTML5 标准在此时显得尤为重要。

有关 HTML5 标准的工作起于 2004 年，在 W3C HTML WG 和 WHATWG 的共同努力下，目前还在进行中。为了实现更好的灵活性和更强的互动性，及创造令人兴奋而更具交互性的网站和应用程序，HTML5 引入和增强了更为广泛的特性，包括控制，APIs，多媒体，结构和语义等，使建构网页更变得更容易。

需要指出的是，支持 HTML5 的浏览器越来越多，甚至包括最新版的 IE，当然，所谓支持仅仅是部分支持，即使同一个浏览器的同一个版本，在 Mac 和 Windows 两个平台，它们对 HTML5 的支持也并不一致。因为 HTML5 的 W3C 规范都尚未形成。如果现在就希望使用 HTML5 创建站点，至少要对各个浏览器对这种新技术的支持情况有一个全面了解。

1.2 网页设计的基本原则与步骤

在这个 Internet 时代，WWW 网站甚至个人主页到处都是。但是要让人们从浩如烟海的站点中，选择访问浏览您的站点，就不是那么简单，因为鼠标和键盘永远掌握在上网者手中。要想设计出达到预期效果的站点和网页，需要对用户需求有深刻理解，并对人们上网时的心理进行认真的分析研究。在设计时遵循一些基本原则是很有必要的。

1.2.1 网页设计的基本原则

一个优秀的网站其页面必须做好三个方面：内容、风格和速度。

网站的目的是为别人提供有价值和有特色的信息服务，因此内容是首要因素。内容在组织上要有特色、定位准确、内容丰富、有良好的即时更新性。

其次，网站上的内容并不是大量的信息简单地堆积，这些信息必须通过一定的形式来体现，如网站结构、页面外观、页面布局等。无论哪一种方法，都要让使用者可以很容易找到目标，而且内容的分类方法最好尽量保持一致。此外，在每个分类选项的旁边或下一行，最好也加上这个选项内容的简要说明，使网站访问者感觉到网站具有良好的亲和力。

同时，网站和网页的设计要考虑到网页的加载速度。根据经验与统计，使用者可以忍受的最长等待时间大约是 90s，如果您的网页无法在这段时间内传输并显示完毕，那么使用者就会毫不留情地离去。因此，网页在设计上必须考虑传输速率、延迟时间、网络交通状况，以及服务端与使用者端的软硬件条件，切忌使用过多、过大的图片和过多的表格嵌套。

📖 1.2.2 规划阶段

网站及网页的规划阶段，主要完成网站目标定位、可行性分析和网站的功能设计几个方面的规划问题。

一般在明确好网站的目的、目标和主题。再进行网站的技术可行性、经济可行性和时间可行性分析。最后，依据网站的主题，仔细规划和设计每个主题中的栏目。

📖 1.2.3 设计阶段

设计阶段主要在规划阶段之后进行，进行素材的收集整理、信息内容的收集整理、内容表现形式设计和网页的风格设计。

📖 1.2.4 制作与测试阶段

在确定好网页的目标、功能、风格及整理好素材之后，就可以采用多种方法和网页制作工具进行网页的制作。同时，为了保证网页的正确性，当网页设计人员制作完所有页面之后，就需要对所设计的网页进行审查和测试，主要进行网页的功能测试和性能测试。

功能测试针对网站的每一个独立的功能模块，主要有链接测试、表单测试、数据库测试三个方面。链接测试主要测试所有链接是否按需求的那样确实链接到了指定的链接目标页面、链接目标文件是否存在、网站中是否存在孤立的页面，即没有链接指向该页面，只有知道确切的 URL 才能访问的页面。链接测试通常在整个网站的所有页面开发完成之后才进行。表单测试用于测试表单提交操作的完整性，以校验提交给服务器的信息的正确性。例如，用户输入的身份证件编号与填写的出生日期是否匹配，输入的邮箱格式是否正确等。数据库测试主要用于排除由于用户提交的表单信息不正确造成的数据一致性错误以及由于网络速度或程序设计问题引起的输出错误。

性能测试对于网站的正常运行异常重要。性能测试主要从三个方面进行：连接速度测试、负荷测试和压力测试。连接速度测试指打开网页的响应速度测试；负荷测试通常安排在系统发布之后，指进行一些边界数据的测试，测量系统在某一负荷级别上的性能，以保证系统能在需求范围内正常工作；压力测试则是倾向于使整个系统崩溃，测试系统的限制和故障恢复能力。

📖 1.2.5 发布阶段

在成功进行完上面的几个阶段之后，网站中的网页就可以发布到 Internet 中，供人们访问。

网页由于不受时间、地域的限制，其广告作用有非常大的优点。对于个人来说，发布个人网站可以更广范围地介绍自己、结交更多的朋友、寻求更好的工作岗位、发表自己的文章、观点、作品。对于中小企业来说，发布企业网站可以为企业、产品做广告宣传。对于大型企业来说，网站可以在网页上开展电子商务，推销产品，发布有关产品的技术支持，在公司与客户之间搭起联系的桥梁，一个优秀的企业网站发布后所起的作用，比上千个技术、销售人员全球满天飞的作用还大。例如，美国著名的 Dell 计算机公司，已取消了所有产品代理商，其产品完全在网络上销售。对于政府机构来说，其网站可以改善政府形象，提高政府办事透明度，增强社会对政府的监督及政策、法规的发布说明等优点。对于教育部门来说，网页可以进行远程教育、模拟考试、网上辅导、对提高整个国民素质水平有很大的帮助，而且节省了大量教育经费。

发布网页的第一步是要注册一个网站域名，并申请网站空间（或称虚拟主机）。域名相当于网站的街道门牌号，而虚拟主机则相当于一间房子，用于存放网站中的网页。当然，一定要把域名指向虚拟主机，即域名解析。这样，网页浏览者才能按图索骥，找到发布的站点及站点中的网页文件。

完成了上一步，然后下载一个 FTP 软件，用申请的 IP 地址及注册的用户名和密码登录，即可将网页文件上传到指定空间。通常情况下，登录之后可以看到 4 个文件夹，将网页文件上传到 wwwroot 文件夹下就可以，不用单独再建文件夹。

1.3　思考与练习

1．填空题

（1）HTML 语言是一种＿＿＿＿＿＿＿＿＿语言，HTML 文件使用＿＿＿＿＿＿组织页面元素。常用的网页编辑器按性质分＿＿＿＿＿＿＿和＿＿＿＿＿＿＿＿两种。

（2）URL 由＿＿＿＿＿＿、＿＿＿＿＿＿、＿＿＿＿＿＿和＿＿＿＿＿＿四部分组成。

（3）Adobe 网页制作梦幻组合是＿＿＿＿＿＿、＿＿＿＿＿＿和＿＿＿＿＿＿。除此之外，＿＿＿＿＿＿也是重要的组成部分，使用它可以扩展三剑客的功能。

2．问答题

（1）网页和网站有什么区别？

（2）"万维网就是 Internet。"这句话对吗？

（3）动态网页和静态网页都可以使用脚本语言，请叙述它们有什么不同。

（4）创建一个吸引人的站点的步骤和基本原则有哪些？

第 2 章

初识 Dreamweaver CS5

本章将主要介绍 Dreamweaver CS5 的窗口结构等知识。读者通过本章的学习，可以尽快消除对 Dreamweaver 的陌生感或神秘感。

- Dreamweaver CS5 的工作界面
- 创建与管理站点的方法
- 简单的文件操作

2.1 工作界面

Dreamweaver CS5 是 Adobe 公司新推出的一款集网页制作和管理网站于一体的所见即所得的网页编辑器，采用了多种先进技术，利用它能够快速高效地创建极具表现力和动感效果的网页，制作出跨平台、跨浏览器的充满动感的网页。

执行【开始】/【程序】/【Adobe Dreamweaver CS5】命令，即可启动 Dreamweaver CS5 中文版。第一次打开 Dreamweaver CS5 时，会弹出如图 2-1 所示的【默认编辑器】对话框。

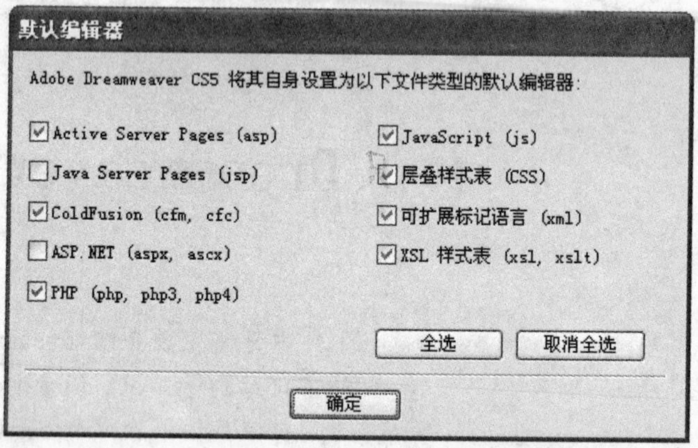

图 2-1　"默认编辑器"对话框

在这里，读者可以将 Dreamweaver CS5 设置为指定文件类型的默认编辑器。本书保留默认设置，然后单击【确定】按钮进入 Dreamweaver CS5 界面。

在 Dreamweaver CS5 中，使用预定义的页面布局和代码模板，可以快速地创建出比较专业的页面。执行【文件】/【新建】命令，在打开的【新建文档】对话框中选择"空白页"类别的 HTML 基本项，然后选择布局栏的"无"，单击【创建】按钮进入 Dreamweaver CS5 中文版的工作界面，如图 2-2 所示。

用过苹果电脑的读者看到 Dreamweaver CS5 的全新界面时，一定会有种似曾相识的感觉。不错，与 Dreamweaver 的上一个版本相比，Dreamweaver CS5 无论是在界面外观还是在功能图标按钮上都有了一些变化，界面整体设计更清新简洁，还稍稍带着点苹果的味道。

在 Dreamweaver CS5 中，传统的标题栏看不到了，取而代之的是几个常用的功能按钮，如布局、DW 扩展、站点管理、设计器模式和 Adobe 社区帮助。

单击"设计器"按钮 设计器▼，在弹出的下拉列表中可以看到 Dreamweaver CS5 推出的 8 种工作区外观模式：应用程序开发人员、应用程序开发人员（高级）、经典、编码器、编码人员（高级）、设计器、设计人员（紧凑）以及双重屏幕。不同的工作区外观模式适用于不同层次或喜好的设计者。无论是一个程序员还是一个设计师，都可以在 Dreamweaver CS5 给出的工作区外观模式中找到合适的页面设计模式。

单击 CS Live 按钮，可以访问 Adobe® Creative Suite® 5 在线服务，使用这些服务联系社区、进行协作以及充分利用 Adobe 工具。

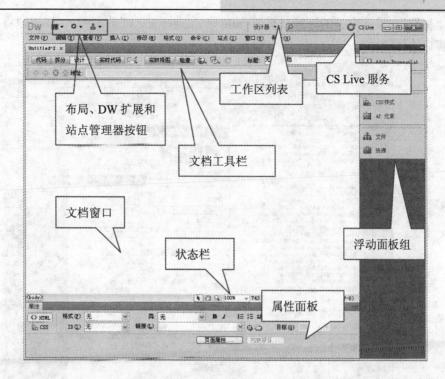

图 2-2　Dreamweaver CS5 的工作环境

2.1.1　菜单栏

同其他多数软件类似，Dreamweaver CS5 的菜单栏位于工作环境最上方。在菜单栏中包括的菜单项为："文件"菜单、"编辑"菜单、"查看"菜单、"插入"菜单、"修改"菜单、"格式"菜单、"命令"菜单、"站点"菜单、"窗口"菜单以及"帮助"菜单。在以后的章节中，将向读者具体介绍各个菜单的用途。

2.1.2　文档工具栏

Dreamweaver CS5 的文档工具栏中包含了一些用于查看文档窗口或者预览设计效果的常用图标按钮和弹出菜单。各个按钮图标的具体功能如下：

代码：切换到代码视图。该视图中，用户可以查看页面的 HTML 代码。

拆分：在同一屏幕中以水平对比的方式显示代码和设计视图。

Dreamweaver CS5 新增了垂直拆分功能。在"拆分"视图下，单击界面顶端的"布局"按钮 ，在弹出的下拉列表中选择"垂直拆分"命令，可将代码和设计界面以垂直对比的方式呈现，如图 2-3 所示。

该下拉列表菜单中的其他菜单项用于设置页面的布局，与文档工具栏中的 **代码 拆分 设计** 按钮功能相同。

设计：切换到设计视图。在该视图中，用户可以直观地了解页面布局和页面内容。

11

"标题"：设置文档的标题（页面<title></title>标签之间的内容）。该标题将显示在浏览器窗口的标题栏上。

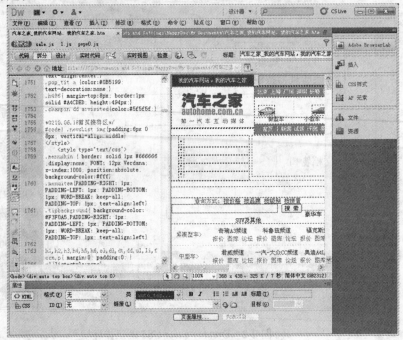

图 2-3　垂直拆分效果

实时视图．在"设计"视图或"拆分"视图下，单击该按钮可以在 Dreamweaver 中实时预览页面的效果，而不用打开浏览器。再次单击该按钮，即可返回到可编辑的"设计"视图或"拆分"视图。

"实时视图"是自 Dreamweaver CS4 引入的实时预览功能，可以使用户在 Dreamweaver 窗口中实时查看页面设计和代码的效果，包括 JavaScript 特效！

"实时视图"的另一优势是能够冻结 JavaScript。例如，用户可以切换到"实时视图"并悬停在由于用户交互而更改颜色的基于 Spry 的表格行上。冻结 JavaScript 时，"实时视图"会将页面冻结在其当前状态。然后，用户可以编辑 CSS 或 JavaScript 并刷新页面以查看更改是否生效。该功能在查看并更改无法在传统"设计"视图中看到的弹出菜单或其他交互元素的不同状态时很有用。

● 实时代码：在"实时视图"中单击该按钮，Dreamweaver 将以黄色突出显示浏览器为呈现该页面而执行的代码版本，此代码是不可编辑的。再次单击该按钮，即可返回到可编辑的"代码"视图。

检查：在"实时视图"中单击该按钮，可以打开 CSS 检查模式，以可视方式调整设计，实现期望的边距和内边距。

：文件管理下拉菜单。

：预览、调试下拉菜单，可以预览制作效果。

：可视化助理下拉菜单。

：刷新设计视图。

：实时视图选项下拉菜单。

2.1.3 "插入"面板

Dreamweaver CS5 将"插入"栏整合成了一个浮动面板停靠在界面右侧的浮动面板组中。由于该面板是 Dreamweaver 页面设计中常用的一个面板，因此本书仍将其作为 Dreamweaver 界面组成的一部分进行介绍。

单击文档窗口右侧浮动面板组中的"插入"按钮，即可弹出以前熟悉的"插入"面板，如图 2-4 所示。

图 2-4 "插入"面板

插入面板各组中有不同类型的对象。如果要在各个面板之间进行切换，单击面板标签右侧的下拉箭头，例如 常用 ▼ ，在弹出的下拉菜单中选择需要的面板即可。

默认状态下，"插入"面板中的各组对象均显示为灰色，当鼠标移到对象图标上时显示为彩色。如果希望图标一直显示为彩色，可以单击面板标签右侧的下拉箭头，例如 常用 ▼ ，在弹出的下拉菜单中选择【颜色图标】菜单项。如果希望面板中的所有对象只显示图标，则在下拉菜单中选择【隐藏标签】菜单项。

使用"插入"菜单中的命令也可以实现插入各种对象，使用菜单还是使用插入面板，完全根据用户的习惯来决定。

2.1.4 文档窗口

文档窗口是显示当前创建或者编辑的文档的区域，可以根据所选择的显示方式不同而显示不同的内容。单击工具栏中的 设计 按钮，切换到设计视图，文档窗口显示的内容与浏览器中显示的内容相同。使用 Dreamweaver 提供的工具或命令，读者可以方便地进行创建、编辑各种网页元素，即使完全不懂 HTML 代码的读者也可以制作出精美的网页。单击工具栏中的 代码 按钮，切换到代码视图，在文档窗口中显示的是当前文档的代码。

在编写文档中，有时候读者可能必须兼顾设计样式和实现代码，这时候就要需要代码与设计同屏显示。单击工具栏中的 拆分 按钮，就可以实现这个功能。这样同一文档的两种视图就可以在同一窗口中得到对照显示，并且读者选中设计视图或者代码视图中的部分时，在另外的代码视图或者设计视图中也会选中相同的部分，如图 2-5 所示。

单击"设计"视图中的 LOGO 图片，"代码"视图中的相应代码即被同时选中，且显示为灰色。

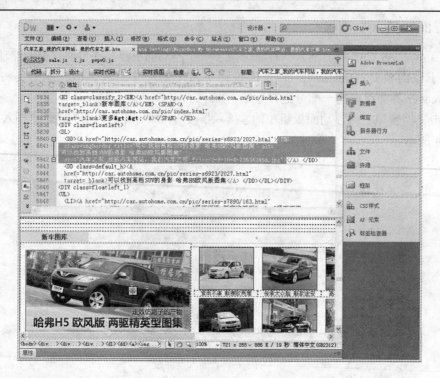

图 2-5 代码/设计视图

📖 2.1.5 浮动面板

在 Dreamweaver CS5 工作环境的右侧停靠着浮动面板。例如："CSS 样式"面板、"AP 元素"面板、"插入"面板、"代码片段"面板、"参考"面板、"数据库"面板、"绑定"面板、"服务器行为"面板、"组件"面板、"属性"面板、"行为"面板、"历史记录"面板、"框架"面板、"标签检查器"面板、"文件"面板和"资源"面板等。

在 Dreamweaver 中，浮动面板默认以展开形式显示，单击浮动面板组右上角的"折叠为图标"按钮▶▶，可以将面板组切换到具有图标名称的图标模式或图标模式，且"折叠为图标"按钮变为"展开面板"按钮◀◀；反之，单击"展开面板"按钮可以切换到展开模式。

浮动面板不仅可以自由地在界面上拖动，也可以将多个面板组合在一起，成为一个选项卡组。将鼠标指针移动到某个面板的选项卡页签上，按下鼠标左键拖动，即可将指定的面板独立出来，停靠在界面窗口任意位置，如图 2-6 所示。左图是【资源】面板和【文件】面板组合而成的面板组，右图是分离出来的【文件】面板及剩余的【资源】面板。

如果希望将某个浮动面板停靠到一组浮动面板中，从而形成一个选项卡，则可以拖动该浮动面板的选项卡，然后将之拖动到一个浮动面板框架上，当面板框架上出现蓝色的线条时释放鼠标，即可将浮动面板组合到指定的面板组中。

在 Dreamweaver 中，用户可以轻松地控制浮动面板在界面窗口的显示与否。在菜单栏中的【窗口】下拉菜单中选择某个面板名称，即可以打开或者关闭指定的面板。菜单项前有"√"号时表示已打开相应的面板，否则表示已关闭。关于浮动面板的功能及具体运用，将在后续的章节的实际应用中讲述。

图 2-6　从面板组中分离【文件】面板

2.2　创建与管理站点

所谓站点，可以看作是一系列文档的组合，这些文档之间通过各种链接关联起来。利用浏览器，就可以从一个文档跳转到另一个文档，实现对整个网站的浏览。

Dreamweaver CS5 不仅提供网页编辑特性，而且带有强大的站点管理功能。利用 Dreamweaver CS5，您可以首先在本地计算机的磁盘上创建本地站点，从全局上控制站点结构，进行文档资源和链接等路径的正确设置。在完成站点文档的编辑后，利用 Dreamweaver CS5 将本地站点发送到远端的服务器中，创建真正的站点。

2.2.1　创建本地站点

Dreamweaver CS5 简化了站点设置步骤，仅需填写【站点设置】对话框中的"站点"类别，即可开始处理 Dreamweaver 站点。此类别允许用户指定将在其中存储所有站点文件的本地文件夹。本地文件夹可以位于本地计算机上，也可以位于网络服务器上。

创建本地站点的一般步骤如下：

（1）启动 Dreamweaver CS5，执行【站点】/【管理站点】命令，在弹出的【管理站点】对话框中单击【新建】按钮，在弹出的下拉菜单中执行【站点】命令，弹出如图 2-7 所示的【站点设置对象】对话框。

（2）在对话框中设置站点名称和本地站点文件夹。

对话框中各选项的功能分别介绍如下：

◆　站点名称：新建站点的名称。该名称仅供参考，并不出现在浏览器中。

◆　本地站点文件夹：本地站点根目录的位置。可以单击其后的文件夹按钮，打开一个对话框，然后从磁盘上定位该目录。也可以直接在文本框中输入绝对地址。

（3）单击对话框左侧分类列表中的"高级设置"，然后在其下拉列表中选择"本地信息"，在如图 2-8 所示的对话框设置站点的本地信息。

◆　默认图像文件夹：用于设置本地站点图像文件的默认保存位置。

◆　链接相对于：为链接创建的文档路径的类型，文档相对路径或根目录相对路径。

15

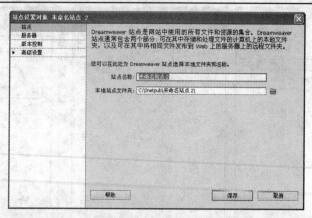

图2-7 【站点设置对象】对话框

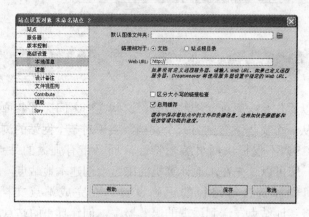

图2-8 【站点设置】对话框

◆ Web URL：设置本站点的地址。如果目前还没有申请域名，可以暂时输入一个容易记忆的名称，在将来申请域名后，再用正确的域名进行替换。

◆ 区分大小写的链接检查：检查链接时区分大小写。

◆ 启用缓存：选中该项，则创建本地站点的缓存，以加快站点中链接更新的速度，同时在站点地图模式中，清晰地反映当前站点的结构。

（4）单击【保存】按钮保存站点设置。此时，新建的站点将出现在【管理站点】对话框的站点列表中。

如果要创建动态网页，还必须建立一个 Web 服务器环境和数据库运行环境。它们之间的关系为：动态网页必须通过 Web 服务器中的服务器程序来对数据库内容进行操作，而服务器程序只有通过数据库驱动程序才能够处理数据库。当用户打开动态数据窗口时，被打开的文件临时复制到将被传输给指定的 Web 服务器上，当产生的页面在实时窗口显示出来后，Web 服务器上临时复制的内容将被删除。有关 Web 服务器的安装、配置的详细操作，将在本章下一节进行详细介绍。接下来介绍在【站点设置】对话框的"服务器"类别中指定远程服务器和测试服务器的操作步骤。

远程服务器用于指定远程文件夹的位置，该文件夹将存储生产、协作、部署或许多其他方案的文件。远程文件夹通常位于运行 Web 服务器的计算机上，在 Dreamweaver 的【文件】面板中，该远程文件夹被称为远程站点。

在设置远程文件夹时，必须为 Dreamweaver 选择连接方法，以将文件上传和下载到 Web 服务器。如果本地根文件夹位于运行 Web 服务器的系统中，则无需指定远程文件夹。这意味着该 Web 服务器正在本地计算机上运行。

📖 说明：Dreamweaver 可连接到支持 IPv6 的服务器。所支持的连接类型包括 FTP、SFTP、WebDav 和 RDS。

设置远程服务器和测试服务器的步骤如下：

（1）单击【站点设置对象】对话框的"服务器"类别，单击"添加新服务器"按钮 ➕，添加一个新服务器，如图 2-9 所示。

图 2-9　【站点设置对象】对话框

（2）在"服务器名称"文本框中，指定新服务器的名称。该名称可以是所选择的任何名称。

（3）在"连接方法"弹出菜单中选择连接到服务器的方式。

（4）在"Web URL"文本框中，输入 Web 站点的 URL。Dreamweaver 使用 Web URL 创建站点根目录相对链接，并在使用链接检查器时验证这些链接。

⚠️ 注意：指定测试服务器时，必须在"基本"屏幕中指定 Web URL。

（5）切换到"高级"屏幕，选择要用于 Web 应用程序的服务器模型。

（6）单击【保存】按钮关闭"高级"屏幕。在"服务器"类别中，指定刚添加或编辑的服务器为远程服务器、测试服务器，还是同时为这两种服务器。

⚠️ 注意：从 Dreamweaver CS5 开始，Dreamweaver 不再安装 ASP.NET、ASP JavaScript 或 JSP 服务器行为。如果您正在处理 ASP.NET、ASP JavaScript 或 JSP 页，Dreamweaver 对这些页面仍将支持实时视图、代码颜色和代码提示，且无需在【站点设置】

对话框中选择 ASP.NET、ASP JavaScript 或 JSP 即可使用这些功能。

（7）单击【保存】按钮关闭【站点设置】对话框，返回【站点管理】对话框。这时【站点管理】对话框里列出了刚刚创建的本地站点。

2.2.2 由已有文件生成站点

利用 Dreamweaver，用户可以将磁盘上现有的文档组织当作本地站点来打开，只需要在【站点设置对象】对话框中的"本地站点文件夹"文本框中，填入相应的根目录信息即可。例如本地机器 C:\Inetpub\fashion\目录下有一个网站的网页，通过 Dreamweaver CS5 的站点管理，可以由这些网页生成一个站点，便于以后统一管理。如图 2-10 所示。

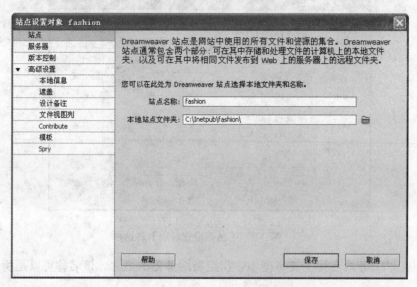

图 2-10 【站点设置对象】对话框

从这里也可以看出站点的概念同文档不同，文档可以是已经存在的，但是站点则是新创建的，换句话说，站点只是文档的组织形式。

2.2.3 管理站点

在创建了站点之后，还可以对站点进行编辑修改。步骤如下：

（1）执行【站点】/【管理站点】命令，打开【站点管理】对话框。

（2）选择需要编辑的站点，单击【编辑】按钮，弹出【站点设置】对话框，重新设置站点的属性。

如果不再需要利用 Dreamweaver CS5 对某个本地站点进行操作，可以单击【站点管理】对话框中的【删除】按钮将之从站点列表中删除。用户需要注意的是，删除的站点不能通过【编辑】/【撤消】命令的办法恢复。

如果希望创建多个结构相同或类似的站点，可以在【站点管理】对话框中的站点列表中选中需要复制的站点，然后单击【复制】按钮。新复制出的站点名称会出现在站点管理对话框的站点列表中。名字采用原站点名称后添加"复制"字样的形式。

说明　删除站点实际上只是删除了 Dreamweaver CS5 同该本地站点之间的关系。但是实际的本地站点内容，包括文件夹和文档等，都仍然保存在磁盘相应的位置上。可以重新创建指向其位置的新站点，重新对之进行管理。

若需要更改默认的站点名字，可以在【站点管理】对话框中选中新复制出的站点，然后单击【编辑】按钮对站点重命名。

2.2.4 编辑站点文件

无论是创建空白的文档，还是利用已有的文档构建站点，都可能会需要对站点中的文件夹或文件进行操作。利用文档窗口，可以对本地站点的文件夹和文件进行创建、删除、移动和复制等操作。

若要编辑站点文件，请执行以下步骤：

（1）执行【窗口】/【文件】命令，打开文件管理面板，如图 2-11 所示。单击左边的下拉列表选择需要的站点，如图 2-12 所示。

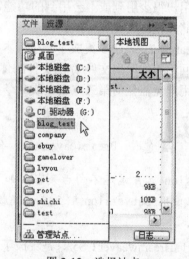

图 2-11　文件管理面板　　　　　　图 2-12　选择站点

（2）双击需要编辑的文件图标，即可在 Dreamweaver CS5 的文档窗口中打开此文件，对文件进行编辑。文件编辑完毕，保存文档，即可对本地站点中的文件进行更新。

一般来说，用户可以首先构建整个站点，同时在各个文件夹中创建好需要编辑的文件。然后再在文档窗口中分别对这些文件进行编辑，最终构建完整的网站内容。

若要在本地站点中创建文件或文件夹，请执行以下步骤：

（1）打开【文件】管理面板，在面板左上角的下拉列表中选择需要的站点。

（2）单击文件管理面板右上角的选项菜单，执行【文件】/【新建文件】或【新建文件夹】命令。

（3）单击新建的文件或文件夹名称，使其名称区域处于可编辑状态，然后键入文件或文件夹名称。

如果站点中的某个文件或文件夹不再需要了，可以在文件管理面板中选中要删除的文件或文件夹，然后按下 Delete 键，从本地文件列表面板中将之删除。

用户需要注意的是，该操作同删除站点的操作不同，这种对文件或文件夹的删除操作，会从磁盘上真正删除相应的文件或文件夹。

如果在 Dreamweaver CS5 之外对站点中的文件夹或文件进行了修改，则需要对本地站点文件列表进行刷新，才可以看到修改后的结果。

如果在定义站点过程中选中了【自动刷新本地文件列表】复选框，则文件列表的刷新操作会自动完成。如果没有选中该复选框，则需要手工刷新文件列表。刷新本地站点文件列表的一般操作步骤如下：

（1）打开文件管理面板，在面板左上角的下拉列表中选择需要的站点。

（2）单击【文件】面板左上角的刷新按钮 C，即可对本地站点的文件列表进行刷新。

📖 2.2.5 存储库视图

Dreamweaver CS5 在 Dreamweaver CS4 的基础上新增许多新特性的同时，也摒弃了一些一般用户很少用到或不会用到的功能，例如站点地图，取而代之的是增加了版本控制功能能的存储库视图。

Dreamweaver CS5 集成了一个版本控制软件 Subversion，可以提供更健壮的文件版本控制、回滚等的取出文件/存回文件的体验。Dreamweaver 不是一个完整的 SVN 客户端，却可使用户无需任何第三方工具或命令行界面，获取文件的最新版本、更改和提交文件。

注意：Dreamweaver CS5 使用 Subversion 1.4.5 客户端库。更高版本的 Subversion 客户端库不向后兼容。如果读者更新第三方客户端应用程序（如 Tortoise SVN）以使用 Subversion 1.5 或更高版本，则 Dreamweaver 将无法再与 Subversion 进行通信。

由于 Dreamweaver CS5 只是集成了 Subversion 客户端，因此在进行存储库视图操作之前，必须建立与 SVN 服务器的连接。

SVN 服务器是一个文件存储库，可供用户与其他用户获取和提交文件。它与 Dreamweaver 中通常使用的远程服务器不同。使用 SVN 时，远程服务器仍是网页的"实时"服务器；SVN 服务器用于承载存储库，存储希望进行版本控制的文件。用户可以在 SVN 服务器之间来回获取和提交文件，然后通过 Dreamweaver 发布到远程服务器。

与 SVN 服务器的连接是在【站点定义】对话框的【版本控制】类别中建立的。具体操作步骤如下：

（1）打开【管理站点】对话框，并在该对话框中选中需要设置存储库的站点，然后单击【编辑】按钮打开对应的【站点设置】对话框。

（2）在【站点设置】对话框左侧的分类中选择【版本控制】。

（3）在对话框【访问】下拉菜单中选择【Subversion】，显示如图 2-13 所示的对话框。

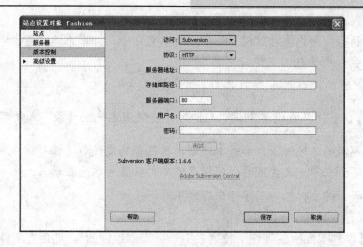

图 2-13　设置访问选项

　　开始此设置之前，用户必须获得对 SVN 服务器和 SVN 存储库的访问权限。有关 SVN 的详细信息，读者可以访问 Subversion 网站，网址：http://subversion.tigris.org/。

　　（4）在【协议】下拉列表中选择协议。可选协议包括 HTTP、HTTPS、SVN 和 SVN+SSH。

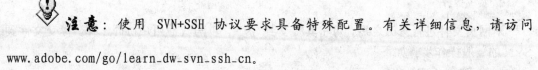

注意：使用 SVN+SSH 协议要求具备特殊配置。有关详细信息，请访问 www.adobe.com/go/learn_dw_svn_ssh_cn。

　　（5）在【服务器地址】文本框中输入 SVN 服务器的地址。通常形式为：服务器名称.域.com。

　　（6）在【存储库路径】文本框中键入 SVN 服务器上存储库的路径。其形式通常类似于：/svn/your_root_directory，SVN 存储库根文件夹的命名由服务器管理员确定。

　　（7）如果希望使用的服务器端口不同于默认服务器端口，则在【服务器端口】区域选择【非默认值】，并在文本框中输入端口号。否则保留默认设置。

　　（8）在【用户名】和【密码】文本框中分别输入 SVN 服务器的用户名和密码。

　　（9）设置完毕之后，单击【测试】按钮测试连接。然后单击【确定】按钮关闭对话框。

　　与 SVN 服务器建立连接后，即可在"文件"面板中查看 SVN 存储库。并进行相关的文件操作，例如获取最新版本的文件、提交文件、更新文件的 SVN 状态、锁定/解锁文件、向存储库添加新文件、解析冲突的文件，等等。这些操作均可在【文件】面板的【存储库视图】或【本地视图】中进行，在文件列表中选择需要执行操作的文件，然后单击鼠标右键，在弹出的上下文菜单中选择相应的菜单命令即可。

　　下面简要介绍一下 SVN 常用操作的使用方法。

1. 获取最新版本的文件

　　从 SVN 存储库中获取最新版本的文件时，Dreamweaver 会将该文件的内容与其相应的本地副本的内容进行合并。也就是说，如果您上次提交文件之后，有其他用户更新了该文件，这些更新将合并到您计算机上的本地版本文件中。如果本地硬盘上不存在此文件，Dreamweaver 会径直获取该文件。

注意：首次从存储库中获取文件时，应使用本地空目录，或使用所含文件与存储库中文件名不同的本地目录。如果本地驱动器包含的文件与远程存储库中的文件同名，Dreamweaver 不会在第一次尝试时，便将存储库文件装入本地驱动器。

获取最新版本的文件的一般操作步骤如下：

（1）确保已成功建立 SVN 连接。

（2）在【文件】面板的视图下拉列表中选择"本地视图"，然后在文件列表中右键单击所需文件或文件夹，并在弹出的快捷菜单中选择【版本控制】/【获取最新版本】命令。

说明 为获取最新版本，还可以右键单击文件，然后从上下文菜单中选择【取出】命令，或者选择文件并单击【取出】按钮。但由于 SVN 不支持取出工作流程，所以此动作并不是传统意义上的实际取出文件。

2. 提交文件

对网页文件进行修改之后，可将其提交到 SVN，以与其他用户协同工作。提交文件到 SVN 的一般操作步骤如下：

（1）建立 SVN 连接。

（2）在【文件】面板的"视图"列表中选择"存储库视图"，在文件列表中右键单击要提交的文件，并从弹出的上下文菜单中选择【存回】命令。

读者也可以在"本地视图"中右键单击要提交的文件，然后从弹出的上下文菜单中选择【存回】命令。

说明 在【文件】面板的文件列表中，文件上的绿色选中标记表示此文件有更改，但尚未提交到存储库。

3. 更新文件或文件夹的SVN状态

获取或提交文件之后，用户可以更新单个文件或文件夹的 SVN 状态。更新文件或文件夹的 SVN 状态的操作步骤如下：

（1）确保已成功建立 SVN 连接。

（2）在【文件】面板的"视图"下拉列表中选择"存储库视图"或"本地视图"。

（3）在显示的文件列表中右键单击存储库或本地文件中的任一个文件夹或文件，然后从弹出的上下文菜单中选择【更新状态】。即可更新存储库或本地文件/文件夹的 SVN 状态。

4. 锁定和解锁文件

由于存储库的文件可能会在同一时间被一个或多个小组成员访问或修改，为避免一个用户修改文件时，其他小组成员访问该文件，可以锁定该文件。

通过锁定 SVN 存储库中的文件，可以让其他用户知道有用户正在处理该文件。此时，其他用户仍可在本地编辑文件，但必须等到处理文件的用户解锁该文件后，才可提交该文件。在存储库中锁定文件时，该文件上将显示一个开锁图标，其他用户会看到完全锁定的图标。

锁定和解锁文件的操作步骤如下：

（1）确保已成功建立 SVN 连接。

（2）在【文件】面板的"视图"下拉列表中选择"存储库视图"或"本地视图"。

（3）在显示的文件列表中右键单击存储库或本地文件中所需的文件，然后从弹出的上下文菜单中选择【锁定】或【解锁】命令。

5. 向存储库添加新文件

如果希望将一个新文件添加到存储库，可以执行以下操作：

（1）确保已成功建立 SVN 连接。

（2）在【文件】面板的文件列表中选择要添加到存储库中的文件，然后单击右键，从弹出的快捷菜单中选择【存回】命令。

（3）确保选择要提交的文件已位于【提交】对话框中，然后单击【确定】按钮。

> 说明：在【文件】面板中，文件上的蓝色加号表示 SVN 存储库中尚没有此文件。

6. 解析冲突的文件

如果文件与服务器上的其他文件冲突，可以编辑文件，然后将其标记为已解析。例如，如果尝试存回的文件与其他用户的更改有冲突，SVN 将不允许提交文件。此时，可以从存储库中获取该文件的最新版本，手动更改工作副本，然后将文件标记为已解析，这样就可以提交了。

解析冲突的文件的具体操作步骤如下：

（1）确保已成功建立 SVN 连接。

（2）在【文件】面板的"视图"下拉列表中选择"本地视图"。

（3）在显示的文件列表中右键单击要解析的文件，从弹出的上下文菜单中选择【版本控制】/【标记为已解析】命令。

2.3 构建动态网站

随着 Internet 的迅猛发展，网站开发者逐步以动态的网站来代替静态的网站。所谓动态是指 Web 页在传送过程中，Web 服务器能根据如 ASP、JSP、CGI 等技术将用户的请求加以编译，然后发送给用户浏览器。这种技术称为服务器技术。

使用 Dreamweaver 几乎不用编写任何程序代码就能开发出功能强大的网站应用程序。用户可以直接使用 Dreamweaver 可视化的方式来编辑动态网页，就像编辑普通网页一样简单。本节简要介绍使用 Dreamweaver 构建动态网站的方法，初学者可以体会 Dreamweaver 在编辑动态网页方面的优势，也可以为以后系统学习动态网页作一个铺垫。

2.3.1 安装 Web 服务器

在创建动态网页之前，首先要安装和设置 Web 服务器，并创建数据库。

目前网站的服务器一般安装在 WindowsNT、Windows 2000Server 或 WindowsXP 操作系统中。如果要运行动态网站，如 ASP 网站，还必须安装 Web 服务器。推荐初学者使用 IIS（Internet Information Server，因特网信息服务系统）。该服务器能与 Windows 系列操作系统无缝结合，且操作简单。

IIS 组件的安装步骤如下：

（1）在 Windows 操作系统中选择【开始】/【控制面板】/【添加/删除程序】图标，在弹出的【添加/删除程序】对话框中单击"添加/删除 Windows 组件"选项，弹出【Windows 组件向导】对话框。

（2）在对话框中双击组件列表中的"Internet 信息服务（IIS）"选项，在弹出的对话框中选取需要安装的服务。

笔者建议初学者将这些可选的服务全选上。

（3）选择需要使用的组件以及子组件后，选择【确定】按钮，并将对应的操作系统安装盘放入光驱内，系统开始复制文件。

（4）复制文件完成后，单击【完成】按钮，IIS 服务即安装完成。

安装完成后，在安装操作系统的硬盘目录下可以看到多了一个名为 Inetpub 的文件夹。

2.3.2 配置 IIS 服务器

（1）选择【开始】/【控制面板】/【性能和维护】命令，在打开的对话框中单击【管理工具】按钮，然后双击页面右侧列表中的"Internet 服务管理器"图标，打开如图 2-14 所示的【Internet 信息服务】窗口。

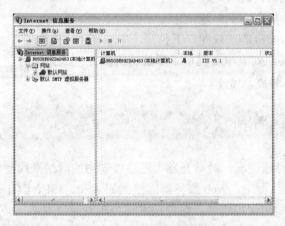

图 2-14　Internet 信息服务窗口

（2）在左侧窗格中单击"默认网站"节点，则右侧的窗格中将显示默认的 Web 主目录下的目录以及文件信息，如图 2-15 所示。

图 2-15　默认网站节点下的目录及文件信息

在窗口的工具栏中有 3 个控制服务的按钮。按钮▶用于启动项目，按钮■用于停止项目，按钮Ⅱ用于暂停项目。读者可以通过这 3 个按钮控制服务器提供的服务内容。例如，如果不需要提供 FTP 服务，可以选择"FTP 站点"节点，然后单击按钮■。

（3）右键单击"默认网站"节点，从弹出的快捷菜单中选择【属性】命令，打开"默认网站属性"对话框，如图 2-16 所示。

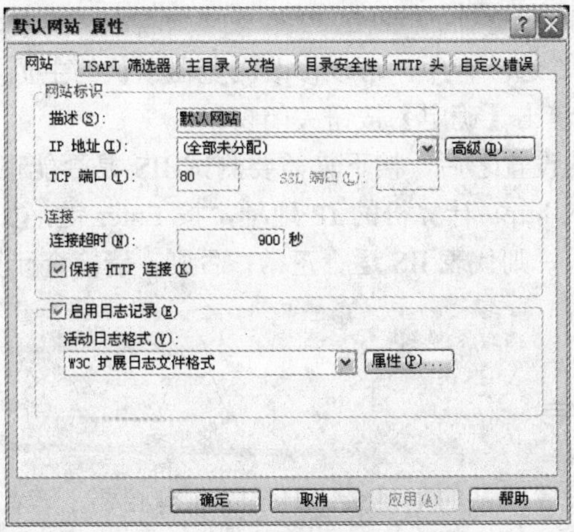

图 2-16　设置默认网站的属性

在此页面中可以设置站点的 IP 地址和 TCP 端口，端口号默认为 80。一般来说，初学者不需要对此页面的内容进行修改。

（4）单击"主目录"页签，切换到如图 2-17 所示的"主目录"选项卡。该页面用于设置 Web 站点的主目录，即站点文件的位置。这是配置 IIS 中最重要的一个选项。

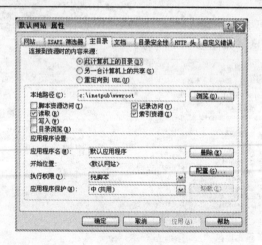

图 2-17   设置网站的主目录

安装 IIS 后，Web 站点默认的主目录是：系统安装盘符:\inetpub\wwwroot。当然，用户也可以将主目录设置为本地计算机上的其他目录，或局域网上其他计算机的目录，或者重定向到其他网址。读者只需在"连接到资源时的内容来源"区域选中需要的内容来源，然后在下面的文本框中键入相应的路径即可。本书使用默认的本地路径。

在此页面中，用户还可以在"执行权限"下拉列表中设置应用程序的执行权限。有以下 3 种选择：

- 无：此 Web 站点不对 ASP、JSP 等脚本文件提供支持。
- 纯脚本：此 Web 站点可以运行 ASP、JSP 等脚本。
- 脚本和可执行程序：此 Web 站点除了可以运行 ASP、JSP 等脚本文件外，还可以运行 EXE 等可执行文件。

（5）切换到"文档"选项卡中，可以修改浏览器默认的主页及调用顺序。

（6）设置完成后，单击【确定】按钮关闭窗口。

对 IIS 进行了基本的设置之后，接下来需要测试 IIS 是否能正常运行。最简单的方法就是直接使用浏览器输入 http://计算机的 IP 地址，按 Enter 键，如果可以看到 IIS 的默认页面或创建的网站的主页，则代表 IIS 运行正常；否则，请检查计算机的 IP 地址是否设置正确。

2.3.3 创建虚拟目录

尽管用户可以随意设置网站的主目录，但是除非有必要，笔者并不建议直接修改默认网站的主目录。如果不希望把网站文件存放到 c:\inetpub\wwwroot 目录下，可以通过设置虚拟目录来解决。

创建 IIS 的虚拟目录有两种方式：使用 IIS 管理器创建 IIS 虚拟目录，或直接操作文件夹。下面分别对这两种方法进行说明。

1. 使用IIS管理器创建虚拟目录

（1）在【Internet 信息服务】窗口左侧窗格中的"默认网站"节点上单击鼠标右键，

从弹出的快捷菜单中选择【新建】/【虚拟目录】命令，打开【虚拟目录创建向导】对话框。

（2）单击【下一步】按钮，在弹出窗口的"别名"文本框中输入所要建立的虚拟目录的名称。

在设置虚拟目录的别名时，读者需要注意以下两个方面：

● 别名不区分大小写。
● 不能同时存在两个或多个别名相同的虚拟目录。

（3）单击【下一步】按钮，在弹出的对话框中单击【浏览】按钮，选择要建立虚拟目录的文件夹。

（4）单击【下一步】按钮，在弹出的对话框中设置虚拟目录的访问权限。

在访问权限中有"读取"、"运行脚本"、"执行"、"写入"和"浏览"5个选项，用于设置用户可通过浏览器执行何种操作：

◆ 读取：最基本的一个权限，允许用户访问文件夹中的普通文件，如 HTML 文件、GIF 文件等。
◆ 运行脚本：所谓的脚本就是 IIS 中可以执行的文件，如 ASP 脚本程序等。一般来说，此权限都会允许。
◆ 执行：允许访问者在服务器端运行 CGI 或 ISAPI 程序。此权限通常都不会被允许，以免对服务器端的计算机造成不良影响。
◆ 写入：相对于读取，另一个权限设置就是写入，决定是否允许用户通过浏览器上传文件至服务器的计算机中。
◆ 浏览：所谓的浏览就是当用户没有特别设置要读取此 Web 站点的哪一个文件时，便列出目录中的所有子目录及文件列表，让用户去选择浏览哪一个文件。

鉴于站点安全性因素的考虑，【写入】和【浏览】两项最好不要选择，除非有特殊原因需要用户向站点目录写入内容或查看目录结构。建议初学者采用默认设置即可。

（5）单击【下一步】按钮，在弹出的对话框中单击【完成】按钮，即可完成虚拟目录的创建。

此时，在【Internet 信息服务】窗口左侧的"默认网站"节点下即可以看到新创建的虚拟目录。

2. 直接对文件夹操作

（1）在资源管理器中右击想要设置为虚拟目录的文件夹，从弹出的快捷菜单中选择【属性】命令，打开【Web 共享】选项卡。

（2）选中【共享文件夹】单选按钮，弹出【编辑别名】对话框。在该对话框中可以设置该文件夹的别名、访问权限和应用程序权限。

（3）设置完毕之后，单击【确定】按钮关闭对话框。

创建虚拟目录之后，将应用程序放在虚拟目录下有以下两种方法可供选择。

● 直接将网站的根目录放在虚拟目录下面。

例如，应用程序的根目录是"blog"，直接将它放在虚拟目录下，路径为"[硬盘名]:\Inetpub\wwwroot\blog"。此时对应的 URL 是"http://localhost/blog"。

● 将应用程序目录放到一个物理目录下（例如，D:\blog），同时用一个虚拟目录指向该物理目录。即用第二种方式将该物理目录创建为虚拟目录。此时，用户不需要知道对应的物理目录，即可通过虚拟目录的 URL 来访问它。这样做的好处是用户无法修改文件，一旦应用程序的物理目录改变，只需更改虚拟目录与物理目录之间的映射，仍然可以用原来的虚拟目录来访问它们。

此外，初学者需要注意的是，通过 URL 访问虚拟目录中的网页时应该使用别名，而不是目录名。例如，假设别名为 blog 的虚拟目录对应的实际路径为 E:\mywork\DWCS5\blog，要访问其中名为 index.asp 的网页时，应该在浏览器地址栏中输入 http://localhost/blog/index.asp 来访问，而不是使用 http://localhost/mywork/DWCS5/blog/index.asp 来访问。另外，动态网页文件不能通过双击来查看，必须使用浏览器访问。

2.4 简单的文件操作

Dreamweaver CS5 文件操作是制作网页的最基本操作，它包括网页文件的打开、保存、关闭等。

2.4.1 创建新文件

1. 基于空白页新建文件

（1）启动 Dreamweaver，选择【文件】/【新建】命令，打开【新建文档】对话框，如图 2-14 所示。

（2）从该对话框中选择一种需要创建的文件格式和文件布局，单击【创建】按钮。

2. 基于模板新建文件

（1）在如图 2-18 所示的【新建文档】对话框中单击【空模板】或【模板中的页】标签，如图 2-19 所示。

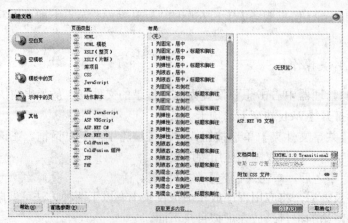

图 2-18 【新建文档】对话框

（2）在该对话框左侧的列表框中选择模板所在的站点。

（3）在模板列表中选择一个模板。用户还可以在预览区域预览所选择模板的样式，看看是否符合自己的要求。

（4）选择需要使用的模板后，单击【创建】按钮，即可基于模板创建新文档。

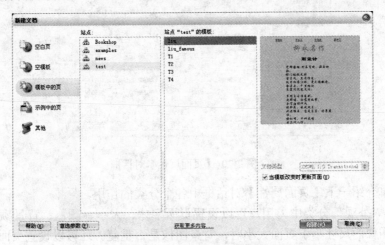

图 2-19 【从模板新建】对话框

2.4.2 打开文件

若要编辑一个网页文件，必须先打开该文件。Dreamweaver CS5 可以打开多种格式的文件，例如：htm、html、shtml、asp、aspx、jsp、php、js、dwt、xml、lbi、as、css 等。打开网页文件可以分为直接打开网页文件和在框架中打开网页文件两种。

1. 直接打开文件

选择【文件】/【打开】命令，弹出【打开】对话框。然后在文件名框中选择需要打开的文件，并单击【打开】按钮，即可打开该文件。也可通过在对话框中双击所需文件来打开。

如果 Dreamweaver CS5 还没有启动，可以右击要打开的文件，在弹出菜单中执行【使用 Dreamweaver CS5 编辑】命令来打开文件。

2. 在框架中打开文件

如果已打开框架集文件，要在框架集中的某一个框架中打开文件，可以先把光标定位在需要打开文件的框架内，选择【文件】/【在框架中打开】命令，即可打开【选择 HTML 文件】对话框。在此方式下只能打开以 HTML 为扩展名的文件。

2.4.3 设置页面属性

如果要对所创建的网页设置其浏览时的基本页面效果，可以通过设置文档的页面属性来进行。操作步骤如下：

（1）在 Dreamweaver 中打开要修改页面属性的网页文件。

（2）选择【修改】/【页面属性】命令，弹出如图 2-20 所示的对话框。

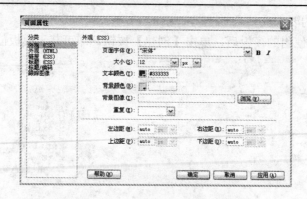

图 2-20 【页面属性】对话框

下面简单介绍一下【页面属性】对话框中各个分类的作用。

（3）在"外观"分类中，用户可以设置页面字体、大小、颜色、背景颜色或图像，以及当背景图像的尺寸小于页面大小时，背景图像是否重复。还可以设置页面的边距。

边距是指页面文档主体部分与浏览器上下左右边框的距离。在 Dreamweaver CS5 中，读者可以分别用 HTML 和 CSS 样式格式化页面的外观。

（4）在"链接"分类中，用户可以设置链接文本的字体、大小、颜色，以及链接文本不同状态下的颜色、修饰样式。

设置了该分类中的选项，也就修改了 CSS 样式的默认属性，用户在【CSS 样式】面板中可以查看当前页面应用的 CSS 样式。有关 CSS 样式的操作将在以后章节进行详细讲解。

（5）在"标题"分类中可以修改页面标题一至标题六的字体、字号和字体颜色。

（6）在"标题/编码"分类中可指定页面在浏览器窗口或编辑软件窗口中显示的标题，以及修改页面的编码信息。

（7）在"跟踪图像"分类中可指定跟踪图像及图像的透明度。

跟踪图像是 Dreamweaver 一个非常有效的功能，是放在文档窗口背景中的 JPEG、GIF 或 PNG 图像，仅在 Dreamweaver 中可见，从而可以使用户非常方便地定位文字、图像、表格、层等网页元素在页面中的位置。

使用跟踪图像的一般步骤如下：

（1）使用各种绘图软件作出一个想象中的网页排版格局图，然后将此图保存为网络图像格式（如 gif、jpg、jpeg 和 png）的文件。

（2）用 Dreamweaver 打开要编辑的网页，执行【修改】/【页面属性】菜单命令，在弹出的对话框中的"跟踪图像"分类指定网页排版格局图所在路径及透明度。

使用了跟踪图像的网页在用 Dreamweaver 编辑时不会再显示背景图案，但当使用浏览器浏览页面时，则显示背景图案，跟踪图像不可见了。

2.4.4 保存文档

保存网页文件的方法随保存文件的目的不同而不同。下面分别进行简要介绍。

◆ 如果同时打开了多个网页文件，则执行【文件】/【保存】或【另存为】命令只保存当前编辑的页面。若要保存打开的所有页面，则需要执行【文件】/【保存全部】

命令。

◆ 若是第一次保存文件，执行【文件】/【保存】命令，即可弹出【另存为】对话框。

◆ 若文件已保存过，则执行【文件】/【保存】命令时，直接保存文件。

◆ 如果希望将一个网页文档以模板的形式保存，切换到要保存的文档所在的窗口，执行【文件】/【另存为模板】命令，打开如图 2-21 所示的【另存模板】对话框。

图 2-21 【另存模板】对话框

在该对话框的"站点"下拉列表框中选择一个保存该模板文件的站点，然后在"另存为"后面的文本框中输入文件的名称，最后单击【保存】按钮完成文件的保存。

📖说 明　第一次保存模板文件时，Dreamweaver CS5 将自动为站点创建 Templates 文件夹，并把模板文件存放在 Templates 文件夹中。注意，不要把非模板文件存放到此文件夹中。

◆ 框架的文件保存比较特殊，其具体的方法将在后面的相关章节中进行详细的介绍。

2.5 思考与练习

1. 填空题

（1）Dreamweaver CS5 可以打开的文件格式有＿＿＿＿＿＿＿＿＿＿＿。

（2）在 Dreamweaver CS5 中插入对象通常使用＿＿＿＿面板。

（3）Dreamweaver CS5 的八种工作区外观模式分别为＿＿＿＿＿＿＿＿。

2. 问答题

（1）删除站点和删除站点文件的效果有何不同？

（2）Dreamweaver CS5 的主要新增功能有哪些？

（3）Dreamweaver CS5 的工作界面由哪些部分组成？

3. 操作题

（1）启动 Dreamweaver CS5，并在本机上创建一个站点。

（2）启动 Dreamweaver CS5，指出各个组成部分的名称。

第 **3** 章

基本网页制作

在 Internet 上，网页上不仅有文字、图像，为了使网页更加丰富多彩，设计者在其中还插入视频、音频和动画等新兴多媒体元素，合理地运用这些媒体，不但可以美化网页，而且能够更生动直观、形象地表现设计主题，使表达的意思一目了然。本章介绍利用文本、图像、音频、视频等多媒体元素制作网页，增强页面的动感和视觉效果的操作方法。

学 习 要 点

- 在网页中编辑文本、图像和特殊字符
- 创建超链接
- 创建、修改 CSS 样式表

3.1 编辑网页文本

网页作为一种传播信息的媒体，文字元素是信息传达的主体部分，从网页最初的纯文字界面发展至今，文字仍是其他任何元素无法取代的重要构成。它们通过不同的排版方式、不同的设计风格排列在网页上，并提供丰富的信息。在制作网页的时候，文本的创建与编辑占了制作工作的很大部分内容。能否对各种文本控制手段运用自如，是决定网页设计是否美观、富有创意及提高工作效率的关键。下面介绍 Dreamweaver CS5 提供的多种向文档中添加文本和设置文本格式的方法。

3.1.1 添加普通文本

在 Dreamweaver CS5 中输入文本同普通的文本处理软件类似，最简单的方法就是直接在光标闪烁处键入文字；也可以从其他文档中剪切、拖放或导入文本。若要在文档中添加文本，请执行下列操作之一：

- 直接在 Dreamweaver 的文档窗口光标所在位置输入文本内容。
- 在其他的应用程序或文档中复制文本，然后切换回 Dreamweaver 文档窗口，将光标插入到要放置文本的地方，再选择【编辑】/【粘贴】命令。
- 通过【文件】/【导入】命令导入其他文档中的文本。

3.1.2 设置文本格式

文字作为占据页面重要比率的元素，同时又是信息重要载体，它的字体、大小、颜色和排布对页面整体设计影响极大，应精心处理。设置文本格式的步骤如下：

（1）选中要设置格式的文本，执行【窗口】/【属性】菜单命令打开如图 3-1 所示的【属性】面板。

（2）在【属性】面板设置文本的字体、大小、颜色、样式、对齐方式等格式。

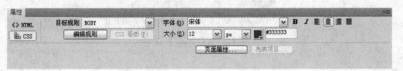

图 3-1　【属性】面板

与 Dreamweaver 以往的版本相比，Dreamweaver CS5 简化了 CSS 样式的工作流程，读者可以直接在属性面板中设置、应用 HTML 格式或层叠样式表 (CSS) 格式。应用 HTML 格式时，Dreamweaver 会将属性添加到页面正文的 HTML 代码中。应用 CSS 格式时，Dreamweaver 会将属性写入文档头或单独的样式表中。

单击面板左上角的 <> HTML 或 CSS 按钮，即可在 HTML 格式和 CSS 样式之间进行切换。下面简要说明一下 CSS 样式所对应的各个属性的功能。

◆ 目标规则：当前选中文本已应用的规则，或在 CSS 属性检查器中正在编辑的规则。

用户也可以使用"目标规则"下拉菜单创建新的 CSS 规则、新的内联样式或将现有类应用于所选文本。或者从"目标规则"下拉列表中选择一个规则，即可应用于当前选中的文本。

◆ 编辑规则：单击该按钮可以打开目标规则的"CSS 规则定义"对话框进行修改。如果从"目标规则"下拉列表中选择了"新建 CSS 规则"选项，然后单击"编辑规则"按钮， 则 Dreamweaver 会打开"新建 CSS 规则定义"对话框。

◆ CSS 面板：单击该按钮可以打开【CSS 样式】面板，并在当前视图中显示目标规则的属性。

其他的几个属性分别用于设置目标规则的字体、大小、是否粗体/斜体、字体颜色，以及文本的对齐方式。

注意："字体"、"大小"、"文本颜色"、"粗体"、"斜体"和"对齐"属性始终显示应用于"文档"窗口中当前所选内容的规则的属性。在更改其中的任何属性时，将会影响目标规则。

3.2 特殊字符、日期和水平线

在输入文本的时候，可能会遇到键盘不能直接输入的字符。Dreamweaver 为读者提供了部分常见的特殊字符，激活【插入】浮动面板中的【文本】面板，读者就可以看到 Dreamweaver 自带的特殊字符，如图 3-2 所示。

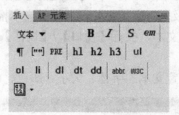

图 3-2 【文本】面板

3.2.1 插入特殊字符

下面，通过在插入两个特殊字符"§"和"￥"的示例，让读者了解插入特殊字符的具体步骤。插入后的效果如图 3-3 所示。

01 在文档中将光标放置在需要插入特殊字符的位置。

02 激活【插入】浮动面板中的【文本】面板。单击 按钮打开【插入其他字符】对话框，选择所要插入的字符"§"。对话框中的【插入】项将显示该字符的代码。

03 单击【插入其他字符】对话框中的【确定】按钮，将符号插入文档中。此时会出现一个提示框，警告该字符可能在某些浏览器中不能正确显示。如果读者不希望再次出现该提示框，选中【以后不再显示】复选框。

04 同理，插入字符"¥"。

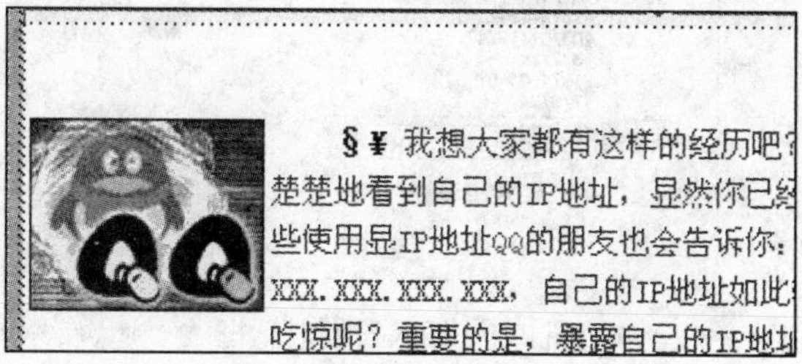

图 3-3 插入特殊字符效果

在特殊字符菜单中还包括了 ⏎换行符和 ⊥非间断空格符。在 Dreamweaver 中，一行结束的时候文本具有自动换行功能。如果要在段落中实现强制换行的同时不改变段落的结构，就必须插入换行符，或按 Shift+Enter 键。

使用插入换行符换行和直接按 Enter 换行在浏览器视图中的区别如图 3-4 所示。

图 3-4 不同换行方式在浏览器中的显示

默认情况下，HTML 只允许字符之间包含一个空格；若要在文档中插入连续空格，可以执行【编辑】/【首选参数】命令，在弹出的对话框中的【常规】页面勾选【允许多个连续的空格】复选框，按下键盘上的空格键，即可在页面中即可插入多个连续的空格；用户也可以多次单击特殊字符面板上的非间隔空格符，或按 Ctrl+Shift+空格键，在指定位置插入多个连续空格。

📖 3.2.2 插入日期

在网页中，经常会看到页面显示有实时日期。在 Dreamweaver 中读者可以很轻松地用任意格式在文档中插入当前时间，同时还可以进行日期更新。

插入日期步骤如下：

（1）将插入点放在文档中需要插入日期的位置。

（2）切换到【插入】/【常用】面板。单击面板中的回按钮，弹出如图 3-5 所示的【插入日期】对话框。

（3）在对话框中指定星期、日期、时间的显示方式。

图 3-5 插入日期对话框

（4）如果希望插入的日期在每次保存文档时自动进行更新，则选中【储存时自动更新】复选框。

（5）单击【确定】按钮，即可在文档中插入当前的日期。

3.2.3 插入水平线

在对页面内容分栏时，常会用到水平分隔线。在 Dreamweaver 中可以很便捷地插入水平线。一般操作步骤如下：

（1）将插入点放在文档中需要水平线的位置。

（2）打开【插入】/【常用】面板，单击面板中的水平线按钮即可。

插入水平线之后，用户还可以在对应的属性面板上修改水平线的属性。

（3）在【属性】面板上指定水平线的 ID、宽度和高度、宽度的度量单位、水平线相对于页面的对齐方式、应用的 CSS 样式，以及是否显示水平线的阴影。

在指定水平线的宽度时，度量单位为%，是相对页面宽度而言，水平线的宽度将根据页面的宽度而变化。

3.3 创建列表

在 Dreamweaver 中可以从已有的文本，或者从文档窗口中的新文本创建编号列表、项目符号列表，列表还可以被嵌套。列表一般可分为无序列表和有序列表两大类，下面分别进行简要介绍。

无序列表在各个项的前面没有数字，用不同的符号及缩进的多少来区分不同的层次。在文档中创建无序列表的操作步骤如下：

（1）选择需要创建列表的内容，单击属性设置面板中的▤按钮，则所有项目的左边都会显示一个实心圆符号●，这样所有项目都被当作无序列表的第一层。效果如图 3-6 所示。

（2）选择要作为列表第二层的内容，单击属性设置面板中的▤按钮，使它们向右缩进。

（3）同理，可以设置列表第三层的内容。效果如图 3-7 所示。

与无序列表不同的是，有序列表通过数字及缩进来区分不同的层次。设置有序列表的方法同设置无序列表的方法相似。

（1）用鼠标选择要创建有序列表的内容，单击属性设置面板中的按钮▤，则所有项目左边都会加入数字，这样所有项目都被当作无序列表的第一层。

 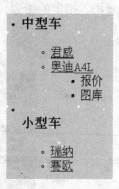

图 3-6　插入项目列表前后的效果　　　　　图 3-7　缩进后的效果

（2）选择要作为列表第二层的内容，单击属性设置面板中的 ⬚ 按钮，使它们向右缩进。效果如图 3-8 所示。

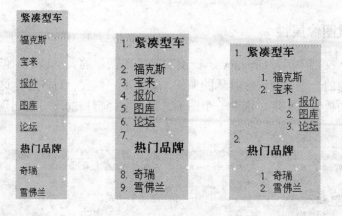

图 3-8　插入编号列表前后的效果

3.4　使用图像

图像是网页中最主要的元素之一，图像不但能美化网页，而且与文本相比，能够更直观地说明问题，使表达的意思一目了然。图形图像有很多格式，在网页中常用的图片格式有 3 种：GIF、JPEG/JPG 和 PNG。

3.4.1　插入图像

在 Dreamweaver 文件中插入图片时，Dreamweaver 会自动在网页的 HTML 源代码中加入相应的参数。为了保证参数的正确，图片文件必须保存在当前站点目录中。如果所用的图片不在当前站点目录中，Dreamweaver 将询问是否将其复制到当前站点目录下。

在文档中插入图像的一般操作步骤如下：

（1）将光标放到文档中需要插入图像的位置。

（2）执行【插入】/【图像】命令，或单击【插入】/【常用】面板中的 按钮，即可在指定位置插入指定的图像。效果如图 3-9 所示。

图 3-9　插入图像

3.4.2 设置图像属性

将图像插入文档中后，Dreamweaver 会自动按照图像的大小显示，但在实际应用中，往往还要对图像的一些属性进行具体的调整，如大小、位置、对齐等。这些操作可以通过图像属性控制面板得以实现。选中一个图像之后，文档窗口的下方会出现图像控制面板，如图 3-10 所示。

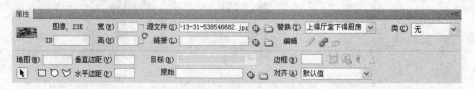

图 3-10　图像状态的属性设置面板

◆　"ID"：在该文本框中输入图像的名称，以后就可以使用脚本语言对它进行引用。

◆　"链接"：用于设置图像链接的网页文件的地址。

◆　"替换"：用于设置图像的说明性内容，可以作为图像的设计提示文本。

◆　"地图"及下面的 4 个按钮：用于制作映射图。

◆　"目标"：用于设置图像打开的链接文件显示的位置。

◆　"原始"：用于设置一幅显示在该图像前面的代表图像，用来快速显示主图像的内容。大部分设计者在该处喜欢设置一幅与主图像内容一样的黑白图像或小图像，这样用户在浏览时可以快速了解图像的信息。

◆　：单击该按钮，打开在【首选参数】对话框的【文件类型/编辑器】页面中指定的图像处理软件，编辑当前选中的图像。

◆　：编辑图像设置。单击该按钮可以打开【图像预览】对话框，对选中图像进行优化设置。若要使用此功能，必须在电脑里装有 Firework 2.0 以上版本。

◆　：用于修剪图片，删去图片中不需要的部分。

◆　：当图片被调整大小后此按钮可用。用于往调整大小后的图片里增加或减少像素以提高图片质量。

◆　◑：用于改变图片亮度和对比度。

◆　⚠：用于改变图片内部边缘对比度。

3.4.3 图像映射

在浏览网页的过程中，读者可能会遇到对一个图像的各个不同部分建立不同的超链接。图像映射就是将一幅图像分割为若干个区域，并将这些子区域设置成热点区域，然后将这些不同热点区域链接到不同的页面。当用户单击图像上不同热点区域时，就可以跳转到不同的页面。下面通过一个实例来说明如何使用图像的映射：

01 打开一个新的文档，选择【插入】/【图像】命令，在文档窗口中插入一幅图像。

02 在属性设置面板中的矩形热点工具□上单击鼠标，在图像上的"基础知识"4个字左上角按下鼠标左键，然后向右下角拖动鼠标，直到出现的矩形框将"基础知识"4个字包围后释放鼠标。这样第一个热点建立完成。此时热点区域会显示成半透明的阴影。

03 选择圆形热点工具○，在"实例技巧"4个字的左上角按下鼠标左键，然后向右下角拖动鼠标，直到出现的圆形框将"实例技巧"4个字包围后释放鼠标。

04 选择多边形热点工具♡，在"综合实例"4个字的左上角单击鼠标左键，加入一个定位点；再在左下角单击鼠标左键，加入第二个定位点，这时两个定位点间会连成一条直线。按同样的方法在右上角、右下角各加入一个定位点，此时4个定位点会连成一个梯形，将"综合实例"4个字包围。这样第三个热点建立完成。

05 在属性设置面板中的选择调整热点工具▶，单击需要调整大小的热点区域。此时被选中的热点区域在区域的四角会出现4个方块，把鼠标放在这些小方块上（会改变鼠标的颜色），然后拖拉鼠标即可改变热点区域的大小。三个热点调整完后，显示如图3-11所示。

图 3-11　加入热点后的图像

06 在属性设置面板中选择调整热点工具▶，再用鼠标单击"基础知识"的热点区域，选中该热点区域。在属性设置面板"链接"文本框后输入链接地址。

07 同样的方法为其他两个热点区域建立超级链接。

08 选择【文件】/【保存】命令，保存该文档。按下快捷键 F12 在浏览器中预览整个页面。

当用户把鼠标移动到热点区域上时，鼠标的形状变为手形，并且在浏览器下方的状态栏中显示了链接的路径。当用户单击各个热点区域，则会打开超级链接的文件，并显示相关的内容。

3.4.4 翻转图像

所谓翻转图像就是当鼠标移动到该图像上面时，一幅图像切换成另一幅图像，同时可以通过单击该图像，打开链接的其他网页。该功能主要用于建立导航按钮。在文档中创建翻转图像的操作步骤如下：

（1）选择【插入】/【图像对象】/【鼠标经过图像】，或单击【常用】插入面板上【鼠标经过图像】的图标 ，弹出【插入鼠标经过图像】设置面板，如图 3-12 所示。

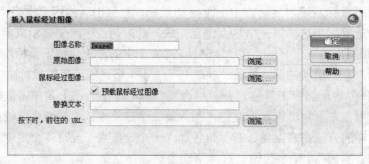

图 3-12 【插入鼠标经过图像】设置面板

（2）在【图像名称】文本框中输入图像的名称。

（3）在【原始图像】文本框中输入原始图像的路径及文件名，即开始显示的图像。也可通过单击右边的【浏览】按钮，从弹出的文件选择窗口中选择合适的图像。

（4）在【鼠标经过图像】文本框中输入翻转图像的路径及文件名，即鼠标经过原始图像时切换显示的图像。用户需要注意的是，翻转图像必须和原始图像有相同的尺寸；如果尺寸不同，Dreamweaver 会自动将翻转图像的尺寸调整成原始图像的尺寸。

（5）选中【预载鼠标经过图像】选项，表示在用户浏览该网页时，会将翻转图像装入到内存中，可以加快图像的下载速度。

（6）在【替换文本】文本框中输入文本。在浏览器中将鼠标掠过图像时，就会显示这些文本。

（7）在【按下时，前往的 URL】文本框中输入链接的文件路径及文件名，表示在浏览时单击翻转图像时，会打开链接的网页。

3.5 添加超链接

超链接（HyperLink）是网页与网页之间联系的纽带。通过超级链接的方式可以使各个网页之间联接起来，使网站中众多的页面构成一个有机整体，使访问者能够在各个页面之间跳转。超级链接可以是一段文本，一幅图像或其他网页元素，当在浏览器中用鼠标单击这些对象时，浏览器可以根据指示载入一个新的页面或者转到页面的其他位置。

超链接由两部分组成，一部分是在浏览网页时可以看到的部分，称为超链接载体，另一部分是超链接所链接的目标。在浏览页面时单击超链接的载体将会打开该目标。链接的目标可以是网页、图片、视频或声音和电子邮件地址等。

3.5.1 建立普通链接

在一般的情况下，创建的超级链接都是在属性设置面板的【链接】文本框中完成的。使用属性设置面板可以把当前文档中的文本或图像链接到另一个文档。操作步骤如下：

（1）在文档窗口中选中需要建立链接的文本或图像。

（2）选择【窗口】/【属性】命令，打开属性设置面板。在属性设置面板中单击的"链接"后的文件夹图标，在弹出的文件框中选择一个合适的文件，或在"链接"文本框中直接输入文件路径。

拖拉图标也可以建立超级链接。选中需要建立链接的文本或图像后，选择【窗口】/【文件】命令，在【文件】面板左上角的下拉列表中选择要链接的文件所在的站点，并找到该文件。然后用鼠标拖拉图标，当指到要链接的文件时，该文件名上会显示一个选择框。释放鼠标后，则链接文件的地址会显示在"链接"文本框内。

（3）在"目标"下拉列表框中选择被链接文档的载入位置。在默认情况下，被链接文档在当前窗口或框架中打开。要使被链接的文档显示在其他地方，则需要从属性设置面板的【目标】下拉列表框选择一个选项。

◆ _blank：将链接的文件载入一个未命名的新浏览器窗口中。

◆ _parent：将链接的文件载入含有该链接的框架的父框架集或父窗口中。如果含有该链接的框架不是嵌套的，则在浏览器全屏窗口中载入链接的文件。

◆ _self：将链接的文件载入该链接所在的同一框架或窗口中。此目标为默认值，因此通常不需要指定它。

◆ _top：在整个浏览器窗口中载入所链接的文件，因而会删除所有框架。

操作完成后，可以看到被选择的文本变为蓝色，并且带有下划线，如图3-13所示。

图3-13　添加了超级链接的文本和图像

如果为图像添加了超级链接，则默认状态下，在图片周围显示一个蓝色的边框，如图

3-13 所示。如果不希望在页面中显示蓝色边框，则要选中图片，在其对应的属性面板上将其边框值设置为 0。

3.5.2 创建邮件链接

在网页上创建电子邮件链接，可以方便访问者反馈意见。当浏览者单击电子邮件链接时，可即时打开浏览器默认的电子邮件处理程序，收件人邮件地址被电子邮件链接中指定的地址自动更新，无需浏览者手工输入。

创建邮件链接的步骤如下：

（1）选中需要作为邮件链接的文字。

（2）打开属性设置面板。在属性设置面板中"链接"文本框中输入邮件地址。

用户需要注意的是，在"链接"文本框中输入邮件地址时，需要在邮件地址前面添加"mailto:"，表示该超级链接是邮件链接。例如：mailto:webmaster@1234.com。

此外，用户还可以执行【插入】/【电子邮件链接】菜单命令，在弹出的如图 3-14 所示的对话框中设置链接文本及链接目标。

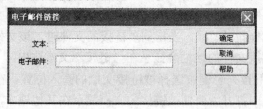

图 3-14　【电子邮件链接】对话框

在"文本："右侧的文本框中键入显示在页面上的链接文本，例如"联系我们"；在"电子邮件："右侧的文本框中直接键入邮件地址，例如 webmaster@1234.com，然后单击【确定】按钮，即可在页面上创建一个电子邮件链接。

3.5.3 链接到命名锚点

锚点常用于长篇文章、技术文件等内容的网页。在网页中使用锚点来链接文章的每一个段落，以方便文章的阅读。当用户单击某一个超级链接时可以转到相同网页的特定段落。

创建到命名锚记的链接的过程分为两步。首先，创建命名锚记，然后创建到该命名锚记的链接。具体步骤如下：

（1）将光标放在欲设置锚点的位置，选择【窗口】/【插入】命令，打开插入面板。单击插入面板上的【常用】标签，切换到【常用】插入面板。

（2）单击插入面板上【命名锚记】图标，打开【命名锚记】对话框，如图 3-15 所示。在插入锚点对话框中输入该锚点名称。

在这里需要提请读者注意的是，锚点名称只能包含小写的 ASCII 字母和数字，且不能以数字开头。

（3）单击【确定】按钮，即可在指定位置添加一个命名锚记，并显示一个黄色的锚记图标。

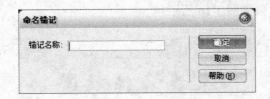

图 3-15 【命名锚记】对话框

📖说明 如果看不到锚记标记，可选择【查看】/【可视化助理】/【不可见元素】命令。

（4）选择作为超级链接的文字，然后选择【窗口】/【属性】命令，打开属性设置面板。在属性设置面板的"链接"文本框中输入锚点的名称。

用户需要注意的是，在"链接"文本框中输入锚点名称时，需要在锚点名称前面添加一个特殊的符号"#"。例如：#top，其中，top 为命名锚记的名称。

3.5.4 创建空链接和脚本链接

用户除了可以创建邮件链接之外，还可以创建空链接和脚本链接。

空链接是未指派的链接。空链接通常用于向页面上的对象或文本附加行为。例如，可向空链接附加一个行为，以便在指针滑过该链接时会交换图像或显示 AP 元素。创建空链接的步骤如下：

（1）选择欲作为空链接的文本或图像，并打开属性设置面板。

（2）在属性设置面板的"链接"文本框中输入"javascript:;"，用户要注意 javascript 一词后依次接有一个冒号和一个分号。

脚本链接用于执行 JavaScript 代码或调用 JavaScript 函数。它非常有用，能够在不离开当前 Web 页面的情况下为访问者提供有关某项的附加信息。脚本链接还可用于在访问者单击特定项时，执行计算、验证表单和完成其他处理任务。

创建脚本链接的具体操作步骤如下：

（1）选择需要作为脚本链接的文本，然后打开属性设置面板。

（2）在属性设置面板"链接"文本框中输入脚本，如：JavaScript:alert('您好，欢迎浏览我的个人主页。')。括号中的内容必须使用单引号，或在双引号前添加反斜杠，例如，JavaScript:alert(\"您好，欢迎浏览我的个人主页。\")。

在浏览器中浏览空链接或脚本链接时，如果将鼠标指针移动到空链接或脚本链接上，鼠标的形状变为手形，单击脚本链接时会弹出一个警告框，显示"您好，欢迎浏览我的个人主页"。

3.5.5 文本与链接网页实例

下面通过一个实例展示文本添加设置与超级链接的应用。网页中共有三首诗，三首诗之间用水平线分隔。效果如图 3-16 所示。

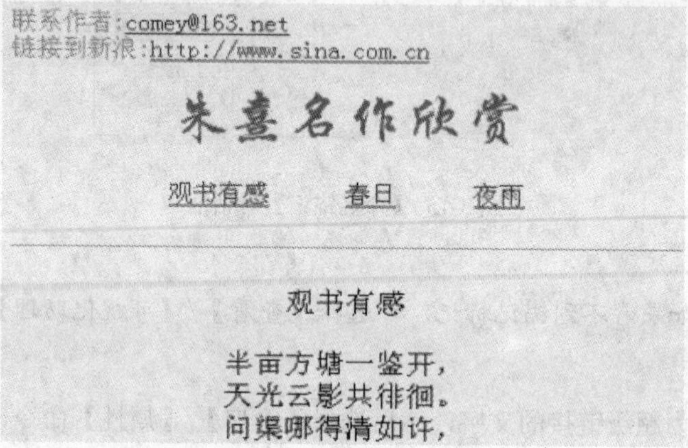

联系作者:comey@163.net
链接到新浪:http://www.sina.com.cn

朱熹名作欣赏

观书有感   春日   夜雨

观书有感

半亩方塘一鉴开,
天光云影共徘徊。
问渠哪得清如许,

图 3-16 实例效果

01 执行【文件】/【新建】命令,新建一个 HTML 文件。

02 切换到"设计"视图,在设计视图空白处右击鼠标,在上下文菜单中执行【页面属性】命令。设置字体大小为 16,在"背景颜色"文本框输入"#E5EDE5";单击"分类"列表框中的"标题/编码"选项,在出现的"标题"文本框输入"朱熹名作欣赏"。单击【确定】按钮完成网页背景颜色的设定。

03 在设计视图中输入文字"联系作者:comey@163.net,选中"联系作者:",在属性面板上的"目标规则"下拉列表中选择"新 CSS 规则",然后单击【编辑规则】按钮打开【新建 CSS 规则】对话框。

04 在对话框中将选择器类型设置为【类】,选择器名称为.fontstyle1(注意名称以句点开头),规则定义的位置仅限该文档,单击【确定】按钮打开对应的规则定义对话框。设置字体大小为 16,颜色为#FF6600。

05 选中"comey@163.net",在属性面板上的链接文本框中输入"mailto:comey@163.net"。制作邮件链接。

06 输入文字"链接到新浪: http://www.sina.com.cn",依照第 **03** ~ **05** 步的方法设置字体大小、颜色,以及链接文本。不同之处在于选中 http://www.sina.com.cn 后,属性面板链接框中输入的是"http://www.sina.com.cn"。

07 在页面上输入词诗标题、页内超级链接地址和诗词具体内容。

08 选中"朱熹名作欣赏",依照第 **03** 、**04** 步的方法设置字体为"华文行楷"、大小为 24,颜色为"#336666",且对齐方式为居中。

09 将光标定位到词"观书有感"前,切换到【插入】/【常用】面板,按下水平线按钮,插入水平线。同样方法插入另两条水平线。

10 将光标定位到词"观书有感"前,单击插入面板上的"常用"标签激活常用面板,按下按钮弹出【命名锚记】对话框。

11 在"锚记名称"文本框输入"c1",并单击【确定】按钮插入锚记。用同样方法在另两首词标题前插入锚记,锚记名称按从上到下的顺序分别为 c2 和 c3。

12 选中导航部分的"观书有感"文字。在属性面板上的链接文本框中输入"#c1"。

用同样方法设置"春日"和"夜雨"的页内链接。

⑬ 执行【文件】/【保存】,弹出【另存为】对话框。输入文件名按保存按钮保存文件。到此一个综合各种链接的网页做完了。按 F12 键可以查看制作的效果。

3.6　CSS 样式表

本章前面章节已介绍了 HTML 样式表的相关操作。HTML 样式表是通过设置 HTML 标识符,对段落或选择的文本进行格式化。使用 HTML 样式只能控制某个文档中的段落或者字符的格式,而在具体制作网页的时候经常遇到要在许多文档中应用一些复杂的段落或字符特效,并且还要嵌入某种样式的图像效果,同时这些文档中的文本和图像效果又相同,这时候使用 CSS 样式就可以轻松解决这个问题。

CSS 是 Cascading Style Sheets(层叠样式表)的简称,是一组能控制文档范围中文本外观的格式化属性集合。CSS 样式可以定义在 HTML 文档的标记(tag)里,也可以在外部附加文档中作为外加文件,具有更好的易用性和扩展性。CSS 对于设计者来说是一种非常灵活的工具,不必再把繁杂的样式定义编写在文档中,可以将所有有关文档的样式指定内容全部脱离出来,在行定义、在标题中定义,甚至作为外部样式文件供 HTML 调用。同时,在定义时也不必考虑各种浏览器的兼容性,因为那些古老的不支持 CSS 的浏览器能够将 CSS 的样式定义内容完全忽略,这是以前的 HTML 所不能做到的。CSS 样式通常用来同时控制多个文档的格式,同时当 CSS 样式发生变化或者更新时,所有使用这一 CSS 样式的文档都随着自动更新。

此外,Dreamweaver CS5 新增了 CSS 检查模式,允许开发人员以可视化方式详细显示 CSS 框模型属性,包括填充、边框和边距,轻松切换 CSS 属性,且无需读取代码,或使用独立的第三方实用程序。在实时视图下,单击文档工具栏上的【检查】按钮即可打开 CSS 检查模式。

Dreamweaver CS5 简化了 CSS 样式的工作流程,在 Dreamweaver CS5 中,无需编写代码即可实施 CSS 最佳做法。用户可以直接在【属性】面板中新建 CSS 规则,并在样式级联中清晰、简单地显示每个属性的相应位置,从而可以更方便地为元素来控制和删除样式。

执行【窗口】/【CSS 样式】命令,或单击属性面板上的【CSS 面板】按钮,即可打开【CSS 样式】面板,如图 3-17 所示。

图 3-17　【CSS 样式】浮动面板

在浮动面板上可以选择两种模式的视图，选择"全部"模式，则列出整份文件的 CSS 规则和属性；选择"当前"模式，则显示当前选取页面元素的 CSS 规则和属性。

3.6.1 创建 CSS 样式表

若要新建一个层叠样式表，其具体的操作步骤如下：

（1）选择【窗口】/【CSS 样式】命令，打开【CSS 样式】面板。

（2）单击【CSS 样式】面板底部的新建样式图标 ，打开【新建 CSS 规则】对话框，如图 3-18 所示。

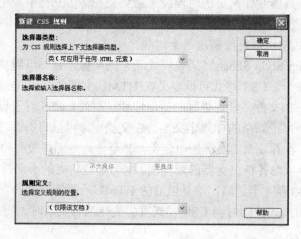

图 3-18 【新建 CSS 规则】浮动面板

（3）在"选择器类型"下拉列表中选择样式表的类型。

【类】：用于建立一种自己定制的样式表。它由用户给定样式表元素名称，并且可以在整个 HTML 中被调用。

【标签】：用于重新定义一个 HTML 标签，单击"选择器名称"的小三角按钮可以看到所有的 HTML 标识符，从中选择一个标识符，或直接输入一种 HTML 标识符，如 <BODY>，<H1>等等，重新进行定义。样式一经定义就在整个 HTML 文件中通用。

【复合内容】：用于定义组合样式（两个或两个以上 CSS 元素组合）以及具有特殊序列号（ID）的样式元素。选择器提供了 4 种给定的组合样式，分别是 a:active（激活的链接）；a:hover（当前链接）； a:link（链接）； a:visitcd（访问过的链接）。通过对这 4 个元素的定义可以在网页中非常方便地制作有个性的超链接。

【ID】：仅用于一个 HTML 元素，个别地定义该元素的成分。这种选择符应该尽量少用，因为它具有一定的局限。指定 ID 选择器时，其名字前面要有指示符"#"。

（4）在【选择器名称】栏输入样式的名称，或从下拉列表中选择一个样式名称。

（5）选择样式表定义的位置。若要创建外部样式表，请选择【新建样式表文件】，并在该文本框中输入样式表的文件名；若要在当前文档中嵌入样式，请选择【仅限该文档】。

（6）定义好样式类型后，单击【确定】按钮进行确认。则会出现层叠样式表设置面板。在该面板中设置需要的样式。

（7）设置完成后，单击【确定】按钮。

3.6.2 链接/导入外部样式表

一个外部的 CSS 样式表只是一个包含样式规范的文本文件。编辑一个外部 CSS 样式表会影响所有与之相链接的文档。链接/导入一个外部样式表的操作步骤如下：

（1）选择【窗口】/【CSS 样式】命令，打开【CSS 样式】面板。

（2）单击该面板中的 按钮，弹出【链接外部样式表】对话框。

（3）在"文件/URL"文本框后键入外部 CSS 样式表的路径。

（4）选择使用外部样式表的方式。

"导入"会将外部 CSS 样式表的信息带入当前文档；"链接"则只读取和传送信息，不转移信息。虽然"导入"和"链接"都可以将外部 CSS 样式表中的所有样式调用到当前文档中，但"链接"可以提供的功能更多，适用的浏览器也更多。

（5）在"媒体"弹出式菜单中，指定样式表的目标媒介。

（6）单击【预览】按钮确认样式表是否将所需的样式应用于当前页面。如果应用的样式没有达到预期效果，请单击【取消】删除该样式表。页面将回复到原来的外观。

（7）单击【确定】按钮，完成链接或导入外部 CSS 样式表。

至此，样式表已经分配给当前的 Dreamweaver CS5 文档，表中的样式也会显示在【CSS 样式】浮动面板中。

3.6.3 修改 CSS 样式表

Dreamweaver CS5 提供了多种方式对样式表进行修改。请执行以下操作之一：

◆ 执行【窗口】/【CSS 样式】命令打开 CSS 样式面板，选中要修改的样式后单击底部的编辑样式图标 ，打开【CSS 规则定义】对话框，如图 3-19 所示。修改好后，单击【确定】。

◆ 执行【窗口】/【CSS 样式】命令打开 CSS 样式面板，双击要修改的样式，即可直接对 CSS 样式进行修改。

图 3-19 【CSS 规则定义】对话框

【CSS 规则定义】对话框的分类列表中共有 8 个选项，选择一个选项时，面板右边会显示当前选项对应的参数。

默认的选项是"类型"，主要用于定义文本的相关属性。

"背景"用于设置背景颜色和背景图像的大小、位置及排列方式。

"区块"用于调整字之间、字母之间的间距及对齐方式。

"方框"用于设置网页元素在页面中的大小和位置。

"边框"用于设置边框的样式。

"列表"用于设置项目符号和项目编号的外观及位置。

"定位"用于设置样式在网页中的具体位置。

"扩展"用于制作一些特殊效果或进行一些特殊操作，如打印时自动换页、改变鼠标的形状、对文本和图像应用滤镜，等等。

此外，利用 Dreamweaver CS5 新增的 CSS 启用/ 禁用功能，开发人员可以直接在 CSS 样式面板注释掉或重新启用部分 CSS 属性，并可直接查看注释掉特定属性和值之后页面上具有的效果，而不必直接在代码中做出更改。

在【CSS 样式】的属性列表中选中要禁用或重新启用的 CSS 属性，然后单击【CSS 样式】右下角的【禁用 ◎/启用 CSS 属性】按钮，即可。禁用 CSS 属性只会取消指定属性的注释，而不会实际删除该属性。

3.6.4 部分常用的属性和值

◆ font-family 属性

font-family 属性用于指定网页中文本的字体。取值可以是多个字体，字体间用逗号分隔。例如：

```
body,td,th{font-family: Georgia, Times New Roman, Times, serif;}
```

◆ font-style 属性

font-style 属性用于设置字体风格，取值可以是：normal（普通），italic（斜体）或 oblique（倾斜）。例如：

```
P{font-style: normal}
H1{font-style: italic}
```

◆ font-size 属性

font-size 属性用于设置字体显示的大小。这里的字体大小可以是绝对大小（xx-small、x-small、small、medium、large、x-large、xx-large）、相对大小（larger、smaller）、绝对长度（使用的单位为 pt-像素和 in-英寸）或百分比，默认值为 medium。例如：

```
h1{font-size: x-large}
o{font-size: 18pt}
li{font-size: 90%}
stong{font-size: larger}
```

◆ font 属性

font 属性用作不同字体属性的略写，可以同时定义字体的多种属性，各属性间以空格间隔。例如：

```
p{font: italic bold 16pt 华文宋体}
```

◆ color 属性

color 颜色属性允许网页制作者指定一个元素的颜色。

使用示例：

```
H1{color:black}
H3{color: #ff0000}
```

为了避免与用户的样式表之间的冲突，背景和颜色属性应该始终一起指定。

◆ background-color 属性

background-color 背景颜色属性设定一个元素的背景颜色，取值可以是颜色代码或 transparent（透明）。

使用示例：

```
body{background-color: white}
h1{background-color: #000080}
```

为了避免与用户的样式表之间的冲突，无论任何背景颜色被使用的时候，背景图像都应该被指定。而大多数情况下，background-image:none 都是合适的。网页制作者也可以使用略写的背景属性，通常会比背景颜色属性获得更好的支持。

◆ background-image 属性

background-image 背景图像属性设定一个元素的背景图像。

使用示例：

```
body{ background-image: url(/images/bg.gif) }
```

为了那些不载入图像的浏览者，当定义了背景图像后，应该也要定义一个类似的背景颜色。

◆ background-repeat 属性

background-repeat 属性用来描述背景图片的重复排列方式，取值可以是 repeat（沿 X 轴和 Y 轴两个方向重复显示图片）、repeat-x（沿 X 轴方向重复图片）和 repeat-y（沿 Y 轴方向重复图片）。

使用示例：

```
body {
  background-image:url(pendant.gif);
  background-repeat: repeat-y;
}
```

◆ background 属性

background 背景属性用作不同背景属性的略写，可以同时定义背景的多种属性，各属性间以空格间隔。

使用示例：

```
P{background: url(/images/bg.gif) yellow }
```

◆ line-height 属性

line-height 行高属性可以接受一个控制文本基线之间的间隔的值。取值可以是 normal、数字、长度和百分比。当值为数字时，行高由元素字体大小的量与该数字相乘所得。百分比的值相对于元素字体的大小而定。不允许使用负值。行高也可以由带有字体大小的字体属性产生。

使用示例：

```
p{line-height:120%}
```

3.6.5 CSS 样式应用实例

下面通过一个改变页面背景图像的重复性和鼠标样式的实例演示 CSS 样式表的创建方法和应用。具体的操作步骤如下：

01 执行【修改】/【页面属性】命令，弹出页面属性对话框。

02 设置背景图像，单击【浏览】按钮选择图像。由于背景图像没有填满整个窗口，Dreamweaver 会自动平铺（重复）背景图像，如图 3-20 所示。

下面使用 CSS 样式表禁用图像平铺。效果如图 3-21 所示。

03 单击属性面板上的【CSS 面板】按钮，打开【CSS 样式】面板。

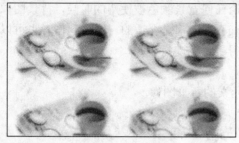

图 3-20 背景平铺效果   图 3-21 背景不平铺效果

04 单击【CSS 样式】面板上的【新建 CSS 规则】按钮，在弹出的【新建 CSS 规则】对话框的 "选择器类型" 下拉列表中单击【类】，在 "选择器名称" 文本框中输入 ".background"。在 "规则定义" 下拉列表中选择【仅限该文档】。

05 在【CSS 规则定义】对话框 "分类" 列表框中，选择 "背景" 选项。单击 "浏览" 按钮，选择图像文件。单击 "重复" 下拉列表框下拉箭头，选【不重复】。

06 完成以上设置后单击【确定】按钮。然后在标签选择器中右击<body>标签，再单击【设置类】子菜单的.background 应用样式。

07 在文档窗口中输入如下内容："鼠标效果"，选择【窗口】/【属性】命令，出现属性设置面板，设置该段文字为一级标题。然后在文档窗口中输入如下内容："请把鼠标移到相应的位置查看效果。"

08 单击【布局】插入面板上的 "绘制 AP DIV" 的图标，在文档窗口插入 4 个层，在对应的属性设置面板中分别设置它们的名称为：apDiv1、apDiv 2、apDiv 3 及 apDiv 4。

09 在 4 个层中分别输入 "手的形状"、"移动"、"求助" 及 "移动"，通过对应的属性设置面板设置字体大小为+3。输入内容后的文档显示如图 3-22 所示。

10 打开【CSS 样式】面板。单击该面板顶部右边的三角按钮，从打开的下拉菜单中选择【新建 CSS 样式】命令，出现【新建 CSS 样式】面板。

11 在 "选择器类型" 下拉列表中选择【ID】选项，然后在【选择器名称】文本框中输入#apDiv1，最后选中面板底部的【仅限该文档】选项。

12 设置完成后单击按钮【确定】进行确认。出现样式定义面板。单击样式定义面板左边【分类】列表框中的【扩展】选项，切换扩展设置面板中。

13 打开【光标】选项后面的下拉列表框选择 hand，表示当鼠标移动到该文本上时变为手的形状。

14 通过同样的方法为其他 4 个层设置对应的鼠标形状。

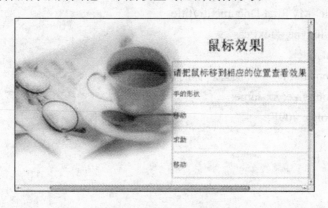

图 3-22 文档窗口显示效果

15 设置完成后单击【确定】按钮，进行确认并关闭该面板，返回到文档窗口。打开文件菜单，选择保存命令，将该文档保存。

16 按 F12 键进行预览网页，当把鼠标移动到文字"手的形状"上时，鼠标将变成手的形状；当把鼠标移动到其他文本上时，鼠标将变为对应的形状。

3.7 思考与练习

1. 填空题

（1）列表一般可以分为_____、_____、_____、_____和_____5 种类型。

（2）通过_____的方式可以使各个网页之间联接起来，使网站中众多的页面构成一个有机整体，使访问者能够在各个页面之间跳转。

（3）在网页中常用的图像格式有_____、_____、_____。

（4）使用【类】建立的层叠样式表，命名时在名称前应加上_____。

（5）如果要用层叠样式表定义页面的链接样式，应在【新建 CSS 样式】对话框中选择_____。

（6）创建超链接可以链接到不同的目标,在网页中创建超链接的目标有：_____、_____、_____、_____、_____5 种。

（7） 在 Dreamweaver 中文本格式有：_____、_____、_____。

2. 问答题

（1）如何创建 个指向电子邮件地址的链接？

（2）如何创建当前文档中某个位置的链接？

（3）如何创建一个导航条？

（4）CSS 样式表与 HTML 样式最大的区别是什么？

（5）有 HTML 源文件如下：

```
<html>
  <head>
    <title>My First Document</title>
    <style type="text/css">
    .fontstyle {
      font-family: "汉仪雪君体简";
      font-size: xx-large;
      color: #09F;
    }
    </style>
  </head>
  <body>
    <p><h2 class="fontstyle">颜色控制</h2></p>
  </body>
</html>
```

文本"颜色控制"将以什么颜色显示？为什么？

3. 操作题

（1）新建一个网页，为网页设置水平平铺或垂直平铺背景图像。

（2）在义档中插入一张图像，将此图像链接到一个熟悉的网站。

（3）新建一个文档，在改文档中输入如下内容："历史"、"中国历史"、"古代中国历史"、"近代中国历史"、"世界历史"、"数学"、"代数"、"几何"、"平面几何"、"立体几何"，每输入一项内容按回车键。设置所有项为无序列表第一层，设置"中国历史"、"古代中国历史"、"代数"、"几何"这些项为无序列表第二层，设置"近代中国历史"、"世界历史"、"平面几何"、"立体几何"这些项为无序列表第三层。

（4）在文档窗口中插入一幅图像，在该图像中定义三个不同的热点区域，定义第一个热点区域为圆形、第二个热点区域为矩形、第三个热点区域为多边形，然后在图像的热点区域上建立链接。

（5）打开一个文档，设置没有被访问的链接显示为红色、带下划线；鼠标移动到一个链接上时显示绿色、取消下划线；激活一个链接时显示蓝色、没有下划线；被访问过的链接显示为深红色、带删除线。

第 4 章

页面布局技术

虽然网页的主旨是传播信息，但访问者一般不愿意看到只注重内容的站点。因此，只有当网页布局和网页内容成功结合时，这样的网页或者站点才会吸引访问者，并能留住一些 "挑剔" 的访问者。

本章将介绍 Dreamweaver 中的页面布局技术，包括表格和布局表格的操作，框架和 AP 元素的功能和用法，以及 AP 元素和表格的相互转化。

学 习 要 点

 使用表格和框架排版

 使用 AP 元素定位页面元素

 模板和库统一页面风格

4.1 表格排版

在 HTML 中，表格是很多优秀站点设计的整体标准，用表格可以将数据、文本、图片规范地显示在页面上，避免杂乱无章，经过格式化的页面在不同平台，不同分辨率的浏览器中都能保持布局和对齐。

使用表格技术能使网页变得更加清楚，看起来更加有条理、更加美观。但它有一个小小的缺陷：它会使网页显示的速度变慢。这是因为在浏览器中，一般的文字是从服务器上传过来逐行显示的，即使不全，它也会将传到的部分显示出来，以方便浏览。而使用表格后，一定要等到整个表格的内容全部传过来之后，才能在客户端的浏览器上显示出来。

4.1.1 创建表格

创建表格的操作步骤如下：

（1）单击【插入】面板上的【常用】标签，切换到【常用】插入面板，然后单击表格图标⊞，或选择【插入】/【表格】命令。

（2）在弹出的【表格】对话框的【行数】文本框中输入表格的行数；在【列数】文本框中输入表格的列数；在【表格宽度】文本框中输入表格的宽度大小，在该选项的右边可以选择不同的计量单位，如果选择使用的单位为【百分比】，则会按照浏览器的视窗宽度来调整表格相对的百分比宽度；在【边框粗细】文本框中输入表格边框的宽度。在【单元格边距】文本框中输入表格单元中的内容与单元格边界的距离值；在【单元格间距】文本框中输入表格内的单元格相对于表格边线的距离。

（3）在标题区域可以设置表格显示标题的单元格。

设置为标题区域的单元格中的文本将以粗体显示，且居中对齐。

（4）在"标题"文本框中可以键入表格的标题。标题显示在表格之上。

（5）单击【确定】按钮关闭对话框，即可在页面指定位置插入一个表格。效果如图4-1 所示。

My first table

热门品牌	雪佛兰	东风标致
车型对比		
产品报价		

图 4-1 表格效果

默认状态下，表格是在"标准"模式下直接插入的，虽然它也能任意改变大小和行列，但表格不能随意移动，操作起来很不方便。在 Dreamweaver CS5 以前的版本中，Adobe 提供了布局表格，这种表格可以随意移动，布局时也很直观，但由于目前 CSS+DIV 布局已经被大多数主流网站所认同，且使用布局表格会产生大量臃肿的代码，因此，Adobe 在最新推出的 Dreamweaver CS5 中摒弃了布局表格和布局单元格。

尽管如此，在操作表格时，可以使用 Dreamweaver CS5 中的扩展表格模式。"扩展表格"模式临时向文档中的所有表格添加单元格边距和间距，并且增加表格的边框以使编辑操作更加容易。

在"设计"或"拆分"视图下，选中表格之后，执行以下操作之一，即可切换到表格的扩展模式：

● 执行【查看】/【表格模式】/【扩展表格模式】菜单命令。

● 按下 Alt + F6 快捷组合键。

● 在【插入】面板的"布局"类别中，单击【扩展】按钮。

切换到扩展模式之后，文档窗口的顶部会出现标有"扩展表格模式"的横条，且文档窗口工作区中的所有表格自动添加了单元格边距与间距，并增加了表格边框。如图 4-2 所示。

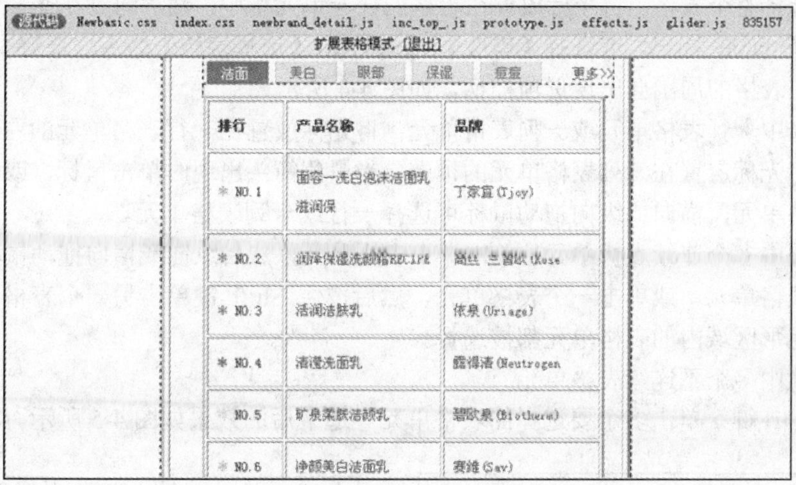

图 4-2　扩展模式下的表格

注意：在"扩展"模式下一旦做出选择或放置插入点，就应该回到"设计"视图的"标准"模式下进行编辑。诸如调整大小之类的一些可视操作在"扩展表格"模式中不会产生预期结果。

在文档中插入表格后，可以在表格中输入各种数据。输入数据的方法是先将光标放置在需要插入数据的单元格中，然后直接输入数据即可。

4.1.2　创建嵌套表格

嵌套表格是在另一个表格的单元格中的表格。可以像对其他任何表格一样对嵌套表格进行格式设置；但是，其宽度受它所在单元格的宽度的限制。

若要在表格单元格中嵌套表格，可以单击现有表格中的一个单元格，再在单元格插入表格。例如，在一个 3 行 3 列的表格的中间单元

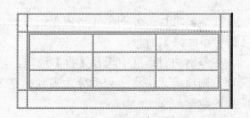

图 4-3　嵌套表格

格中个 3 行 3 列的表格就形成一个如图 4-3 所示的嵌套表格。

4.1.3 表格基本操作

在使用表格的过程中，常常需要对表格进行修改，如删除/插入行或列、拆分表格、调整表格或者单元格的大小、单元格与表格的复制、粘贴等，这些操作可以通过选择【修改】/【表格】命令的子菜单来实现。下面对表格的基本操作进行详细的说明。

1. 选择表格元素

◆ 选择整个表格：将光标放置在表格的任一单元格中，然后通过在文档窗口底部选择<table>标记，或选择【修改】/【表格】/【选择表格】命令。选取了表格之后，在表格的周围会出现选项控柄，如图 4-4 所示。

◆ 选中一行表格单元或一列表格单元：将光标放置在一行表格单元的左边界上，或将光标放置在一列表格单元的顶端，当黑色箭头出现时单击鼠标，或单击一个表格单元，横向或纵向拖动鼠标可选择一行或一列表格单元。

◆ 选中多个连续表格单元：单击一个表格单元，然后纵向或横向拖动鼠标到另一个表格单元，或单击一个表格单元，然后按住 Shift 键单击另一个表格单元，所有矩形区域内的表格单元都被选择。

◆ 选中多个不连续表格单元

按住 Ctrl 键，单击多个要选择的表格单元。选中后的效果如图 4-5 所示。

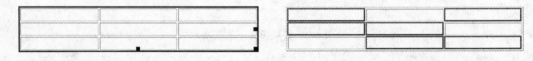

图 4-4　选中整个表格　　　　　　图 4-5　选中多个不连续表格单元

2. 合并单元格

在一般情况下，表格纵横方向单元格的大小一致。如果需要建立不规则的表格，必须对其中的一些单元格进行合并或拆分。

在需要进行合并的单元格内按下鼠标左键并拖拉鼠标，则被选择的单元格边框会被自然涂黑，表示当前被选择。选择【修改】/【表格】/【合并单元格】命令，则被选择的单元格会被合并。

3. 拆分单元格

在需要进行拆分的单元格内单击鼠标，选中该单元格，然后选择【修改】/【表格】/【拆分单元格】命令。

在弹出的对话框中选择【行】选项，则该单元格将一行拆分为多行；如果选择【列】选项，则该单元格将一列拆分为多列；在【行数（列数）】文本框中输入单元格拆分成行或列的数量。

4. 插入/删除行或列

该操作可以每次插入一行表格或多行表格，也可以同时插入一列表格或多列表格。

◆ 插入一行：选择表格的一行或一行中任意一个单元格，然后选择【修改】/【表格】/【插入行】命令，则在被选择行的上面插入一行表格。

◆ 插入一列：选择表格的一列或一列中任意一个单元格，然后选择【修改】/【表格】/【插入列】命令，则在被选择列的右边插入一列表格。

◆ 插入多行或多列：选择表格的一行、一列或其中任意一个单元格，然后选择【修改】/【表格】/【插入行或列】命令，在弹出的对话框中选择要插入的表格元素、数量和插入位置。

◆ 删除行或列：先选中这些行或列中所有的单元格，然后选择【修改】/【表格】/【删除行（列）】命令，则所选的所有行或列都被删除。

5. 调整行、列跨度

◆ 增加行宽或列宽：首先将光标放置在一个单元格中，然后选择【修改】/【表格】/【增加行宽】或【增加列宽】命令即可。

◆ 减少行宽或列宽：
选择【修改】/【表格】/【减少行宽】或【减少列宽】命令。

◆ 将表格的宽度或高度减到最小：选择整个表格，然后选择【修改】/【表格】/【清除单元格宽度】或【清除单元格高度】命令，则对所有单元格的宽度、高度进行压缩，直到内容最多的单元格与上下左右边界之间没有空隙为止。

◆ 转换表格单位：选择整个表格，然后选择【修改】/【表格】/【转换宽度为百分比】或【转换宽度为像素】命令，这样就可以将表格的宽度转换为以百分数或像素为单位，同理转换表格的高度。

6. 复制/粘贴单元格

（1）选择一个或多个单元格。所选的单元格必须是连续的，并且形状必须为矩形。

（2）鼠标右击选中的单元格，在弹出的上下文菜单中执行【复制】命令。

（3）选择要粘贴单元格的位置。

若要用在剪贴板的单元格替换现有的单元格，则选择一组与剪贴板上的单元格具有相同布局的现有单元格。例如，如果拷贝或剪切了一块 3×2 的单元格，则可以选择另一块 3×2 的单元格通过粘贴进行替换。

若要在特定单元格之上粘贴一整行单元格，或在特定单元格左侧粘贴一整列单元格，则单击该单元格。

若要用粘贴的单元格创建一个新表格，则将插入点放置在表格之外。

（4）把光标定位于目标表格的单元中，单击右键，在弹出的菜单中执行【粘贴】命令。

7. 表格排序

在表格中输入内容时，常常需要对这些内容进行排序。Dreamweaver CS5 提供了表格排序的功能。操作步骤如下：

（1）将光标放置在一个表格中，然后选择【命令】/【排序表格】命令，弹出如图 4-6

所示的【排序表格】对话框。

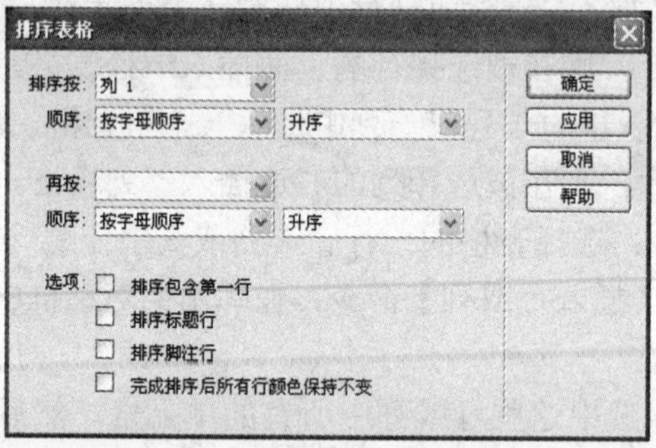

图 4-6 【排序表格】对话框

（2）在【排序按】下拉列表框选择需要进行排序的列。

（3）在【顺序】下拉列表框中设置表格内容排序列顺序，其中【按字母顺序】表示按字母顺序排列；【按数字顺序】表示按数字顺序排列。后面的下拉框中有两个选项，其中【升序】表示按字母或数字升序排列；【降序】表示按字母或数字降序排列。

（4）在【再按】下拉列表框中选择第二个需要进行排序的列。

（5）如果选中【排序包含第一行】行选项，表示排序时包括第一行，如果第一行不是标题，就应该选择该项。

（6）选中【排序标题行】复选框可以对标题行按以上步骤指定的排序条件进行排序。

（7）选中【排序脚注行】选项，则可以按以上步骤指定的排序条件对脚注行进行排序。

（8）选中【完成排序后所有行颜色保持不变】选项，则可以使排序完成后所有行的颜色与排序之前的行颜色保持相同。

如果表格行使用两种交替的颜色，则不要选择此选项，以确保排序后的表格仍具有颜色交替的行。如果行属性特定于每行的内容，则选择此选项以确保这些属性保持与排序后表格中正确的行关联在一起。

（9）单击【确定】按钮，完成操作。

注意：不能对包含合并单元格的表格进行排序。

8. 导入表格式数据

在 Dreamweaver CS5 中建立的表格，可以保存到一个文本文件中，在以后需要时，可以再从文件中导入该表格数据。下面对表格的导入和输出分别进行说明。

（1）在记事本中创建一组带分隔符格式的数据，如图 4-7 所示，将数据保存。

（2）选择【文件】/【导入】/【表格式数据】命令，打开【导入表格式数据】对话框。

（3）在该对话框中设置需要引入数据的位置和输入数据时所用的分隔符类型、表格宽度、单元格填充、单元格间距、边框。通过【匹配内容】单选按钮设置表格的宽度是否与数据长度匹配。通过【指定宽度】单选按钮设置表格宽度占浏览器窗口的百分比或像素。在【格式化首行】下拉列表框中选择表格格式类型。

（4）设置完成后，单击【确定】按钮。此时在 Dreamweaver 文档窗口中出现数据表格，如图 4-8 所示。

1	雪佛兰	东风标致
2	赛欧	悦翔
3	君威	帝豪EC8

图 4-7　在记事本中创建一组数据　　　　图 4-8　导入数据后的效果

在 Dreamweaver 中还可以将表格数据输出为文本文件，具体操作步骤如下：

（1）在 Dreamweaver 中创建一个表格，在表格中输入数据，如图 4-9 所示。

（2）将光标放置在该表格中或先选中择该表格。选择【文件】/【导出】/【导出表格】命令，找开【导出表格】对话框。

（3）在【分隔符】下拉列表框中选择一种表格数据输出到文本义件后的分隔符。在【换行符】下拉列表框中选择一种表格数据输出到文本文件后的换行方式。

（4）设置完成之后，单击【导出】按钮，关闭该对话框使设置内容生效。

（5）在保存文件窗口中输入一个文件名，可以不使用扩展名，也可以使用一个文本类型的扩展名，单击【保存】按钮即可。此时用"记事本"应用程序打开该文件，内容如图 4-10 所示。

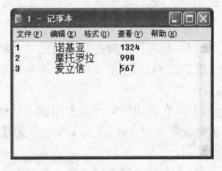

手机使用调查表

1	诺基亚	1324
2	摩托罗拉	998
3	爱立信	567

图 4-9　创建表格　　　　图 4-10　表格数据文件

4.1.4　表格布局实例

01 新建一个 Dreamweaver CS5 文档。

02 打开【插入】栏中的【常用】面板，单击其中的 按钮，在文档中插入一个行数 2，列数 1 的表格。选取表格中下一个单元格，使用单元格设置面板中单元格拆分按钮，将其拆分为两列。

03 选取表格中的左下单元格，将其拆分为三行，并将中间一行拆分为三列；对右下单元格施行同样的操作。

04 调整表格的大小，并且将表格的边框线设置为零，此时表格如图 4-11 所示。此时绘制出的表格决定了网页的基本布局。

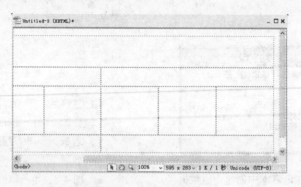

图 4-11　表格绘制结果

05 在表格最上面的单元格中输入文字"新书介绍"，并且在文档下面的属性面板中设置文本的格式，得到结果如图 4-12 所示。

06 同理，在下面的单元格中输入内容，最终得到如图 4-13 所示的效果。

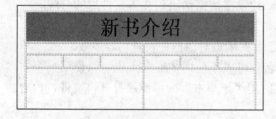

图 4-12　输入网页标题

图 4-13　在单元格中输入其他内容

07 将光标定位在左下角的单元格中，在属性面板上的"目标规则"下拉列表中选择【新 CSS 规则】，然后单击【编辑规则】按钮新建一个 CSS 规则，为单元格设置背景图像。

08 在弹出的对话框中指定选择器类型为【类】，选择器名称为.backgroundimg（注意名称前面有句点），规则定义位置为【仅限该文档】，然后单击【确定】按钮打开规则定义对话框。

09 在规则定义对话框中单击左侧分类中的"背景"，然后单击【浏览】按钮，在打开的对话框中选择需要的背景图片，完成单元格的背景设置，此时的文档如图 4-14 所示。

图 4-14　插入单元格背景

10 在右下角的单元格中输入文本"友情链接"将光标放在文本的前端,单击【插入】栏【常用】面板中的█按钮,从弹出的对话框中选要插入的图像。

11 在单元格属性设置面板中为单元格设置背景色。此时就得到了所制作网页的最终效果,如图4-15所示。

图4-15   网页制作最终效果

12 单击F12键,可以看到在浏览器中所制作的网页的最终效果。

4.2 框架网页

上节已经讲过可以使用表格来排列 Web 页面中的内容,但是如果页面中的每一个超级链接打开时都打开一个新的页面,这无疑是很不方便的,而且在一个站点中有很多东西是相关的,例如每一个页面都要有返回主页的超链接,网站的导航栏每个页面必须具备,这样访问者才能自由地访问一个站点。如果在不同的网页文件中重复创建这些相同的内容,增大了工作量的同时,也浪费了宝贵的网络空间。使用框架则可以轻易地解决这种问题。

什么是框架呢?在编辑网页的窗口中,框架是窗口的一部分,它将一个 Web 页面分成几个部分,其中每一个部分都是独立的。在一个框架中的超链接可以指定到目标框架,这样在打开超链接的时候,整个页面保持不变,将链接的内容在目标框架中显示。

框架是网页中特有的内容,对初次接触网页制作的读者来说可能还比较陌生,本节对有关框架的几种形式和基本操作做简单介绍。

📖4.2.1   创建框架

框架是由框架组和单个框架组成。框架组是在一个文档内定义一组框架结构的 HTML 网页。它定义文件显示的框架数量、框架大小、载入框架的网页及其他可定义的属性等。单个框架是指在网页中定义的一个区域。在 Dreamweaver CS5 中有两种方法创建框架:读者可以自己设计,或者从几个预设的框架集中选择。

1. 插入预设框架

在【插入】/【布局】面板上,单击图标█ ▼中的向下箭头弹出"框架的类型"下拉菜单。Dreamweaver 为读者提供了 13 种预定义好的框架,选择某一框架图标,即可插入相应的框架。

2. 自定义框架

执行【查看】/【可视化助理】/【框架边框】命令，然后在文档窗口中拖动框架边框到合适的位置。例如，先拖动左边的框架边框到中间位置，然后拖动底部的框架边框到中间位置，最终形成的框架结构如图 4-16 所示。

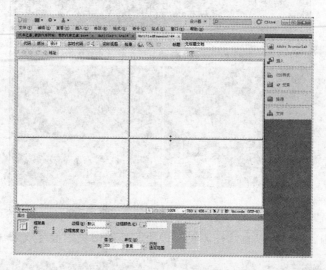

图 4-16　自定义框架效果

3. 创建嵌套框架

框架之内放入另一个框架称为嵌套框架。创建嵌套框架的一般操作步骤如下：

（1）新建一个文档，执行【查看】/【可视化助理】/【框架边框】命令，使文档窗口中的框架边框可见。

（2）将光标定位在嵌套的框架内，执行【修改】/【框架集】命令下的拆分框架子命令，在原来的框架中就出现了一个新的框架，构成了嵌套框架结构。如图 4-17 所示的效果是先拆分上框架，然后在下方的框架中拆分左、右框架而形成的嵌套框架。

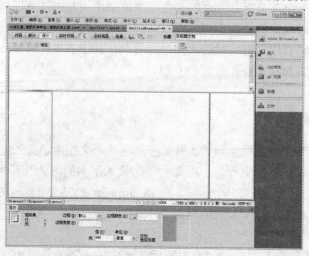

图 4-17　嵌套框架效果

📖 4.2.2 框架的基本操作

框架面板为文档中的框架提供了一个直观的表示方式。执行【窗口】/【框架】菜单命令，即可打开如图 4-18 所示的【框架】面板。

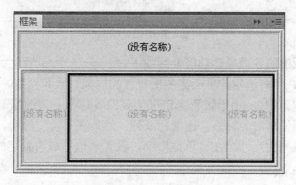

图 4-18 【框架】面板

读者可以在【框架】面板上点击框架或框架集来选中文档中的框架或框架集，然后在属性面板上对所选项目的属性进行查看或编辑。

1. 选取框架或框架集

选取框架或框架集的操作可以在【框架】面板中进行，也可以直接在文档窗口中进行。

- ◆ 在【框架】面板中用鼠标点击要选取的框架或框架集的边框，即可选取相应的框架或框架集。此时，文档窗口中选取的框架或框架集的四周显示虚线。
- ◆ 在文档窗口中，用鼠标单击所要选取的框架的边框，即可完成框架的选取。
- ◆ 使用鼠标在文档窗口中点击框架集的边框，可以完成框架集的选取。

2. 设置框架与框架组属性

选取了要进行属性设置的框架之后，文档窗口下端将出现对应的框架属性面板，如图 4-19 所示。

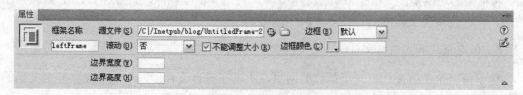

图 4-19 框架属性面板

框架属性面板中各项属性功能介绍如下：

- ◆ "框架名称"：对框架进行命名，以方便在代码中进行编辑。
- ◆ "滚动"：指定在框架中是否显示滚动条。"默认"表示不设置相应属性的值，各个浏览器使用其默认值。"自动"表示只有在浏览器窗口中没有足够空间来显示当前框架的完整内容时才显示滚动条。
- ◆ "边界宽度"和"边界高度"：设置内容与框架边框左右或上下的距离。

选中了一个框架集之后，文档窗口的下端将出现框架集属性面板，如图 4-20 所示。

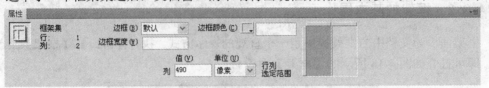

图 4-20　框架集属性面板

框架集属性面板中的各项属性功能介绍如下：

◆ "框架集"：当前选定的框架集中所包含的框架行数和列数。

◆ "行列选定范围"：用于设置选定框架集的各行和各列的框架的大小。点击"行列选定范围"框内的标签，选取行或列，然后在"值"域中，输入一个数字来设置所选行或列的尺寸。在"单位"中，设置"值"域内数字的单位类别。

3．设置框架的大小

在文档窗口中拖动框架的边界，可以粗略地设置框架的尺寸；使用属性设置面板可以精确地分配各个框架所占用的空间。设置框架尺寸的具体步骤如下：

（1）单击框架边界，选定一个框架集。

（2）选择【窗口】/【属性】命令，调出框架集对应的属性设置面板。

（3）单击属性设置面板右侧"行列选定范围"区域，选定框架集中的行或列,如图 4-20 所示。

（4）在"值"文本框中输入调整框架尺寸的数值，然后在"单位"下拉列表框中选择一种量度单位。

4．删除框架

删除框架的操作是比较特殊的，若选中框架后按 Delete 键，您会发现，框架仍然保留在页面中，而不是像其他对象那样被删掉。

删除框架的方法是：将光标放在框架的边框上，当光标会变为上下箭头时按住鼠标左键，将框架的边框拖出父框架或页面之外，即可将这个框架删除。如果对 HTML 语言熟悉的话，可以直接在文档的 HTML 代码中删除框架集。

5．保存框架和框架集文件

由于每一个子框架代表一个单独的网页，所以在保存文件时，不但要保存整个文档的框架结构，还必须保存各个子框架。保存框架和框架集文件的方法如下：

（1）执行【文件】/【保存全部】命令，弹出一个保存文件窗口，同时会显示整个框架被选中的状态。

（2）输入文件名，然后单击【保存】按钮保存整个框架集。

（3）在弹出的下一个保存文件的窗口中输入当前被选中的子框架的文件名，单击【保存】按钮保存该子框架。

（4）按照上一步的方法保存其他子框架。如果有 n 个框架，就必须保存 n+1 次文件。

如果执行【文件】/【保存框架页】命令，或是执行【文件】/【框架集另存为】命令，则只会保存整个框架集。不过在最后退出 Dreamweaver 时，Dreamweaver 会弹出对话框询问是否保存各个子框架的内容。

4.2.3 生成无框架内容

由于早期版本的浏览器不支持框架，当页面中含有框架时，浏览器就不能正确显示页面的内容，这时必须编辑一个无框架文档。当不支持框架的浏览器载入框架文件时，浏览器只会显示出无框架内容。编辑无框架内容的具体操作步骤如下：

（1）选择【修改】/【框架页】/【编辑无框架内容】命令。

此时，当前的文档内容会被清除，正文区域的上方出现一个无框架内容标志。在状态栏中也出现了一个<noframe>标签，如图 4-21 所示。

（2）在文档窗口中输入文本、插入图像、编辑表格、制作表单等内容。但是不能在该窗口中创建框架。

（3）选择【修改】/【框架页】/【编辑无框架内容】命令，返回到文档窗口中。

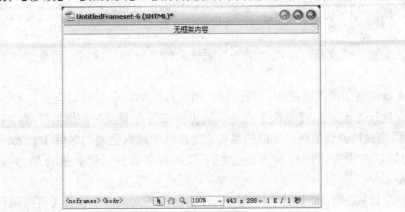

图 4-21　编辑无框架内容

4.2.4 在框架中打开文档

采用框架结构，一方面可以在同一个窗口中同时显示多个文件，另一方面可以利用框架结构把导航条内容固定在页面的顶部或右边，方便地实现文件之间的切换。

若要在一个框架中使用链接打开另一个框架中的文档，可以执行以下操作：

（1）在设计视图中，选择文本或对象。

（2）在属性检查器的"链接"域中，单击文件夹图标并选择要链接到的文件。

（3）在"目标"弹出式菜单中，选择链接的文档应在其中显示的框架或窗口。

如果在属性检查器中命名了框架，则框架名称将山现在此菜单中。选择 个命名框架以打开该框架中链接的文档。

4.2.5 框架的应用实例

所要完成的页面最终效果如图 4-22 所示。

图 4-22　实例效果图

本例页面由三个框架组成，上框架、左下框架和右下框架。分别用于显示主题、导航和教程的内容。当单击导航按钮时，右下框架将切换到想要浏览的内容。具体制作步骤如下：

01 新建一个文档，单击"插入"面板上的"布局"标签，切换到"布局"插入面板。

02 单击框架插入面板中的 图标，调整各框架大小至合适位置。

03 执行【窗口】/【框架】命令，调出框架管理面板。在框架管理器中单击顶部的框架，在框架属性设置面板的"框架名称"文本框中输入框架的名称 TopFrame，其余选项保持系统默认的设置。同样的方法给左下部和右下部的框架分别命名为 LeftFrame 和 MainFrame。

04 鼠标右击 TopFrame 框架内部，在弹出上下文菜单中执行【页面属性】命令，在弹出的【页面属性】对话框中，设置页面字体为隶书，文本颜色为红色，并设置背景图像。

05 把光标定位于 TopFrame 框架内，单击"插入"栏的"常用"面板上的图标 ，在框架内插入图片。之后单击选择图片，在图片属性面板中"对齐"属性设置为"左对齐"。

06 在 TopFrame 框架内输入文本："Dreamweaver CS5 DIY 教程"。然后在对应的属性设置面板中设置文本的"大小"为 36，居中放置。

07 鼠标右击 LeftFrame 框架内部，在弹出上下文菜单中执行【页面属性】命令，设置"背景颜色"值为"#9C9"。

08 在 LeftFrame 框架内，插入一个 5 行 1 列的表格。此时的页面效果如图 4-23 所示。

09 将光标放置在表格第 1 行的单元格中，然后单击"常用"插入面板中的插入 SWF 的图标，在该单元格中插入一个预先制作好的 SWF 对象作为导航图标。

10 用同样的方法插入其余 4 个 SWF 对象。

11 鼠标右击 MainFrame 框架内部，在弹出上下文菜单中执行【页面属性】命令，设置背景图像。

12 在 MainFrame 框架内输入文本并调整文字格式。

13 执行【文件】/【保存全部】命令，依次保存框架文档。

14 新建一个无框架普通文档。设置页面背景，并在文档中输入文本，效果如图 4-24

所示。保存文件为"文本与链接"按钮的"链接"属性所指向的文件名 textandlink.html。再用同样方法制作其他文件。

图 4-23　插入表格后的页面

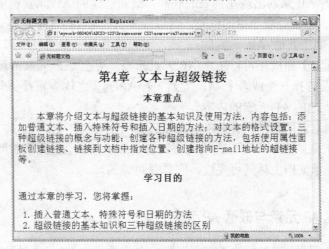

图 4-24　textandlink.html

15 页面制作完毕，按 F12 键可以在浏览器中预览效果。

4.3　使用 AP 元素定位

利用表格对页面进行排版非常方便，但有时需要在文字上放一些图片之类的应用，表格就不能胜任了，这时就需要 AP 元素来排版。

所谓 AP 元素，就是绝对定位元素，是分配有绝对位置的 HTML 页面元素，具体地说，就是 div 标签或其他任何分配有绝对位置的 HTML 标签。AP 元素可以包含文本、图像或其他任何可放置到 HTML 文档正文中的内容。

AP 元素是在制作网页时经常用到的对象，可以包含文本、图像、表单、插件，甚至 AP 元素内还可以包含其他 AP 元素。AP 元素可以随便移动，放置在网页中的任何位置，所有 AP 元素都将在"AP 元素"面板中显示，提供了一种对网页的对象进行有效控制的手段。利用 Dreamweaver，可以在不进行任何 JavaScript 或 HTML 编码的情况下放置 AP 元素和制作 AP 元素动画。在 Dreamweaver CS5 中，AP 元素还可以和表格互相转化，这也是很方便的。将 AP 元素和表格综合利用起来，可以更好地实现图文混排。

通过 AP 元素管理面板可以管理文档中的 AP 元素。执行【窗口】/【AP 元素】命令，可以打开 AP 元素管理面板，如图 4-25 所示。

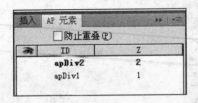

图 4-25　AP 元素管理面板

AP 元素显示为按 Z 轴顺序排列的名称列表；若创建 AP 元素时使用 AP 元素的默认属性，则首先创建的 AP 元素出现在列表的底部，最新创建的 AP 元素出现在列表的顶部。通过更改 AP 元素在堆叠顺序中的位置，可以改变 AP 元素的堆叠顺序号。例如，为某个 AP 元素分配一个高于其他 AP 元素的 z 轴，可以将其显示在列表顶部。

使用【AP 元素】面板还可以防止 AP 元素重叠，更改 AP 元素的可见性，嵌套或堆叠 AP 元素，以及选择一个或多个 AP 元素。若 AP 元素之间有重叠部分，则重叠部分总是显示位于列表上边的 AP 元素的内容。

单击 AP 元素名前的眼睛 ☜ 图标列，可以设置 AP 元素的可见性。睁开的眼睛表示 AP 元素可见；闭上的眼睛表示不可见；没有眼睛表示继承其父 AP 元素的可见性。如果没有父 AP 元素，则继承文档主体的可见性，它总是可见的。

📖4.3.1　创建 AP 元素与嵌套 AP 元素

（1）创建 AP 元素。将光标放置在文档窗口中需要插入 AP 元素的位置，然后选择【插入】/【布局对象】/【AP Div】命令，或单击【布局】工具栏中的"绘制 AP Div"图标🔲，鼠标将会变成╬形状，在页面中拖动鼠标绘制一个矩形即可创建一个 AP 元素。

如果需要绘制多个 AP 元素，按住 Ctrl 键的同时，在文档窗口中画出一个 AP 元素，不释放 Ctrl 键，就可以连续画多个 AP 元素。

（2）直接创建嵌套 AP 元素。在没有选中【AP 元素】面板中的【防止重叠】复选框的前提下，将光标放置在 AP 元素内，用插入 AP 元素的方法创建新的 AP 元素。先创建的一个 AP 元素成为父 AP 元素，后在父 AP 元素内创建的 AP 元素成为子 AP 元素。在【AP 元素】面板中，子 AP 元素显示在父 AP 元素下方，且向右缩进，如图 4-26 所示。

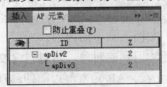

图 4-26　AP 元素嵌套效果

如果已在【首选参数】对话框中将 AP 元素的嵌套功能禁用，则绘制子 AP 元素时需要按下 Alt 键。

（3）将已有的多个 AP 元素变为嵌套 AP 元素。调出【AP 元素】管理面板，在 AP 元素列表中将需要作为子 AP 元素的 AP 元素选中，按住 Ctrl 键将该 AP 元素拖动到父 AP 元素上，释放鼠标即可。或在文档窗口中，拖动子 AP 元素到父 AP 元素区域内，释放鼠标即可。

4.3.2 AP 元素的基本操作

创建复杂页面布局，可以使用 AP 元素来布局页面。正确运用 AP 元素来设计网页，必须先了解 AP 元素的一些基本操作。

1. 激活AP元素

如果需要在 AP 元素中插入对象，必须先激活 AP 元素。将鼠标在 AP 元素内的任何地方单击，即可激活 AP 元素。此时，插入点位于 AP 元素内。被激活 AP 元素的边界突出显示，选择手柄□也同时显示出来，如图 4-27 左图所示。

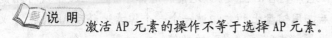 说明 激活 AP 元素的操作不等于选择 AP 元素。

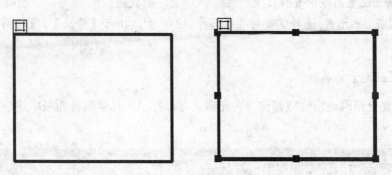

图 4-27　AP 元素的激活和选中状态

2. 选定AP元素

若要对 AP 元素进行移动、调整大小等操作，必须先选择 AP 元素。选择 AP 元素可以分为选择一个 AP 元素和选择多个 AP 元素，它们的操作不尽相同，下面分别进行介绍。

（1）选定一个 AP 元素.在【AP 元素】面板中单击该 AP 元素的名称，或在文档窗口中单击 AP 元素的选择柄□或边框，或在设计视图中单击 AP 元素代码标记。

AP 元素处于选中状态时，边框上将显示控制手柄，如图 4-27 右图所示。

（2）选定多个 AP 元素.先在文档窗口中选择一个 AP 元素，按住 Shift 键，用鼠标单击其他 AP 元素的边框；或在【AP 元素】管理面板中，先选择一个 AP 元素的名字，按住 Shift 键，单击其他 AP 元素的名字，也可以同时选择多个 AP 元素。

3. 调整AP元素的大小和位置

（1）调整单 AP 元素大小.选中 AP 元素后，在 AP 元素属性设置面板中可以直接设置属性宽和高的具体数值。

用户也可以将鼠标指针移动到 AP 元素边框上的控制手柄上，当鼠标指针变为垂直或水平双向箭头时，按住鼠标左键拖拉鼠标，则可以调整 AP 元素的高度或宽度；当鼠标指针变为斜向双箭头时，按住鼠标左键斜向上或斜向下拖拉鼠标，则可以调整 AP 元素的高度及宽度。

📖 说明　选择 AP 元素之后，在想要扩展的方向上按下 Ctrl 键和键盘上的箭头键，可以一个像素一个像素地调整 AP 元素的大小。

（2）同时调整多个 AP 元素的大小.选择多个 AP 元素，执行【修改】/【排列顺序】/【设成宽度相同】或【设成高度相同】命令，即可将选定的多个 AP 元素设成宽度或高度相同。先选定的 AP 元素将调整为最后一个选定 AP 元素的宽度或高度。

用户也可以在属性面板中输入 AP 元素的宽度和高度值。这些值将应用于所有选定的AP 元素。

（3）移动 AP 元素.选择 AP 元素之后，在该 AP 元素的选择手柄⬚上按下鼠标左键并拖动鼠标；也可以选中 AP 元素后，用键盘上的方向键一个一个像素地移动 AP 元素；或者在 AP 元素属性设置面板中直接设置"左"、"上"的数值。

（4）对齐 AP 元素.选择需要对齐的多个 AP 元素，执行【修改】/【排列顺序】命令下的对齐命令。

4．设置 AP 元素的属性

如果需要更精确地定位或修饰 AP 元素，可以在 AP 元素属性面板中进一步设置，如图 4-28 所示。

图 4-28　AP 元素属性设置面板

◆ "CSS-P 元素"：用于设置 AP 元素的名字，名字只能使用英文字母及数字，且不能使用数字开头。

◆ "Z 轴"：AP 元素的堆叠顺序号。编号较大的 AP 元素出现在编号较小的 AP 元素的上面。编号可以为正数可以为负数，也可以是 0。

◆ "溢出"：用于设置 AP 元素的内容超过了它的大小以何种方式进行显示。该选项仅适用于 CSS AP 元素。Visible 表示增加 AP 元素的大小，AP 元素向下和向右扩大，以便 AP 元素的所有内容都可见；Hidden 表示保持 AP 元素的大小，并剪切掉超出 AP 元素范围的任何内容，不显示滚动条；Scroll 表示给 AP 元素添加滚动条，不管内容是否超过了 AP 元素的大小，特别是通过提供滚动条来避免在动态环境中显示和不显示滚动条导致的混乱；Auto 表示在 AP 元素的内容超过它的边界时自动显示滚动条。

◆ "剪辑"：设置 AP 元素的可见区域。AP 元素经过剪辑后，只有指定的矩形区域才是可见的。这些值都是相对于 AP 元素本身，不是相对于文档窗口或其他对象。

4.3.3 AP 元素与表格相互转换

早期的一些浏览器不支持使用 AP 元素技术，所以需要把使用 AP 元素建立的网页转换成表格的形式；同样，一些使用表格布局的页面如果希望利用 AP 元素的灵活性，也需要把表格转换成 AP 元素。

1. 将AP元素转换成表格

使用 AP 元素能够方便、精确地定位页面内容，还可以迅速地进行复杂的页面设计。所以可以先使用 AP 元素创建复杂的页面布局，然后再把 AP 元素布局转换成表格布局。读者需要注意的是，在转换为表格之前，请确保 AP 元素没有重叠。

在 Dreamweaver CS5 中，执行【修改】/【转换】/【将 AP Div 转换为表格】命令即可打开如图 4-29 所示的【将 AP Div 转换为表格】对话框。在该对话框中可以设置转换的一些细节参数。

◆ "最精确"：如果选择该项，则为每一个 AP 元素建立一个表格单元，同时 AP 元素之间的空隙也建立相应的单元格。

◆ "最小"：合并空单元格"：如果选择该项，当 AP 元素之间的距离小于设定的值时，则这些空隙不生成独立的单元格，它们被合并到较近的 AP 元素生成的单元格中。最小值可以改变，系统默认最小值为 4 个像素。选择该项生成的表格的空行、空列最少。

◆ "使用透明 GIFs"：如果选择该项，则生成表格的最后一行用透明的 GIF 文件格式填充，这样在不同的浏览器中可以保持表格的外观一致。

◆ "置于页面中央"：如果选择该项，使生成的表格在文档窗口中居中放置。

◆ "靠齐到网格"：如果选择该项，启用吸附到网格功能。

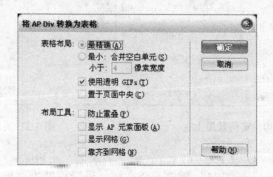

图 4-29 【将 AP Div 转换为表格】对话框

2. 将表格转换成AP元素

使用表格布局的页面，调整时没有使用 AP 元素布局的页面灵活。这时可以把表格布局的页面转换为 AP 元素布局的页面，再进行调整。

在文档窗口中，选择需要转换的表格，执行【修改】/【转换】/【将表格转换为 AP Div】命令，弹出【将表格转换为 AP Div】对话框。在此对话框中设置相应的布局选项。

注意：在模板文档或已应用模板的文档中，不能将 AP 元素转换为表格或将表格转换为 AP Div。相反，应该在非模板文档中创建布局，然后在将该文档另存为模板之前进行转换。

4.3.4　AP 元素的应用实例

AP 元素在网页设计中占有十分重要的地位，在网页设计时不能仅仅用在定位元素这一点上，而忽视其他一些比较经典的特效。下面将用一个简单实例演示 AP 元素的简单特效。

上网时常遇到这样的网页，在页面上只显示一张图片，当用户把鼠标移动到图片上时，就会显示一个隐藏的 AP 元素，当用户把鼠标从图片上移开时，AP 元素又被隐藏起来。这是比较常用的技巧，这样做会非常节约版面空间。

本例最终效果如图 4-30 所示，当鼠标移动到图片上时显示隐藏的图层，如图 4-31 所示。鼠标离开图片时隐藏层的内容。

图 4-30　实例效果 1　　　　　　　　　图 4-31　实例效果 2

本例的具体操作步骤如下：

01 启动 Dreamweaver CS5，新建一个文档，设置标题为"最初的梦想"并保存。

02 在文档窗口空白处单击鼠标右键，在弹出的上下文菜单中选择【页面属性】命令。设置背景颜色为#FFCC66。

03 单击【插入】/【布局】面板中的插入 AP 元素的图标，在文档设计视图中插入一个 AP 元素。输入文本，并新建规则设置文本的字体、大小和颜色，然后调整 AP 元素大小及位置。

04 选中"最初的梦想"，单击属性面板上的【编辑规则】按钮，在弹出的对话框中设置选择器类型为【类】，输入选择器名称，规则定义位置为【仅限该文档】，然后单击【确定】按钮，在弹出的规则定义对话框中指定文本字体为华文彩云，大小为 xx-large，颜色为绿色；切换到"区块"分类页面中，设置文本对齐方式为居中，单击【应用】和【确定】按钮关闭对话框。

05 选中"范玮琪"，按照上一步的方法新建一个 CSS 规则，定义文本的字体和大小，以及对齐方式，此时的页面效果如图 4-32 所示。

图 4-32　页面效果

06 单击插入 AP 元素的图标 ，在文档设计视图中再插入一个 AP 元素。

07 将光标放置在 AP 元素内，单击插入图像的图标输入一幅图像，调整图像大小及位置。效果如图 4-33 所示。

图 4-33　页面效果

08 单击插入 AP 元素的图标 ，在 AP 元素 apDiv2 右边再插入一个 AP 元素。在 AP 元素中键入文本，并调整 AP 元素的大小和位置。

09 执行【窗口】/【AP 元素】命令打开 AP 元素管理面板，单击 AP 元素 apDiv3 的眼睛使之闭眼。

10 用鼠标单击 AP 元素 apDiv2，执行【窗口】/【行为】命令，出现行为面板。

11 单击行为面板左边的加号（+）按钮，从弹出的下拉菜单中执行【显示-隐藏元素】命令，弹出【显示-隐藏元素】对话框。

12 在【显示-隐藏元素】对话框中选择 AP 元素 apDiv3，然后单击【显示】按钮。

13 单击事件下拉列表按钮，从弹出的事件列表菜单中选择 OnMouseOver。

14 为 AP 元素 apDiv2 添加第二个"显示-隐藏元素"行为，在【显示-隐藏元素】对话框中选择 AP 元素 apDiv3，然后单击【隐藏】按钮。这时事件选为 OnMouseOut。

15 按 F12 键预览效果。

4.4 模板和库

在建立并维护 个站点的过程中，往往需要建立外观及部分内容相同的大量的网页，使站点具有统一的风格。如果逐页建立、修改，这样很费时、费力，而且效率不高，一个小心就出错。Dreamweaver CS5 提供了两个利器，可以轻松解决这个问题，这就是模板和库。

模板提供了一种建立同一类型网页基本框架的方法，在模板中有一些内容不需要修改，比如导航条、标题等，在创建模板的时候，可以指定这些区域为固定区域，另外一些内容可以让用户根据需要重新输入内容，在创建模板的时候，可以指定这些区域为可编辑区域。这样，基于这个模板创建的所有文档的固定区域是相同的，而可编辑区域中的内容则是不同的。

在站点中除了具有相同外观的许多页面外，还有一些需要经常更新的页面元素，例如版权声明、最新消息。这些内容与模板不同，他们只是页面中的一小部分，在各个页面中的摆放位置可能不同，但内容却是一致的。可以将此种内容保存为一个库文件，在需要的地方插入，在需要的时候快速更新。

库与模板的作用一样，都是一种保证网页中的部件能够重复使用的工具。模板重复使用的是网页的一部分结构，而库则提供了一种重复使用网页对象的方法。

📖4.4.1 创建模板和嵌套模板

模板的制作方法与普通网页类似，只是在制作完成后应定义可编辑区域、重复区域等。嵌套模板是指基于一个模板创建的模板文件。若要创建嵌套模板，必须首先保存原始模板（或称基模板），然后基于该模板创建新文档，最后将该文档另存为模板。在嵌套模板中，可以在基模板中定义为可编辑的区域中进一步定义可编辑区域。对基模板所做的更改在基于基模板的模板页中自动更新，并在所有基于基模板和嵌套模板的文档中自动更新。

下面简单介绍创建一个新的模板文件的 3 种方法。

方法一

（1）执行【文件】/【新建】命令，打开【新建文档】对话框。

（2）在对话框的"类别"栏选中【空模板】，在"模板类型"中选择需要的模板类型，在"布局"中选择模板的页面布局，然后单击【创建】按钮。

（3）执行【文件】/【保存】命令保存空模板文件，会弹出如图 4-34 所示的对话框，，提醒用户本模板没有可编辑区域。若选中【不再警告我】复选框，那么下次保存没有可编辑区域模板文件时不再弹出此对话框。

（4）单击【确定】按钮保存模板。

方法二

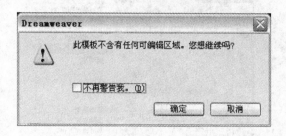

图 4-34　提示对话框

（1）在 Dreamweaver CS5 界面中选择【窗口】/【资源】命令，调出【资源】面板，单击面板左侧分类中的模板图标按钮 ，切换到【模板】面板。

（2）单击模板面板底端的【新建模板】图标 ，然后键入模板文件名，如图 4-35 所示。

（3）保存文件。一个简单的模板文件就制作完成了。

方法三

（1）在 Dreamweaver CS5 中打开一个普通文档。

（2）执行【文件】/【另存为模板】命令，弹出【另存模板】对话框，如图 4-36 所示。

图 4-35　编辑模板文件名　　　图 4-36　【另存模板】对话框

（3）在"站点："下拉列表中选择保存模板文件的站点，在"另存为："文本框中输入模板文件名，之后单击【保存】按钮保存模板文件。

Dreamweaver 将模板文件保存在站点的本地根文件夹中的 Templates 文件夹中，使用文件扩展名.dwt。如果该 Templates 文件夹在站点中尚不存在，Dreamweaver 将在保存新建模板时自动创建该文件夹。不要将模板移动到 Templates 文件夹之外或者将任何非模板文件放在 Templates 文件夹中。也不要将 Templates 文件夹移动到本地根文件夹之外。否则，将在模板的路径中引起错误。

创建模板之后，切换到【模板】面板，可以在模板文件列表中看到新创建的模板，面板上部将显示当前选中模板的缩略图。

创建模板的主要目的是在本地站点中使用这个模板创建具有相同的外观及部分内容相同的文档，使站点保持风格统一。若要基于一个模板文件创建网页，可以执行以下操作：

（1）在【资源】面板的"模板"类别中右击想要从其创建新文档的模板，然后执行【从模板新建】命令，如图 4-37 所示。

图 4-37　右击模板弹出的上下文菜单

用户也可以执行【文件】/【新建】命令。在【新建文档】对话框中，单击"模板"选项卡，并选择包含想要使用的模板的站点；然后在文档列表中双击该模板以创建新文档。文档窗口中即会出现一个新文档。

（2）执行【文件】/【另存为】命令，在弹出的【另存为】对话框中输入文件名称，然后单击【保存】按钮，即可基于模板创建一个新文件。

基于模板创建的文件右上角将显示基模板的名称，如图 4-38 所示。

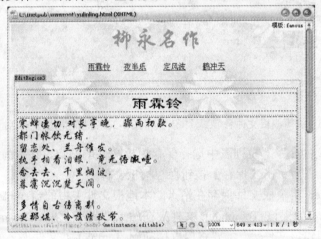

图 4-38　基于模板创建的页面

此时，用户会发现，在基于模板创建的页面中无法编辑页面内容。这是因为还没有在模板文件中创建可编辑区域。有关创建可编辑区域的操作将在下一节中进行详细介绍。

与编辑普通页面类似，在模板的"设计"视图空白处单击鼠标右键，在弹出的上下文菜单中执行【页面属性】命令，或直接执行【修改】/【页面属性】菜单命令，即可指定模板文件的链接颜色、网页标题和背景图像等。

对模板文件所做的任何改动都将出现在基于此模板的网页中。例如，如果将模板文件的默认文本颜色修改为墨绿色，那么所有基于此模板创建的网页上的文本颜色也将显示为墨绿色。对于其他属性也一样，如网页标题、边距和背景图像等。

创建一个模板文件之后，可以将基于该模板生成的文件另存为模板来创建嵌套模板。通过嵌套模板可以创建基模板的变体，定义更加精细的页面布局。

若要基于一个模板文件创建嵌套模板，可以执行以下操作：

（1）在【资源】面板的"模板"类别中右击想要从其创建新文档的模板，然后执行【从模板新建】命令。

用户也可以执行【文件】/【新建】命令。在【新建文档】对话框中，单击"模板"选项卡，并选择包含想要使用的模板的站点；然后在文档列表中双击该模板以创建新文档。

（2）执行【文件】/【另存为模板】命令，或单击【常用】面板上 图标中的下拉箭头，在弹出菜单中单击"创建嵌套模板"图标 创建嵌套模板 ，弹出【另存为模板】对话框。

（3）在【另存为模板】对话框中输入文件名称，然后单击【保存】按钮，即可创建一个嵌套模板。

在基于嵌套模板的文档中，可以添加或更改从基模板传递的可编辑区域（以及在新模板中创建的可编辑区域）中的内容。

4.4.2 定义可编辑区域

模板由可编辑区域和不可编辑区域两部分组成。不可编辑区域包含了在所有页面中共有的元素，即构成页面的基本框架；而可编辑区域则是设置网页个性内容的区域。

当创建一个基于模板的网页时，可以激活可编辑区域并添加页面内容，可编辑区域包含的内容可以是文本、图像或其他的媒体，如 Flash 动画或 Java 小程序，然后可以将网页保存为独立的 HTML 文件。没有标记为可编辑的区域在页面中将被锁定，如果想要对模板中某处不可编辑区域进行更改，必须打开原始的模板文件来操作。在模板中对非可编辑的域所做的任何更改都将影响站点中每一个基于此模板的网页，因此，在网页维护中，通过修改模板的不可编辑区，可以快速地更新整个站点中所有使用了模板的页面布局。

选中可编辑区域，可以看到在属性检查面板中可编辑区域只有一个属性"名字"，在这里可以修改可编辑区域的名字。

下面通过一个简单实例演示在模板文件中创建可编辑区域的具体操作。本例具体操作步骤如下：

（1）按照本章上一节所述方法新建一个模板文件。

（2）在文档的设计视图中插入一张图片，再添加一个三行三列的表格，输入文字并调整表格和图像的大小。

（3）单击标签选择器中的<table>标签，选中表格。

（4）执行【插入】/【模板对象】/【可编辑区域】命令，或单击【插入】/【常用】面板上 图标中的下拉箭头，在弹出菜单中单击 可编辑区域 菜单项，弹出【新可编辑区域】对话框。

（5）在对话框的"名称"文本框指定可编辑区域的名字，该名称将显示在可编辑区域的左上角。单击【确定】按钮，即可将表格转换为可编辑区域。

可编辑区在模板文件中用彩色（默认颜色为绿色）高亮度显示，顶端显示可编辑区域的名称。插入可编辑区域后的模板文件在 Dreamweaver 中的效果，如图 4-39 所示。

图 4-39　可编辑区域在 Dreamweaver 中的效果

（6）保存文件。一个简单的模板文件就制作完成了。

4.4.3　定义重复区域

在网页设计中，常常需要重复添加某些页面元素，以达到扩展页面布局的目的，例如，添加表格的行或列。重复区域是模板中设置为可重复添加网页元素的布局部分。重复区域通常用于表格，也可以为其他页面元素定义重复区域。

用户可以在模板中插入两种类型的重复区域：重复区域和重复表格。重复区域不是可编辑区域，若要使重复区域中的内容可编辑，必须在重复区域内插入可编辑区域。

重复表格与重复区域的区别在于，重复表格每个单元格的内容是可以修改的，基于模板的网页可以在重复表格单元格中添加内容。Dreamweaver 在插入重复表格时自动将单元格设置成可编辑区域。

在模板中创建重复区域可以执行以下操作：

（1）在页面上选择想要设置为重复区域的文本或内容，或将插入点放入文档中想要插入重复区域的位置。

（2）执行【插入】/【模板对象】/【重复区域】菜单命令，或在【常用】面板上单击重复区域 重复区域 菜单项，弹出【新建重复区域】对话框。

用户还可以在文档窗口单击鼠标右键，在弹出的上下文菜单中选择【模板对象】/【重复区域】命令。

（3）在对话框的"名称"文本框中输入新重复区域的唯一的名称（不能对一个模板中的多个重复区域使用相同的名称。）

为区域指定名称时，不要使用特殊字符。

（4）单击【确定】按钮，即可将选定内容或在指定位置创建重复区域。

基于模板文件新建一个页面的效果如图 4-40 左图所示。单击重复区域顶部的加号按钮，可以拷贝一个重复区域的副本，如图 4-40 右图所示。

选中某个重复项，单击减号按钮，即可删除选中的重复项。

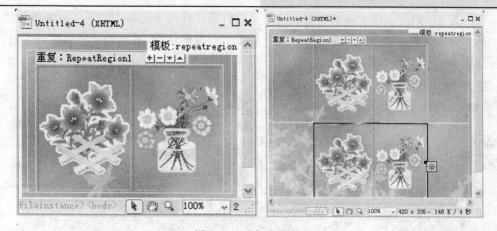

图 4-40　重复区域效果

选中某个重复项之后，单击向上或向下的三角形按钮，可以修改重复项的层叠位置。

在实际应用中，通常将重复区域设置为可编辑区域，即要重复区域添加可编辑区域，或使用重复表格，这样，模板用户可以编辑重复元素中的内容，同时使设计本身处于模板创作者的控制之下。在基于模板的文档中，模板用户可以根据需要使用重复区域控制选项添加或删除重复区域的副本。

插入重复表格的步骤如下：

（1）将光标定位在要插入重复表格的位置，执行【插入】/【模板对象】/【重复表格】命令。弹出如图 4-41 所示的【插入重复表格】对话框。

图 4-41　【插入重复表格】

（2）在对话框中指定表格中的行数、列数、单元格边距和间距、表格宽度和边框宽度。

如果不指定单元格边距、间距和边框粗细，则多数浏览器会将单元格边距设为 1、单元格间距设为 2 、表格边框宽度设为 1 来显示表格。若要确保浏览器显示表格时不显示边距、间距和边框，则将"单元格边距"、"单元格间距"和"边框"均设置为 0。

（3）在"重复表格行"区域指定表格中的哪些行包括在重复区域中。
在"起始行"输入设置为重复区域中的第一行的行号；在"结束行"输入将作为重复区域最后一行的行号。

（4）在"区域名称"文本框中指定重复表格的唯一名称。

（5）单击【确定】按钮关闭对话框。即可在模板文件中插入重复表格。效果如图 4-44 左图所示。

本例在【插入重复表格】对话框中设置的行数为 3，列数为 1，且重复表格起始行和结束行均为 2，因此，在生成的重复表格中，只有第二行的单元格中插入了可编辑区域。

基于模板文件新建一个页面，即可在新页面中添加重复项，并修改可编辑区域的内容，效果如图 4-42 右图所示。

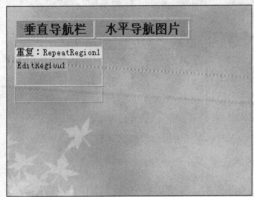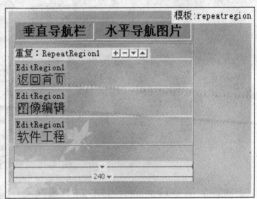

图 4-42　重复表格效果

4.4.4 定义可选区域

可选区域是模板中根据模板设置的条件决定显示与否的区域，条件符合就显示区域，否则就隐藏区域。

设置可选区域的条件可以通过设置模板参数或在模板中定义条件语句来实现。网页设计者可以在创建基于模板的文档时通过设置参数来控制是否显示可选区域中的内容。

可编辑的可选区域，就是在可选区域中提供了可编辑区域，使模板用户可以在可选区域内编辑内容。例如，如果可选区域中包括图像或文本，模板用户可以根据需要对该内容进行编辑或修改。可编辑区域也是由条件语句控制的，用户可以在新建可选区域对话框中创建模板参数和表达式，或通过在代码视图中键入参数和条件语句来创建。

在模板文档中插入可选区域的具体步骤如下：

（1）新建一个 HTML 模板文件，在设计视图中选定要创建可选区域的页面对象，或将光标放置在要插入可选区域的位置。

（2）选中图像，执行【插入】/【模板对象】/【可选区域】命令，或单击【常用】面板上 图标中的下拉箭头，在弹出菜单中单击 可选区域 ，弹出【新建可选区域】对话框。

（3）在对话框的"基本"页面中指定可选区域的名称，并设置默认状态下将创建的可选区域在网页中是否可见。

选中【默认显示】复选框，则默认状态下可见；取消选中，则不可见。

（4）切换到"高级"页面，选中【使用参数】单选按钮，并在其右侧的下拉列表中选择要与选定内容链接的现有参数。

◆　使用参数：用于设置控制本可选区是否隐藏所使用的参数。在右边的下拉列表框中可选择要将所选内容链接到的现有参数。

◆　输入表达式：用于输入控制本可选区是否隐藏所使用的表达式，表达式值为真时，显示可选区；表达式值为假，则隐藏可选区内容。Dreamweaver 自动在输入的文本两侧插入双引号。

（5）选定【输入表达式】单选按钮，在下面的文本域中输入表达式内容。

（6）单击【确定】按钮，即可插入可选区域。

（7）保存模板文件，并基于模板新建一个网页文件，即可查看可选区域效果。

创建可选区域之后，在代码视图中可以找到关于可选区的代码。模板参数在 head 部分定义如下：

```
<!-- TemplateBeginEditable name="head" -->
<!-- TemplateEndEditable -->
<!-- TemplateParam name="OptionalRegion1" type="boolean" value="false" -->
```

在插入可选区域的位置，将出现类似于下列代码的代码：

```
<!-- TemplateBeginIf cond="OptionalRegion1" -->
<img src="icon01.gif" width="100" height="180" />
<!-- TemplateEndIf -->
```

从模板创建的网页 head 区中也将插入模板参数部分代码。如果网页中需要显示可选区内容时，只需在网页文档代码 head 部分找到上述代码，把其中的 value 值设置为 true 即可。

在模板中插入可选区域之后，用户还可以编辑该区域的设置。例如，可以对是否显示内容默认值的设置进行更改，将参数链接到现有可选区域，或者修改模板表达式。

若要修改可选区域的设置，可以执行以下步骤：

（1）在页面上单击可选区域顶部的模板选项卡选中可选区域，并打开属性面板。

在设计视图中，用户单击模板区域内的内容，然后在标签选择器中单击模板标记 <mmtemplate:if>。或在代码视图中，单击想要修改的模板区域的注释标记，均可选中页面上的可选区域。

（2）单击属性面板上的【编辑】按钮，打开【新建可选区域】对话框。

（3）按照本节前面介绍过的操作对参数设置进行修改，然后单击【确定】按钮。

若要使可选区域可编辑，可以插入可编辑的可选区域，可选区域内的编辑区和可选区一样显示和隐藏。当可选区隐藏时，内部的可编辑区是不可编辑的，因为看不到它。

说明　不能环绕选定内容来创建可编辑的可选区域。应先插入可编辑的可选区域，然后在该区域内插入内容。

4.4.5　更新模板文件

如果对当前站点中使用的模板进行了修改，Dreamweaver CS5 会提示是否修改应用该模板的所有网页。用户也可以通过命令手动修改当前页面或整个站点。

若要修改模板并更新站点，可以执行以下步骤：

（1）执行【文件】/【新建】命令，打开【新建文档】对话框。

（2）在对话框左侧分类中选择"模板"标签，并从站点列表中选择模板所在的站点，然后在模板列表中双击当前文档使用的模板，打开模板编辑窗口。

用户也可以在【资源】面板中单击模板图标按钮 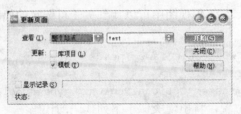，切换到模板面板，然后在模板列表中双击当前文档使用的模板，打开模板编辑窗口。

（3）在模板编辑窗口中，用编辑普通页面的方式对模板进行修改。

（4）修改完成后，执行【修改】/【模板】/【更新页面】命令，弹出【更新页面】对话框，如图 4-43 所示。

图 4-43　【更新页面】对话框

（5）在对话框中的"查看"下拉列表框中，选择【整个站点】选项，然后在右侧的站点下拉列表框中选择要更新的站点。

（6）在"更新"右侧选择【模板】复选框。

（7）单击【开始】按钮，即可将模板的更改应用到站点中使用该模板的网页。在"状态"栏将显示更新的成功、失败等信息。

4.4.6 创建库项目

库是一种特殊的 Dreamweaver 文件，其中包含已创建以便放在 Web 页上的单独的资源或资源副本的集合。如图像、表格、声音和 Flash 文件等。库里的这些资源称为库项目。

当创建一个库项目时，它保存在当前站点的 Library 文件夹中，以.lbi 作为扩展名。与模板类似，库项目应该始终在 Library 文件夹中，并且不应向该文件夹中添加任何非.lbi 的文件。Dreamweaver 需要在网页中建立来自每一个库项目的相对链接。这样做，必须确切地知道原始库项目的存储位置。

对于库项目，库只存储对该项的引用。原始文件必须保留在指定的位置，才能使库项目正常工作。尽管如此，在库项目中存储图像还是很有用的；例如，可以在库项目中存储一个完整的<img>标记，以方便地在整个站点中更改图像的 alt 文本，甚至更改它的 src 属性。但是，不要使用这种方法更改图像的 width 和 height 属性，除非还使用图像编辑器来更改图像的实际大小。

创建库项目的操作步骤如下：

（1）选中文档中需要保存为库项目的部分。

（2）执行【窗口】/【资源】命令，在【资源】面板上单击 图标，打开库管理面板。如图 4-44 所示。

由上图可知，库面板分为两部分：上半部分显示当前选定库项目的缩略图，下半部分则是当前站点中所有库项目的列表。

（3）单击资源管理面板上的新建库项目图标 。

（4）输入新的库项目的名称。

这时该库项目对象将出现在【库】面板中。

（5）单击资源面板底部的编辑按钮 ，或在【库】面板中双击库项目，Dreamweaver 将打开一个用于编辑该库项目的新窗口，此窗口类似于文档窗口。

图4-4　库面板

（6）运用编辑普通页面元素的方法为库项目添加内容。

（7）编辑完毕，保存文件。即创建一个库项目。

说　明　编辑库项目时，CSS样式面板不可用，因为库项目中只能包含body元素，CSS样式表代码却可以插入到文档的head部分。此外，【页面属性】对话框也不可用，因为库项目中不能包含body标记或其属性。

此外，还有更简便的创建库项目方法，只要在文档中把选中的内容拖到库面板中，并为其命名就完成了。

创建库项目之后，如果要重命名库项目，可以执行以下操作：

（1）在库面板中单击库项目的名称以将其选中。

（2）稍作暂停之后，再次单击。注意：不要双击名称，否则会打开库项目进行编辑。

（3）当名称区域变为可编辑时，输入一个新名称。

（4）单击别处，或者按下Enter键。

重命名库项目，实际上就是对本地站点的Library目录中的该文件重命名。因此，也可以直接在Library目录中重命名相应的库项目文件。

如果不再需要某个库项目，可以从库中将其删除，具体操作步骤如下：

（1）在库面板的库项目列表中选择要删除的库项目。

（2）单击库面板底部的删除按钮 ，弹出询问删除对话框。

（3）单击对话框中的【是】按钮，确认删除该项目。

删除库项目，实际上就是从本地站点的Library目录中删除相应的库项目文件。因此，也可以直接在Library目录中删除相应的库项目文件。

说　明　删除一个库项目后，将无法使用【撤消】命令恢复它。但可以重新创建它，具体操作将在下一节中进行介绍。删除库项目时将从库中删除该项，但不会更改任何使用该项的文档的内容。

4.4.7　在页面中使用库项目

创建库项目之后，就可以将库项目中应用到页面。当向页面添加库项目时，将把库项目的实际内容以及对该库项目的引用一起插入到文档中。

若要在文档中应用已创建的库项目，可以执行如下操作：

（1）将插入点定位在文档窗口中要放入库项目的位置。

（2）打开库管理面板，从库项目面板上的库项目列表中选择要插入的库项目。

（3）单击库项目面板上的 [插入] 按钮，或是将库项目从库面板中拖动文档窗口，即可将库项目添加到页面中。

此时，文档中会出现库项目的具体内容，同时以淡黄色高亮显示，表明它是一个库项目。如图 4-45 所示。

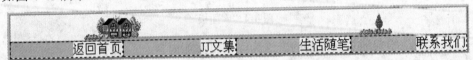

图 4-45　页面中插入的库项目

在文档窗口中，库项目是作为一个整体出现的，用户无法对库项目中的局部内容进行编辑。如果希望仅仅添加库项目内容代码而不希望它作为库项目出现，可以按住 Ctrl 键，将相应的库项日插入文档中。如图 4-46 所示。

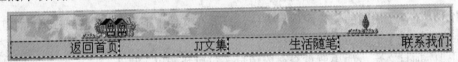

图 4-46　页面中插入的库项目内容

比较图 4-46 和图 4-45 可看出，图 4-45 作为库项目是一个整体，不能进行编辑，且以淡黄色高亮显示；图 4-46 的各个部分是分离的，用户可以单独编辑其中某一个页面元素，且各个页面元素以其本色显示。

将库项目中添加到文档窗口之后，用户还可以对库项目进行一些操作。

在文档窗口中选择一个库项目后，选择【窗口】/【属性】命令，打开对应的属性设置面板，如图 4-47 所示。

图 4-47　库项目的属性面板

该面板中三个按钮的功能简要介绍如下：

◆　打开：单击该按钮，将在文档窗口打开库文件，方便用户对所选择的库项目进行再编辑。

◆　从源文件中分离：该按钮的作用是将当前选择的内容从库项目中分离出来，这样可以对插入到文档窗口中的库项目进行修改。但是在以后对库项目进行修改时，不会更改该网页的库项目。

单击该按钮，将弹出一个对话框，提示用户此操作对文档的影响，如图 4-48 所示。单击【确定】按钮确认操作，将当前选择的库项目内容从库项目中分离出来；单击【取消】按钮，则取消操作。

◆ 重新创建：该按钮的功能是将文档窗口中的库项目内容重新转换成库项目文件。单击该按钮会弹出一个如图 4-49 所示的对话框，提醒用户该操作将覆盖原来的库项目文件。

通常，在库项目文件被删除时，使用该功能可以恢复以前的库项目文件。

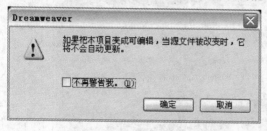 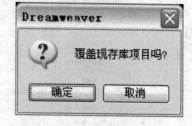

图 4-48 提示对话框 1   图 4-49 提示对话框 2

如果是重建原来没有的库项目，重建后的库项目不会立即出现在库面板中。此时，可以在库面板上单击鼠标右键，在弹出上下文菜单中执行【刷新站点列表】命令，即可在库面板中显示重建的库项目了。

4.4.8 更新库项目

在修改库项目之后，可以选择更新使用该库项目的所有文档。

更新整个站点或所有使用特定库项目文档的操作步骤如下：

（1）执行【修改】/【库】/【更新页面】菜单命令，弹出如图 4-50 所示的【更新页面】对话框。

（2）在该对话框中的"查看"下拉列表框中，选择"整个站点"选项，然后在后面的站点下拉列表框中选择需要更新库项目的站点。

（3）在"更新"右侧选择【库项目】复选框。

（4）单击【开始】按钮，即可更新选中站点中所有应用了当前库项目的网页。

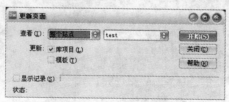

图 4-50 【更新页面】对话框

4.4.9 模板与库的应用

前面几节已详细介绍了模板和库的各种操作及功能。下面通过一个实例来演示如何使用模板创建统一风格的多个网页，并利用库项目更新页面内容。

本例的最终效果如图 4-51 所示。

单击某个菜单项，即可跳转到相应的页面。如图 4-52 所示。

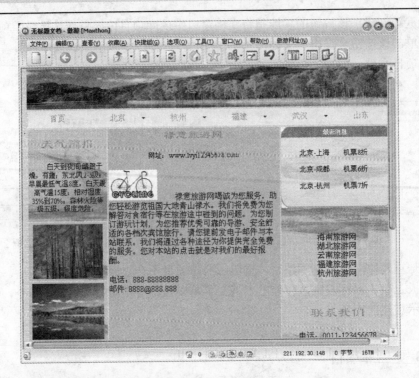

图 4-51　实例效果 1

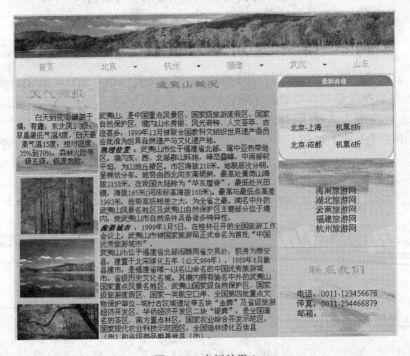

图 4-52　实例效果 1

　　该实例中的各个页面布局都一样，不同的是页面中间区域的显示内容。此外，页面中的天气预报和最新消息栏使用了库项目，只要更新相应的库项目，即可更新该实例中所有页面。

本实例的具体制作步骤如下：

01 启动 Dreamweaver CS5，新建一个 HTML 模板文件。执行【修改】/【页面属性】命令，在弹出的对话框中设置页面的背景图像，左边距为 80，上边距为 0；链接颜色和已访问链接为绿色，变换图像链接和活动链接为红色，且仅在变换图像时显示下划线。

02 在页面中插入 Logo 图片，设置图片宽度属性为 750 像素，高度属性为 80 像素。

03 在图片下插入一张两行三列的表格，表格宽度设置为 750 像素。然后合并第一行的 3 个单元格。再选中表格第一行，设置高度属性为 20 像素，这时文档效果如图 4-53 所示。

04 把光标定位在表格第一行单元格内，单击【插入】面板上的【Spry】标签，切换到 Spry 工具面板，单击 Spry 菜单栏图标，在弹出的【Spry 菜单栏】对话框中选择菜单布局为"水平"。插入后的菜单栏如图 4-54 所示。

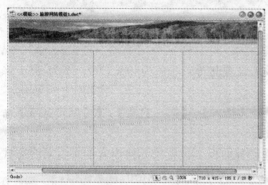

图 4-53　图像和表格效果　　　　　　　图 4-54　插入表格的效果

05 选中插入的 Spry 菜单栏，在属性面板上设置其菜单项。单击左边第一个列表框中的"项目 1"，在最右边的"文本"栏键入需要的菜单项的名称，例如首页，并设置"链接"的目标文档。同样的方法，设置其他一级菜单项。

如果一级菜单项多于 4 个，单击列表框顶部的加号按钮，即可添加一个一级菜单项。如果少于 4 个，单击减号按钮，即可删除一个菜单项。

06 制作二级菜单项。按照上一步的方法在属性面板中间的列表框中添加二级菜单项，同理，在右边的列表框中添加三级菜单项。

弹出式菜单制作完成之后，在浏览器中把鼠标停留在热点区将弹出下拉菜单。

07 选中表格第二行第一列的单元格，然后单击其属性面板左上角的 CSS 按钮，在"目标规则"下拉列表中选择"新 CSS 规则"，并单击【编辑规则】按钮打开【新建 CSS 规则】对话框。在"选择器类型"下拉列表中选择"类"，在"选择器名称"文本框中键入类名称，如.background1，"规则定义"选择【仅限该文档】。然后单击【确定】按钮打开对应的规则定义对话框。在对话框左侧的"分类"列表中选择"背景"，然后单击"背景图像"右侧的【浏览】按钮，在弹出的资源对话框中选择喜欢的背景图片。单击【确定】按钮关闭对话框，为选定的单元格设置背景图像。

08 在表格第二行第一列的单元格中单击鼠标右键，从弹出的上下菜单中选择【表格】/【拆分单元格】命令，把单元格拆分为五行，如图 4-55 所示。

09 光标定位在上一步拆分后的第一行单元格内，然后执行【插入】/【模板对象】/

【可编辑区域】命令，在弹出的对话框中单击【确定】按钮，然后在弹出的【新建可编辑区域】对话框中指定可编辑区域的名称为 weather。同理，在其余 4 个单元格中插入图片，并且调整表格到合适的大小，效果如图 4-56 所示。

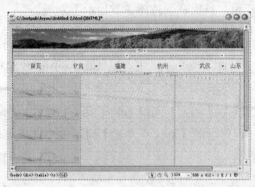

图 4-55　拆分单元格

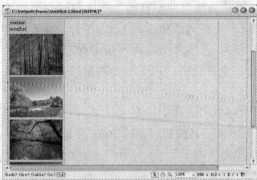

图 4-56　插入图片

10 选中第二列的单元格，在属性面板上设置其背景颜色为#99CC99，宽为 350 像素，单元格内容的垂直对齐方式为"顶端"。

11 光标定位在中间单元格内，然后执行【插入】/【模板对象】/【可编辑区域】命令，在弹出的对话框中将可编辑区命名为 show。

12 选中表格第三列的单元格，在属性设置面板上设置单元格内容的垂直对齐方式为"顶端"，宽为 220 像素。然后按照第 **07** 步的方法设置单元格的背景图像。

13 把光标定位在表格第三列的单元格内插入图像，此时的页面效果如图 4-57 所示。

14 单击【插入】面板上的"布局"标签，然后单击"绘制 AP Div"图标，这时光标变成加号（＋），在上一步骤插入的图片上绘制一个 AP 元素，效果如图 4-58 所示。

图 4-57　插入图片

图 4-58　插入 AP 元素

15 把光标定位在 AP 元素内，插入可编辑区域，可编辑区域的名称指定为 news。

16 把光标定位在可编辑区域内，切换到代码视图，找到可编辑区域代码：

```
<!-- #BeginLibraryItem "/Library/news.lbi" --><!-- #EndLibraryItem -->
```

然后在这两对尖括号中间输入如下代码：

```
<marquee behavior="scroll" direction="up" hspace="0" height="100"
vspace="5"
```

```
loop="-1" scrollamount="1" scrolldelay="100" >
北京-上海     机票 8 折<br> <br>
    北京-成都     机票 6 折<br> <br>
北京-杭州     机票 7 折<br> <br>
    北京-武夷山   机票 9 折<br> <br>
</marquee>
```

完成以上代码插入后文档效果如图 4-59 所示。

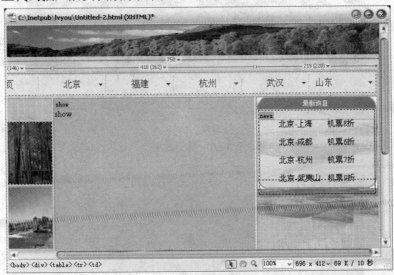

图 4-59　插入跑马灯文本

17 选中 AP 元素内的文本，然后单击属性面板上的居中对齐按钮，使跑马灯文本居中显示。

18 将光标定位在右边单元格图片后面，再按 Shift+Enter 换行，输入"友情链接"内容。选中"友情链接"4 个字，单击其属性面板左上角的 CSS 按钮，在"目标规则"下拉列表中选择"新 CSS 规则"，并单击【编辑规则】按钮打开【新建 CSS 规则】对话框。在"选择器类型"下拉列表中选择"类"，在"选择器名称"文本框中键入类名称，如.fontcolor1，"规则定义"选择【仅限该文档】。然后单击【确定】按钮打开对应的规则定义对话框。在对话框左侧的"分类"列表中选择"类型"，然后设置文本的字体、大小和颜色。单击"确定"按钮关闭对话框，为选定的文本设置字体、字号和颜色等属性。然后为各链接项设置链接地址。

19 单击【常用】面板上的水平线图标按钮，插入水平线，然后输入"联系我们"栏的文本内容，并对"联系我们"4 个字应用上一步中定义的 CSS 规则。再插入一条水平线，然后输入"我们的服务"栏目内容。完成本步骤后的效果如图 4-60 所示。

20 在页面的底部插入一张一行一列的表格，在属性面板中设置其宽度为 750 像素，高为 80 像素，边框、填充和间距均为 0。

21 在表格内输入版权等信息，并设置为居中对齐，效果如图 4-61 所示。

22 选中"Email:comeysoft@sina.com"，在属性面板设置其"链接"属性为"mailto:comeysoft@sina.com"。

89

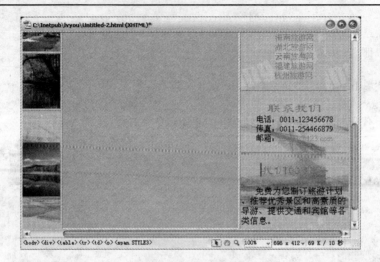

图 4-60 页面效果

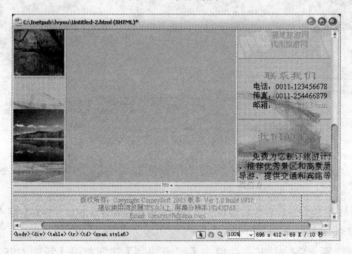

图 4-61 插入版权信息

接下来将为经常改变的天气信息和"最新消息"内容制作成库项目。

(23) 选中可编辑区域内天气文本，如图 4-62 所示。

(24) 打开资源管理面板，单击资源管理面板左下脚的库项目按钮 ，切换到库项目管理面板。

(25) 执行【修改】/【库】/【增加对象到库】命令，然后在库面板中输入库项目的名称，把选定文本制作成库项目，如图 4-63 所示。

(26) 同样的办法把"最新消息"内容制作成库项目文件 news.lbi。

(27) 保存模板文件为"旅游网站模板.dwt"。

至此模板制作完毕。切换到文件管理面板，会发现站点中已自动增加了 Templates、Library 和 SpryAssets 三个文件夹，如图 4-64 所示。

创建的模板文件和库文件分别存放于 Templates 和 Library 两个文件夹内，SpryAssets 文件夹内放置创建 Spry 菜单栏时自动生成的样式文件。

制作好模板后，制作网页就成为轻而易举的事情了。制作本实例的首页执行以下步骤：

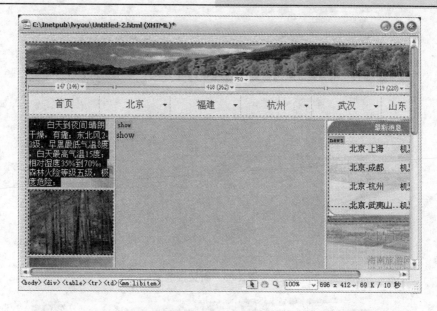

图 4-62　选中天气信息文本

图 4-63　库项目面板

图 4-64　文件管理面板

28 在【新建文档】对话框中单击"模板中的页",选择本实例所在的站点,然后在模板文件列表中选中刚才创建的模板文件。

29 单击【创建】按钮,进入文档窗口,如图 4-65 所示。只有 weather、show 和 news 可编辑区可以输入内容。其中黄颜色加亮的部分为库项目,可以通过修改库项目文件实现对其内容的编辑。

30 执行【修改】/【页面属性】/【标题/编码】命令设定新页面属性,"标题"栏输入"禄意旅游网"。

31 删除 show 可编辑区内的文本,然后输入首页内容,并设置文本和图像格式,最终得到效果如图 4-53 所示。

32 将文件保存为 index.html,完成首页制作。

制作其他页面步骤完全同首页的制作相同,在此不再赘述,如图 4-66 所示。

现在可以打开浏览器,对作品进行浏览测试了。

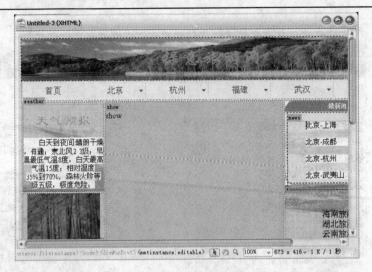

图 4-65 新文档效果

图 4-66 页面效果

4.5 思考与练习

1. 填空题

（1）框架网页由_____、_____、_____组成。

（2）Dreamweaver 提供了_____工具，使用这个工具，在表格中操作变得轻松快捷。

2. 问答题

（1）粘贴单元格时有什么注意事项？

（2）有几种方法可以创建嵌套 AP 元素？

（3）如何设置框架的边距？如何删除框架？如何保存框架？

（4）如何生成无框架内容？

（5）可编辑区域、重复区域和可选区域的适用范围是什么？

（6）模板和库都有哪些作用？创建库项目的方法有哪些？

3. 操作题

（1）在文档窗口中创建一个先上下划分再对下边框架进行左右划分的框架，在 leftframe 框架中输入多行文本，并分别对这些文本创建链接，这些链接的文件显示在 mainframe 框架中。将框架文件保存为 all_frame.htm。

（2）制作一个如图 4-69 所示的表格，并对表格按工号升序进行排序，最后导出到文本文件，数据以逗号分隔。

姓名	工号	年龄	工资
张三	98056	26	3600
李四	98231	23	2900
王五	97864	34	3300
朱八	99001	19	1800

图 4-69　表格数据

（3）利用 AP 元素技术实现图片交换，即网页中放一张图像，当鼠标移到图像上时，原图像隐藏，在原位置显示另一张图像。

（4）使用框架网页和前面几章的知识制作简单的网页，效果如图 4-70 所示。

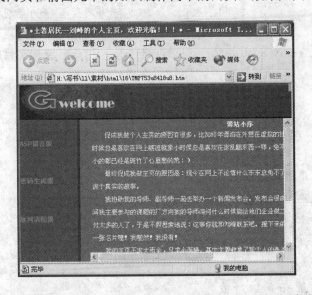

图 4-70　框架网页实例

（5）创建一个模板，在模板中插入一个可编辑区域。

（6）创建一个模板，在模板中插入一个可选区域，然后在此模板基础上创建两张网页，一个显示模板中的可选区域，另一个隐藏模板中的可选区域。

（7）创建一个库项目，库项目内容为你的电话号码和电子邮件地址。

（8）仿造 4.3 节的实例制作一个个人网站。

第 **5** 章

动态页面效果

本章将介绍利用 Dreamweaver 制作动态页面效果的基本方法，内容包括：表单及表单对象的创建和编辑，为对象绑定行为及设置行为参数，以及网页中常见的多媒体对象的处理等，如添加背景音乐、Flash 视频文件、控制网页中音频的播放等。

学 习 要 点

- ◎ 创建表单和表单对象
- ◎ 行为和 JavaScript
- ◎ 在页面中添加媒体元素

5.1 表单技术

表单是访问者与站点交流信息的有效途径。使用表单可以收集来自用户的信息，获取用户购物订单，收集、分析用户的反馈意见，从而做出科学合理的决策。有了表单，网站不仅是信息提供者，同时也是信息收集者。表单是交互式网站的基础，在网页中得到广泛应用。

5.1.1 创建表单及表单对象

在 Dreamweaver 中创建表单非常简单，将光标放置在要插入表单的位置，然后选择【窗口】/【插入】命令，打开插入面板，单击插入面板上的表单标签，切换到表单插入面板，在该面板上选择插入表单图标 即可。

在插入表单后，在页面中的光标处会出现一个红色的点线轮廓，如图 5-1 所示。这个框的作用仅仅只是方便编辑，它不会出现在浏览器中。如果看不到这个轮廓，请选择【查看】/【可视化助理】命令，取消【隐藏所有】。

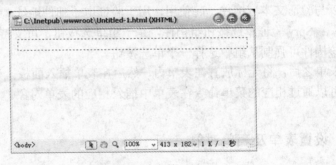

图 5-1 插入表单

在表单插入面板中，包含了各种表单对象，下面对这些表单元素进行简单的介绍。

- ◆ ：文本域，在表单中插入文本输入框。
- ◆ ：在表单中插入包含隐藏的信息。
- ◆ ：在表单中插入可以输入多行文本的文本域。
- ◆ ：单选按钮，供用户在提供的多个选项中做出单个选择。
- ◆ ：复选框，供用户在提供的多个选项中做出多个选择。
- ◆ ：单选按钮组，用于创建多个单选按钮，并使这些单选按钮成为一组。
- ◆ ：列表/菜单，在网页中以列表的形式为用户提供一系列的预设选择项。
- ◆ ：跳转菜单，提供一个包含跳转动作的菜单列表。
- ◆ ：图形按钮，用图形对象替换表单中的标准按钮对象。
- ◆ ：文件域，在网页中插入一个文件地址的输入选择栏。
- ◆ ：按钮，用于触发服务器端脚本处理程序的表单对象。
- ◆ ：标签，当用户单击该对象时，文档窗口同时显示文档和代码，并在源代码中添加<label>标签和</label>标签，在这两个标签之间用户可以输入相应的代码。

- ◆ □：字段集，用于让用户通过在对话框中输入代码，然后系统自动将这些代码加入到表单源代码中。

- ◆ ：Spry 验证文本域，用于在站点访问者输入文本时显示文本的状态。例如，有效或无效或必需值等。每当验证文本域构件以用户交互方式进入其中一种状态时，Spry 框架逻辑会在运行时向该构件的 HTML 容器应用特定的 CSS 类。

- ◆ ：Spry 验证文本区域，该区域在用户输入几个文本句子时显示文本的状态。如果文本区域是必填域，而用户没有输入任何文本，该构件将返回一条消息，声明必须输入值。

- ◆ ：Spry 验证复选框构件，是 HTML 表单中的一个或一组复选框，该复选框在用户选择（或没有选择）复选框时会显示构件的状态。

- ◆ ：Spry 验证选择构件，是一个下拉菜单，该菜单在用户进行选择时会显示构件的状态（有效或无效）。

- ◆ ：Spry 验证密码构件，是一个密码文本域，可用于强制执行密码规则（例如，字符的数目和类型）。该构件根据用户的输入提供警告或错误消息。

- ◆ ：Spry 验证确认构件，是一个文本域或密码表单域，当用户输入的值与同一表单中类似域的值不匹配时，该构件将显示有效或无效状态。验证确认构件还可以与验证文本域构件一起使用，用于验证电子邮件地址。

- ◆ ：Spry 验证单选按钮组构件，是一组单选按钮，可支持对所选内容进行验证。该构件可强制从组中选择一个单选按钮。

创建表单之后，将光标放置在表单内，然后在表单插入面板上选择要插入的表单对象图标，也可以通过相应的菜单命令在表单中插入相应的表单对象。

5.1.2 设置表单及表单对象

表单的属性设置可以通过属性面板得以实现。创建完表单后，单击选择文档窗口状态栏中的<form>标签，即可选择整个表单，此时的属性设置面板如图 5-2 所示。

图 5-2　表单属性面板

- ◆ 表单 ID：对表单命名以进行识别，只有为表单命名后表单才能被 JS 或 VBS 等脚本语言引用或控制。

- ◆ 动作：注明用来处理表单信息的脚本或程序所在的 URL。

- ◆ 目标：用于设置打开新文件的方式。

- ◆ 方法：选择信息数据被处理时所用的方法。"POST" 表示将表单值以消息方式送出；"GET" 表示把被提交的表单值作为 URL 的附加值发送；"默认方式" 表示使用浏览器的默认数据发送设置，一般为 GET 方式。

- ◆ "编码类型"：指定对提交给服务器进行处理的数据使用的编码类型。默认设置

application/x-www-form-urlencode 通常与 POST 方法协同使用。如果要创建文件上传域，请指定 multipart/form-data 类型。

表单对象的属性也可以通过属性面板得以编辑。选择表单对象后，在属性面板中修改相应的属性即可。下面分别进行简要介绍。

1. 文本域和文件域

选中文本域，可以看见其属性设置面板如图 5-3 所示，它包含了下面几项属性值：

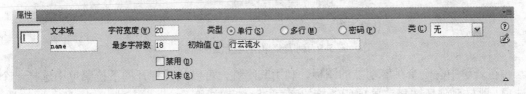

图 5-3 文本域的属性设置面板

◆ 【文本域】：用于设置文本域的名称。
◆ 【字符宽度】：用于设置文本域的字符宽度，单位为字符数或像素。
◆ 【最多字符数】：用于设置最多可置入的字符数。
◆ 【类型】：用于设置文本域的类型。单行文本域用于输入用户名、电子邮件等单行信息；多行文本域用于输入留言、意见等内容较多的文本；密码域用于输入密码，输入的字符以*显示。
◆ 【初始值】：用于设置文本域的初始值。

文件域的属性设置面板与此类似，在此不再一一介绍。

2. 单选按钮和复选框

单选按钮的属性设置面板如图 5-4 所示。

图 5-4 单选按钮的属性设置面板

◆ 【单选按钮】：用于设置单选按钮的名称。
◆ 【选定值】：用于设置该单选按钮被选中的值，这个值将会随表单提交。
◆ 【初始状态】：用于设置单选按钮的初始状态。同一组单选按钮中只能有一个按钮的初始状态是选中的。

复选框的属性设置面板与单选按钮的属性设置面板类似，在此不再一一介绍。

3. 列表/菜单和跳转菜单

列表/菜单就是可以在网页中以列表的形式为用户提供一系列的预设选择项。其属性设置面板如图 5-5 所示，它包含了下面几项属性值：

◆ 【列表/菜单】：用于设置列表/菜单的名称。
◆ 【类型】：用于设置当前对象显示为列表还是菜单。当显示为列表时，还可以设置高度和选定范围两个属性。其中，【高度】表示列表显示的行数；【选定范围】表示是否允许多项选择，选中该选项表示允许。

◆ 【列表值】：用于设置列表内容。单击此按钮打开列表/菜单条目对话框。在该对话框中可以添加或修改列表/菜单的条目。

图 5-5　列表菜单的属性设置面板

在表单中有一个跳转功能的图标，利用其特性，可以从其打开的下拉菜单中选择一个选项，跳转到您所选择菜单项所链接的网页。跳转菜单和下拉菜单基本相似，所不同的是，跳转列表栏一般是用于选择一个网页地址，并在浏览器中打开这个网页。单击表单插入面板中插入跳转菜单的图标按钮，会跳出【插入跳转菜单】对话框，如图 5-6 所示。

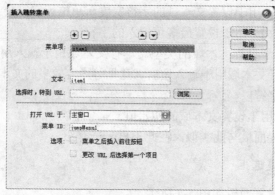

图 5-6　【插入跳转菜单】对话框

◆ 【菜单项】：用于设置跳转菜单的条目。用户可以使用 ±、−、▲、▼ 按钮对每个条目进行编辑。
◆ 【文本】：用于设置条目的名称，这将显示在跳转菜单中。
◆ 【选择时，转到 URL】：用于设置该条目所对应的超链接。
◆ 【打开 URL 于】：用于设置打开链接的位置。
◆ 【菜单 ID】：用于设置跳转菜单的名称。
◆ 【选项】：跳转菜单的其他选项。其中，【菜单之后插入前往按钮】表示在菜单后面添加"Go"按钮；【更改 URL 后选择第一个项目】表示当 URL 改变后选择第一个条目。

选中一个跳转菜单对象，其属性设置面板与列表/菜单的属性面板相似，在此不再赘述。

4、按钮

表单中的按钮对象用于触发服务器端脚本处理程序。只有通过按钮的触发，才能把用户输入的信息传送到服务器端，从而实现信息的交互。按钮的属性设置面板如图 5-7 所示。

图 5-7　按钮的属性设置面板

◆　【按钮名称】：用于设置按钮的名称。

◆　【值】：用于设置按钮的标识，该标识将显示在按钮上。

◆　【动作】：用于设置按钮的动作。【提交表单】表示将表单中的数据提交给表单的处理程序；【重置表单】表示将表单内所有对象恢复到初始值；【无】表示无动作。

5．图像域

"图像域"可以替代"提交"按钮来执行将表单数据提交给服务器端程序的功能。使用图像按钮，可以使文档更为美观。图像域的属性设置面板如图 5-8 所示。

图 5-8　图像域的属性设置面板

◆　【图像区域】：用于设置图像域的名称。

◆　【源文件】：用于设置图像的 URL 地址。

◆　【对齐】：用于选择图像在文档中的对齐方式。

◆　【替换】：用于设置图像的替换文字，当浏览器不显示图像时，会以这里的文字替换图像。

◆　【类】：用于设置应用于图像域的 CSS 样式。

◆　【编辑图像】：启动默认的图像编辑器，并打开该图像文件进行编辑。

6．隐藏域

"隐藏域"是一种在浏览器上不显示的控件，利用"隐藏域"可以实现浏览器同服务器在后台隐藏地交换信息。"隐藏域"的属性设置面板如图 5-9 所示。

图 5-9　隐藏域的属性设置面板

◆　"隐藏区域"：用于设置隐藏域的名称。该名称可以被脚本或程序所引用。

◆　"值"：用于设置隐藏域参数值。

7．Spry 表单验证构件

在如今 Web2.0 盛行、AJAX 流行的时代背景下，Adobe 公司的轻量级的 AJAX 框架 Spry 是 Adobe 推出的核心布局框架技术。Spry 能与 Dreamweaver 无缝地整合，应用了少量的 JavaScript 和 XML，以 HTML 为中心，具有 HTML、CSS、Javascript 基础知识的用户就可以方便地部署。这个框架设计的宗旨就是标记尽量简单，Javascript 使用尽量的少。任何做 WEB 设计开发的人都可以选择 Spry 框架，直接用拖拉的方式完成程序代码的编写。

在 Dreamweaver 中，Adobe 添加了一系列预制的组件，可以帮助用户更加轻松快捷地构建 AJAX 页面。这些组件包括数据构件，如 XML 数据集、表格；窗口验证构件、用户界面窗口构件和表单验证构件，如菜单工具条和折叠显示。使用 Spry 框架，单击相关按钮就可以轻松地在 HTML 文件中展现 XML 数据、建立诸如炫酷菜单的一些界面，还有其他的一些页面特效。不擅长编程的人员也可自行将它们集成到自己的页面中。

本小节将通过一个简单实例介绍 Spry 表单验证构件的使用方法。本例操作如下：

01 新建一个 HTML 文档，并插入一张表单。

02 将光标置于表单内，输入文本"邮箱："后，单击表单面板上的"Spry 验证文本域"图标，插入相应的构件。选中该表单元素，在属性面板中设置其属性，如图 5-10 所示。

图 5-10　spry 验证文本域的属性设置面板

03 在"类型"下拉列表中为验证文本域构件指定验证类型。例如，如果文本域将接收信用卡号，则可以指定信用卡验证类型。本例选择"电子邮件地址"。

04 在"预览状态"下拉列表中选择构件的状态。本例选择"必填"。

验证文本域构件具有许多状态，例如，有效、无效和必填等。读者可以根据所需的验证结果选择所需的状态。常用的一些状态简要说明如下：

- 初始状态：在浏览器中加载页面或用户重置表单时构件的状态。
- 有效状态：当用户正确地输入信息且表单可以提交时构件的状态。
- 无效状态：当用户所输入文本的格式无效时构件的状态。
- 必填状态：当用户在文本域中没有输入必需文本时构件的状态。

05 在"验证于"后面的复选框中指定验证文本域的时间，例如当访问者在构件外部单击时、键入内容时或尝试提交表单时。可以选择所有的选项，也可以一个都不选。其中，

- onBlur：当用户在文本域的外部单击时验证。
- OnChange：当用户更改文本域中的文本时验证。
- OnSubmit：当用户尝试提交表单时验证。

06 按照上面的方法插入 spry 验证复选框构件、spry 验证文本区域构件和 spry 验证选择构件，以及两个按钮，此时的页面布局如图 5-11 所示：

07 选中 spry 验证选择构件，在属性面板中设置其相关属性。有关操作可以参见前面介绍过的列表/菜单的属性设置方法。

08 选中 spry 验证复选框构件，在属性面板中指定选择范围，选择"强制范围"，并输入希望用户选择的最小复选框数或/和最大复选框数。

09 选中 spry 验证文本区域构件，在属性面板中设置其预览状态为"有效"。

10 在"邮箱："下一行输入"登录密码："，然后插入一个 Spry 验证密码控件。选中该控件，在如图 5-12 所示的属性面板上设置密码中字符、字母、数字、大写字母以及特殊字符的个数范围。

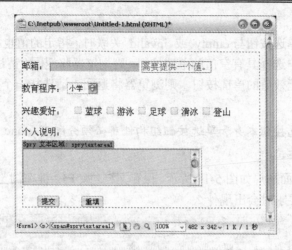

图 5-11 页面布局

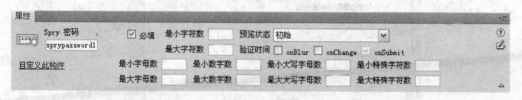

图 5-12 设置 Spry 验证密码控件的属性

若上述任一选项保留为空，构件将不验证用户输入的密码是否满足该条件。例如，如果最小/最大数字数选项保留为空，构件将不查找密码字符串中的数字。

11 另起一行，输入"确认登录密码："，并在其右侧插入一个 Spry 验证确认控件。选中该控件，在如图 5-13 所示的属性面板上设置该控件的验证参照对象。

图 5-13 设置 Spry 验证确认控件的属性

分配了唯一 ID 的所有文本域都显示为"验证参照对象"下拉列表中的选项。如果用户未能完全一样地键入他们之前指定的密码，构件将返回错误消息，提示两个值不匹配。

在这一步中，如果验证参照对象为验证文本域构件，则可以验证电子邮件地址。

12 另起一行，输入"邮件列表视图："，然后插入一个 Spry 验证单选按钮组控件。在弹出的对话框中设置单选按钮组的标签和值。

13 单击"确定"按钮关闭对话框之后，用户可以在属性面板上指定验证单选按钮组的空值或无效值。

在单选按钮的属性面板中为单选按钮分配了一个选定值之后，若要创建具有空值的单选按钮，则通过单击验证单选按钮组构件的蓝色选项卡选择整个构件之后，在"选定值"文本框中键入 none。若要创建具有无效值的单选按钮，请在"选定值"文本框中键入

invalid。

当用户选择的单选按钮与 empty 或 invalid 关联时，指定的值也相应地注册为 empty 或 invalid。如果用户选择具有空值的单选按钮，则浏览器将返回"请进行选择"错误消息。如果用户选择具有无效值的单选按钮，则浏览器将返回"请选择一个有效值"错误消息。

注意：单选按钮本身和单选按钮组构件都必须分配有 none 或 invalid 值，错误消息才能正确显示。

(14) 此时的页面布局如图 5-14 所示。保存文档，按 F12 键在浏览器中预览验证效果。看看当输入不符合要求时会出现什么。

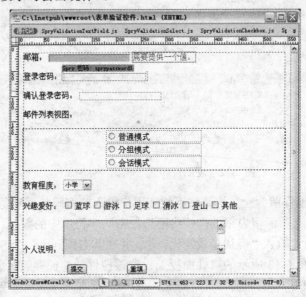

图 5-14　页面效果

每当验证文本域构件以用户交互方式进入其中一种状态时，Spry 框架逻辑会在运行时向该构件的 HTML 容器应用特定的 CSS 类。例如，如果用户尝试提交表单，但输入的邮箱格式不正确，Spry 会向该构件应用一个类，声明用户输入的信息无效。用来控制错误消息的样式和显示状态的规则包含在构件随附的 CSS 文件 (SpryValidation TextField.css) 中。

5.1.3 表单的应用实例

当用户登录电子商务类型的网站时，常常需要提交信息。网站再根据用户提供的信息进行处理。为了达到这一目的，网页需要应用表单技术。网站的访问者正是通过表单对象中的数据来与网站实现互动的。

下面通过建立一个填写个人资料的页面向读者具体介绍在 Dreamweaver 中如何使用表单对象，页面的最终效果如图 5-15 所示。

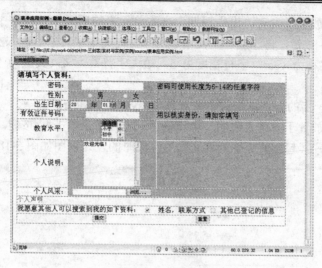

图 5-15　表单对象应用

01 创建表格，并设置表格的背景颜色，输入相关文本，最终的效果如图 5-16 所示。

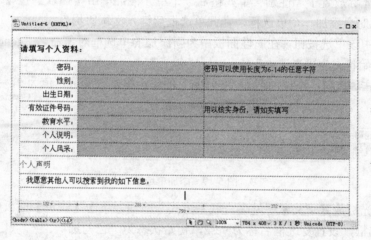

图 5-16　设置表格、文本

02 将光标放置于"密码"后面的单元格中。使用【插入】/【表单对象】/【文本域】命令，或者直接单击【插入】栏中【表单】面板中的 按钮，此时由于没有创建表单，会弹出一个对话框询问是否建立表单，单击【是】按钮后，在表格中插入文本域对象,如图 5-17 所示。

图 5-17　添加文本域对象

03 选中文本域对象，在属性面板中设置文本域的名称为 password，字符宽度为 25，最大字符数为 14，类型为"密码"。

04 将光标放置于含有"出生日期"文本单元格的后一个单元格中,单击【插入】栏【表单】中的□按钮,再添加一个文本域对象,在文本域对象后键入文本"年",设置此文本域对象的名称为 year,字符宽度为 5,最大字符数为 4,类型为"单行",初始值为 20。

05 按照上一步的方法添加文本域对象"day"和"idcard"。

06 将光标放置于"个人说明"单元格后一单元格,单击□按钮,添加多行文本域对象"text",设置其起始值为"欢迎光临"。此时的设计视图如图 5-18 所示。

图 5-18　文本域对象添加效果图

07 将光标放置于"性别"单元格后一个单元格,单击【插入】栏【表单】面板中的◉按钮,此时会添加一个单选框,在此单选框后键入文本"男"。

08 选中该单选按钮,在属性面板中为新添加的单选框对象命名"gender",设置选定值为 0,初始状态为"未选中"。

09 单击◉按钮,添加同名为"gender"的单选框,改变选定值为 1,并在单选框后键入文本"女"。此时文档的效果如图 5-19 所示。

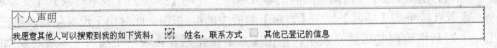

图 5-19　添加单选框

10 将光标放置于文本"姓名,联系方式"前面,单击【表单】面板中的☑按钮,添加一个复选框,设置复选框名称为 yes2,初始状态为"已勾选"。

11 按照上面的方法在文本"其他已登记的信息"前面添加一个复选框,此时的效果如图 5-20 所示。

个人声明
我愿意其他人可以搜索到我的如下资料: ☑ 姓名,联系方式 ☐ 其他已登记的信息

图 5-20　添加复选框

12 将光标放置于文本"年"之后,单击【表单】中的▤按钮,添加一个下拉菜单对象。选中下拉菜单对象,单击属性面板中的【列表值】按钮,弹出一个对话框,在其中设置列表值。此处设置项目标签与值都是从 01~12。

13 在属性面板中为下拉菜单对象命名"month",并选取初始化时值为 01。

14 将光标设置于"教育水平"单元格后一个单元格,单击表单面板中的▤按钮,添加一个列表对象。

15 选定菜单对象后，单击属性面板中的【列表值】按钮，为列表设置列表值，具体设置如图 5-21 所示。

图 5-21　设置列表值

16 在属性面板中为列表命名"degree"，设置高度 3。完成上面的步骤后，此时的页面效果如图 5-22 所示。

图 5-22　添加列表/菜单效果图

17 将光标置于"个人风采"单元格的下一个单元格，单击表单面板中的□按钮，添加一个文本域对象。

18 选中文本域对象，在属性面板中为其命名"file"，选取字符宽度 20，最大字符数 50。此时的页面效果如图 5-23 所示。

图 5-23　添加文本域

19 将光标放置于最后一个单元格，单击表单面板中的□按钮添加一个按钮对象。

20 选中按钮对象，在属性面板中为其命名"submit"，标签为"确定"，动作为"提交表单"。同理，添加"重填"按钮。

至此基本完成，可以保存文档并按 F12 键在浏览器中浏览测试。当单击网页中的【确定】按钮时会弹出提示框。单击【确定】继续发送邮件，单击【取消】则不发送邮件。

通过测试会发现在表单中没填任何数据，或填的数据无效，单击【确定】按钮后仍然会发送邮件。这是网页设计者所不愿看到的，为了解决这个问题，可以用 JavaScript 脚本语言来对表单各对象的值进行有效性检查。具体步骤如下。

21 执行【查看】/【文件头内容】命令显示文档窗口的头部。在插入栏单击"常用"面板中的插入脚本图标，弹出【脚本】对话框。

22 在"语言"下拉列表框中选择 JavaScript，在"内容"文本框输入 JavaScript 程序段如下：

```
function checkForm(){
```

```
        if(document.f1.password.value==""){
    alert("密码不能为空! ");
    return false;
    }


    return true;
    }
```

23 右击【提交】按钮，在弹出上下文菜单中执行【编辑标签】命令，弹出如图 5-24 所示的【标签编辑器】对话框。

图 5-24 标签编辑对话框

24 单击"事件"前面的加号展开事件，选中 onClick，这时标签编辑对话框右边将显示 Input-onClick 文本框。

25 在 Input-onClick 文本框中输入事件处理代码"return checkForm();"后单击【确定】。

26 保存文档，至此示例全部完成。

本例网页的最终功能只检验输入的密码，最多可以输入 14 个字符；当密码为空值时，单击【确定】按钮会弹出相应的错误提示对话框，并取消表单提交。

5.2 行为和 JavaScript

行为（Behaviors）是 Dreamweaver 提供的一种实现页面交互控制的机制。使用行为可以感知外界的信息并做出相应的响应，使网页动起来，更加丰富多彩。Dreamweaver 提供了丰富的内置行为，这些行为的设置是利用简单直观的语句设置手段，而且会把 JavaScript 代码填加在页面中，不需要编写任何代码，就可以实现一些强大的交互性与控制功能的能力。当然，也可以对代码进行手工修改，使之更符合自己的需要。

在 Dreamweaver 中主要是通过行为面板实现对行为的添加和控制。如果有必要，还可以直接打开 HTML，在其中进行必要的修改。

选择【窗口】/【行为】命令，可以打开【行为】面板，如图 5-25 所示。

图 5-25 【行为】面板

◆ ：单击该按钮打开行为列表，对当前不能使用的行为，则以灰色显示。
◆ ：单击该按钮，则删除当前选择的行为。
◆ 和 ：用于在行为列表中移动选定的动作，改变执行动作的顺序。
◆ 【事件】：设置当前对象触发动作的事件。一个对象可以有多个触发事件。通常一个事件是针对页面对象或标记而言。
◆ 【动作】：用于设置一个事件触发的动作。动作是一段预先编写好的 JavaScript 源程序，使用这段程序代码可以完成相应的任务。

5.2.1 绑定行为

行为是为响应某一具体事件而采取的一个或多个动作。当指定的事件被触发时，将运行相应的 JavaScript 程序，执行相应的动作。所以当创建行为时，必须先指定一个动作，然后再指定触发动作的事件。

行为是针对网页中的所有对象，可以绑定到整个文档（即附加到 body 标签）、链接、图像、表单元素或多种其他 HTML 元素中的任何一种，但是不能将行为绑定到纯文本。要给一个对象添加行为，可以按如下步骤进行：

（1）选择【窗口】/【行为】命令，打开【行为】面板。
（2）在文档窗口中选定一个对象，例如图像或链接等非纯文本元素。
（3）单击行为面板中加号按钮 ，从弹出的行为列表选项中选择合适的行为。根据所选定的行为，在参数对话框中设置该行为的参数及指令。
（4）设置行为的所有参数，然后单击【确定】按钮。

可以为每个事件指定多个动作。动作以它们在行为面板的动作列表中列出的顺序发生。

5.2.2 修改行为

在附加了行为之后，可以更改触发动作的事件、添加或删除动作以及更改动作的参数。

修改行为的的操作步骤如下：

（1）选择【窗口】/【行为】命令，打开【行为】面板。

（2）选择一个绑定有行为的对象。

（3）按需要执行以下操作之一：

若要编辑动作的参数，请双击该行为名称，然后更改弹出对话框中的参数。

若要更改给定事件的多个动作的顺序，请选择某个动作后单击上下箭头按钮。

若要删除某个行为，请将其选中后单击减号(-)按钮或按 Delete 键。

5.2.3 使用内置行为

Dreamweaver 内置了常见的行为动作代码，读者只需要简单地设定一些参数变量就可以方便地为网页生成一些复杂的交互和动态功能。下面向读者介绍其中几个比较常用的行为。

1. 调用 JavaScript

调用 JavaScript 动作的作用是执行预先编写好的 JavaScript 代码。例如，选中表单中的一个按钮，单击行为面板中按钮，从中选择【调用 JavaScript】命令，在【调用 JavaScript】对话框中输入如下内容：

```
alert("您好！欢迎访问我的个人主页！")
```

此时，按下 F12 打开浏览器进行测试。当在浏览器中单击该按钮时会弹出对话框，显示"您好！欢迎访问我的个人主页！"。

2. 检查插件

"检查插件"动作功能就是根据浏览器安装插件的情况打开指定的网页。当一个站点的网页中设置了某些插件时，应通过"检查插件"动作检查用户的浏览器中是否安装了这些插件，如果用户安装了这些插件，则跳转到一个网页中，如果没有安装这些插件，则不进行跳转或跳转到另一个网页。如果不进行检查，当用户没有安装这些插件的播放器，则无法浏览网页中的插件。

单击行为面板中的加号（+）按钮，并从动作弹出式菜单中执行【检查插件】命令，弹出如图 5-26 所示的【检查插件】对话框。

图 5-26　【检查插件】对话框

◆　"选择"：选中此项，可以从后面的插件下拉列表框中选择一种插件。

◆　"输入"：选中此项，可以直接在后面文本框中输入插件的类型，类型只能是 Flash、
　　Shockwave、LiveAudio、Netscape Media Player、Quicktime 等 5 种类型插件中的
　　一种。

◆　"如果有，转到 URL"：如果找到前面设置的插件类型，则跳转到后面文本框中
　　设定的网页。

◆　"否则，转到 URL"：如果没有找到前面设置的插件类型，则跳转到后面文本框
　　中设定的网页。

◆　"如果无法检测，则始终转到第一个 URL"：选择该项后，如果不能进行检查插
　　件，则跳转到第一个 URL 地址设定的网页。

Macintosh 上的 Internet Explorer 中不能实现插件检测。Windows 上的 Internet
Explorer 中也检测不到大多数插件。因此，此选项只适用于 Internet Explorer；Netscape
Navigator 总是可以检测到插件。

3. 打开浏览器窗口

使用"打开浏览器窗口"动作在打开当前网页的同时，还可以再打开一个新的窗口。
同时还可以设置浏览窗口的大小、名称、状态栏、菜单栏等属性。

单击行为面板上的加号（+）按钮，并从动作弹出式菜单中执行【打开浏览器窗口】
命令，弹出如图 5-27 所示【打开浏览器窗口】对话框。

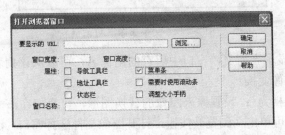

图 5-27　"打开浏览器窗口"对话框

◆　"要显示的 URL"：将在该窗口中显示的网页的地址。

◆　"属性"：用于设置打开的浏览器窗口的一些显示属性。

◆　"窗口名称"：给打开的浏览器窗口设置一个名字。

4. 预先载入图像

利用 Dreamweaver CS5 自带的"预先载入图像"动作，可以有效地防止图像由于下载
速度导致的显示延迟，使图像的下载时间明显加快。

执行【预先载入图像】命令，弹出如图 5-28 所示的【预先载入图像】对话框。

单击【浏览】按钮选择要预先载入的图像文件，单击对话框顶部的加号（+）按钮将
图像添加到"预先载入图像"列表中。

若要从"预先载入图像"列表中删除某个图像，请在列表中选择该图像，然后单击减
号（-）按钮。

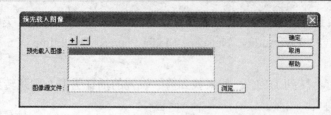

图 5-28 "预先载入图像"对话框

5. 交换图像/恢复交换图像

该动作通过更改<img>标签的 src 属性将一个图像和另一个图像进行交换，使一幅图像产生变换。

单击行为面板上的加号（+）按钮并从动作弹出式菜单中执行【交换图像】命令，弹出如图 5-29 所示的【交换图像】对话框。

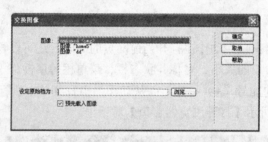

图 5-29 "交换图像"对话框

◆ "图像"：显示当前文档窗口中所有的图像名，可以从该列表中选择一幅图像并使其进行图像变换。

◆ "设定原始档为"：设置原来图像的替换图像，可直接在该文本框中输入图像的文件名，也可单击（浏览）按钮，打开图像文件选择窗口，浏览并选择一个图像文件。

注意：由于只有 src 属性受此动作的影响，所以应该换入一个与原图像尺寸（高度和宽度）相同的图像。否则，换入的图像显示时会被压缩或扩展，以使其适应原图像的尺寸。

◆ "预先载入图像"：变换的图像在打开网页时装入到计算机的缓冲区中。

6. 检查表单

"检查表单"动作检查指定文本域的内容以确保用户输入了正确的数据类型。将此动作附加到表单，防止表单提交到服务器后任何指定的文本域包含无效的数据。

执行【检查表单】命令打开如图 5-30 所示的【检查表单】对话框。

◆ "域"：在列表框中列出可用的所有域名供选择设置。

◆ "必需的"：选中此项，则表单对象必须填有内容不能为空。

◆ "任何东西"：选中此项，则该表单对象是必需的，但不需要包含任何特定类型的数据。如果没有选择"必需的"选项，则该选项就无意义了，也就是说它与该域上未附加"检查表单"动作一样。

◆ "数字"：选中此项，则检查该域是否只包含数字。

◆ "电子邮件地址"：选中此项，则检查该表单对象内是否包含一个 @ 符号。

◆ "数字从"：选中此项，则表单对象内只能输入指定范围的数字。

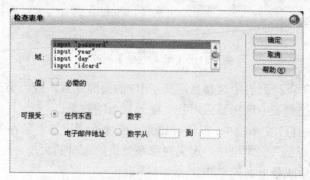

图 5-30 【检查表单】对话框

7. Spry 效果

Dreamweaver CS5 预置了十多种精美的适合于 Ajax 的 Spry 效果，可直接应用于使用 JavaScript 的 HTML 页面上几乎所有的元素，而无需其他自定义标签。借助这些效果，用户可以轻松地向页面元素添加视觉过渡，增强页面元素的视觉效果。由于这些效果都基于 Spry，因此，当用户单击应用了效果的对象时，只有对象会进行动态更新，不会刷新整个 HTML 页面。

如果要向某个元素应用效果，该元素当前必须处于选定状态，或者它必须具有一个有效的 ID。如果该元素未选中，且没有有效的 ID 值，则需要向 HTML 代码中添加一个 ID 值。因此，对页面元素应用 Spry 效果的一般步骤如下：

（1）选择要应用效果的内容或布局对象，也可以直接进入下一步。

（2）单击行为面板中的加号 (+) 按钮，从弹出菜单中选择【效果】，并选择效果子菜单下需要的效果名称。

（3）从"目标元素"菜单中选择要应用效果的对象的 ID。如果已经选择了一个对象，则选择"<当前选定内容>"。

（4）设置对话框中的其他内容。

（5）设置好效果的参数之后，单击【确定】按钮，即可在浏览器中预览效果。

如果对应用的效果不满意，可以选中要删除的效果，然后单击行为面板中的减号按钮 (-) 从对象中删除一个或多个效果行为。

各种效果的参数设置和使用范围简要介绍如下：

（1）增大/收缩效果：此效果适用于 address、dd、div、dl、dt、form、p、ol、ul、applet、center、dir、menu 或 pre 等 HTML 元素。

在【效果】命令的子菜单中选择【增大/收缩】命令，即可打开如图 5-31 所示的效果设置对话框。

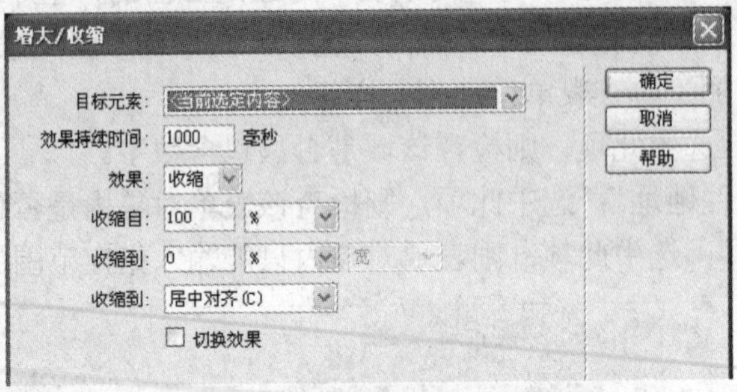

图 5-31　【增大/收缩】对话框

在"目标元素"下拉列表中选择已定义了 ID 的页面元素，或当前选定对象。

在"效果"下拉列表中选择要应用到页面元素上的效果。

在"增大自/收缩自"文本框中，以百分比大小或像素值定义对象在效果开始时的大小。

在"增大到/收缩到"文本框中，定义对象在效果结束时的大小。然后选择元素增大或收缩到页面的左上角或是页面的中心。

如果希望该效果是可逆的，即连续单击即可从"增大"转换为"收缩"或从"收缩"转换为"增大"，则选中【切换效果】复选框。

其他效果的设置对话框与图 5-31 类似，本书不作详细介绍，只简要介绍一下各种效果的功能及适用对象。

（2）显示/渐隐效果：显示/渐隐效果适用于除 applet、body、iframe、object、tr、tbody 或 th 以外的所有 HTML 对象。

在"渐隐自"文本框中设置显示此效果所需的不透明度百分比。

在"渐隐到"文本框中定义要渐隐到的不透明度百分比。

（3）遮帘效果：该效果分为向上遮帘和向下遮帘两种，仅适用于 address、dd、div、dl、dt、form、h1、h2、h3、h4、h5、h6、p、ol、ul、li、applet、center、dir、menu 或 pre，等 HTML 对象。

在"向上遮帘自/向下遮帘自"文本框中，以百分比或像素值形式指定遮帘的起始滚动点。这些值是从对象的顶部开始计算的。

在"向上遮帘到/向下遮帘到"域中，以百分比或像素值形式定义遮帘的结束滚动点。这些值是从对象的顶部开始计算的。

如果希望该效果是可逆的，即连续单击可上下滚动，则选中【切换效果】复选框。

（4）高亮颜色效果：此效果适用于 applet、body、frame、frameset 或 noframes 以外的所有 HTML 对象。

在【高亮颜色】对话框中可以选择以哪种颜色开始高亮显示，以哪种颜色结束高亮显示，以及该对象在完成高亮显示之后的颜色。

（5）晃动效果：此效果适用于 address、blockquote、dd、div、dl、dt、fieldset、form、h1、h2、h3、h4、h5、h6、iframe、img、object、p、ol、ul、li、applet、dir、hr、menu、pre 或 table 等 HTML 对象。

（6）滑动效果：此效果分为上滑和下滑，仅适用于 blockquote、dd、div、form 或 center

对象。滑动效果要求在要滑动的内容周围有一个 <div> 标签。

选择要应用的效果后，在"上滑自/下滑自"框中，以百分比或像素值形式指定起始滑动点。在"上滑到/下滑到"框中，以百分比或正像素值形式设置结束滑动点。

（7）挤压效果：此效果仅适用于 address、dd、div、dl、dt、form、img、p、ol、ul、applet、center、dir、menu 或 pre 对象。

本小节需要着重说明的是：使用效果时，系统会在代码视图中将不同的代码行添加到文件中。其中的一行代码用来标识 SpryEffects.js 文件，该文件是包括这些效果所必需的。请不要从代码中删除该行，否则这些效果将不起作用。

8．弹出信息

"弹出信息"动作显示一个带有指定消息的 JavaScript 警告。因为 JavaScript 警告只有一个"确定"按钮，所以使用此动作可以提供信息，而不能为用户提供选择。

单击行为面板上的加号（+）按钮，并从动作弹出菜单中执行【弹出信息】命令，弹出如图 5-32 所示的【弹出信息】对话框。

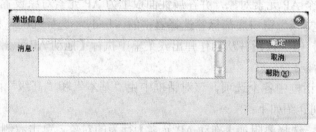

图 5-32 【弹出信息】对话框

消息：该文本域中用于输入需要的消息。

说明 用户不能控制 JavaScript 警告的外观，这是由访问者的浏览器决定的。如果希望对消息的外观进行更多的控制，可考虑使用"打开浏览器窗口"行为。

9．显示-隐藏元素

"显示-隐藏元素"动作用于显示、隐藏或恢复一个或多个页面元素的默认可见性。此动作用于在用户与页面进行交互时显示信息。例如，当用户将鼠标指针滑过一个人物的图像时，可以显示一个包含有关该人物的姓名、性别、年龄和星座等详细信息的页面元素，还可用于创建预先载入页面元素，即一个最初挡住页的内容的较大的页面元素，在所有页组件都完成载入后该页面元素即消失。

单击行为面板上的加号（+）按钮，并从动作弹出式菜单中执行【显示-隐藏元素】命令，弹出【显示-隐藏元素】对话框，如图 5-33 所示。

"元素"：在列表框中列出可用的所有元素的名称以供选择。

"显示"：单击此按钮，则选中元素可见。

"隐藏"：单击此按钮，则选中元素不可见。

"默认"：单击此按钮，则按默认值决定元素是否可见，一般是可见。

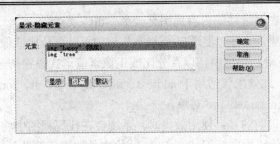

图 5-33　【显示-隐藏元素】对话框

10.　拖动 AP 元素

"拖动 AP 元素"动作只对网页中的 AP 元素起作用。其功能允许用户将 AP 元素拖放到网页中特定的位置。使用此动作，可以创建拼板游戏、滑块控件和其他可移动的界面元素。

使用"拖动 AP 元素"动作的步骤如下：

（1）选择一个 AP 元素对象，并在属性面板上为 AP 元素对象设置名称。

（2）单击"文档"窗口底部标签选择器中的 <body> 选择 body 标签。然后打开行为面板，单击加号（+）按钮并从动作弹出式菜单中执行【拖动 AP 元素】命令，弹出【拖动 AP 元素】对话框。

（3）设置对话框中各个选项，该对话框中由"基本"和"高级"两个标签组成，主要选项的功能分别介绍如下：

◆　AP 元素：选择要附加【拖动 AP 元素】行为的对象。单击右侧的下拉键，在下拉列表框内列出了本页面中所有 AP 元素，从中选择要控制的 AP 元素。

◆　移动：AP 元素的移动方式。在下拉列表中可以选择【不限制】或【限制】。当选择【限制】时，对话框中会添加【上】、【下】、【左】和【右】四个参数。在参数后面的文本框中填入数字，单位是像素，即确定了 AP 元素的拖动范围。它们分别表示 AP 元素移动范围距离 AP 元素的初始位置（AP 元素拖动前，AP 元素的左上角位置）"向上"、"向下"、"向左"、"向右"的距离。

◆　拖放目标：目的地位置。在【左】和【上】后的文本框内分别输入该位置距页面左端和上端的距离，单位是像素。单击【取得目前位置】按钮，可以在文本框中得到 AP 元素目前的位置参数。

◆　靠齐距离：产生吸附效果的像素数。表示在距目标位置该像素距离时，自动吸附到目标位置。

◆　对于简单的拼板游戏和布景处理，到此步骤为止即可。若要定义 AP 元素的拖动控制点、在拖动 AP 元素时跟踪其移动以及在放下 AP 元素时触发动作，请单击【高级】标签。

◆　拖拽控制点：在右侧下拉列表框内可以选择【整个 AP 元素】和【元素内的区域】。指定访问者单击 AP 元素可以触发动作的区域。若必须单击 AP 元素的特定区域才能拖动 AP 元素，则选择【元素内的区域】；若单击 AP 元素中的任意位置来拖动此 AP 元素，则不要选择此项。

◆　拖拽时：选中后面的复选框，则在拖动时，拖动的 AP 元素始终在最上层。

◆ 然后：拖动后的位置。在右侧的下拉列表中可以选择【留在最上方】或【恢复 Z 轴】。

◆ 呼叫 JavaScript：拖动 AP 元素时要执行的脚本程序。

◆ 放下时，呼叫 JavaScript：当 AP 元素被移动到目标位置时调用的脚本程序。如果只有在 AP 元素到达拖放目标时才执行该 JavaScript，则选择【只有在靠齐时】。

11. 设置文本

该动作可以设置框架、层、状态栏、文本域中的内容，在用适当的触发事件触发后显示新的内容。它有 4 个子菜单，分别对应着 4 种切换方式。下面分别进行说明。

（1）设置框架文本：用于设置框架内容的动态变化，在适当的触发事件触发后在某一个框架显示新的内容，该动作将替换框架的格式设置。选择一个框架之后，单击行为面板上的加号（+）按钮并从动作弹出式菜单中执行【设置文本】|【设置框架文本】命令，弹出【设置框架文本】对话框，如图 5-34 所示。

图 5-34 【设置框架文本】对话框

框架：用于设置内容进行动态变化的框架，可从右边下拉列表中选择一个框架。

新建 HTML：用于设置当前框架新加入的内容，在该文本框中可输入任何的 HTML 语句以及 JavaScript 代码，这些内容将代替原来该框架的内容。

获取当前 HTML：单击该按钮，则当前框架的内容会以 HTML 代码的形式显示在上面的文本框中。

保留背景色：选中该复选框，则保留该框架以前设置的背景颜色和文本颜色。

（2）设置容器的文本：用于设置页面上的现有容器（即，可以包含文本或其他元素的任何元素）的内容和格式进行动态变化（但保留容器的属性，包括颜色），在适当的触发事件触发后在某一个窗口中显示新的内容，该内容可以包括任何有效的 HTML 源代码。。单击行为面板上的加号(+)按钮并从动作弹出式菜单中执行【设置文本】|【设置容器的文本】命令，弹出【设置容器的文本】对话框，如图 5-35 所示。

图 5-35 【设置容器的文本】对话框

容器：用于设置内容进行动态变化的容器。

新建 HTML：用于设置当前容器新加入的内容，在该文本框中可输入任何有效的 HTML 语句、JavaScript 函数调用、属性、全局变量或其他表达式，这些内容将代替原来该容器中的内容。若要嵌入一个 JavaScript 表达式，请将其放置在大括号（{}）中。若要显示大括号，请在它前面加一个反斜杠（\{）。

（3）设置状态栏文本：用于设置状态栏显示的信息，在用适当的触发事件触发后在状态栏中显示信息，通常使用 onMouseOver 事件和这个动作配合。

单击行为面板上的加号（+）按钮，并从动作弹出式菜单中执行【设置文本】|【设置状态栏文本】命令，弹出【设置状态栏文本】对话框，如图 5-36 所示。

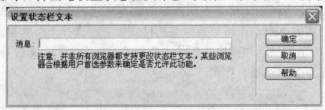

图 5-36　【设置状态栏文本】对话框

将需要显示在状态栏中的信息输入到"消息"文本框中。

（4）设置文本域文字：用于设置文本域的内容进行动态变化，在用适当的触发事件触发后，在某一个文本域中显示新的内容。使用本行为前必须先插入文本域表单对象。【设置文本域文字】对话框如图 5-37 所示。

图 5-37　【设置文本域文字】对话框

文本域：用于设置内容进行动态变化的文本域，可从右边的下拉列表中选择一个文本域。

新建文本：用于设置当前文本域新加入的内容，在该文本框中可输入任何的 HTML 语句以及 JavaScript 代码，这些内容将代替原来该文本域的内容。若要嵌入一个 JavaScript 表达式，则将其放置在大括号（{}）中。

5.3　使用其他媒体元素

网页中除了可以显示文本和图片之外，还可以很容易地在网页里实现音频和视频等多媒体功能，从而创建出丰富多彩的页面效果。

5.3.1 添加背景音乐

对于广大网页设计者来说，如何能使自己的网站与众不同、充满个性，一直是不懈努力的目标。除了尽量提高页面的视觉效果、互动功能以外，如果能在打开网页的同时，听到一曲优美动人的音乐，相信这会使您的网站增色不少。

为网页添加背景音乐有两种方法，一种方法是链接到音频文件，另一种是嵌入音乐文件。链接到音频文件的方法即是将某一页面元素链接到指定的音频文件，可以使访问者能够选择是否收听该文件，并且使文件可用于最广范围的观众。例如，将文本"快乐练习曲——流金岁月"链接到音频文件《流金岁月》，在浏览器中单击该链接时，会打开相应的媒体播放器播放指定的音乐。

嵌入音频是将声音播放器直接并入页面中，只有当访问者具有所选声音文件的适当插件后，声音才可以播放。利用这种方法，可以很方便地制作背景音乐，或者对声音演示进行更多控制，例如，设置音量、播放器在页面上显示的方式以及声音文件的开始点和结束点。

下面，通过一个简单实例来演示背景音乐的制作方法。最终的创建效果如图 5-38 所示。

01 新建一个文档，并在设计视图输入所需文字。

02 在设计视图中，将插入点放置在要嵌入音频文件的地方，执行【插入】/【媒体】/【插件】命令，或者单击"常用"面板中的图标 ，在弹出的下拉菜单中单击【插件】。

03 在弹出的【选择文件】对话框中选择想要的音乐文件，然后单击【确定】。

04 在属性检查器中，单击【参数】按钮，弹出如图 5-39 所示的参数设置对话框。

图 5-38 实例效果

图 5-39 参数对话框

05 单击对话框上的"＋"按钮，在"参数"列中输入参数的名称"Autostart"。 在"值"列中输入该参数的值"true"。输入完毕后，单击【确定】按钮。

06 执行【文件】/【保存】命令，保存文档。然后按下快捷键 F12 在浏览器中预览整个页面，这时音乐会自动播放。

按默认方式，音乐只播放一次。如果想让音乐循环播放，并且网页中不显示播放器，那么可以在第 **05** 步中增加两个参数：HIDDEN 和 LOOP，值均为 TRUE。

5.3.2 添加视频对象

Flash 技术是实现和传递基于矢量的图形和动画的首要解决方案。Flash 播放器在 PC

上既可作为 Netscape Navigator 上的插件，也可作为 Microsoft Internet Explorer 上的 ActiveX 控件，此外它还集成到了 Netscape Navigator、Microsoft Internet Explorer 和 America Online 的最新版本中。

无论是否具有 Flash，Dreamweaver 都附带了可以使用的 Flash 对象。可以使用这些对象创建可以插入到 Dreamweaver 文档中的 SWF 和 Flash 视频。

📖说 明　在 Dreamweaver CS5 中，Adobe 已取消了以往版本中插入 Flash 按钮和 Flash 文本的功能。

1. 添加 Shockwave 电影

Shockwave 是一种插件，使得在 Macromedia Director 中创建的多媒体文件能够被快速下载，而且可以在大多数常用浏览器中进行播放。

下面通过一个简单实例演示在文档中插入 Shockwave 电影的具体操作，最终的创建效果如图 5-40 所示。

图 5-40 实例效果

01 在设计视图中，执行【插入】/【媒体】/【Shockwave】命令，弹出【选择文件】对话框。

02 在弹出的对话框中，选择一个影片文件。

03 在属性检查器中，在"宽"和"高"框中分别输入影片的宽度 400 和高度 300。

04 选中 Shockwave 对象，单击属性面板上的【参数】按钮，在弹出的【参数】对话框中输入参数"AutoStart"和"Sound"，其值均为 true。如图 5-41 所示。

图 5-41 设置参数

2．添加 Flash 视频

Dreamweaver CS5 支持 Flash 视频，能快速便捷地将 Flash 视频文件插入 Web 页，且无需使用 Flash 创作工具。在页面中添加 Flash 视频文件的操作步骤如下：

（1）选择【插入】/【媒体】/【FLV】命令，弹出如图 5-42 所示的【插入 FLV】对话框。

图 5-42　【插入 FLV】对话框

（2）在视频类型下拉列表中选择在页面中播放视频时视频文件下载的方式。

其中，"累进式下载视频"是将 Flash 视频文件下载到站点访问者的硬盘上，然后播放。

"流视频"是指对 Flash 视频内容进行流式处理，并在一段很短时间的缓冲（可确保流畅播放）后在 Web 页上播放该内容。若要在 Web 页上启用流视频，必须具有访问 Adobe Flash Communication Server 的权限。

（3）在"URL"文本框中键入要插入的 Flash 视频的相对路径或绝对路径。

（4）在"外观"下拉菜单中指定 Flash 视频组件的外观。所选外观的预览会出现在"外观"弹出菜单下方。

（5）在"宽度"和"高度"文本框中以像素为单位指定 FLV 文件的宽度和高度。选中【限制高宽比】复选框，则保持 Flash 视频组件的宽度和高度之间的比例不变。

设置宽度、高度和外观之后，"包括外观"右侧将自动显示 FLV 文件的宽度和高度与所选外观的宽度和高度相加得出的和。

（6）单击【检测大小】按钮，Dreamweaver 可以帮助用户确定 FLV 文件的准确宽度或高度。如果 Dreamweaver 无法确定宽度或高度，则用户必须键入宽度或高度值。

（7）若要 Web 页面打开时自动播放视频，则选中【自动播放】复选框。

（8）若希望播放控件在视频播放完之后返回到起始位置重新播放，则选中【自动重新播放】复选框。

（9）单击【确定】按钮关闭对话框，即可将 Flash 视频内容添加到 Web 页面。

若要在 Web 页面中更改 Flash 视频内容的设置，必须在 Dreamweaver 的"文档"窗口中选择 Flash 视频组件占位符，然后在属性面板中修改设置。

5.4 思考与练习

1. 填空题

（1）行为是为响应某一具体事件而采取的_____。

（2）使用_____动作在打开当前网页的同时，还可以再打开一个新的窗口。

（3）文本域是_____的区域。

2. 思考题

（1）你能用几种方法在页面中嵌入音乐文件？

（2）使用表单时，发现表单边框看不到是什么原因？如何解决？

（3）如何添加表单对象？

（4）怎样为对象添加 Dreamweaver 的自带行为？

3. 操作题

（1）在文档窗口中插入两幅图像，当用户把鼠标移动到其中第一幅图像上时，第二幅图像转变为其他图像，当用户把鼠标移离第一幅图像时，又显示原来的图像。

（2）制作一个如图 5-43 所示的"注册登记表"网页，要求使用表格技术实现表单排版。其中后面带*号的内容为必输项，提交表格时必须进行有效性检查，确保其不是空值。

（3）为你的网页嵌入背景音乐。设置音乐为循环播放，并且网页中隐藏播放器。

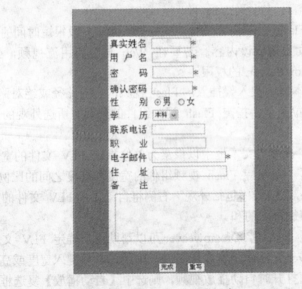

图 5-43　注册登记表

第 6 章

初识 Fireworks CS5 中文版

Fireworks CS5 能与其它 Adobe 创作软件,(如 Dreamweaver、Flash、Photoshop、Illustrator 等)高效集成,精确一致地在各种应用程序之间交换设计、资源和代码。它还可以对图像进行优化处理,是最高效的快速网站原形和用户界面的设计环境,是广大网页图像设计者的首选 Web 图形工具软件。本章将介绍 Fireworks CS5 的工作界面,以及基本的一些文件操作。

- Fireworks CS5 的工作界面
- 文件的基本操作
- 辅助工具的应用

6.1 Fireworks CS5 的工作界面

作为一个图像处理软件，Fireworks 能够自由地导入各种图像（如 Macintosh 的 PICT，FreeHand，Illustrator，CorelDraw 的矢量文件；Photoshop 文件、GIF、JPEGBMP、TIFF等），甚至是 ASCII 的 text 文本文件。同时，Fireworks 也不单单是个图像处理工具，它还是一个全方位的 Web 设计工具。使用 Fireworks 既可以生成静态的网页图像，也可以用HTML 文件，还可以生成包含 JavaScript 代码的动态图像，甚至直接编辑整个网页。

Fireworks CS5 继承了以往 Fireworks 的强大功能的同时，大幅提高了性能和稳定性，通过更新的图形工具集，例如，精确到像素的渲染，可以对设计元素像素位置进行更出色的控制；与 Flash Catalyst 整合并支持 FXG 2.0 格式，通过 FXG 可以将对象、页面或整个文档引入到 Flash 应用程序，进行交互性开发的同时，保留用于动画交互开发的图层状态和符号；利用 Fireworks CS5 内置的 5 种不同类型的模板，用户能够快速创建相应的应用，减少二次开发，提高效率；利用 Adobe 色板交换支持功能，可以精确匹配来自其他 Adobe 图形软件设计的颜色，很方便地在多个软件中共享配色方案，提高工作效率。

执行【开始】/【程序】/【Adobe Fireworks CS5】命令，即可启动 Fireworks CS5 应用程序。Fireworks CS5 的操作界面如图 6-1 所示。

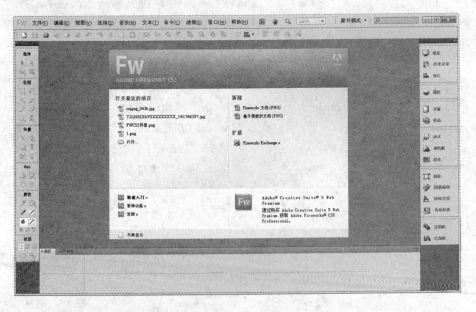

图 6-1　Fireworks CS5 的操作界面

由图可知，Fireworks CS5 的工作界面主要由以下几个部分组成：菜单栏、常用工具栏、工具箱、修改工具栏、文档编辑窗口及多个浮动面板组成。

Flash CS5 采用了全新的 CS5 风格的界面，标题栏与菜单栏和视图工具合并在一起，使得界面整体感觉更为人性化，工作区域进一步扩大。

在本小节中将简单地介绍 Fireworks CS5 工作界面几个主要的组成部分，以便读者先对 Fireworks CS5 有个大概的了解。各部分具体应用将在以后的章节中进行详细介绍。

6.1.1 工具栏

Fireworks CS5 的工具栏主要分为两种：常用工具栏和修改工具栏。为了方便用户的使用，将一些使用频率比较高的菜单命令以图形按钮的形式放在一起，组成了常用工具栏，如图 6-2 所示。

图 6-2　常用工具栏

用户只需单击工具栏上的按钮，就可以执行该按钮所代表的操作。如果当前操作界面上没有显示该工具栏，请选择【窗口】/【工具栏】/【主要】命令打开。

修改工具栏提供了一些常见的图形操作命令，如：群组、对齐、排列以及旋转等。修改工具栏位于常用工具栏的右侧，如图 6-3 所示。

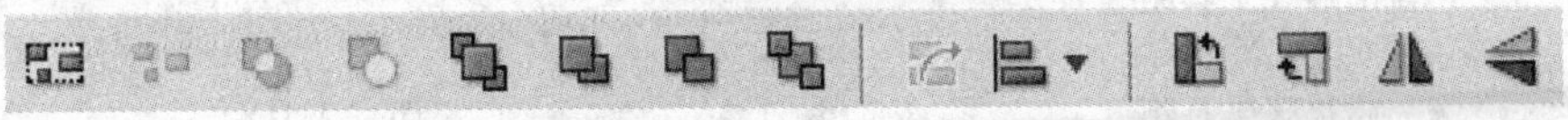

图 6-3　修改工具栏

修改工具栏上有一个对齐方式的按钮　，利用该按钮可以在选中的多个对象上快捷地应用上一次使用的对齐方式。

如果当前操作界面上没有显示该工具栏，用户可以选择【窗口】/【工具栏】/【修改】菜单命令打开。

6.1.2 工具箱

在 Fireworks CS5 中，图像处理工具都放置在工具箱中，图 6-4 所示的就是 Fireworks CS5 的工具箱。

Fireworks CS5 的工具箱主要由选择工具、位图工具、矢量工具、Web 工具、颜色工具、视图工具组成。用户可以使用这些工具对图像或选区进行操作。在工具箱中单击工具按钮即可选择该工具。工具箱的有些工具是以工具组的形式存在的，那些带有黑色小箭头的工具按钮即是一个工具组，其中包含了几个相同类型的工具。在该工具按钮上按住鼠标打开按钮选项，再拖动鼠标指针到相应子项按钮上松开鼠标即可选择需要的工具。

绘图工具箱默认固定在工作区左侧，用户也可以通过将鼠标移动到工具箱顶部，然后按下鼠标左键拖动，即可将工具箱独立出来，放置在窗口中的任意位置。

工具箱中各种工具的作用及使用方法将在后面章节中进行详细介绍。

6.1.3 编辑窗口

Fireworks CS5 工作界面的中间区域即是文档编辑窗口，是用户使用 Fireworks 进行创作的主要工作区。在文档编辑窗口顶部有如图 6-5 所示的 4 个选项卡，用于控制文档编辑窗口的显示模式。

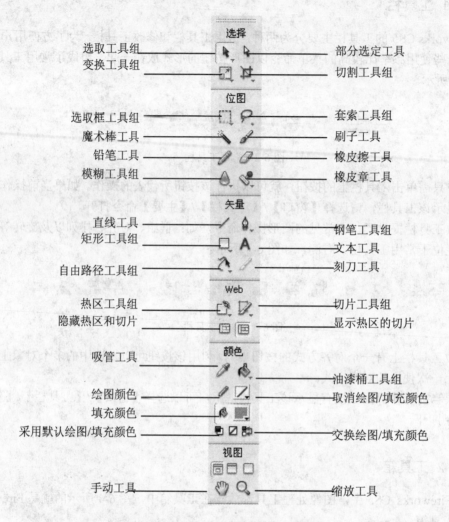

图 6-4　Fireworks CS5 的工具箱

图 6-5　文档窗口顶部的 4 个选项卡

【原始】模式显示当前编辑的 PNG 文档。

【预览】模式用于预览当前编辑的文档效果。

【2 幅】模式用两个窗口比较显示当前编辑文档。

【4 幅】模式则是用 4 个窗口比较显示当前所编辑的文档。

单击文档编辑窗口右上角的文件管理按钮 🕮 ，可以访问文件传输命令。如果用户已使用 Dreamweaver 中的【管理站点】对话框将目标文件夹或包含目标文件夹的文件夹定义为站点的本地根文件夹，则 Fireworks 会将该文件夹识别为站点。如果该站点可以访问远程服务器，则可以使用文件管理按钮 🕮 获取、取出、上传、存回远程服务器上的文件。对于位于使用 SFTP 或第三方传输方法（如 SourceSafe、WebDAV 和 RDS）的站点中的文件，则不能在 Fireworks 内将这些文件传输到远程服务器和从远程服务器中获取它们。

在文档编辑窗口底部还有一个如图 6-6 所示的控制条，用于在编辑动画时控制帧的播放和跳转。控制条右部显示当前编辑图像的大小和显示比例。

图 6-6　文档编辑窗口底部的控制条

6.1.4　浮动面板

Fireworks CS5 中的许多功能是通过面板实现的。面板集中了很多功能和选项，可以完成图像编辑过程中的多种设置。

单击【窗口】菜单命令，在下拉菜单中选择所要打开（或关闭）的面板名称，即可打开（或关闭）所选面板。面板的右上角一般都有一个按钮，单击该按钮会弹出一个面板菜单，显示与该面板相关的一些菜单命令。

面板默认以展开模式停靠在工作区右侧，如图 6-7 左图所示。

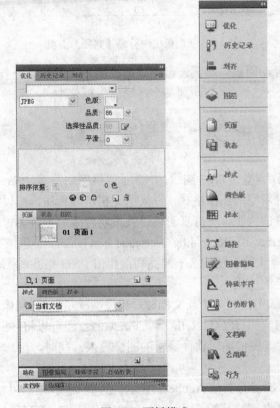

图 6-7　面板模式

单击窗口右上角的【展开模式】按钮，可以快速更换界面右侧的浮动面板的外观模式。如图 6-7 右图所示，即为具有面板名称的图标模式。此外，还有两种模式可选：上网本模式和图标模式，用户可以自行查看效果，以选择最适合的工作模式。

在 Fireworks 中，用户可以根据需要轻松地在两种面板模式之间进行切换，例如，在图 6-7 左图中，单击面板组右上角的"折叠为图标"按钮▣，可以将面板组切换到具有图标名称的图标模式或图标模式，且"折叠为图标"按钮变为"展开面板"按钮▣；反之，单击"展开面板"按钮可以切换到展开模式。

面板可以浮动在工作区上，也可以停靠在面板停靠架上。将鼠标指针移动到某个面板的选项卡页签上，按下鼠标左键拖动，即可将指定的面板独立出来，停靠在界面窗口任意位置。如图 6-8 所示。左图是面板组，右图是分离出来的路径面板及剩余的其他面板。

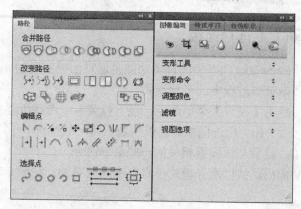

图 6-8   从面板组中分离【路径】面板

如果希望将某个浮动面板停靠到一组浮动面板中，从而形成一个选项卡，则可以拖动该浮动面板的选项卡，然后将之拖动到某个浮动面板框架中。

6.2 文件的基本操作

Fireworks 的源文件类型是 PNG 图像。PNG 是便携网络图像（Portable Network Graphic）的首字母缩写，是一种新型的图像格式。它采用无损压缩算法，可以在真实重现图像信息的前提下有效减小文件的大小，支持真彩色以及透明背景等多种图像特性。目前只有较高版本的浏览器，如 Internet Explorer 4.0、Netscape Navigator 4.0 及它们的更高版本才支持PNG 格式的图像，随着计算机硬件水平的提高，相信 PNG 格式的图像将来会变为网络图像的标准，得到更广泛的使用。

当用户在 Fireworks 中创建一个新文档时，其类型就是 PNG 图像。用户也可以将编辑的文档以其他格式导出，如 JPEG、GIF 等。Fireworks 还可以将 Photoshop、Freehand、Illustrator、CorelDraw 等图像编辑软件编辑的图像导入。同时，用户还能从扫描仪或数码相机中直接导入文件。

此外，Fireworks CS5 能与其他 Adobe 创作软件智能集成，用户可以复制 Fireworks CS5中创建的任意对象，并直接粘贴到 Dreamweaver CS5 中的 HTML 文档中；通过 CSS 导出功能还可以方便地将可编辑的代码导入 Dreamweaver 的编码环境中，或直接导出至Flash CS5，导出时可保持矢量、位图、动画和多状态不变。

📖 6.2.1 创建新文档

选择菜单栏【文件】/【新建】命令，在弹出的如图 6-9 所示的【新建文档】对话框中设置画布的大小、图像的分辨率及画布的颜色，然后单击【确定】按钮，即可创建一个空白的 PNG 文档。

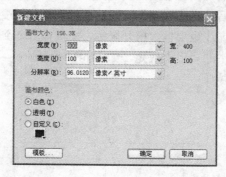

图 6-9 【新建文档】对话框

Fireworks CS5 新增了设计模板，利用内置的 5 种不同类型的模板：文档预设、网格系统、移动设备、网页和线框图，用户能够快速创建相应的应用，减少二次开发，提高效率。此外，用户还可以将常用的文档结构保存为可与设计小组共享的模板。

在【新建文档】对话框中，单击左下角的【模板】按钮，即可打开【通过模板新建】对话框，在弹出的对话框中选择需要的模板文件之后，单击【打开】按钮，即可基于模板创建一个新文件，如图 6-10 所示。

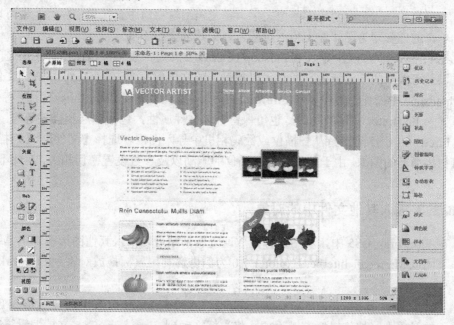

图 6-10 基于模板新建的文件

用户可以根据需要在该文件上进一步进行创作，例如，可以轻松地对模板中的文本、图像、配色方案进行修改、替换。

6.2.2 导入图像

在 Fireworks 中，用户可以直接打开多种格式的图像文件，也可以导入其他软件中绘制的对象、文本以及来自扫描仪或者数码相机的图像。

打开或创建一个文档后，执行【文件】/【导入】命令，在弹出的【导入文件】对话框中选择需导入的文件，然后单击【打开】按钮。此时鼠标指针变成一个直角符号，在文档窗口拖动鼠标，出现一个虚线矩形框。松开鼠标，图片被导入到矩形框中。导入图片的大小、位置和尺寸由拖动产生的矩形框决定，如图 6-11 所示。

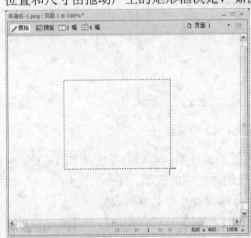

图 6-11 导入图像

如果执行导入命令并选中图像之后，在文档编辑窗口中直接单击鼠标，也可以导入图片，单击的位置即为图片左上角的位置，且图片的大小不变。

在 Fireworks CS5 中导入 Photoshop 的 PSD 文件时，还可保留图层、图层之间的层次关系以及可编辑的图层特效。并且可以把设计的文档保存为 Photoshop 格式的文件，便于在 Photoshop 中操作。也可以对 Fireworks 中的对象直接应用 Photoshop 的图层特效。

导入 Illustrator 文件的同时，也可保留许多文件属性，包括图层和样式等等。

Fireworks CS5 还支持从扫描仪或数码相机中导入图像。选择【文件】/【扫描】命令，即可扫描所需的图像。由于此设置与扫描仪的驱动以及参数设置密切相关，在此不作介绍。

6.2.3 插入其他文件中的对象

在 Fireworks CS5 中，利用鼠标拖放或复制粘贴可以插入其他图形编辑工具编辑的图像。下面以 Microsoft Internet Explorer 7.0 为例讲解利用鼠标拖放对象到 Fireworks 中的方法。

（1）同时打开 Microsoft Internet Explorer 7.0 和 Fireworks CS5，将鼠标移到 IE 窗口中需导入的对象上。按住鼠标左键不放，将光标拖动到 Fireworks CS5 文档编辑窗口上，此时鼠标指针显示为一个 符号。

（2）将对象拖放在文档编辑窗口合适的位置，释放鼠标，即将对象插入到当前编辑的文档中。

利用复制和粘贴同样可以在文档中插入其他格式的文本和图像。从其他应用程序复制的对象粘贴到 Fireworks 中时会把该对象放置在 文档的中心。需要注意的是，如果剪贴板上的位图图像与当前文档分辨率不同，Fireworks 会弹出信息提示窗口，询问用户是否重新取样。选择【重新取样】会保持粘贴位图的原始宽度和高度不变，并在必要时添加或去除一些像素。选择【不重新取样】则维持全部原始像素，这可能会使粘贴图像的相对大小比预想的要大或小一些。

6.2.4 修改画布的属性

在 Fireworks 中创建图像后，很多时候需要对新创建的画布的属性进行编辑，使创建的画布的颜色和分辨率等属性满足需要。这些操作均可通过【修改】/【画布】命令的子命令实现。

1. 改变画布大小

画布的大小决定了图像可以存在的空间大小，Fireworks 允许随时修改画布的大小。

选择【修改】/【画布】/【画布大小】命令打开【画布大小】对话框。对话框中"当前大小"区域显示画布在修改之前的大小，在"新尺寸"区域输入画布新的高度和宽度值，并从右方的下拉列表中选择数值的单位。"锚定"区域的按钮表示画布扩展或收缩的方向，根据需要单击相应的方向按钮。

Fireworks CS5 支持在单个文档 (PNG 文件) 中创建多个页面，可以将整个项目的页面分页全部保存在一个 PNG 文件里，如果只改变当前页面的大小，则选中【仅当前页面】，如果未选中该项，则修改当前文档中所有页面的尺寸。设置完毕，单击【确定】按钮，即可完成对画布大小的重设。

如果要改变当前文档（PNG 文件）中指定页面的画布大小，可以单击文档编辑窗口状态栏上 页面1 ▼ 图标上的下拉箭头，选择需要的页面。页面默认的名称不便于标识，用户可以在【页面】面板中双击某一页面，在弹出的对话框中为选中页面重命名。如果要在当前文档中增加一个页面，可以执行【编辑】/【插入】/【页面】命令，也可以单击"页面"面板右上角的选项菜单，从中选择【新页面】命令。

此外，还可以单击选择工具组中的裁切工具 ，在文档中拖动鼠标，勾绘出需要的画布范围，然后双击鼠标，即可将画布改变为裁切框所包围的大小，如图 6-12 所示。

注意：在重设画布大小时，画布大小变化并不等同于文档中图像对象的大小变化。也就是说改变画布大小时，画布上所绘制的图像比例并不改变。

2. 改变画布颜色

选择【修改】/【画布】/【画布颜色】命令，根据需要在对话框中选择新的画布颜色。

3. 旋转画布

选择【修改】/【画布】命令，然后根据需要选择二级菜单中的旋转命令即可。需要注意的是，旋转画布会导致画布中的所有图像对象同时被旋转。

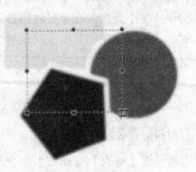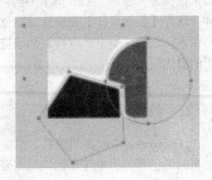

图 6-12　通过裁切工具改变画布大小

4. 修剪、符合画布

在画布上绘制图像时，有时会出现画布与对象大小不匹配的情况。如，图像对象绘制在画布中的某个局部位置，而四周都是画布，显得很不协调。修剪、符合画布操作可以使画布刚好容纳所画的图像。

选择【修改】/【画布】/【修剪画布】命令，画布的大小将自动被缩小，直至刚好容纳图像内容。

选择【修改】/【画布】/【符合画布】命令，画布的大小将自动被放大，使较小的画布适应较大的图像范围。

5. 改变图像大小

选择【修改】/【画布】/【图像大小】命令，在弹出的对话框中重新设置图像的宽度和高度值。

如果选中【约束比例】复选框，在改变图像的高度和宽度时，将保持高度和宽度的比例不变。否则，将分别改变图像的高度和宽度值。

选中【图像重新取样】复选框，在对图像进行缩放的过程中，Fireworks 会自动调整图像中的像素，使图像大小变化后尽量不失真。用户还可以在【图像重新取样】后面的下拉列表框中选中 Fireworks 缩放图像时改写像素的方法。其中，【双立方】多数情况下提供最明快和最高质量的改写，是 Fireworks CS5 的默认设置；【双线性】较 Soft 明快，但比【双立方】差；【柔化】会令图形模糊，消除明快细节；【最近的临近区域】会产生锯齿状边缘，强烈的对比，毫不模糊。

与改变画布大小的操作一样，如果只改变当前页面中的图像大小，则要选中【仅当前页面】选项。

📖 6.2.5 显示文档

在文档编辑过程中，常常需要采用不同的显示模式及比例，以便更宏观或更精确地查看或设计图像。这些操作可通过视图工具实现。

◆ 直接调整文档的显示比例：选择【视图】/【缩放比例】命令，在弹出的下拉菜单中单击所需的显示比例。其中，【选区符合窗口大小】和【符合全部】两个选项，分别表示将所选对象全窗口显示和将图像全窗口显示。

◆ 使用缩放工具调整：单击工具箱中【视图】栏内的缩放工具按钮 之后，鼠标指针会变成放大镜形状。在文档窗口中单击鼠标后即可放大显示文档内容。选取了缩放工具后，按住 Alt 键，鼠标指针会变成缩小镜形状。单击鼠标左键，即可缩小显示文档内容。用鼠标双击工具箱中的缩放工具按钮 ，可以将文档的显示比例恢复到 100%。

◆ 使用手形工具调整：单击工具箱中【视图】栏内的手形工具按钮 ，鼠标指针会变成手形 ，在文档窗口上按住鼠标左键后拖动鼠标，即可很方便地查看文档的各个部分。双击手形工具按钮 ，可以将当前文档全窗口显示。

◆ 完全显示和草图显示：在 Fireworks 中，文档的显示方式有两种：完全显示和草图显示。选择【视图】/【完整显示】命令可以在两种显示方式之间切换。完全显示就是在整个文档窗口中显示图像的所有细节，包括矢量结构和应用到这些结构上的各种效果，如图 6-13 所示。草图显示则是使用一个像素宽的路径显示矢量图形，不显示填充效果，对于图像显示一个"X"，如图 6-14 所示。

图 6-13 完全显示

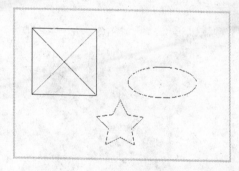

图 6-14 草图显示

◆ Macintosh 灰度系数显示：灰度预览可使用户查看图像在其他计算机平台上的显示效果。选择【视图】/【Macintosh 灰度系数】命令，即可在当前文档中显示该图像在 Macintosh 计算机中的显示效果。

6.2.6 应用辅助工具

Fireworks CS5 提供了标尺、辅助线、网格等定位工具，可以帮助用户精确布局图像，了解图像当前的坐标位置。本节将详细介绍这 3 个布局辅助工具的功能和使用方法，以便后面的学习。

1. 显示/隐藏标尺

使用标尺可以很方便地布局对象，并能了解编辑对象的位置。

选择菜单栏【视图】/【标尺】命令即可显示/隐藏标尺，打勾即表示显示。标尺显示在工作区的上沿和左沿，标尺的原点位置可以自行设置，拖动文档窗口左上角的原点标记，直到达到满意的位置。

2. 网格

网格是文档窗口中纵横交错的直线，通过网格可以精确定位图像对象。

◆ 显示（或隐藏）网格：选择【视图】/【网格】/【显示网格】命令。

◆ 对齐网格：选择【视图】/【网格】/【对齐网格】命令。对齐网格后，在文档中创建或移动对象时，对象就会自动对齐距离最近的网格线。

◆ 编辑网格：选择【编辑】/【首选参数】/【辅助线和网格】命令，在弹出的【首选参数】对话框中可以设置网格的颜色、网络线的水平/垂直间距，以及是否显示和对齐网格。

3. 辅助线

在显示标尺时，还可以在文档编辑窗口添加一些辅助线。使用辅助线可以更精确地对齐和放置对象，标记图像中的重要区域。常用的辅助线操作有添加、移动、锁定、删除等。

◆ 添加辅助线：将鼠标移到标尺上，按住鼠标左键并拖动到文档中合适的位置释放，即可添加一条辅助线，如图 6-15 所示。

图 6-15　添加辅助线　　　　　　　图 6-16　改变辅助线颜色

◆ 移动辅助线：将鼠标移到辅助线上，当鼠标指针变成双箭头时拖动辅助线，即可改变辅助线的位置。如果要将辅助线精确定位，可以双击辅助线，在弹出的对话框中输入辅助线的具体位置，即可将该辅助线移到指定的位置。

◆ 锁定辅助线：编辑图像时，如果不希望已经定位好的辅助线被随便移动，可以将其锁定。选择【视图】/【辅助线】/【锁定辅助线】命令即可锁定辅助线。再次选中该命令，即可解除对辅助线的锁定。

◆ 删除辅助线：将辅助线拖动到画布范围之外即可。或者选择【视图】/【辅助线】/【清除辅助线】命令，清除画布中所有的辅助线。

◆ 编辑辅助线：选择【编辑】/【首选参数】/【辅助线和网格】命令，在弹出的【首选参数】对话框中可以设置辅助线和切片的颜色。例如，将图 6-15 中的辅助线颜色设置为红色的效果如图 6-16 所示。

智能辅助线是临时的对齐辅助线，可帮助用户相对于其他对象创建对象、对齐对象、编辑对象和使对象变形。

在 Fireworks CS5 中拖拽或移动对象的时候，智能辅助线就能够自动在对象的边缘产生洋红色的虚线来帮助对齐，如图 6-17 所示。

图 6-17 使用智能辅助线对齐对象

若要激活和对齐智能辅助线，可以在菜单栏中选择【视图】/【智能辅助线】菜单命令，然后在下一级子菜单中选择【显示智能辅助线】和【对齐智能辅助线】命令。

默认情况下，显示并对齐辅助线和智能辅助线，且智能辅助线显示为洋红色（#ff4aff）。若要更改智能辅助线出现的时间和方式，可以在【首选参数】对话框中的【辅助线和网格】面板中进行设置。

6.3 思考与练习

1. 填空题

（1）Fireworks 默认的图形格式是_____格式，这是专门针对_____使用的图形。

（2）双击工具箱上的_____工具可以全窗口显示当前文档；双击工具箱上的_____工具可以将当前文档的显示比例恢复至 100％。

（3）选择缩放工具按钮 🔍 后_____，鼠标指针会变成缩小镜形状。

2. 思考题

（1）如何将一幅图像输入到当前的文档中？

（2）怎样设置画布的大小？如何调整图像的尺寸？

（3）打开与导入文档有什么不同

3. 操作题

（1）显示和隐藏常用工具栏和修改工具栏。

（2）简单介绍一下 Fireworks 中的主要面板。

（3）新建一个文档，要求画布大小为 800×600Pixels，分辨率为 72Pix/Inch，采用透明背景色，并导入一个已有的图片文件。

（4）新建一个 PNG 文档，将 Microsoft Internet Explorer 中一幅图片插入到该文档中，并使用缩放工具放大、缩小显示该文档。

（5）将图 6-18 中的对象完全显示出来。

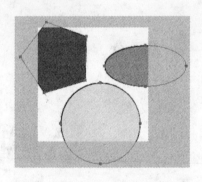

图 6-18　　图像效果

第 **7** 章

绘制图像

本章重点介绍 Fireworks 中常用的
两类对象——矢量对象和位图对象的主
要操作，以及文本的处理。希望读者朋
友在学习的过程中多加体会，让
Fireworks CS5 真正成为您处理网页图
像的得力助手。

学 习 要 点

 绘制与编辑矢量对象

 使用滤镜和特效

 应用图层和蒙版

7.1 绘制矢量对象

在处理网页图像的过程中，绘制图像是最基础的操作。Fireworks CS5 提供了非常便捷的绘图功能。

矢量对象的绘制和操作是 Fireworks CS5 工作的重点。矢量对象的基本组成元素是路径，并且路径又具有中心点和方向等属性。在编辑矢量对象时，Fireworks CS5 会自动生成路径和路径点，通过修改路径和路径点可以移动、缩放、变形矢量图像，改变矢量图像的颜色。下面具体介绍矢量工具的使用方法。

7.1.1 基本矢量对象

使用矢量工具可以很方便地创建一些基本矢量对象，如矩形、圆形、椭圆、多边形等，默认情况下，绘制出来的图形以前景色填充，当然，读者可以任意修改它的填充颜色和模式，或进行其他编辑和处理。

绘制基本矢量对象一般采用"矢量"工具栏内的直线工具和矩形工具组，步骤如下：

（1）在工具箱中选择一种工具。

（2）在属性面板中设置填充和笔触样式、合成模式、不透明度等选项。

（3）在图像编辑窗口中拖曳鼠标，即可绘制所需的图形。

> 📖 **说 明** 使用矩形、圆角矩形、椭圆形工具绘制图形时，按住 Shift 键的同时在图像编辑窗口中拖曳鼠标，可绘制出正方形、圆角正方形、正圆；如果使用的是直线工具，按住 Shift 键，则可以绘制出水平、垂直或 45°角的直线。

下面以一个具体实例演示基本矢量工具的使用方法。具体步骤如下：

01 新建一个 PNG 文档。选择【修改】/【画布】/【画布颜色】命令，在弹出的对话框中选中【自定义】，在颜色井中选择黑色。

02 选中工具箱中的椭圆工具，在属性面板中设置其填充方式为【渐变】/【放射状】，第一个颜色样本选择黄色，第二个选中白色；无笔触颜色；边缘为【羽化】，值为 3。按住 Shift 键在画面上拖动鼠标绘制月亮。

03 选中工具箱中的星形工具，在属性面板中设置其填充方式为【实心】/【白色】，无笔触颜色，边缘为【羽化】，值为 2。在画面上拖动鼠标绘制星星。如图 7-1 所示。

04 执行【窗口】/【自动形状属性】命令打开【自动形状属性】面板，将星形的点改为 4，并设置半径和圆度。

05 同理，绘制其他星星。最终效果图如图 7-2 所示。

此外，Fireworks CS5 的矩形工具组中还有两个工具：度量工具和箭头线工具。

使用度量工具，可以测量任意的范围，包括整体的宽高或者只是宽度和高度。度量工具的具体使用方法如下：

01 打开需要测量的图像素材。如图 7-3 所示的位图中的汽车。

对于 Fireworks 以往的版本而言，在没有去掉图像背景并且把图像选取下来之前，测量位图的宽/高是非常麻烦的。而在 Fireworks CS5 中可以轻松实现。

图 7-1 图像效果　　　　　　　　　　　　　图 7-2 图像效果

02 在矩形工具组中选择度量工具，在需要测量的对象（如位图中的汽车，而非位图）的起始测量位置开始按住鼠标左键，向终点方向拖拽鼠标，一直拖拽到需要测量的物体的终点测量位置。

用户也可以在起始测量点单击鼠标，然后拖动度量线上的黄色菱形手柄到终点测量点。

03 释放鼠标。此时，位图上将显示被测量图像起点到终点的长度，将鼠标移到度量线的起点或终点，将显示度量长度及角度，如图 7-4 所示。所拖拽范围的尺寸将显示在属性面板上的【宽】和【高】文本框中。

图 7-3 图像效果　　　　　　　　　　　　　图 7-4 图像效果

箭头线工具在 Fireworks 以前的各个版本中就已存在，执行【命令】/【创意】/【添加箭头】菜单命令，即可在画布上添加箭头线。Fireworks CS5 则将这个命令集成到了 Fireworks 的矢量工具面板中，作为自动形状工具出现在矢量工具栏中。

使用箭头线工具可以快速绘制各种箭头线条效果。选中箭头线工具之后，按下鼠标左键在画布上拖曳，即可绘制一条箭头线。

选中箭头线，在如图 7-5 所示的面板中既可以给线条的一侧添加箭头，也可以加到两头，甚至是不要箭头的直线。只需要单击线条两侧的黄色控制点，即可对箭头样式进行调整。如图 7-6 所示。

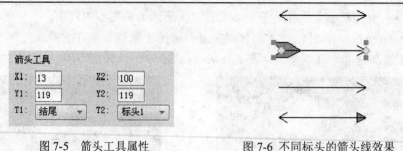

<table>
<tr><td colspan="4">箭头工具</td></tr>
<tr><td>X1:</td><td>13</td><td>X2:</td><td>100</td></tr>
<tr><td>Y1:</td><td>119</td><td>Y2:</td><td>119</td></tr>
<tr><td>T1:</td><td>结尾 ▼</td><td>T2:</td><td>标头1 ▼</td></tr>
</table>

图 7-5　箭头工具属性　　　　　　　图 7-6 不同标头的箭头线效果

7.1.2 自由路径

在 Fireworks 中，任意形状的路径称为自由路径，它也是矢量图的基本组成部分。通常使用铅笔、刷子、钢笔工具来绘制自由路径。

铅笔工具和刷子工具的使用方法与基本矢量工具的操作方法相同，在工具箱中选择相应工具，并在属性面板中设置相关属性后，在图像窗口中拖曳鼠标，即可绘制所需的自由路径。使用铅笔工具绘制路径时，如果希望绘制闭合路径，请将鼠标指针移动到起始点附近，当指针右下角出现黑点时释放鼠标即可。

在使用刷子工具时，需要注意以下几个属性参数。

◆ 　　　　　　　：在前面的颜色选择板中设置路径的颜色；在第 1 个下拉列表中设定自由路径的宽度，单位是像素；在第 2 个下拉列表中选择自由路径的样式。

◆ 【边缘】：笔尖的柔和度。

◆ 【保持透明度】：选中该项可以限制刷子工具，只在有像素的区域绘制路径，不能进入图像中的透明区域。

接下来介绍本小节的重点——钢笔工具。使用钢笔工具可以很方便、细致地绘制各种矢量路径。钢笔工具的使用方法如下：

（1）单击工具箱【矢量】栏钢笔工具组的钢笔工具按钮 ⬥ 。

（2）在属性设置面板设定钢笔工具的属性。各属性的含义与刷子工具相同。

（3）在文档编辑窗口中绘制路径，先在路径的起始位置单击鼠标，添加第一个路径点。

（4）将鼠标移到下一个路径点的位置，按住鼠标添加新路径点，此时会出现一条连接两个路径点的曲线。拖动鼠标调整曲线形状，调整完毕释放鼠标即可。释放鼠标前在路径点上还有一条直线，该直线表示曲线在该点位置的切线。

（5）为自由路径添加新路径点。

（6）在路径的终点处双击鼠标，完成路径的绘制。如果绘制的是闭合路径，则将鼠标移到路径的起始位置单击即可。

对于已绘制好的自由路径，使用钢笔工具还可调整其形状。将鼠标移到自由路径的路径点上，按住并拖动鼠标，即可调整路径的形状。

下面将使用自由路径工具中的钢笔工具绘制一幅鲜花图。具体步骤如下：

01 新建一个画布。

02 选择工具箱中的钢笔工具，在画布上绘制一个六边形，如图 7-7 所示。

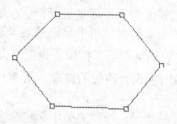

图 7-7 绘制矢量路径

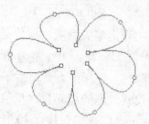

图 7-8 调整路径

03 在六边形的每条边上增加一个路径点。调整路径点。用部分选定工具将每条边上新增的路径点拖到中心位置，然后用钢笔工具调整路径的弧度。如图 7-8 所示。

04 在属性面板上设置路径的填充方式为渐变/放射状，第一个游标颜色为桔黄色，第二个游标为白色；无笔触颜色。填充后的路径如图 7-9 所示。

05 用钢笔工具在每片花瓣上根据花瓣的伸展方向绘制一条曲线。如图 7-10 所示。

图 7-9 填充效果

图 7-10 绘制花蕊

06 将花朵图像选中，并复制几朵花，改变花的颜色和大小。如图 7-11 所示。

07 用钢笔工具绘制一个花瓶，填充为渐变/线性。在图层面板中，将花瓶所在层拖放到最底层。最终效果如图 7-12 所示。

图 7-11 改变图像颜色

图 7-12 图像效果

7.1.3 笔触和填充效果

不同创意和用途的作品，可能需要的的笔触和填充效果也各异。

选中需要设置笔触的对象后，可以在属性设置面板中看到用于笔触设置的各项属性，如图 7-13 所示。

 ➢ 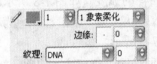：前面的颜色选择板用于设置笔触颜色；在第 1 个下拉列表中设定笔尖宽度，单位是像素；第 2 个下拉列表用于设定笔触类型。

 ➢ 边缘：⸳ 0：第 1 栏内显示当前笔尖的预览。第 2 栏用于设置笔尖的柔和度。

 ➢ 纹理：DNA 0：第 1 栏下拉列表用于设置路径的纹理。第 2 栏下拉列表用于设置纹理的填充量，单位是％。

在 Fireworks CS5 中，共有 13 种笔触类型可供选择，每种类型中又包含多种更细致的笔触效果。读者朋友们可以试用各种笔触，以达到满意的设计效果。

对象的填充效果也是在属性设置面板中设置的，如图 7-14 所示。

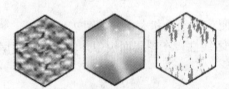   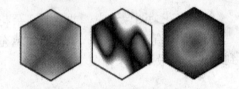

图 7-13　属性设置面板中用于设置笔触的区域　　　图 7-14　属性设置面板中用于设置填充效果的区域

 ➢ ：颜色并用于设置填充色，其后的下拉列表用于设置填充类型。

Fireworks 使用的填充类型共有 4 种：

 ➢ 实心：使用单一的填充色进行填充。

 ➢ 网页抖动：当填充色不属于网络安全色时，用两种网络安全色合成该色。

 ➢ 图案：使用图案填充，如图 7-15 所示。

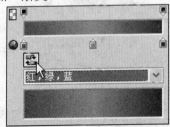   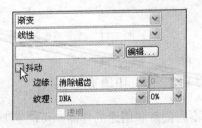

图 7-15　图案填充   图 7-16　渐变填充

 ➢ 渐变：使用两种或两种以上的颜色的渐变效果填充，如图 7-16 所示。

Fireworks CS5 在渐变色工具的应用上，新增了两个功能，一个是"反转渐变"按钮 🖼，如图 7-17 所示。可以快速更改渐变色的填充方向。例如，可以很方便地将"黑-白"改成"白-黑"渐变。

图 7-17　反转渐变   图 7-18　抖动渐变填充

另一个新增功能就是"抖动"按钮，如图 7-18 所示。通常在矢量绘图软件中以矢量方式填充渐变色会出现色彩分层。利用抖动渐变功能，渐变平滑度将得到改观！

需要注意的是，使用了抖动填充的对象边缘会出现非网络安全色。

> 边缘：消除锯齿 〔 〕：第 1 个下拉列表用于选择填充的边缘效果，第 2 个下拉列表用于设置边缘的羽化程度。

> 透明：进行透明填充，但当纹理填充量为 0 时，无法进行透明填充。

7.1.4 修改路径

一般情况下，绘制的路径还需进行编辑以达到设计需要，这可以通过调节路径点或使用自由路径工具实现。利用 Fireworks CS5 中的【路径】面板可以很便捷地编辑路径。

◆ 移动路径点：用部分选定工具 ↖ 选中路径点所在的对象，然后在路径点上单击一个路径点，选中的路径点变为蓝色实心，拖动路径点即可将其移动。移动了路径点后，整个路径的形状也会发生改变，如图 7-19 所示。

图 7-19　移动路径点前后的效果

◆ 添加/删除路径点：选中需添加路径点的对象，使用钢笔工具单击路径中没有路径点的地方即可在该处添加一个新的路径点。使用钢笔工具单击路径的角点，或双击路径中的曲线点，或选中路径点后按 Delete 键即可将其删除，两边的线段会直接连在一起。选中要编辑的路径点后，单击【路径】面板中"点"类别下的编辑命令，可对选中路径点进行更多的操作，例如：拉直点、平滑点、旋转、缩放、镜像点、圆角点，以及对路径点的各种选择方式。

◆ 自由变形和更改区域形状：选中想要变换路径的对象，单击自由路径工具 ♬ 或更改区域形状工具 ♬ ，移动鼠标到路径上需要修改的地方，指针右下方出现了一个"S"形曲线或空心圆圈，拖动鼠标，即可直接修改路径形状，如图 7-20 和图 7-21 所示。

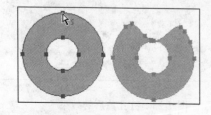

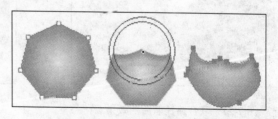

图 7-20　自由变形效果　　　　　图 7-21　更改区域形状效果

◆ 切割路径：选中需切割路径的对象，单击刻刀工具 ✐ ，鼠标指针变成刻刀的形状。

按下鼠标，拖动鼠标穿过需要切割的路径即可。如图 7-22 所示。

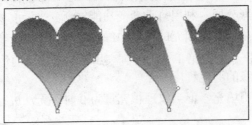

图 7-22　切割路径前后的效果

◆　连接/拆分路径：选中两条路径中需要连接的路径点，选择【修改】/【组合路径】/【接合】命令。选择【修改】/【组合路径】/【拆分】命令可将其拆分为单个对象。效果如图 7-23 所示。

图 7-23　接合/拆分路径

上图左起第一个图是接合之前的两条路径，第二个图是接合后的路径；第三个图是第二个图拆分路径后的效果。

◆　组合路径选择需要组合的多条路径之后，执行【修改】/【组合路径】命令下的子命令，或单击【路径】面板中"路径"栏下的图标按钮，即可将选中路径按不同的规则组合成新的路径。

【联合】可以将多个对象合并为一个对象，其中重叠的部分完全融合，如图 7-24 所示。

【相交】操作可从多个相交对象中提取重叠部分。

【打孔】命令使下层对象删除与最上层对象重叠的部分，打出一个具有某种形状的孔。效果如图 7-25 所示。

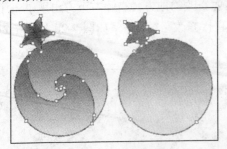

图 7-24　联合路径前后的效果

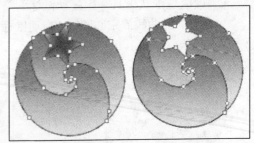

图 7-25　打孔前后的效果

【裁切】操作则是保留与上层对象重叠的部分。效果如图 7-26 所示。

Fireworks CS5 针对基于屏幕的设计，改进了用户体验，将以往的 Fireworks 版本中就已经存在、用户经常使用的路径修改功能提取出来，集中在路径的属性面板中，例如路径描边、快速组合路径，方便用户的选择和使用，如图 7-27 所示。

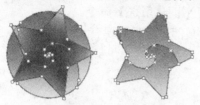
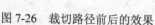

图 7-26　裁切路径前后的效果

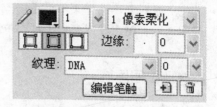

图 7-27　属性面板上的路径修改工具

需要说明的是，Fireworks CS5 在属性面板中新增的 5 个快速组合路径按钮，与路径的复合操作不同（譬如路径打孔、路径交集、联合路径）。这几个按钮是对图形进行操作的，而且会保留图形的原始状态，所以用户可以很轻松地进行反复编辑。例如，组合路径以后，仍然可以使用部分选择工具对每个单独的路径进行调整，如图 7-28 所示。

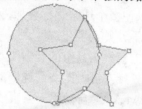
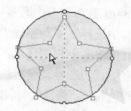

图 7-28　对每个单独路径进行调整

如果用户对组合后的路径满意，就可以在属性面板中单击【组合】按钮，进行最终的运算，这样就能够得到一个完整的路径形状。

7.2　位图对象

位图图像由像素点组成，一个位图图像实际上记录了所有像素点的位置和颜色信息。位图图像的分辨率不是独立的，缩放位图图像会改变其显示效果。例如，在放大位图图像时，由于增加了未定义的像素点个数，因此会出现马赛克效果。Fireworks 提供了很多位图处理工具，使用这些工具可以很方便地对位图图像进行绘制、修改、羽化等处理。

由于矢量图形对象和位图图形是两种完全不同的图形表示方式。对于矢量图形对象进行的操作与对位图图形进行操作也完全不同。Fireworks 提供了分别应用矢量图形对象编辑方式下和位图图形编辑方式的两种编辑模式，不同的编辑模式都有自己都有的一套命令和工具，同一命令或相同的工具在不同的编辑模式下功能可能完全不同。在创建一个新的 Fireworks 文档时，默认的状态是矢量编辑模式。

7.2.1　创建位图图像

绘制位图图像主要是使用工具箱上的铅笔和刷子工具完成的，填充位图使用油漆桶工具完成，这几种工具的使用方法可参照矢量工具的使用方法。在此不再赘述。

处理位图前应先创建一幅位图，除了打开、导入位图图像外，还有下面几种方法：

◆ 选择菜单栏【编辑】/【插入】/【空位图】命令，可以创建一幅新的位图。

◆ 选中矢量对象，选择菜单栏【修改】/【平面化所选】命令。

◆ 使用选取、魔术棒或套索工具将位图的某部分拷贝到现有文档中。

7.2.2 选取位图区域

在位图的处理操作当中选择像素是最基本的操作，在 Fireworks CS5 中提供了多种选择工具，可以很方便地选择位图像素。选择像素工具主要有【选取框】、【椭圆选取框】、【套索】、【多边形套索】和【魔术棒】工具。当选中某一像素区域后，在选中区域四周会出现一个闪烁的虚线边框，称之为选取框，可以拖动被选中的像素区域来改变它在图像中的位置。

◆ 选取规则区域：在选取框工具组□中选择一种选取框方式，并在属性面板中设置选取框的大小、选中像素区域的边界效果等属性后，在画布上拖动鼠标选取位图区域。按住 Shift 键选取多个区域可以使多个选区进行叠加，如图 7-29 所示。如果在属性面板中选择了【动态选取框】，则会羽化选区。

◆ 使用套索工具组选取不规则区域：单击套索工具组的套索工具 ，在属性设置面板内设置套索工具的属性，然后按住鼠标左键，围绕需选取的区域拖动鼠标，拖动时会出现蓝色轨迹。释放鼠标，Fireworks 会自动用一条直线将轨迹的起点和终点连接起来，形成一个闭合区域。用户也可将鼠标移到起点附近，当鼠标指针右下角出现蓝色小方块时释放。释放鼠标后，蓝色轨迹变成闪烁的虚线选取框。如果选择的是多边形套索工具 ，在位图图像上多边形起始点位置单击鼠标，移动鼠标，可以看见一条蓝色直线。在多边形的其他顶点位置单击鼠标，设置完毕后双击鼠标。蓝色轨迹变成闪烁的选取框。

◆ 使用魔术棒工具选取区域：单击魔术棒工具 ，在属性设置面板上设置魔术棒工具的容差，即选取像素点时相似颜色的色差范围。然后在位图图像上相应位置单击鼠标，即可选中相似颜色的区域。如图 7-30 所示。选择【选择】/【选择相似颜色】命令，也可选取位图上该颜色的所有区域。

图 7-29 多重选择效果图

图 7-30 魔术棒选择相似颜色效果图

7.2.3 羽化位图选区

羽化的作用就是虚化选区的边缘，在制作合成效果的时候会得到较柔和的过渡。下面以一个简单实例演示羽化图像的具体操作。具体步骤如下：

01 在 Fireworks CS5 编辑器中打开一个已有的位图文件，选择魔术棒工具，在属性面板中设置【容差】为 40，【边缘】为【羽化】，且羽化值设定为 10。

02 用鼠标点选图像中天空的颜色，将会对其进行合适的选择，效果如图 7-31 所示。

图 7-31　选择效果图者

图 7-32　羽化效果图

03 执行【选择】/【反选】命令，然后执行【编辑】/【剪切】命令，将选择的区域删除，观察羽化的边界效果。效果如图 7-32 所示。

04 选择【文件】/【打开】命令打开一个新的位图文件，执行【编辑】/【复制】命令，将原来的复制内容粘贴入新的画布，效果如图 7-33 所示。

图 7-33　粘贴后的羽化效果图

7.3　编辑对象

绘制基本的图形后，往往还要对图形图像进行修改编辑以符合使用需要。如对对象进行缩放、旋转、自由变形、应用样式等操作，以及调整对象的堆叠层次等。对象的这些操作是 Fireworks 的学习中最基础的操作，读者应该好好掌握。

7.3.1　选择、删除对象

在 Fireworks 中主要使用指针工具、选择后方对象工具和次选择工具来选取对象。这三个对象都位于工具箱的【选择】栏中，如图 7-34 所示。其中，指针工具和选择被遮挡工具位于选取工具组内，如图 7-35 所示。

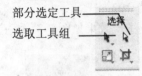

部分选定工具
选取工具组

✓ ▶ "指针"工具(V, 0) ———— 指针工具
　 ◻ "选择后方对象"工具(V, 0) ——— 选择后方对象工具

图 7-34　工具箱的【选择】栏　　　　　　　　　　　　图 7-35　选取工具组

三个选择工具的功能和使用方法如下：

◆ ▶【指针工具】：用于选择和移动路径。

◆ ◻【选择后方对象工具】：选择当前选定对象下面的对象。

◆ ▶【部分选定工具】：用于选择或移动路径，选择群组或选择路径上的点。

选中需要删除的对象，然后执行【编辑】/【清除】命令，即可删除对象。用户也可以使用 Delete 键删除选中的对象。

7.3.2　复制、重制、克隆

选中需要复制的对象，选择【编辑】/【复制】命令，然后在目标位置单击鼠标右键，从弹出的快捷菜单中选择【粘贴】命令，即可将剪贴板中的对象粘贴到目标位置。粘贴对象时，会保持对象的路径、路径点、位置、重叠层数等各种属性。

如果希望同一个文档中创建多个相同的对象，可以使用制作复本功能。

选中需要制作复本的对象，选择【编辑】/【重制】命令，就为该对象制作了一个复本。复制和粘贴操作是在原来对象所在位置复制出一个新的对象，而制作复本是在原来对象位置稍偏的地方创建新的对象。

克隆对象是根据原对象制作一个完全一样的新对象。新对象具有原对象完全一样的属性。选中需克隆的对象，选择【编辑】/【克隆】命令即可克隆该对象。新对象和原对象重叠在一起，需要用鼠标拖拽才能分辨出。若要以逐像素的精确度将所选克隆副本从原对象上移走，请使用方向键或 Shift+方向键。

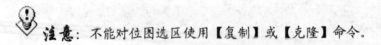

注意：不能对位图选区使用【复制】或【克隆】命令。

7.3.3　对齐、组合、排序

Fireworks 提供了 8 种对齐命令，利用这些命令可以便捷地对多个对象进行对齐操作。选中多个对象后，执行【修改】/【对齐】命令下的子命令，或单击编辑窗口底部修改工具栏的对齐设置按钮 ▤，从弹出的下拉菜单中选择需要的对齐按钮。

如对图 7-36 左边图中的多个文本对象进行中间对齐后的效果如图 7-36 右图所示。

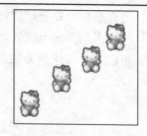

图 7-36　对象的对齐效果

此外，Fireworks CS5 在【修改】菜单下新增了一个【对齐像素】菜单项。利用该功能，Fireworks CS5 在像素的精准度上将进一步加强。所绘画的点、矢量路径等一切图形都会非常完美地吸附到像素上，可以在几乎任何尺寸的屏幕上清晰呈现您的设计。

对于独立的多个对象，它们之间可能相互重叠，产生遮挡效果。在 Fireworks CS5 中可以很方便地设置对象的叠放次序。

选中要改变叠放次序的对象，执行【修改】/【排列】命令，从子菜单中选择改变叠放次序的方式，或使用 Fireworks 底部修改工具栏的 4 个叠放次序按钮即可。

在编辑多个对象时，还时常需要操作多个对象，并且希望它们之间的相对位置保持不变。利用组合操作可以将多个对象合成一个整体。

选中需要组合的多个对象，选择【修改】/【组合】命令，或单击修改工具栏的组合按钮，选中的多个对象就会组合在一起，使用指针工具在组合后的对象上单击鼠标，即可选中组合的所有对象。

如果需要单独编辑组合中各个对象的相对位置或层叠顺序，选中组合对象后，执行【修改】/【取消组合】命令，或单击修改工具栏的取消组合按钮，即可使组合对象中的各个对象脱离组合，成为相互独立的多个对象。

7.3.4　缩放、旋转、变形

Fireworks CS5 提供了强大的变换功能，可以对对象进行各种变换，例如旋转、缩放、倾斜、扭曲、翻转等。Fireworks 的变换工具位于工具箱的"选择"栏内，单击变换工具组按钮，即可看到变换工具选单，如图 7-37 所示。

◆　缩放对象

选中需缩放的对象，单击缩放工具按钮，或选择【修改】/【变形】/【缩放】命令。此时对象四周出现变换框，拖动左右两边的控点，可在水平方向上改变对象的大小；拖动上下两边的控点，可以在垂直方向上改变对象的大小；拖动四个角上的控点，可以同时改变宽度和高度并保持比例不变。按 Alt 键拖动任何手柄可从中心缩放对象。

此外，Fireworks CS5 在属性面板上新增了"限制比例"按钮，如图 7-38 所示。单击限制比例按钮之后，在属性面板上设置对象的宽、高值，可以约束比例缩放对象，这与按住 Shift 键缩放物体的效果是一样的。

再次单击"限制比例"按钮，则取消约束比例缩放。

◆　倾斜对象：选中需倾斜的对象，单击倾斜工具按钮，或选择【修改】/【变形】/

【倾斜】命令。拖动变换框左右两边的控点，可在垂直方向上倾斜对象，左右边缘的长度不会改变；拖动变换框上下两边的控点，可在水平方向上倾斜对象，上下两边的长度不会改变；拖动变换框 4 个角上的控点，可以将对象倾斜为梯形状。

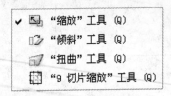

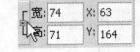

图 7-37　变换工具组　　　　　　　　　　　　　图 7-38　限制比例按钮

◆　扭曲图像：扭曲变换集中了缩放和倾斜变换。在此不再一一叙述。

◆　9 切片缩放：使用 9 切片缩放工具可以缩放矢量和位图对象而不扭曲其几何形状，并且能保留关键元素（如文本或圆角）的外观。

9 切片缩放功能是在 Fireworks CS3 中引进的。Fireworks CS5 扩展了 9 切片缩放工具的功能，可应用于画布上的任何对象，而不仅仅是元件了。将 9 切片缩放与自动形状库结合在一起使用，可以加快网站和应用程序原型构建。

Fireworks 提供两种 9 切片缩放方法：利用可重新调整的切片辅助线进行的元件缩放，以及使用应用一次的临时辅助线进行的标准缩放。元件缩放适合于打算多次重复使用的对象；标准缩放适合于对要合并到设计模式的位图对象或基本图形进行一次性快速调整。

9 切片缩放工具的使用方法如下：

1）在画布上，选中需要缩放的对象，然后单击绘图工具箱中的缩放工具按钮，在弹出的下拉菜单中选择 9 切片缩放工具。

此时，对象上将显示 4 条纵横交错的蓝色虚线，即切片辅助线，将对象划分为 9 个部分。

2）拖动切片辅助线以最好地保留对象的几何形状，不希望缩放时变形的部分放置于辅助线之外（如对象的 4 个角）。

例如，在图 7-39 左图中将缩放切片辅助线包围的区域，而其他部分在缩放对象时将不会变形。

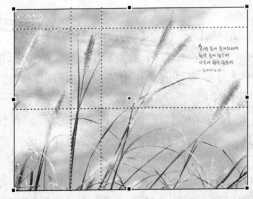

图 7-39　9 切片缩放前后的效果

3）拖动变形框上的变形手柄缩放对象。此时，在图 7-39 右图中可以看到，放大对象后，切片辅助线包围的区域被放大了，但位图中的其他区域没有变化。

◆ 旋转对象

使用变换工具组中的任何一样工具，都可以旋转对象。将鼠标指针移到变换框之外的区域，鼠标指针变成弯曲的箭头↻。拖动鼠标，就可以以变形中心点为轴旋转了。利用鼠标可以拖动变换框中心的轴心点，将其移动到合适位置。双击轴心点，可以使其恢复到原来的中心位置。

如果按住 Shift 键，对象会以 15º 为单位进行旋转。

◆ 数值变形：利用数值变形功能可以精确控制对象的变换程度。选中需要变换的对象，选择【修改】/【变形】/【数值变形】命令，在弹出的【数值变形】对话框的下拉列表中选择需要进行的变换类型，并设置相应参数。

7.3.5 绘制矢量图像实例

本例将制作一个直线型的网页分隔条。主要用到的知识点有：自由变形、修改路径、变换对象。具体步骤如下：

01 创建一个新的 Fireworks 文件。设置画布属性宽度为 450 像素；高度为 100 像素；分辨率设置为 72 像素/in；画布颜色设置为白色，选择【确定】按钮完成画布属性的设置。

02 在工具箱中选择椭圆工具，按住 Shift 键在画布上绘制一个圆形。

03 选择自由变形工具，将鼠标移动到圆形上端，按下鼠标左键向下拖动鼠标，将图形变形成如图 7-40 所示的效果。

04 选择变形后的图形，执行【编辑】/【复制】命令对其进行复制，并用【编辑】/【粘贴】命令进行粘贴。选择其中的一个图形，执行【修改】/【变形】/【旋转 180】命令将其旋转 180º，并移动它到另外一个图形的下方，效果如图 7-41 所示。

05 选择这两个图形，复制并粘贴。拖放一个到另一边，并执行【修改】/【变形】/【旋转 90】命令将其旋转，并拖放到如图 7-42 所示的位置。

图 7-40 自由变形的效果图　　　图 7-41 复制并旋转后的效果图　　　图 7-42 复制效果图

06 选择【修改】/【组合路径】/【联合】命令组合路径。

07 选择油漆桶工具，填充模式选择渐变/放射渐变，颜色游标从左到右为"红黄蓝"。"边缘"设置为"消除锯齿"选项。填充效果如图 7-43 所示。

08 选择椭圆绘制工具，按住 Shift 键，在该图形的中心部分绘制一个圆形，填充效果为渐变/放射渐变，颜色游标从左到右为"红黄"，填充后的效果如图 7-44 所示。

09 选择所有的部分，单击修改工具栏中的"组合"按钮，复制并粘贴多个图形复本。

10 拖放图形的复本到其他的位置，使整个画布横向充满该图形。

至此，直线型分割条制作完成。效果如图 7-45 所示。

图 7-43 填充后的效果图　　图 7-44 图形效果　　　　　图 7-45 最终效果

7.4 文本处理

Fireworks CS5 提供了丰富的文本处理功能。将 Fireworks 文本编辑功能与大量的笔触、填充、滤镜以及样式相结合，能够创造出丰富多彩的文本效果，使文本成为图形设计中一个生动的元素。

7.4.1 创建文本

打开 Fireworks 编辑器，新建一个画布。单击文本输入工具 **T**，在属性面板中设置字体、字号及相关属性后，在文本起始处单击左键，或者拖动鼠标绘制一个宽度固定的文本框，在其中输入字符串。输入完毕，单击文本框之外的任何地方，或选择其他工具，或按下 Esc 键即可。

如果选中文本工具之后，在画布上单击鼠标，则会在画布上绘制一个可变长度的文本框，文本框右上角显示有一个小圆圈，且文本框的长度随输入的文字长度而变化，文本将在同一行显示，除非用户按下回车键另起一行。

如果按下鼠标左键拖动，则将绘制一个固定长度的文本框，文本框右上角显示有一个小方块，当输入的文本宽度超出文本框长度时，文本将自动换行。

除直接键入文本之外，Fireworks 还允许从外部导入已有的多种格式的文本，例如：ASCII 码文件、RTF 文件，以及 Photoshop 文档。执行【文件】/【导入】或【打开】命令即可。默认情况下，文本在水平方向上从左到右排列。在文本的属性面板中，单击 🔲 可以设置文本的排列方式：水平从左至右，水平从右至左，垂直从左至右，垂直从右至左。

Fireworks CS5 的文本属性面板中还新增了一个新的设置，用于设置字体的样式。读者可以在属性面板的"样式"下拉列表中选择已安装的样式。如果字体系列中不包括样式，可以单击 **B I U** 按钮来应用模拟样式。

输入文本后，只需选中所要移动的文本框并按住左键不放，拖动到目的位置即可移动文本。此外，还可以对文本进行多种其他操作，如：移动文本、调整文本形状等。

7.4.2 文本与路径

在浏览网页常可以看到形状各异的特效文字，如排列成波浪形的、扇形的、圆形的等。

这些任意形状和方向的文本效果可以采用附加到路径的方法实现。一般操作步骤如下：

（1）绘制一条路径，创建文本，并设置好文本的各项属性值。

（2）同时选中文本和路径，选择【文本】/【附加到路径】菜单命令。

这样，文本就能按照路径的走向排列，形成各种特殊效果。如图 7-46 所示。

图 7-46　文本附着到路径

如果对文本的排列方向不满意，可以执行【文本】/【方向】子菜单中的命令改变文本在路径上的方向，共有 4 种方向设置：

➢ 依路径旋转：文本围绕路径旋转。

➢ 垂直：文本垂直于路径。

➢ 垂直倾斜：文本倾斜，并垂直附着于路径上。

➢ 水平倾斜：文本水平倾斜，并垂直附着于路径上。效果如图 7-47 所示。

图 7-47　文本附着到路径

选择【文本】/【倒转方向】命令，还可以反转文本附加到路径的方向。如果文本的长度超出路径长度，则文本将折返回路径，重复路径的形状。如图 7-48 所示。

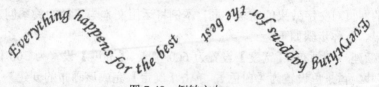

图 7-48　倒转方向

注意：附加到路径上的文本也可被编辑，使用文本工具双击文本即可在属性设置面板上设置文本属性。

默认情况下，文本从路径起点开始附着到路径上。选中附加到路径的文本，在属性设置面板的"文本偏移"栏内输入需要的偏移量，即可按照设置的起点附着文本。

在 Fireworks CS5 的文本菜单中还有一个【附加到路径内】命令，可以把文字显示到路径的形状内。一般操作步骤如下：

（1）在文档编辑窗口绘制需要附着的路径，创建文本，并设置文本的各项属性值。

（2）同时选中文本和路径，选择菜单栏【文本】/【附加到路径内】命令，即可将文本附加到路径的形状之内。效果如图 7-49 所示。

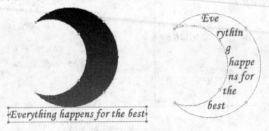

图 7-49　文本附加到路径内

将文本附加到路径内之后，不能修改文本的排列方向。

如果需要分别对路径和文本进行编辑，选中附加到路径的文本，然后执行【文本】/【从路径脱离】命令，即可将文本与路径分离。

文本不仅可以附加到路径，还可以转化为路径。文本转化为路径之后，不能进行文本编辑，但是可以进行路径相关的操作，例如编辑路径点、整形等。可以将已转换的文本作为一组进行编辑，或者单独编辑已转换的字符。如图 7-50 所示。

选中文本，执行【文本】/【转换为路径】命令，即可将文本转换为路径。

图 7-50　将文本转换为路径并整形

📖7.4.3 文本特效实例

不同的网页对文字效果的需求不同，本例将运用文本与路径的关系创建一例特殊造型的文字效果。具体步骤如下：

01 新建一个画布，【宽度】设置为 600 像素、【高度】设置为 300 像素、分辨率为 72 像素/英寸、背景色设置为【白色】；单击【确定】完成该画布的创建。

02 选择文本工具，设定字体为【Impact】，大小为 60。字体颜色设为黑色，选择字体加粗，选择【平滑消除锯齿】。在画布上输入"2008"字符串，效果如图 7-51 所示。

03 选择工具栏中的【倾斜】工具和【扭曲】工具，修改文本形状，如图 7-52 所示。

04 执行【文本】/【转换为路径】命令，将文本转换为路径。执行【修改】/【取消组合】命令将其解组。效果如图 7-53 所示。

05 选择菜单【视图】/【网格】/【显示网格】命令，调出辅助线。

图 7-51　输入文本对象 　　　　　　　　　　图 7-52　变形后的效果

图 7-53　将文本转化为路径 　　　　　　　图 7-54　文字变形效果

06 分别选择每一个文字，对其进行变形修改，修改的最后效果如图 7-54 所示。

07 设置笔触颜色为绿色，线宽为 5。填充模式为【渐变】/【轮廓】，颜色为"铜"。填充后的效果如图 7-55 所示。

图 7-55　填充后的效果　　　　　　　　　图 7-56　特殊文字造型

08 选择【属性】面板上的【滤镜】/【斜角和浮雕】/【内斜角】命令。斜角边缘形状选择【第一帧】，宽度设为 10，框架的柔化度为 10。光源的角度为 135。最终效果图如图 7-56 所示。

7.5　滤镜和特效

　　滤镜，即滤色镜，用于对图像的色彩进行过滤，从而实现许多自然界中常见的效果；特效是一些预设效果的组合，将特效运用到图像上后，Fireworks 会根据特效设置自动处理图像。使用滤镜和特效可以很轻松地改善图像显示效果，是位图处理中使用最多的修饰方法。
　　所有的滤镜都可以作为活动特效来使用，活动特效最大的优势在于它可以随时更改应用到图像的特效，或是从图像上删除应用的特效，回复原先的状态。与特效相比，滤镜的应用是无法恢复的。用户在应用滤镜之前，可以先利用活动特效来进行测试，满意后再应用滤镜。

7.5.1 应用滤镜

Fireworks 内置了许多常见的滤镜，使用这些滤镜可以完成很多常见的图像处理工作。

使用滤镜处理图像的基本步骤如下：

（1）选中要应用滤镜的对象，可以是路径、位图等一个或多个对象，也可以是选中的局部位图像素区域。

（2）打开【滤镜】菜单，从中选择需要的滤镜，并在弹出的设置对话框中设置滤镜参数。

（3）单击【确定】，完成滤镜的使用。

下面分别介绍这些内置滤镜的功能和属性设置方法。

1. 调整颜色类滤镜

调整颜色类滤镜主要用于调整位图图像的颜色，其中包含：

◆ 自动色阶滤镜： Fireworks 根据图像信息自动调节色阶。该滤镜操作简单，但是局限性大，效果较差，适用于要求不高的图像。

◆ 亮度/对比度滤镜：在弹出的【亮度/对比度】对话框中拖动"亮度"栏和"对比度"栏的滑块即可调整图像的亮度和对比度。

◆ 曲线滤镜：该滤镜用于调节图像的色阶，其参数设置对话框如图 7-57 所示。

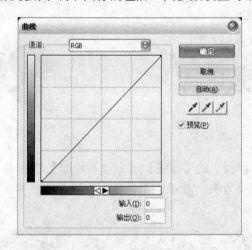

图 7-57　曲线滤镜对话框

曲线滤镜的一般操作方法如下：

1）在【通道】栏内选择 RGB 颜色模式的颜色通道。若要调整红色，选择【红色】通道；以此类推，若要调整所有颜色，选择【RGB】通道。

对话框下部显示该通道的色阶分布。其中 X 轴表示像素点的原始亮度，准确值显示在【输入】文本框中；Y 轴表示调整后的新亮度，准确值显示在【输出】文本框中。数值范围是 0～255，0 表示最暗，255 表示最亮。

2）将鼠标移到色阶曲线上，按住并拖动鼠标，即可改变色阶曲线的形状，达到调整色阶的目的。

对话框右下方的滴管工具也可以用于调节色阶。

3）选中想要调整色阶的区域和欲调整的颜色通道后，选中合适的滴管工具后，在图像上单击相应的像素点即可调节该处的色阶。

选择有黑色墨水的滴管 ✐ 可以调节阴影区域的亮度值；选择有灰色墨水的滴管 ✐ 可以调节中间色调区域的亮度值；选择有白色墨水的滴管 ✐ 可以调节高光区域的亮度值。

◆ 色相/饱和度滤镜：该滤镜的参数对话框右侧有一个【彩色化】选项，该选项能让 RGB 颜色模型的图像转变为双色调图像，如图 7-58 所示。

图 7-58　彩色化图像前后的效果

◆ 反相滤镜：该滤镜能将图像反色，效果如图 7-59 所示。

图 7-59　反色效果

◆ 色阶滤镜：使用该滤镜可以手动调整色阶，其参数设置对话框如图 7-60 所示。

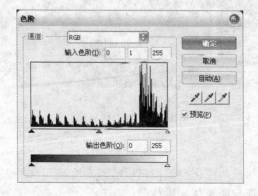

图 7-60　色阶滤镜的参数设置对话框

对话框中的直方图上从左到右分布图像上对应色值的像素点个数，如果像素点集中于阴影区或高光区，说明有必要通过调整色阶来优化图像显示效果。

拖动直方图下面的三角形滑块即可调整色阶，拖动时在对话框上部的【输入色阶】栏内显示对应的色阶值。

拖动对话框下部对比度调整条的滑块可调节图像的对比度。拖动时在【输出】栏显示阴影区和高光区的亮度值。

2．模糊类滤镜

模糊类滤镜可使图像产生模糊效果，包括:

◆ 普通模糊：选择模糊滤镜子菜单中的【模糊】和【进一步模糊】命令即可对选中图像实行模糊处理。【进一步模糊】的模糊程度比【模糊】稍大。

◆ 高斯模糊：拖动对话框上【范围模糊】滑块，可以设定模糊的强度。数值越小，模糊越微弱；数值越大，模糊越强烈，如图 7-61 所示。

◆ 运动模糊：该滤镜可以使图像产生正在运动的视觉效果，如图 7-62 所示。

◆ 放射状模糊：该滤镜可以使图像产生正在旋转的视觉效果，如图 7-63 所示。

◆ 缩放模糊：使图像产生正在朝向或远离观察者移动的视觉效果，如图 4-64 所示。

图 7-61　高斯模糊前后的效果

图 7-62　运动模糊　　　　　图 7-63　放射状模糊　　　　　图 7-64　缩放模糊

3．锐化类滤镜

与模糊滤镜的作用相反，锐化类滤镜可以实现对文档局部的细化，突出局部细节实现引人注目。锐化滤镜包括普通锐化和钝化蒙版两种。

◆ 普通锐化：选择【锐化】和【进一步锐化】命令即可对选中图像实行锐化处理。

◆ 钝化蒙版：拖动【锐化量】下面的滑块即可调节锐化效果的强度；拖动【像素半径】下面的滑块即可调节产生锐化对比的像素范围；拖动【阈值】下面的滑块即可设置锐化的分界点，超过阈值对比度的像素被锐化，低于阈值对比度的像素不锐化。

4. 其他类滤镜

其他类主要包括新增杂点、转换为 Alpha 和查找边缘三个滤镜。

◆ 新增杂点：该滤镜可以在图像上添加随机像素点，模仿高速胶片上捕捉画面的效果。

◆ 转换为 Alpha：使用该滤镜可将图像透明化。效果如图 7-65 所示。

◆ 查找边缘：该滤镜能够识别图像中的过渡色，并将其转换为线条，有很强的素描效果。如图 7-66 所示。

图 7-65　转换为 Alpha 滤镜的效果

查找边缘滤镜没有参数设置，直接运行滤镜命令即可。

图 7-66　查找边缘滤镜的效果

📖7.5.2 使用特效

特效，是指一些小的预设工具集。将特效应用到对象上时，程序会根据特效中的设置对对象进行处理，使对象按照某种需求显示。特效是自动更新的，当用户修改了对象，该对象上的特效便会自动更新，这也是特效比滤镜灵活的地方。

Fireworks 内置了多种特效。特效是在属性设置面板的特效设置区内添加编辑的。选中矢量对象，单击属性设置面板上的添加特效按钮 ✚，在下拉列表中选择需添加的特效。在特效参数栏中设置特效参数。设置完毕，在文档编辑窗口的空白处单击鼠标，即可将特效添加到矢量对象上。特效设置区的特效列表中也会显示该对象的所有特效。对于已添加的特效，双击特效列表中该特效的名称，即可调出特效参数栏，在此可以修改编辑特效。

特效的使用方法与对应的滤镜使用方法一致。下面主要介绍没有对应滤镜的几种特效的功能及使用方法。

1. 斜角和浮雕类特效

斜角特效包括内斜角和外斜角两种特效，它们可以在 Fireworks 中制造三维效果，如图 7-67 所示。浮雕特效包括凸起和凹起浮雕两种特效，它们可以使图像从背景上凸出或凹陷下去，从而创建一种凝重的艺术效果,如图 7-68 所示。

图 7-67　内斜角和外斜角效果

图 7-68　不同浮雕效果

内斜角是指将对象向内倾斜一定角度，形成一个内斜角；外斜角是指将对象向外倾斜一定角度形成外斜角。内斜角/外斜角特效的参数设置主要有以下几项：

- ◆ 平坦 ▼：设置斜面边缘效果。
- ◆ ↕ 10 ▼：设置斜面高度。
- ◆ ▢ 75% ▼：设置斜面阳面和阴面的对比度。0 表示无对比度，没有立体效果；100 表示最大对比度，此时立体效果最明显。
- ◆ ⊙ 3 ▼：设置斜面边缘的柔和度。柔和度越大，斜面棱角越圆滑。
- ◆ ∠ 135 ▼：设置光照射到斜面上的角度。
- ◆ 凸起 ▼：设置按钮预设效果。

凹入浮雕/凸起浮雕特效的参数与内斜角/外斜角特效的参数含义相同，在此不再赘述。

2. 阴影和光晕类特效

使用阴影和光晕类特效，可以使矢量对象产生阴影和发光效果。阴影特效包括投影和内部阴影两种特效，可以实现一种外部光线照射到对象上生成阴影的效果。发光特效可以在对象的四周产生颜色明亮的光芒，实现一种对象内部产生光线的效果。

投影是指在对象的背景上生成阴影，产生投影效果，如图 7-69 中间的图所示。内侧阴影是指在对象内部生成阴影，如图 7-69 右边的图所示。

图 7-69　无特效、投影特效、内侧阴影特效

投影和内侧阴影的参数设置主要有以下几项：

◆ ╬ 7 ：设置阴影与对象的距离。

◆ ▯ 65% ：设置阴影的透明程度，即遮挡背景的程度。0 表示阴影完全透明；100 表示阴影完全不透明，此时阴影完全遮挡住背景图像。

◆ ● 3 ：设置阴影边缘的模糊效果。

◆ ∠ 135 ：设置阴影的偏移角度。

◆ 【去底色】：选中该项将仅显示对象产生的阴影，如图 7-70 所示。

发光特效是指在对象外部生成光圈，产生发光效果，如图 7-71 中图所示。内侧发光特效是指在对象内部生成光圈，产生内部发光效果，如图 7-71 右图所示。

图 7-70　【去底色】前后的效果（投影）　　　图 7-71　无特效、发光特效、内侧发光特效

发光/内侧发光特效的参数设置主要有以下几项：

◆ ↕ 10 ：设置发光区域的宽度。

◆ ▯ 65% ：设置光圈的透明程度，即遮挡背景的程度。

◆ 【位移】：设置光圈与对象的偏移量，单位是像素，范围是 0～30。

此外，在 Fireworks CS5 中还可以使用 10 种广泛应用的 Photoshop 动态效果，这些效果的使用方法与 Fireworks CS5 的内置特效大致相同。

7.6　应用图层和蒙版

图层就是处于不同平面上的图形画布。Fireworks 文档中的每个对象都是放置在层上的，层是层叠放置在画布上的一些独立体。层之间完全独立，编辑修改层上的对象，不会影响文档中的其他层。灵活使用图层，可以构造出许多特殊效果。

Fireworks CS5 采用了与 Adobe Photoshop 类似的新分层图层结构组织和管理原型，用户能更方便地组织 Web 图层和页面。Fireworks 层可应用于同一文档中的单个页面或在多个页面间共享。共享时，层将以黄色遮盖，以与未共享的层区分开来。

蒙版技术是基于层的一种应用，它实际上是使用一个半透明对象将下层对象遮挡住，通过调节蒙版的透明度来制作不同的效果。

7.6.1　图层的基本操作

Fireworks 的层操作主要通过层面板完成，选择【窗口】/【层】命令即可调出层面板。

1. 选中层

单击想要选中层的名称，或在文档编辑窗口选中该层的任意一个对象，即可选中层。

选中的层在层面板上高亮显示，层名称右侧有一个单选按钮，按钮的选中状态表示该层处于选中状态。

2. 新建、重命名及删除层

单击层面板右下角的"新建/重制层"按钮 🖃，或选择【编辑】/【插入】/【层】命令，即可新建一个图层。新建层的默认名称为【层*】的形式，双击该名称，在弹出的层名称栏内输入新名称即可重命名该层。选中需要删除的层，单击层面板右下角的删除层按钮 🗑即可删除该层。

3. 改变层的层叠顺序、共享层

在层面板上选中需要改变层叠顺序的层后，用鼠标拖动该层到合适位置即可。

层被共享后，该层的对象就可在多个层中共享使用。动画创作中常常使用到层共享。在层面板中选中需要共享的层，然后单击层面板右上角的选项菜单，在弹出的下拉菜单中选择【在状态中共享层】命令，即可在当前页面中共享该层。层共享后，在层面板该层的名称右边会出现一个共享符号 ◀❒▶。如果希望在所有页面中共享当前选中层，则右键单击层的名称栏，在弹出的上下文菜单中选择【在所有页面中共享层】命令。

如果要取消在当前页面中共享，则取消选中【在状态中共享层】命令；如果要取消在所有页面中共享层，则在上下文菜单中选择【排除共享层】命令。

4. 隐藏/显示层

层面板上层名称前的眼睛标志 👁表示该层的隐藏性。显示眼睛标志表示该层处于显示状态；不显示则表示该层处于隐藏状态。单击眼睛标志可切换层的隐藏性。

5. 锁定层

层名称前的锁标志 🔒表示该层的锁定性。显示锁标志表示该层处于锁定状态，处于该状态的层不能编辑；不显示该标志表示该层处于解锁状态。单击锁标志可切换层的锁定性。

6. 切换编辑模式

默认情况下，用户可以直接编辑任何非锁定层中的对象，这种编辑方式成为"多层编辑模式"。单击层面板右上角的面板菜单按钮，选择面板菜单的【单层编辑】命令，即可切换到"单层编辑模式"，这种模式下只能编辑选中层的对象。

📖7.6.2 蒙版效果

蒙版效果一般由两个元素组成：遮挡物和被遮挡物，调节遮挡物的透明度可以制作不同的蒙版效果。Fireworks 中，蒙版分为矢量蒙版和位图蒙版两大类：矢量蒙版仅显示被遮挡物的轮廓；位图蒙版则是使用遮挡物像素点的属性来影响被遮挡物的显示效果。

下面简要介绍几种常见蒙版的创建方法。

1. 粘贴为蒙版

创建作为遮挡物的矢量对象或文本，然后剪切或复制遮挡物对象。选中被遮挡物，执行【编辑】/【粘贴为蒙版】命令，并在矢量蒙版的属性设置面板上设置蒙版属性。

◆ 　【路径轮廓】：按照遮挡物的轮廓遮挡下面的被遮挡物，轮廓内的被遮挡物显示，轮廓外的被遮挡。

◆ 　【显示填充和笔触】：显示遮挡物的填充和笔画效果。如图 7-72 所示。

◆ 　【灰度外观】：根据遮挡物和被遮挡物的明暗关系决定蒙版效果。

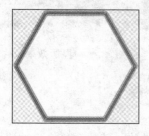  

　　　　遮挡物　　　　　　　　　　被遮挡物　　　　　　　　蒙版效果

图 7-72　矢量蒙版

2. 创建位图蒙版

创建位图蒙版的一般操作步骤如下：

（1）选中被遮挡物，单击层面板右下角的 图标，此时，层面板该对象的名称前面显示蒙版标志 ▨。

（2）选中链接符号后面的白色蒙版缩略图，并在属性面板上设置蒙版属性。

位图蒙版的属性有以下两个：

◆ 　【Alpha 通道】：遮挡物作为 Alpha 通道进行遮挡。

◆ 　【灰度等级】：根据遮挡物和被遮挡物的明暗关系决定蒙版效果。

（3）在文档编辑窗口绘制遮挡物，如图 7-73 所示。

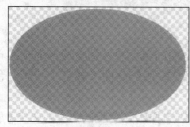  

　　　　遮挡物　　　　　　　　　　被遮挡物　　　　　　　　蒙版效果

图 7-73　位图蒙版效果

3. 贴入内部

（1）选中被遮挡物，执行【编辑】/【剪切】命令。

（2）选中遮挡物，执行【编辑】/【贴入内部】命令即可。

使用该方法创建的蒙版将保持遮挡物的笔画效果。如图 7-74 所示。

遮挡物　　　　　　　　　　　　被遮挡物　　　　　　　　　　蒙版效果

图 7-74　内部粘贴效果

4. 组合蒙版

（1）选中多个对象，此时处于顶层的对象将被作为遮挡物，其他对象作为被遮挡物。

（2）选择【修改】/【蒙版】/【组合为蒙版】命令，即可创建组合蒙版。

7.6.3　编辑蒙版

蒙版在创建后也可被编辑修改。在层面板中选中蒙版，层名称前会出现蒙版符号 ▦ ，并且蒙版缩略图上有钢笔标记 ✒ 。此时即可编辑修改蒙版了。

1. 移动对象

若要在不影响蒙版效果的前提下移动对象，可采用下面的方法：

（1）单击层面板蒙版缩略图前的链接标志，使该标志隐藏。

（2）在文档编辑窗口中编辑对象。

（3）移动完毕后再次单击层面板中的链接标志，恢复蒙版关系。

2. 禁用、删除蒙版

在层面板中选中需要禁用的蒙版，单击层面板右上角的面板菜单按钮，选择面板菜单的【禁用蒙版】命令，即可禁用选中的蒙版。此时层面板该蒙版缩略图上被打上一个红色的叉。

单击面板菜单的【删除蒙版】命令，在弹出的对话框中选择删除蒙版的方式：选择【放弃】将蒙版直接删除；选择【取消】则放弃删除，保留蒙版；选择【应用】则会将蒙版应用到被遮挡物上，并转化为位图蒙版，然后删除。

3. 将矢量蒙版转换为位图蒙版

（1）在层面板上选中需要转换的矢量蒙版的缩略图。

（2）单击层面板右上角的面板菜单按钮，选择面板菜单的【平面化所选】命令，即可将选中的矢量蒙版转换为位图蒙版。

Fireworks 中蒙版的转换是不可逆的，即只能将矢量蒙版转换为位图蒙版，不能将位图蒙版转换为矢量蒙版。

7.7　思考与练习

1．填空题

（1）模糊滤镜通常不能达到要求的效果，这时可以使用_____滤镜作用于图像上。

（2）Fireworks 中可以将_____蒙版转换为_____蒙版，且这种转换是不可逆的。

（3）图像的变形包括对图像进行_____、_____、_____和扭曲等操作。如果要对图像进行精确变形，可以使用_____。

2．思考题

（1）特效能否对位图进行操作？

（2）路径修改工具有哪些？简述几种组合路径命令的效果。

（3）复制、重制和克隆操作有什么区别？

（4）文本如何沿路径分布？

3．操作题

（1）构造一个矢量对象，练习各种笔触和填充效果。

（2）对图 7-75 中左边的对象进行滤镜处理，使其尽量实现右边对象的效果。

图 7-75　图像效果

（3）使用蒙版技术实现如图 7-76 所示的效果。

图 7-76　图像效果

第 **8** 章

制作动画效果

在网页中添加动画效果会使网页变得生动活泼。作为专业的网络图像处理软件，Fireworks CS5 不仅可以制作精美的静态图像，而且还能够方便地制作 GIF 动画、翻转按钮，实施图像切片、图像映射等各种图像处理效果。

本章将重点介绍如何使用 Fireworks CS5 制作动画效果，以及动画的编辑、优化和导出等操作。

 学 习 要 点

- ◎ 创建和编辑元件与实例
- ◎ 编辑、管理动画状态
- ◎ 优化、导出动画

8.1 元件与实例

在 Fireworks 中，库项目被称作元件。在文档不同区域中引用元件生成的对象，称作实例。利用元件和实例可以在很大程度上简化操作。例如，如果一个图案的路径非常复杂，则可以在绘制完成后将它存储为元件，然后在多个需要使用该图案的地方创建该元件的实例。否则每使用一次该图案，都需要重新绘制一次，这样工作量会很大。实例和元件之间是相互关联的，一旦更改了元件本身，则所有从元件派生而出的实例都会相应变化，从而可以实现文档中的自动更新。

Fireworks CS5 还可以与 Flash CS5 完美集成，使用户能够精确一致地在两种应用程序之间交换设计、资源和代码。例如，用户可以在 Fireworks CS5 中设计制作元件，然后将 PNG 文件直接导出至 Flash CS5 进行动画制作，导出时可保持矢量、位图、动画、9 切片缩放辅助线和按钮多状态不变。

Fireworks 提供三种类型的元件：图形、动画和按钮。图形元件适用于静态图像的重复使用；按钮元件适用于交互图像的重复使用；动画元件则像电影中的演员一样，用来"表演"，以产生动画效果。

8.1.1 创建丰富元件和实例

Fireworks CS5 引入了全新的和增强的元件功能——丰富元件。丰富元件是一种图形元件类型，可以使用 JavaScript（JSF）文件对其进行智能缩放并为其指派特定属性。Fireworks CS5 中已包括了预设计的丰富元件库。可以轻松自定义这些元件以适应特定网站或用户界面的外观要求。

执行【窗口】/【公用库】菜单命令即可打开【公用库】面板，然后从中选择需要的元件，并拖放到 Fireworks 画布上。与所有元件一样，用户可以使用属性面板对丰富元件类型的实例进行编辑，而不会对元件的其他实例造成影响。也可以使用 Fireworks CS5 的【元件属性】面板来更改元件属性。

若要编辑元件本身，可以双击元件实例，然后在元件编辑器中编辑该元件。所进行的编辑会影响当前元件及该元件的所有其他实例。

丰富图形元件的创建方法与普通的图形元件创建方法相似，不同的是需要在【转换为元件】对话框中选中【保存到公用库】选项。单击【确定】按钮后，Fireworks CS5 将提示选择保存新元件的位置。默认情况下，Fireworks 会自动创建一个名为"自定义元件"文件夹，用户可以将新元件保存到该文件夹，也可以在与"自定义元件"文件夹相同的级别创建其他文件夹。保存后，元件将从画布删除，并显示在【公用库】中。

为丰富元件添加脚本：

（1）执行【命令】/【创建元件脚本】菜单命令打开【创建元件脚本】面板，如图 8-1 所示。

（2）单击该面板右上角的浏览按钮找到丰富元件的 PNG 文件。

（3）单击加号按钮 + 添加元素名称和要自定义的元素的名称。例如，如果要自定义名称为 label 的文本字段，则在"元素名称"字段中键入 label。

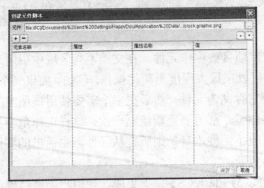

图 8-1 【创建元件脚本】对话框

（4）在"属性"字段中选择要自定义的属性的名称。例如，若要自定义标签中的文本，则选择 textChars 属性；若要自定义对象的填充颜色，则选择 fillColor 属性。

（5）在"属性名称"字段中键入可自定义属性的名称，它将出现在【元件属性】面板中的属性名称栏。

（6）在"值"字段中键入属性的默认值。然后根据需要添加其他元素。

（7）单击【保存】按钮保存所选的选项并创建 JavaScript 文件。

（8）从【公用库】面板的选项菜单中选择【重新加载】命令以重新加载新元件。

创建 JavaScript 文件后，可以通过将该元件拖至画布来创建该元件的新实例，然后通过在【元件属性】面板中更改其属性来更新属性。

这里需要提请读者注意的是，创建了 JavaScript 文件后，如果删除或重命名由该脚本引用的元件中的对象，则【元件属性】面板将生成错误。

若要将现有元件另存为丰富元件，请执行以下操作：

（1）在库面板中选择一个元件。

（2）单击库面板右上角的选项菜单，从中选择【保存到公用库】命令。

（3）单击【命令】/【创建元件脚本】菜单命令，按照前面介绍的步骤创建 JavaScript 文件以控制元件属性。

8.1.2 创建动画元件和实例

在 Fireworks 中，创建元件的方法有两种：新建元件和将已有对象转换为元件。本小节主要介绍创建动画元件的方法，图形元件的创建方法可以参照进行，至于按钮元件的制作方法，将在下一章中讲解。

1. 直接创建动画元件

（1）选择【编辑】/【插入】/【新建元件】，在弹出的【转换为元件】对话框的【名称】栏内输入动画元件的名称，在【类型】栏内选择【动画】。

（2）单击【确定】按钮，在弹出的元件编辑窗口中创建并编辑新对象作为动画元件。

（3）编辑完毕，关闭元件编辑窗口。Fireworks 会将创建的动画元件添加到库面板中，同时在文档编辑窗口放置动画元件的一个实例。可以选择菜单栏【窗口】/【文档库】命令，调出文档库面板，如图 8-2 所示。

2. 将现有对象转换为动画元件

（1）选中需要转换为动画元件的对象。

（2）选择【修改】/【动画】/【选择动画】命令，在弹出的如图 8-3 所示的【动画】对话框中设置动画参数，设置完毕，单击【确定】按钮，即可将对象转换为动画元件。

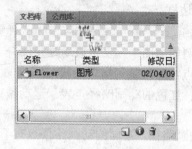

图 8-2　文档库面板

图 8-3　【动画】对话框

◆　状态：设置动画元件的状态数，它决定动画元件"运动"的步骤数。

◆　移动/方向：设置动画元件移动的位移和方向。

◆　缩放到：设置动画元件从开始到结束时的缩放比例。

◆　不透明度：动画对象变化始末的不透明度。

◆　旋转：动画对象旋转的角度和方向。

创建元件后，就可以在文档中添加该元件的实例了。打开文档库面板，从元件列表中将元件拖到文档窗口中，即可在文档添加该元件的一个实例。

添加实例后，就可以像普通对象一样对实例进行操作。实例的笔触和填充效果是从元件处继承来的，因此不能被改变。

3. 删除动画效果

动画实例实际上就是有动画效果的实例。可以从动画实例上删除动画效果，使其转变为普通实例。

（1）选中需要删除动画效果的动画实例。

（2）选择菜单栏【修改】/【动画】/【删除动画】命令，即可删除实例上的动画效果。此时，该实例的动画元件也会变为普通的图形元件。

对于刚刚删除动画效果的元件，单击文档库面板右下角的实例属性按钮 📷 ，在弹出的【转换为元件】对话框中将实例类型重新设置为【动画】，即可恢复动画效果，并保持原来的动画属性设置。

📖8.1.3 编辑动画元件

动画元件创建完毕之后，就可以编辑动画元件了。下面介绍动画元件的属性、路径的编辑方法。

选中需要编辑的动画元件，执行【修改】/【动画】/【设置】命令，在弹出的如图 8-3 所示的【动画】对话框中修改动画参数；或直接在属性面板上修改动画元件的属性。

编辑动画的运动路径可以制作一些更复杂的动画效果。编辑动画路径的具体步骤如下：

（1）选中动画元件后，元件上会显示元件边框、动画路径、动画路径点，如图 8-4 所示。

图 8-4　动画元件实例

路径上的节点数表示动画元件的状态数，例如上图中，表示该动画元件有 10 个状态。每一个路径点对应一个状态，单击某一个路径点，即可跳到指定的状态。

元件上绿色的动画路径点表示运动起始点；红色的动画路径点表示运动结束点；中间蓝色的动画路径点均表示中间的位置。

（2）设置动画路径点的位置，可以编辑动画路径。不同的动画路径点有不同的作用。

◆　拖动绿色的动画路径点，可以在保持结束点不变的前提下改变动画方向。

◆　拖动红色的动画路径点，可以在保持起始点不变的前提下改变运动方向。

在改变动画方向时，按住 Shift 键，可以以 45 度的改变量来改变动画方向。

（3）拖动起始路径点或结束路径点改变路径的长度，可以调整元件的移动位移。

8.1.4　元件的基本操作

1. 重设元件名称/类型

双击文档库面板中该元件的名称，在弹出的【转换为元件】对话框中即可重新设定元件的名称和类型。

2. 编辑元件

双击文档编辑窗口中该元件的任意一个实例；或双击库面板中该元件的预览图像；或选中该元件的一个实例，选择菜单栏【修改】/【元件】/【编辑元件】命令，即可打开元件编辑窗口。编辑完毕后关闭元件编辑窗口，此时，文档中该元件的所有实例将被自动更新。

这里需要着重说明的是缩放元件。在 Fireworks 早期的版本中，将缩放变形应用于元件时，整个对象作为一个单元进行变形。对于某些种类的对象，特别是具有样式角的几何形状，缩放变形会导致元件外观扭曲。Fireworks 引入了 9 切片智能缩放功能，通过设置一组辅助线，可以确切定义元件每一部分的缩放方式，可以智能地沿水平、竖直、两个方向同时缩放，或均不缩放矢量元件和位图元件，还可以将此功能设置为仅缩放三个区域。读者需要注意的是，9 切片智能缩放不能用于动画元件。

下面就以一个简单的实例演示 9 切片智能缩放的使用方法。

01 新建一个文档，导入一幅蒲公英的图片，选择【修改】/【元件】/【转换为元件】命令将其转换为图形元件。在【转换为元件】对话框中一定要选中【启用 9 切片缩放辅助线】。

02 双击元件进入元件编辑窗口。移动辅助线并将其正确地放在元件上。确保元件缩放时不希望扭曲的部分（例如蒲公英四周的草地）在辅助线之外，如图 8-5 所示。

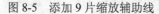

图 8-5 添加 9 片缩放辅助线　　　　　　　　图 8-6 缩放后的效果

03 为防止辅助线意外移动，选中属性面板上"9 切片缩放辅助线"右侧的【锁定】复选框锁定辅助线，然后单击【完成】按钮退出元件编辑窗口。

如果要重新排列辅助线，则单击属性面板上的【重置 9 切片缩放辅助线】按钮。

04 单击工具箱中的缩放工具，对选中元件进行缩放，缩放后的效果如图 8-6 所示。

将两幅图进行对比可以看出，辅助线外的部分（图片的 4 个角）缩放后没有什么变化，但辅助线内的部分明显扭曲。

3．删除元件

在文档库面板中选中需删除的元件，然后单击文档库面板底部的删除元件按钮 🗑 ，即可将该元件删除。

4．切断元件与实例的关联

选中需要切断关联的实例，选择【修改】/【元件】/【分离】命令，即可切断该实例与元件的关联。

切断元件与实例的关联关系后，实例即成为一个普通的对象，可以任意修改其所有的属性，并且不会再被自动更新。

📖 8.1.5 导入/导出元件

如果需要在其他文档中使用本文档的元件，就要将元件导出；类似的，如果需要使用其他文档的元件，就必须将其导入。导入/导出元件的具体操作如下：

（1）单击库面板右上角的菜单按钮，在弹出的面板菜单中选择【导入元件】或【导出元件】命令。

（2）在弹出的【导入元件】或【导出元件】对话框中选中需导入/导出的元件，按住 Ctrl 键或 Shift 键可以同时选取多个元件。

（3）单击【确定】或【导出】按钮即可。

为方便用户使用，Fireworks 本身预设许多元件，编辑时可将这些元件导入使用。

选择【编辑】/【库】命令，从其子菜单中选择需要的预设元件类型，即可打开【导入元件：元件类型】对话框，从中选择需要导入的元件，单击【导入】按钮，即可将选中元件导入当前文档中。

8.1.6 动画实例制作

01 打开 Fireworks，新建一个白色画布。

02 选择矩形工具中的椭圆工具，按住 Shift 键在画布上绘制一个圆形对象，内部填充选择【无】，笔触颜色选择黄色，大小为 8；笔触形式选择【随机】/【点】，边缘选择 60。效果如图 8-7 所示。

03 选中新建的圆型对象，选择【修改】/【元件】/【转化为元件】。保存类型选择【动画】类型，在动画对话框中设置状态数和缩放比例及透明度。

04 复制动画元件到文本工作区，此时文本中有多个元件对象，如图 8-8 所示。

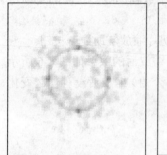 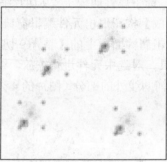 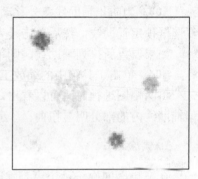

图 8-7　圆形对象的笔触效果　　图 8-8　添加多个动画元件　　图 8-9　最终的礼花效果

05 更改对象的颜色。选中要修改颜色的对象，在属性面板中选择【滤镜】/【调整颜色】/【色相/饱和度】选项。

06 打开【色相和饱和度】对话框，调节颜色按钮，实现不同的颜色。

07 根据需要分别选中各个对象，然后在属性面板中分别设置状态数和缩放比例及透明度。得到最后的效果，如图 8-9 所示。

8.2 动画状态

动画实际上是由一系列的静止图形通过快速连续地变化，以达到运动的视觉效果。一般来说，每秒钟播放的图片越多，动画的感觉就越连续。人眼的视觉反应时间是 0.1s，如果播放速度在每秒 10 个状态（Fireworks CS5 之前的版本中将"状态"称为"帧"）以上，基本感觉不到动画的断续。

在制作动画之前，应该对动画进行合理地规划。首先要明确在动画中需要表达些什么。了解了描述内容之后，需要知道动画中应该使用多少状态。需要描述的比较细腻流畅的动画，应该用较多的状态，并且状态与状态之间的图像差异应减小到足够小。若对动画流畅性的要求并不高，则可以减小状态的数量，或加大两个状态图像之间的差异。但用户需要注意的是，状态的数目越多，图像文件大小也越大。所以，合理权衡图像大小、状态数目和动画的流畅程度，是构建动画时比较基本，也是比较重要的事情。

下面着重介绍一下在创建动画过程中，对动画状态的一些基本操作。熟练掌握这些操作，在动画制作过程中可以起到事半功倍的效果。

8.2.1 管理动画状态

制作动画时可以从无到有一个状态一个状态地制作动画，也可以将现有的多幅文件组合为一幅动画，之后再进行编辑修改。如图 8-10 所示，是一个简单的卡通动画。这个动画由三幅静止图片组成，且只有三个状态，即动画元件的每一个动作都存放在一个状态中，当按照一定顺序播放这些状态时，即能产生动画效果。

图 8-10 输入动画图像

Fireworks CS5 的状态是通过状态面板（Fireworks CS5 之前的版本中称为帧面板）来编辑和管理的。选择【窗口】/【状态】命令即可调出状态面板，如图 8-11 所示。

1. 添加/删除状态

◆ 单击状态面板右下角的新建/重制状态按钮，即可在动画最后追加一个状态。

◆ 选中当前状态，并执行【编辑】/【插入】/【状态】命令，即可在当前状态后面插入一个状态。

◆ 按住 Alt 键，在状态面板的状态列表区域单击鼠标左键，可以直接添加新的空白状态。

图 8-11 状态面板

◆ 单击状态面板右上角的面板菜单按钮，从中选择【添加状态】命令，可以在指定位置插入一个或多个状态。

对于不需要的状态，可以执行以下操作之一将其删除：

◆ 在状态面板中选中要删除的状态，打开状态面板菜单，并选择【删除状态】命令。

◆ 在状态面板上选中要删除的状态，单击状态面板上的按钮 🗑，删除选中的状态。

◆ 在状态面板上选中要删除的状态，将该状态拖动到状态面板上的 🗑 图标上。

2. 排序状态

状态在状态面板上的排列顺序决定了状态的播放顺序。在状态面板中，选中需要调整顺序的状态，按下鼠标左键将它拖动到状态列表中合适的位置即可。

对状态重新排序后，Fireworks 自动对所有的状态重新排列，并且状态的编号也会根据新的顺序改变。

3. 复制状态

在状态面板中，选中要复制的状态，并将其拖动到状态面板上的"新建/重制状态"按钮上，即可复制该状态。

选中要复制的状态后，执行状态面板菜单中的【复制状态】命令，可以在指定的位置复制所需数目的状态。

4. 设置状态的延时参数

状态的延时参数决定了状态的显示时间，单位是 0.01s。设置状态的延时参数可以改变动画的播放节奏。

选中需要改变延时参数的状态，可以是一个或多个，双击状态面板中的延时参数栏，即标记有数字的区域，或者在状态面板菜单中选择【属性】命令，即可打开【状态延时】栏。在文本框中输入新的延时参数即可修改状态的显示时间。

【状态延时】栏内有一个【导出时包括】选项。如果取消该复选框即可隐藏该状态，并且在导出动画文件时不导出该状态。

5. 同时显示多个状态

默认状态下，文档窗口只能看到当前一个状态的内容。单击状态面板左下角的洋葱皮效果按钮，可以指定显示状态的范围，并使各个状态之间呈半透明状态，在当前状态中就可以看到其他状态中的图像，方便了解动画的整个流程，如图 8-12 所示。洋葱皮效果菜单包含以下命令：

图 8-12 洋葱皮效果

◆ 【无洋葱皮】：不使用洋葱皮技术。

◆ 【显示下一个状态】：使用洋葱皮技术显示当前状态的后一个状态。

◆ 【显示前后状态】：使用洋葱皮技术显示当前状态的前一个状态和后一个状态。

◆ 【显示所有状态】：使用洋葱皮技术显示动画的所有状态。

◆ 【自定义】：自定义在当前状态之前和之后显示的状态数目以及显示时的透明度。

◆ 【多状态编辑】：选中该项后，可以通过单击动画路径上的点选中不同状态中的对象，并进行编辑。

8.2.2 编辑状态

动画中各个状态之间是独立的关系，编辑选中状态中的对象不会对其他状态产生影响。

1. 在状态之间移动对象

在状态面板上选中需要移动对象的状态，并在文档编辑窗口选中需要移动的对象，然后拖动移出状态右侧的单选按钮到目标状态上，即可将对象移动到目的状态中。

2. 在状态之间复制对象

在状态之间移动对象的同时，按住 Alt 键即可将对象复制到其他状态中。

选中需要复制的对象，然后单击状态面板菜单中的【复制到状态】命令，可将对象复制到指定状态中。例如：选择【全部状态】，可将选中对象复制到所有状态中；选择【范围】，可将选中对象复制到指定范围的状态中。

3. 在状态之间共享层

在状态之间共享层，可以在多个图像状态中重复某些固定的内容，如背景等。在任何一状态中修改共享的对象后，其他状态中的该共享对象自动更新，从而减轻了工作量。

在层面板中选中需要共享的图层，从层面板菜单中选择【在状态中共享层】命令，即可共享选中层。此时，共享层右上角会显示 ⊞ 图标。

例如：共享如图 8-13 所示的背景层后，其他层中的动画文件（如图 8-13 所示）播放时，每一个状态中都会包含共享的背景，如图 8-14 所示。

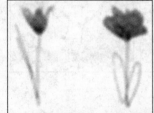
背景图片

动画文件

图 8-14 图像效果

图 8-13

4. 分散对象到状态

若在一个状态中绘制了多个对象，可以使用分散到状态功能，将创建的多个对象分别放入不同的状态内形成动画效果。在画布上选中需要分发的多个对象，单击状态面板右下角的分散到状态按钮 ⇥冒 ，即可将选中对象分发到多个状态中。

如果选中对象的数目大于状态数目，Fireworks 会自动创建新状态以接受分发的对象。例如：将图 8-15 所示的三只小鸟分别分散到三个状态上的效果如图 8-16～图 8-18 所示。

图 8-15 原始图像

图 8-16 状态 1

图 8-17　状态 2

图 8-18　状态 3

8.3　生成动画

8.3.1　合并图像合成动画

合并图像形成动画是制作动画最简便的方法。顾名思义，就是将一系列图片按序排列生成不同的状态而形成动画。具体的制作方法如下：

选择【文件】/【打开】命令，选择一连串的图片，并且选择【打开】对话框底部的【以动画打开】按钮。然后单击【打开】按钮。

此时，在状态面板上可以看到打开的一系列图片都按次序地排列于状态面板中。按下屏幕右下角播放控制器中的播放按钮就可以浏览动画效果了，如图 8-19 所示。

图 8-19 动画效果

8.3.2　插帧动画

"插帧"是一个动画制作术语。实际上，利用插帧构建动画的原理就是在文档中将不同的实例设置为关键状态，然后由 Fireworks 自动生成中间过渡状态。通过将这些状态分发到不同的状态中，就可以构建动画图像。

下面以一个简单实例制作演示插帧动画的制作方法。

01 新建一个文档，导入一幅心形图片。如图 8-20 所示。

02 选中图片，选择【修改】/【元件】/【转换为元件】命令，将图片转换为图形元件。

03 在文档库面板，拖动元件至编辑窗口，添加一个实例。

04 选中实例，并执行【修改】/【变形】/【数值变形】命令，在弹出的对话框中设置变形类型为旋转，角度为 90º。

05 同理添加 4 个实例，并将各实例分别旋转 180°、270°以及 360°。将实例移动到关键状态对应的位置，均匀地放在一条水平线上，此时的效果如图 8-21 所示。

图 8-18 图形元件

图 8-19 图形实例

06 选择菜单【修改】/【元件】/【补间实例】命令，打开【补间实例】对话框。

07 在【步骤】文本框中，输入在两个实例之间由 Fireworks 插入的状态的数目。插入的状态的数目越多，动画就越细腻，当然，图像也就越大。本例选择 4。选中【分散到状态】复选框。

08 单击【确定】，完成插帧动画。单击编辑窗口底部的播放按钮即可观看动画效果。单击〖状态〗面板底部的洋葱皮按钮，选中【显示所有状态】命令，效果如图 8-22 所示。

图 8-22 插帧动画的效果

需要注意的是，若未选中【分散到状态】复选框，Fireworks 生成的中间过程都出现在同一个状态中，并且它们全部都以实例的形式存在，称作插帧实例。例如：两个不同角度的直线元件插帧后的效果如图 8-23 所示。调整线条的位置还可变换图像的效果，如图 8-24 所示。

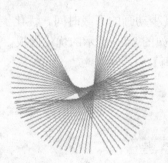

图 8-23 补间效果图

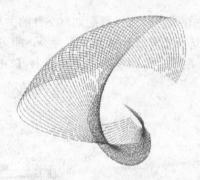

图 8-24 效果图

8.4 输出动画

在创建和设计完动画之后，在 Web 中使用时，需要将动画导出为动画 GIF 格式。在导出动画前，还需预览动画，并对要导出的对象进行优化。

8.4.1 预览动画

1. 在文档编辑窗口预览动画

Fireworks CS5 支持在文档编辑窗口直接预览动画。单击窗口底部如图 8-25 所示的动画控制按钮即可控制动画的播放。

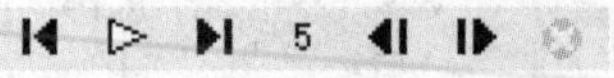

图 8-25　动画控制按钮

2. 在预览窗口预览动画

单击文档编辑窗口顶端的【预览】选项卡，然后单击预览窗口底部的动画控制按钮控制动画的播放。

3. 在浏览器中预览动画

选择【文件】/【在浏览器中预览】下的子命令，即可在指定浏览器中预览动画效果。

8.4.2 设置动画播放方式

在播放动画时，有时需要永久地播放动画，有时需要限制播放次数。在 Fireworks 中，允许对动画的播放次数进行控制。

单击【状态】面板底部的 按钮打开循环设定菜单，从中选择需要的循环次数即可。

8.4.3 优化动画

通过优化设置，可以精简动画文件的大小，减少动画的下载时间。优化步骤如下：

（1）选择【窗口】/【优化】命令，即可调出如图 8-26 所示的优化面板。对于通常的 GIF 动画，在 GIF 动画 栏内选择【GIF 动画】。

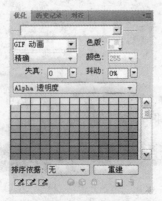

图 8-26　优化面板

（2）在【颜色】下拉列表框中选择显示的颜色数，选择的颜色种类越少，文件越小。

（3）在【失真】栏设置压缩损失，值越大，文件越小。

（4）如果需要将画布的颜色设置为透明，则在透明选项列表框中选择【索引色透明】或者【Alpha 透明】，然后利用透明工具设置指定颜色为透明。

8.4.4 导出动画

使用 Fireworks 可以将动画导出为 Adobe Flash SWF 文件，或 GIF 文件。

导出为 Adobe Flash SWF 文件的一般操作步骤如下：

（1）执行【文件】/【另存为】菜单命令，打开【另存为】对话框。

（2）键入文件的保存名称，并在"副本另存为"下拉列表中选择【Adobe Flash SWF（*.swf）文件】。

（3）如果需要设置动画文件中的矢量路径和文本，则单击对话框右下角的【选项】按钮，打开如图 8-27 所示的【Adobe Flash SWF 导出选项】对话框进行设置。

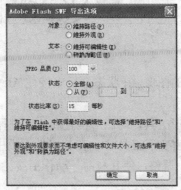

图 8-27 【Adobe Flash SWF 导出选项】对话框

（4）设置完毕，单击【确定】按钮关闭对话框。然后单击【保存】按钮导出动画。

若要将动画导出为 GIF 动画文件，则可执行以下步骤：

（1）在优化面板中将【导出文件格式】设置为【GIF 动画】。

（2）执行【文件】/【导出】命令，在【导出】对话框中设定导出 GIF 文件的名称和存放路径，并将【保存类型】设置为【仅图像】。

（3）设置完毕，单击【保存】按钮，即可将动画以 GIF 格式导出。

8.5 动画制作实例

前面我们已经介绍过，动画实际上是由一系列的静止图形所组成，它通过快速连续地显示这一系列相似但是在某些特征位置有少量变化的图片，来达到运动的视觉效果。生成动画的素材可以是位图图像，也可以是矢量图图像。本例利用矢量图制作动画的实例。最终效果如图 8-28 所示。

本例的具体制作步骤如下：

01 执行【文件】/【导入】命令，导入一幅矢量图，如图 8-29 所示。

177

02 执行【窗口】/【状态】命令打开状态面板。单击状态面板底部的"新建/重制状态"图标新建一个空白状态。

图 8-28 动画效果

03 选中第一个状态中的图像，在状态面板中按住 Alt 键的同时，拖动第一个状态右侧的单选按钮到第二个状态上。

04 在工具箱中选择变形工具，对图形位置和角度进行初步调整。如图 8-30 所示。

05 选择工具箱中的自由变形工具 ，在其属性面板中设置路径调整工具的调整半径为 41，对矢量图的线条逐一调整，使其与前一动作衔接。调整后的图像如图 8-31 所示。

图 8-29　导入的文档　　　　图 8-30　变形图像　　　　图 8-31　第二个状态的图像效果

06 单击状态面板左下角的洋葱皮效果按钮，从弹出菜单中选择【显示下一个状态】选项。此时的效果如图 8-32 所示。

07 重复以上步骤，得到第三个状态至第七个状态效果如图 8-33～8-37 所示。

为使图形对象形成连续滚动效果，还要添加几个状态。

08 将第六个状态内容复制到第八个状态，第五个状态内容复制到第九个状态，第四个状态内容复制到第十个状态，第三个状态内容复制到第十一个状态，第二个状态内容复制到第十二个状态。第八个状态至第十二个状态的图形效果如图 8-38 所示。

图 8-32 洋葱皮效果

图 8-33 第三个状态图形效果

图 8-34 第四个状态图形效果

图 8-35 第五个状态图形效果

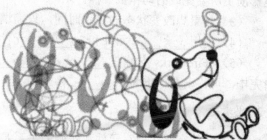
图 8-36 第六个状态图形效果

图 8-37 第七个状态图形效果

图 8-38 第八个状态至第十二个状态的图形效果

09 单击【状态】面板底部的 按钮打开循环设定菜单，从中选择【永久】。按住

Shift 键，单击第 1 状态和最后一个状态，双击状态面板中的延时参数栏打开【状态延时】栏，在文本框中输入新的延时参数 15。

10 制作动画已全部完成，单击播放按钮播放动画。

8.6 思考与练习

1. 填空题

（1）使用菜单栏【编辑】_____子菜单命令可以导入 Fireworks 的预设元件。

（2）_____是动画属性中最关键的参数，它决定动画元件运动的步骤数，就像电影演员所要完成的动作数一样。

（3）如果想改变状态的显示时间，只需调整该状态的_____。

（4）使用_____元件和_____元件都可创建插帧动画。

（5）Fireworks 支持在_____、_____和_____里预览制作好的动画。编辑完毕，可将动画导出为_____格式和_____格式文件。

2. 思考题

（1）元件有哪几种？元件和实例的关系是什么？

（2）什么是状态？在状态面板中可以对状态进行哪些操作？

（3）插帧实例和插帧动画有什么区别？

3. 操作题

使用插帧动画技术制作一个弹跳小球的动画，参照图 8-39 的示意图，然后将该动画导出为 GIF 动画。要求如下：

◆ 小球的运动速度符合基本的物理规律，即在高处时运动慢，在低处时运动快。

◆ 小球掉到地上后被弹起。

◆ 小球至少被弹起 5 次。

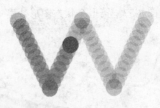

图 8-39 示意图

提示：可按下面步骤完成动画：

（1）制作一个小球的动画元件。

（2）在文档编辑窗口创建该元件的 3 个实例，其中 2 个小球在高处，1 个在低处。

（3）选中第（2）步创建的实例，为其添加插帧动画。

（4）改变动画中状态的延时参数，达到控制小球速度的目的。

（5）使用复制状态的方法复制动画效果，达到弹起 5 次的要求。

第 9 章

编辑网页对象

Fireworks 是专门针对网络开发的图像处理软件，因此具有很多基于网络图像的处理功能。本章重点介绍了 Fireworks 的按钮、热点、切片和行为等工具。通过按钮可以方便地在网页中创建导航栏；通过使用热点可以在一幅图中实现多个 URL 链接；使用切片可以对各个切片进行优化，实现 Web 页的简化以及快速下载。另外，通过使用行为，可以制作图形对象动态、交互的效果。

学 习 要 点

◎ 创建、编辑热点与切片

◎ 制作按钮与导航条

◎ 应用行为

9.1 热点与图像映射

超级链接是网页中最为重要的部分，通常情况下，一幅图像只能有一个链接目标。若要在一个页面上显示一幅较大的完整图像的同时，还需要将整幅图像中的不同区域分别映射到不同的链接上，这时使用传统的超链接设置方法就无法满足要求。使用热点功能，能将图像划分为多个热点区域，并为每个热点分配不同的 URL。这样，单击图像上的不同区域，就能链接到不同的网页。

导出图像时，Fireworks 会自动将热点及链接的 HTML 代码导出。使用 Dreamweaver 编辑网页时就可以直接引用含有热点的图片了。

📖 9.1.1 创建、编辑热点

在任何 PNG 文档中都可以创建热点，通常使用以下两种方法来创建热点。

1. 使用热点工具创建热点

（1）打开或创建需添加热点的 PNG 文档。

（2）单击工具箱【web】栏的热点工具按钮 ⬚，选择合适的热点工具。

Fireworks CS5 提供 3 种热点工具：矩形热点工具 ⬚、圆形热点工具 ○、多边形热点工具 ▽，分别用于创建矩形、圆形和多边形热点。

（3）在文档编辑窗口中拖动鼠标即可绘制矩形或圆形热点。如果选择了多边形热点工具，沿将创建热点的对象轮廓单击，即可创建一个多边形热点，如图 9-1 所示，图中绿色半透明区域即热点。

图 9-1　使用热点工具创建的热点

2. 根据路径创建热点

使用 Fireworks 还可以根据选中对象的形状生成热点。一般操作步骤如下：

（1）选中要创建热点的一个或多个对象。

（2）选择【编辑】/【插入】/【热点】命令，即可生成选中对象形状的热点。

如果选中单个对象，即会生成一个具有该对象形状的热点；如果选中多个对象，会弹出一个信息提示框，询问用户创建一个还是多个热点。【单一】表示将多个对象的外切矩形设置为一个热点，如图 9-2 所示；【多重】表示分别为每个对象设置热点，如图 9-3 所示。

热点实际上是 PNG 文档中的一种特殊对象，它们被保存在网页层中。新创建的热点很多时候不符合要求，如大小、形状等。所以还需要对热点进行编辑。

图 9-2　选择【单一】的效果

图 9-3　选择【多重】的效果

3. 移动和隐藏热点

用选择工具单击要移动的热点对象，然后用鼠标拖动，即可移动热点到指定的位置

选中要隐藏的热点对象，单击 Web 面板中的"隐藏切片和热点"按钮，可以隐藏选中的热点；单击"显示切片和热点"按钮，可以显示隐藏的热点。

4. 编辑热点大小和颜色

选中热点，使用指针工具或部分选择工具拖动热点边框上的控点，即可调整热点形状。对于矩形热点和圆形热点来说，拖动它们边框上的控点，只改变热点大小，而不会改变热点的形状。

若要改变矩形和圆形热点的形状，则要在属性面板中将热点的形状修改为"多边形"，然后再拖动边框上的控点调整形状。

选中热点后，用户即可在属性面板上的颜色井中设置热点的显示颜色。

5. 设置热点的链接地址

选中要分派链接的热点对象，在属性面板的"链接"下拉列表中输入目标 URL，并在"替代"文本框中输入替换文字。当浏览器无法显示图像时，或在浏览器中将鼠标移到热点对象上时，可以显示替代的文本。

9.1.2 创建图像映像

（1）创建或打开希望作为图像映像的图像，并将它保存为 PNG 文档。

（2）选择工具箱中的热点工具，在该 PNG 文档中绘制热点，并在属性面板中设置热点的链接地址和目标文件打开方式。

（3）选择【文件】/【导出】命令，在弹出的【导出】对话框中输入导出文件的名称，并选择存放路径。在"保存类型"下拉列表中选择"HTML 和图像"；在"HTML"下拉列表中选择 HTML 代码的导出方式；在"切片"下拉列表中选择"无"。

（4）选中【将图像放入子文件夹】选项，可将图像文件放在子文件夹中，单击下面的【浏览】按钮选择子文件夹。

（5）设置完毕，单击【保存】按钮，将图像以及附属的 HTML 代码导出。

（6）使用其他 HTML 编辑器，如 Dreamweaver，将 Fireworks 生成的 HTML 代码插入到需要的地方，即可在网页中实现图像映像的功能。

下面以一个简单实例演示创建图像映射的方法。本例的具体步骤如下：

01 单击菜单栏中的【文件】/【打开】命令，打开一幅图像文件，如图 9-4 所示。

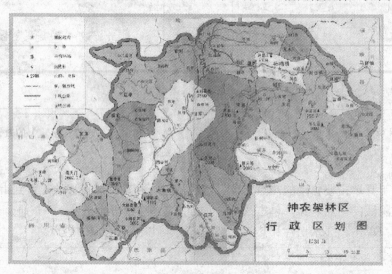

图 9-4　原始图像

02 选择工具箱中的多边形热点工具，在图像窗口中需要制作热点的区域单击鼠标，绘制一个点，然后拖曳鼠标在该区域另一个地方绘制第二个点，以此类推，绘制一个多边形热点区域，如图 9-5 所示。

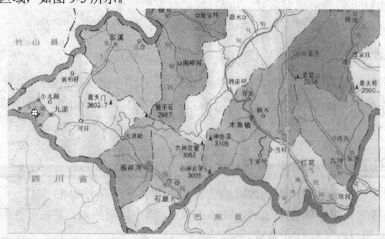

图 9-5　添加多边形热点

03 执行【窗口】/【页面】菜单命令，打开【页面】面板。单击面板右下角的"新建/复制页"按钮，在当前 PNG 文档中新建一个页面，在新页面中编辑链接目标文件，如导入一幅位图。

04 在【页面】面板中单击热点对象所在的页面，选中热点，在属性面板上的"链接"下拉列表中选择链接目标文件所在的页面；在"目标"选项中选择【_self】，在"替换"选项中输入"大九湖梅花鹿场"。

用户也可以单击菜单栏中的【窗口】/【URL】命令，打开〖URL〗面板。在〖URL〗面板的"当前 URL"文本框中选择链接地址。

05 选择矩形热点工具 ，在图像窗口中需要制作热点的区域拖曳鼠标，绘制一个矩形热点。按照同样的方法，在其他需要映射的区域绘制圆形热点，效果如图 9-6 所示。

图 9-6　建立图像映射

06 按照第 3~4 步的方法，为矩形热点和圆形热点添加链接地址和替代文字，以及目标打开方式。

07 按下 F12 键在浏览器中预览映射效果。将鼠标移到多边形热点上时，显示【大九湖梅花鹿场】字样，如图 9-7 所示。单击热点区域，则在当前窗口中显示链接目标。单击窗口工具栏中的【后退】按钮即可返回到映射图。

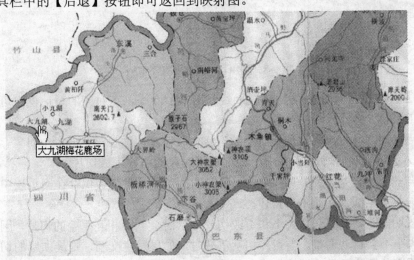

图 9-7　预览图像

185

9.2 切片

　　由于切片是将图像分割为独立的小文件，然后分别下载，因此可以为每个文件设置不同的链接地址。也可将小图像以不同的格式保存，使用切片还能将图像的某部分替换为其他图片、多媒体、动画甚至 HTML 代码，达到一些特殊效果。

　　在分割图像时，必须精确保证每个切片之间的紧密衔接，所以同时必须编辑相应的 HTML 代码来对切片进行拼接。Fireworks 采用可视化特性的操作，只需非常简单的几个步骤，就可以制作出专业风格的切片。

9.2.1 创建、编辑切片

　　Fireworks CS5 提供了两种切片工具，利用这些工具可以很轻松地对图像实施切片。

　　打开或创建需添加热点的图像文件，单击工具箱 web 栏的切片工具按钮 ，选择合适的切片工具，然后在文档编辑窗口中拖动鼠标，即可绘制切片。

　　使用切片工具创建完成的切片如图 9-8 所示。图中绿色半透明区域即切片，切片的水平、竖直方向上有红色分割线，称为切片引导线。图片就是按切片引导线进行分割的。

矩形切片　　　　　　　　　　　　　　　多边形切片

图 9-8　使用切片工具创建的切片

　　选择【编辑】/【首选参数】/【辅助线和网格】命令，在对应的对话框中可以修改切片辅助线的颜色。

　　与热点相同，也可以根据选中对象的形状生成切片。选中一个或多个对象，执行【编辑】/【插入】/【多边形切片】命令，即可根据对象的路径生成切片。

　　切片与热点一样是 PNG 文档中的一种特殊的对象，它们被保存在网页层中。编辑切片的方法与热点相同，在此不再赘述。

　　需要说明的是，调整切片大小和更改切片形状时会创建相互重叠的切片，因为相邻切片对象的大小不会自动调整。当切片相互重叠时，如果发生交互，则最顶层的切片将优先显示。若要避免切片重叠，请选择【视图】/【切片辅助线】命令显示切片准线。

当选择【预览】选项卡预览绘制了切片的对象时，只有当前操作的切片区域会被如实显示，未被选中的部分则被一层半透明的薄膜所遮挡，如图 9-9 所示。

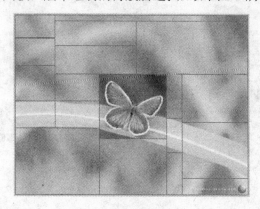

图 9-9 预览切片效果

若单击切片之外的区域，则将被单击的切片对象区域如实显示。这种现象称为切片层叠。如果希望在整体上对操作对象进行预览，需要清除【视图】/【切片层叠】命令的选中状态。

下面制作一个实例，具体演示切片的创建与各种编辑方法。具体步骤如下：

01 执行【文件】/【打开】命令，打开一幅图像文件，如图 9-10 所示。

图 9-10 原始图像

02 选中文本工具，在属性面板中设置好字体、大小和颜色后，在图像上添加文字。效果如图 9-11 所示。

图 9-11 添加文本

03 单击切片工具 ✐ 按钮，在图像窗口中需要切片的部分拖曳鼠标，即产生一个矩形切片，切片周围出现带有控制点的实线边框，如图 9-12 所示。

图 9-12　添加切片

04 执行【窗口】/【页面】菜单命令，打开【页面】面板。单击面板右下角的"新建/复制页"按钮，在当前 PNG 文档中新建一个页面，在新页面中编辑链接目标文件，如导入一幅位图。

05 在【页面】面板中单击热点对象所在的页面，选中热点，在属性面板上的"链接"下拉列表中选择链接目标文件所在的页面；在"目标"选项中选择【_blank】，在"替换"选项中输入"单击可以欣赏美丽的湖景"。

用户也可以单击菜单栏中的【窗口】/【URL】命令，打开【URL】面板。在【URL】面板的"当前 URL"文本框中选择链接地址。

06 按照第 **03** ～ **05** 步的操作，为其他图像区域添加切片，并在属性面板中输入替代文字、选择链接地址和目标打开方式。

07 至此，图像切片制作完毕。按下 F12 键即可预览切片的交互效果。将鼠标移到第一个切片上时，显示"单击可以欣赏美丽的湖景"字样，如图 9-13 所示。单击切片，则打开一个新的浏览窗口显示链接目标。

图 9-13　预览效果

9.2.2 创建文本切片

Fireworks 中不仅图像可以制作切片，文本同样也可以制作切片。不过，与图像切片不同的是，文本切片不导出图像，它导出的是出现在由切片定义的表格单元格中的 HTML 文本。

创建文本切片的一般操作步骤如下：

（1）在 PNG 文档中，绘制需要的切片对象。

（2）选中切片对象，在属性面板的"类型"下拉列表中选择【HTML】选项，然后单击【编辑】按钮。

（3）在打开的 HTML 编辑器中输入 HTML 代码或纯文本。

（4）键入完毕，单击【确定】按钮。

此时文本切片部分的图像不能显示出来。如图 9-14 所示。

图 9-14　添加文本切片的效果

9.2.3 导出切片

新建或编辑完切片对象之后，需要将含有切片的文档导出，才能在 Web 页面中使用。图像加入切片之后，在网页中需要使用表格引用这些切片，因此导出切片前应设置每部分的属性以及表格参数。

1. 为切片命名

由于每个切片对象都对应于一个真正的图像文件，所以在文档中需要给切片对象命名。Fireworks 在导出时自动对每个切片文件进行命名，为了编辑方便，可以采用下面的方法设置自动命名参数，按照自己的命名习惯为切片命名。

（1）选择【文件】/【HTML 设置】命令，打开【HTML 设置】对话框。

（2）单击对话框顶部的【文档特定信息】选项卡，切换到【文档特定信息】视图。

（3）在【文件名称】栏【切片】区域对应的下拉列表中选择该部分使用的命名依据。

◆　【无】：表示命名组合中不含此部分。

◆　【doc.name】：使用原始文档的文件名。

◆　【切片】：使用"切片"一词。

◆　【切片编号（1、2、3...）】：使用切片的数字编号，数字为 1、2、3、…。

◆　【行/列（r3_c2,r4_c7...）】：使用切片在表格中的坐标。

◆　【下划线】、【句号】、【空格】、【连字符】：使用使用指定的分隔符分隔切片名称。

（4）单击对话框顶部的【表格】选项卡切换到【表格】视图，设置表格参数。

（5）设置完毕，单击【确定】按钮即可。

2. 导出切片

默认情况下，当导出包含切片的 Fireworks 文档时，将导出一个 HTML 文件及其相关图像。导出的 HTML 文件可以在 Web 浏览器中查看，或导入其他应用程序以供进一步编辑。

（1）选择【文件】/【导出】命令，弹出【导出】对话框。

（2）输入导出文件的名称，并选择存放路径。

（3）在【保存类型】下拉列表中选择【HTML 和图像】。

（4）在【HTML】下拉列表中选择 HTML 代码的导出方式。

选择【导出 HTML 文件】可以将代码导出为独立的 HTML 文件。

选择【剪切板】可将代码复制到剪切板，然后使用 Dreamweaver 或其他网页编辑工具将代码粘贴到网页文件中。

（5）在【切片】下拉列表中选择【导出切片】。

（6）选中【仅已选切片】项，只导出选中的切片。

（7）选中【包括无切片区域】项，导出图像的其他区域。

（8）选中【将图像放入子文件夹】项，可将图像文件放在子文件夹中，单击下面的【浏览】按钮可以选择子文件夹。

（9）设置完毕，单击【保存】按钮，即可导出含有切片的图像。

9.3 按钮和导航条

按钮是网页中常见的元素。利用按钮在页面中实现导航，是按钮最常见的用途，例如，单击一个按钮可以进入到一个网站中，或是跳转到另一个页面上。

将多个链接到相同级别的不同网页的按钮组合起来可以构建导航条，在网站的网页中，无论如何跳转，导航条按钮始终出现在网页中。这样就方便了不同层次页面之间直接切换。

使用 Fireworks 可以很方便地创建动态按钮和导航条。导出按钮或导航条时，Fireworks 自动生成用于在浏览器中轮替效果所必需的所有代码，包括 JavaScript 代码和指向各个状态图片的链接。将这些代码放入网页中需要按钮或导航条的地方，不需要进行任何修改就可以在网页中实现对轮替效果的支持。

9.3.1 按钮的创建与编辑

通常的按钮都有弹起、滑过、按下、按下时滑过 4 种状态，每种状态分别表示该按钮在响应各种鼠标事件时的外观。一般将按钮的能根据鼠标和动作的变化而改变状态的特性称作"轮替"。轮替是按钮最重要的特征。

1. 创建按钮

使用 Fireworks 可以很方便地创建动态按钮，具体步骤如下：

01 选择【编辑】/【插入】/【新建按钮】打开按钮编辑器。

02 在属性面板上的"状态"下拉列表中选择【弹起】状态，并在按钮编辑器中绘制按钮弹起时的显示外观。

03 在属性面板上的"状态"下拉列表中选择【滑过】状态，绘制将鼠标移到按钮上时按钮的显示外观。单击【复制弹起时的图形】可将【弹起】状态下的按钮复制到当前位置，然后在其基础上编辑修改。

04 按照类似方法编辑【按下】和【按下时滑过】状态的按钮。

在选择【按下】状态时，属性面板上有一个【包括导航栏按下状态】，该选项表示导航栏的该选项正在使用中。选择【按下时滑过】状态时，属性面板上的【包括导航栏按下后滑过状态】表示按钮存在按下时滑过的状态。

05 在属性面板上的"状态"下拉列表中选择【活动区域】，设置按钮上使鼠标操作生效的区域。

默认状态下整个按钮都是活动区域。如果要修改按钮的活动区域，则取消选中属性面板上的【自动设置活动区域】选项，然后调整按钮切片的位置、大小、形状等。

06 编辑完毕后，单击按钮编辑器顶部的页面按钮，按钮编辑器自动关闭，返回到所选页面，同时在文档编辑窗口显示刚设计的按钮。

单击文档编辑窗口上部的预览选项卡标签，可以预览按钮显示效果，如图 9-15 所示。

图 9-15 按钮的四个状态

除可以手动绘制按钮之外，还可以单击属性面板底部的【导入按钮…】按钮，在弹出的【导入元件：按钮】库中选择预设的可编辑按钮。

注意：如果使用"导入元件：按钮"库中的按钮，则每个按钮的状态都会自动填充相应的图形和文本。

Fireworks 按钮是一种特殊的元件，所以可以在文档库面板中将按钮元件拖动到文档窗口中以生成多个按钮。

2. 编辑按钮

创建按钮之后，可以随时修改按钮以满足设计需要。

在文档窗口中，双击要编辑的按钮，或选中要编辑的按钮并执行【修改】/【元件】/【编辑元件】命令，打开按钮编辑器，然后对按钮的各个状态进行编辑。

此外，还可以在属性设置面板上设置按钮的名称、显示文字、链接地址、替换文字、目标文件打开方式，以及为按钮添加特效并优化按钮。

前面已介绍了按钮的创建及常用的编辑方法，下面通过一个简单实例具体讲解按钮的创建和使用方法。本例的具体制作步骤如下：

01 新建一个文件。设置画布大小为 300×160 像素；分辨率为 72 像素/in；背景色为白色。

02 选择【编辑】/【插入】/【新建按钮】命令打开按钮编辑窗口。选择文本工具，设置字体为"Arial Black"，字体大小为 40，颜色为红色，字体加粗；选择【平滑消除锯齿】，在按钮上输入"GAME OVER"字符串。

03 选择染色桶工具，染色模式选择【实体】模式，颜色设置为红色。【边缘】设置为【羽化】效果，羽化值为 2。【纹理】为【网格 1】，透明度为 40%，并选中【透明】选项，最后的效果图如图 9-16 所示。

图9-16 文本羽化效果

04 在属性面板上选择【滤镜】/【斜角和浮雕】/【外斜角】命令，斜角边缘选择【平滑】，宽度为 6，颜色为蓝色；柔化度为 89%；光源的角度设置为 130，选择【凸起】模式。

05 在属性面板上选择【滤镜】/【斜角和浮雕】/【内斜角】命令。斜角边缘选择【平滑】，宽度为 5，颜色设置为蓝色；柔化度为 55%；光源的角度设置为 300，选择【凸起】模式，图形效果如图 9-17 所示。

图9-17 按钮效果

06 在属性面板上选择【滤镜】/【阴影和光晕】/【发光】命令。光的宽度为 0，颜色为深蓝色。透明度 100%。光的柔化度为 3；【光晕偏移】选项设置为 0。效果如图 9-18 所示。

07 在属性面板上选择【滑过】状态。鼠标点击【复制弹起时的图形】按钮，复制前面的状态。修改文本内容为"Again!"。选择染色桶工具，对按钮的【滑过】状态的文本重新进行染色，将该文本染成绿色。染色效果如图 9-19 所示。

图9-18 按钮阴影效果 　　　　　　图9-19 按钮的滑过状态效果

08 选择【按下】状态。点击【复制滑过时的图形】按钮，复制前面的状态。

09 在属性面板上选择【活动区域】，自动生成切片。

10 在 URL 面板上键入按钮的链接地址：http://www.nba.com。选择【确定】按钮，完成按钮的制作。

(11) 使用 F12 快捷键打开 IE 窗口，对该按钮进行测试。当点击该按钮时，IE 网页自动链接到 http://www.nba.com 网站。

9.3.2 导出按钮

在文档中完成了按钮的创建，需要导出才能在 Web 中使用。导出按钮的方法与导出切片的方法相同，在此不再赘述。

9.3.3 创建导航条

导航条实际上是一组按钮，因此创建快速导航条的最好方法是先创建一个按钮，然后再将文档库中的按钮元件拖入到编辑区中创建多个按钮。

创建简单导航条的具体操作步骤如下：

(01) 选择【编辑】/【插入】/【新建按钮】菜单命令，创建一个不含文字的按钮。如图 9-21 所示。创建后将其添加到库面板中。

(02) 选择【编辑】/【插入】/【新建按钮】菜单命令，打开按钮编辑器。

(03) 在库面板中将第 **(01)** 步创建的导航条按钮拖放 1 个实例到打开的空白的按钮编辑器中。

(04) 选中按钮实例所在的图层，单击鼠标右键，在弹出的上下文菜单中选择【在状态间共享】命令。

(05) 在按钮编辑器中新建一个图层，选择文本工具，在属性面板上设置字体、大小和颜色之后，在按钮上添加文本，如图 9-22 所示。

图 9-21　按钮元件

图 9-22　按钮元件的四个状态

(06) 切换到滑过状态，单击【复制弹起时的图形】按钮，修改按钮的外观和文本颜色及外观。

(07) 切换到按下状态，单击【复制滑过时的图形】按钮，并选中【包括导航栏按下按钮】复选框，然后修改按钮的外观和文本颜色及外观，表明在导航条按钮中包含了按下时的状态。

(08) 切换到按下时滑过状态，单击【复制按下时的图形】按钮，并选中【包括导航栏按下滑过按钮】复选框，修改按钮的外观和文本颜色及外观，表明在导航条按钮中包含了按下时滑过的状态。

(09) 关闭按钮编辑器。新创建的按钮元件会显示在文档工作区。

(10) 在库面板中再拖放两个按钮实例到工作区，选中第二个按钮实例，在属性面板上修改显示文本。修改完成后的效果如图 9-23 所示。

读者需要注意的是，双击文档中的各个导航条按钮编辑文字时，会弹出一个对话框，询问是修改所有实例还是修改当前实例。单击【否】修改当前实例。若单击【是】,将修改所有按钮实例。

图 9-23 设计导航条

9.4 行为

现在多数网页都使用了动态效果和人机交互特性。Fireworks 提供一种"行为"面板,可以方便地建立用户需要的行为,而不需要编辑 JavaScript 代码。

行为由触发事件和动作组成。添加了行为的对象能根据浏览者的动作采取一些响应措施,实现互动效果。Fireworks 中的行为与 Dreamweaver 中的行为是统一的。使用 Fireworks 编辑的行为在 Dreamweaver 的行为面板中仍能被编辑修改。

9.4.1 添加行为

Fireworks 只允许为热点或切片添加行为。行为是通过行为面板添加和编辑的。选择菜单栏【窗口】/【行为】命令即可调出行为面板,如图 9-24 所示。

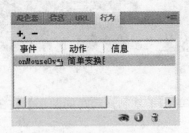

图 9-24 行为面板

选中需要添加行为的热点或切片,单击行为面板上的添加行为按钮 ,在弹出的下拉菜单中选择要添加的行为,并设置该行为的参数,然后在行为面板上设置该行为的触发事件,即可为选中的对象添加行为。

Fireworks 提供了下列触发事件供用户选择使用:

- ◆ onMouseOver:鼠标移到热点或切片区域时触发行为。
- ◆ onMouseOut:鼠标移出热点或切片区域时触发行为。
- ◆ onClick:鼠标单击热点或切片区域时触发行为。
- ◆ onLoad:加载图像时触发行为。

在行为面板上双击已添加的行为名称，即可在弹出的行为编辑窗口修改行为设置；选中已添加的行为，然后单击━按钮，即可在对象上删除该行为。

9.4.2　Fireworks的内置行为

Fireworks 自带了许多行为，利用这些行为可以便捷地创建常见的交互动作和网页特效。

1. 简单变换图像

简单变换图像可以用来创建简单翻转图，即当鼠标移过或单击某一幅图像（称为原始图像）时，显示位于该图下面的图像（称为翻转图像）。

创建简单变换图像的一般操作步骤如下：

01 创建或打开作为原始图像的图像文件，并在图像上添加切片。

02 执行【窗口】/【状态】命令打开状态面板，单击状态面板右下角的添加状态按钮，创建一个新状态。

03 选中新建的状态，在切片所在位置创建或导入一个图像作为翻转图像。

04 选中切片，单击行为面板上的 ▣ 按钮，从下拉列表中选择【简单变换图像】命令，即可制作一个简单翻转图。预览效果如图 9-25 所示。

图 9-25　简单变换图像效果

将鼠标指针移到图片上时显示为指定的交换图像。移开鼠标指针，则恢复显示原图。

2. 交换图像行为

交换图像行为可以将切片图像切换为指定的状态或外部图像。

创建交换图像行为的一般操作步骤如下：

01 在画布上创建图像，并为要创建交互行为的对象添加切片。

例如，在图 9-26 左图所示的画布上为两个按钮图片和右侧的图片显示区域添加切片。

02 打开【状态】面板，单击面板右上角的选项菜单按钮，仕弹出的菜单中选择【重制状态】命令，根据需要重制几个状态。

03 修改各个状态中显示的图片。例如，改变图片显示区域显示的图片。

04 返回状态 1，选中需要添加交换图像行为的切片（例如图 9-26 所示的按钮上的切片），单击行为面板上的添加新行为按钮 ➕，从下拉菜单中选择【交换图像】行为，弹出如图 9-27 所示的【交换图像】对话框。

图 9-26 "交换图像"行为效果

图 9-27 【交换图像】对话框

05 在对话框左上角的列表中选择要添加行为的对象；在右侧的列表中单击选中目标图像所在的切片。

06 在"交换图像显示自"区域选择目标图片的位置。

如果目标图片位于当前文档中的其他状态，则在"状态编号"右侧的下拉列表中选择相应的状态。例如，本例中为第一个按钮切片指定状态 1，为第二个按钮切片指定状态 2。

如果目标图片位于外部文件夹中，则选中"图像文件夹"单选按钮，然后单击其后的按钮浏览到指定的图片文件。

07 如果要在下载原始图像的同时下载翻转图像，则选中对话框中的【预载图像】选项。

08 如果希望在浏览器中移开鼠标时显示为交换之前的图像，则选中【鼠标移开时复原图像】复选框。

09 保存文档，并预览效果。效果如图 9-27 所示。

将鼠标指针移到第一个按钮图片上时，右侧的图片显示区域显示第一个状态中的图片；将鼠标指针移到第二个按钮图片上时，显示第二个状态中的图片。

恢复交换图像行为通常与交换图像行为配套使用，将切换后的图像返回原始图像。

3. 设置导航栏图像

　　设置导航栏图像行为可以用于导航条的制作。导航条实际上是一组相关联的按钮，当某个按钮按下后，其他按钮就必须释放出来。如果制作的导航条不是出自同一个按钮元件，就必须手动为每个按钮添加设置导航栏图像行为。

　　选中按钮实例之后，单击行为面板上的添加新行为按钮，在下拉菜单中选择【设置导航栏图像】行为，在弹出的【设置导航栏图像】对话框中设置完各项参数之后，单击【确定】按钮即可为导航条按钮添加设置导航栏图像行为。

　　【滑过导航栏】、【按下导航栏】、【恢复导航栏】实际上是设置导航栏图像行为的 3 个子行为，分别用于将导航条释放、按下、恢复。

4. 设置状态栏文本

　　"添加状态栏信息"行为用于设置状态栏显示的信息，在用适当的触发事件触发后在浏览器窗口底部的状态栏中显示信息，通常使用 onMouseOver 事件和这个动作配合。

　　选中要添加此行为的切片之后，单击行为面板上的加号（+）按钮，并从动作弹出式菜单中选择【设置状态栏文本】命令，弹出如图 9-28 所示的【设置状态栏文本】对话框。

图 9-28　【设置状态栏文本】对话框

　　将需要显示在状态栏中的信息输入到"消息"文本框中，然后单击【确定】按钮，并在【行为】面板的事件列表中选择触发事件。

5. 弹出菜单行为

　　弹出式菜单在网页中常常使用。当鼠标滑过或单击图像（称为父菜单）时，会弹出一个子菜单。使用 Fireworks 的设置弹出菜单行为可以很方便地制作精美的弹出菜单。

　　为对象添加弹出菜单行为的一般步骤如下：

　　01 创建作为父菜单的对象，并在对象上创建热点或切片。

　　02 选中切片，单击行为面板上的添加新行为按钮，选择【设置弹出菜单】行为。

　　03 单击【设置弹出菜单】对话框中的【内容】选项卡标签，然后单击添加菜单按钮➕添加菜单项，在【文本】栏内输入菜单项名称，【链接】栏内输入链接目标，【目标】栏内选择打开链接的位置。对于不需要的菜单项，可以选中后单击删除按钮➖进行删除。

　　04 单击▤按钮将选中菜单项降级为子菜单项；单击▥按钮可将选中的子菜单项升级为上一级菜单。

　　05 单击对话框的【外观】选项卡标签，设置子菜单的外观样式。

　　06 单击对话框的【高级】选项卡标签，设置菜单单元格样式。

　　07 单击对话框的【位置】选项卡标签，设置子菜单的弹出位置。

　　08 设置完毕，单击对话框右下角的【完成】按钮即可完成弹出式菜单的编辑。如

图 9-29 左图所示。

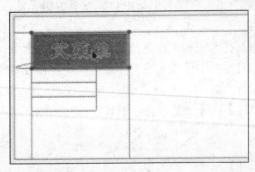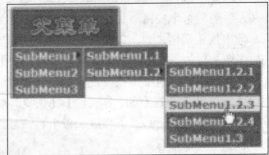

图 9-29　浏览器中的显示效果

09 选择【文件】/【导出】命令导出弹出式菜单。在浏览器中的预览效果如图 9-29 右图所示。

导出后的菜单会自带一个 menu.js 文件；如果有子菜单，还会有一个 Arrow.gif 文件。其中 menu.js 文件是弹出式菜单中使用的 JavaScript 脚本，Arrow.gif 文件是父菜单与子菜单间的连接箭头。

9.4.3 应用内置行为制作交互网页

本章前面几节已介绍了使用 Fireworks 创建、编辑常用网页对象的方法。下面将制作一个实例，具体讲解这些网页元素的使用方法。本例的操作步骤如下：

01 新建一个 800×600 像素的白色画布。选择矩形工具，在属性面板上设置其填充方式为图案，笔触填充【无】，大小为 800×600 像素，且矩形左上角和画布左上角对齐。

02 选择文本工具，在画布上输入"花之物语"字样。效果如图 9-30 所示。

03 选择矩形工具，填充颜色为白色，圆角为 30，笔触类型为【非自然】/【3D 光晕】，笔触大小为 2。在画布上绘制一个圆角矩形，并调整矩形的位置。效果如图 9-31 所示。

图 9-30　图像效果 1　　　　　　　　　　图 9-31　图像效果 2

04 选中圆角矩形，按 Ctrl + C 组合键和 Ctrl + V 组合键复制粘贴一个矩形副本。选择【文件】/【导入】命令，导入一幅鲜花的图片。

05 在【层】面板中将鲜花的图片移至最底层。选中鲜花图层和一个圆角矩形图层，执行【修改】/【蒙版】/【组合为蒙版】命令，制作蒙版。效果如图 9-32 所示。

图 9-32　蒙版效果

06 按 Ctrl+F8 组合键打开【转换为元件】对话框，将该蒙版转换为名称为 "1" 的图形元件。单击【确定】按钮。按 Delete 键删除画布上的元件。

07 重复第 **04** ~ **06** 步，制作其他蒙版，并将其转换为图形元件。

08 在〖层〗面板中选中【层 1】，单击鼠标右键，在弹出的上下文菜单中选择【在状态中共享层】命令。

09 新建一个图层。选中工具箱中的文字工具，在属性面板上设置其字体、大小和颜色后，在画布上输入 "Flowers"。效果如图 9-33 所示。

图 9-33　图像效 3

图 9-34　图像效果 4

10 打开【状态】面板，单击 "新建/重制状态" 按钮新建一个状态。选中新建的状态，从【文档库】面板中将元件 1 拖放到画布上，调整其位置。同理，再新建两个状态，分别将元件 2 和元件 3 拖入画布。

11 回到层 1，选中椭圆工具，设置笔触颜色【无】。在画布上绘制一个椭圆。

12 打开【样式】面板，选择一种样式应用于椭圆。并复制两个椭圆，在画布上对齐。

13 选择文本工具，在属性面板设置好字体、大小和颜色之后，在三个椭圆按钮上分别输入"园艺盆景"、"鲜花造型"、"插花艺术"。效果如图 9-34 所示。

14 按住 Shift 键选中三个椭圆按钮，选择【编辑】/【插入】/【多边形切片】命令，为三个按钮添加切片。选择切片工具在图像显示区域绘制一个矩形切片。效果如图 9-35 所示。

15 选中"园艺盆景"按钮，单击右键，从上下文菜单中选择【添加交换图像行为】命令。在弹出的【交换图像】对话框中选择目标切片，并且在【状态编号】下拉列表框中选择【状态 2】。同理，为其他两个按钮添加交换图像行为。

16 实例制作完毕。按 F12 键即可观看页面效果。当鼠标移到不同按钮上时，右边的区域分别显示不同的图片。显示效果如图 9-36~图 9-38 所示。

图 9-35　图像效果 5　　　　　　　　　　　　图 9-36　图像效果 6

将鼠标指针移到第一个按钮上时，右侧的图片显示框显示第二个状态中的图片。

图 9-37　图像效果 7　　　　　　　　　　　　图 9-38　图像效果 8

将鼠标指针移到第二个按钮上时，右侧的图片显示框显示第三个状态中的图片。
将鼠标指针移到第三个按钮上时，右侧的图片显示框显示第四个状态中的图片。

9.5 思考与练习

1. 填空题

（1）导出热点或切片时，要附带导出一个_____文件，记录热点或文档的网页信息。

（2）图像映射实际上就是在一幅图像上创建多个_____区域，通过单击不同的区域，可以跳转至不同的链接目标。

（3）_____是将较大的图像分割为多幅小图像，这在高级网页制作中常常使用到。

（4）使用_____命令可以创建简单翻转图；使用_____命令可以创建弹出式菜单。

2. 思考题

（1）简单介绍一下什么是热点和切片，以及它们的功能是什么。

（2）在 Fireworks 和 Dreamweaver 中切片实现的方式有哪些不同？

（3）如何创建文本切片？文本切片和图像切片有什么个同？

3. 操作题

（1）将一副 1024×768 大小的图像切割为 9 个部分，要求将中间的切片替换为文本。可参照示意图 9-39。

（2）按照本章介绍的方法制作一个导航条。

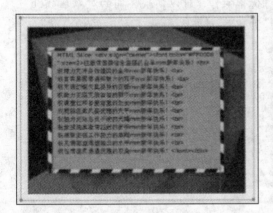

图 9-39 示意图

第 **10** 章

图像的优化与导出

Web 图形设计的目的就是获得良好的视觉效果，同时让它可以尽可能快地被传输。Fireworks 完全具备这两项要求。本章主要介绍在 Fireworks 中对编辑的对象进行优化和导出的操作。通过优化操作，可以实现不同的对象在 Web 页中的文件大小和下载时间的最优配置。通过导出操作可以将矢量对象直接导出到其他的图形处理程序中，或以帧的形式保存在一个文件目录下。

◎ 优化图像的一般操作

◎ 使用导出向导导出图像

◎ 导出图层或状态

10.1 优化图像

　　图像优化是根据图像自身特点以及用途选择一种合适的存储格式，并进行存储设定。Fireworks 支持多种图像存储格式，用户既可以使用预置的导出设置，也可以根据需要自定义导出方式。

　　通常对图像进行优化的工作主要包含以下三个部分：

　　（1）选择合适的图像格式打开图像并以多种文件格式将其保存。Web 支持 GIF、JPEG 和 PNG 格式的图像。有时应网页设计的要求，需要某种特定的格式，如背景透明的图像，必须采用 GIF 格式保存；若需要动画图像，则使用动画 GIF 格式。

　　（2）设置指定格式的参数选项。例如，在 GIF 图像中最多可以显示 256 种颜色，若要显示更多颜色，可以在文件中选择颜色抖动。在 JPEG 图像中可以对像素进行平滑，使图像的细节被模糊。

　　（3）调整图像中的颜色数目（仅限于 8 位文件格式）。控制图像中的调色板可以限制图像中的颜色数目，在很大程度上减小图像的大小。颜色优化操作也就是从调色板中删除不使用的颜色，或不重要的颜色。但减少图像中的颜色数目会影响图像的质量，所以，需要在图像质量和颜色数目之间进行权衡。

📖10.1.1 使用内置优化模式

　　图像优化的目的就是在图像的大小和质量之间寻找一个合适的平衡点，使用户在网页上可以在最短的时间内欣赏到效果最好的图像。使用 Fireworks 提供的【优化】面板可以出色地完成图形的优化工作。

　　执行【窗口】/【优化】命令打开如图 10-1 所示的优化面板。

　　位于【优化】面板顶部的下拉列表中列出了 Fireworks 内置的几种优化模式。通过选择这些内置的图形优化模式可以完成图形的快速优化，如图 10-2 所示。

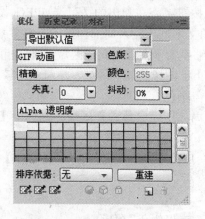

图 10-1　　【优化】对话框

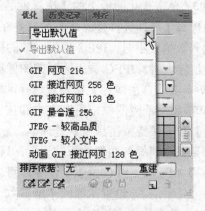

图 10-2　优化模式下拉菜单

◆　【GIF 网页 216】：GIF 格式图形，最多可以使用 256 色。选择该优化模式，可以将图形中所有的色彩都用最简单的方式转换为 216 种安全色彩中的颜色。

- ◆ 【GIF 接近网页 256 色】：该模式为 256 色接近网页优化模式。所谓接近网页就是通过特殊的色彩算法将图形中的非安全色"吸附"到相应的安全色，这样处理后的图形色彩与简单的非安全色转换为类似的安全色的效果相比，更接近原图形的色彩。
- ◆ 【GIF 接近网页 128 色】：该模式为 128 色接近网页的优化模式。选择该模式，将仅使用 128 种安全色彩来处理图形。
- ◆ 【GIF 最适合 256】：该模式为 GIF 图形所独有的适应色彩优化模式。所谓适应色彩优化就是首先将图形中符合 Web 安全色的色彩进行匹配，再分配剩余的非 Web 安全色，分配方式可以是最适合网页的吸附方式。
- ◆ 【JPEG 较高品质】：该模式以保持文件质量为主的 JPEG 优化模式，选择该模式进行优化后得到的 JPEG 图形质量较高。
- ◆ 【JPEG 较小文件】：该模式为以保持文件大小为主要标准的 JPEG 优化模式，得到的 JPEG 图形文件较小。

10.1.2 优化JPEG图像

在优化面板的格式栏选择【JPEG】，即可设置 JPEG 格式的压缩参数。

- ◆ 【色版】：设置图像的边缘颜色；应用在导出图片的边缘上。通过设置该颜色，可使图像与网页完全融合。
- ◆ 【品质】：设置图片的压缩程度。数值为 0 时，JPEG 图片质量最低，但文件最小；数值为 100 时，JPEG 图片质量最高，但文件最大。
- ◆ 【选择性品质】：设置局部图像的压缩程度。一般操作步骤如下：

优化 JPEG 图像的具体操作步骤如下：

01 使用位图选取工具在图像上选取需要特殊处理的区域。

02 执行【修改】/【选择性 JPEG】/【将所选保存为 JPEG 蒙版】命令将该区域保存为 JPEG 蒙版，如图 10-3 所示。

03 单击优化面板上的【选择性品质】栏按钮，在弹出的【可选 JPEG 设置】对话框中选择【启动选择性品质】项，并在其后的文本框内输入局部图像的压缩参数。

输入数值较小时，JPEG 蒙版区域的图像压缩率大于图像的其他区域，质量相对较低；输入数值较大时，JPEG 蒙版区域的图像压缩率小于图像的其他区域，质量相对较高。

04 在【覆盖颜色】栏设置选择区域的覆盖颜色。

05 如果希望图像中所有文本和按钮采用局部压缩参数进行压缩，则选中【保持文本品质】和【保持按钮品质】复选框。

如果要取消局部图像的压缩设置，只需选中 JPEG 蒙版，选择菜单栏【修改】/【选择性 JPEG】/【删除 JPEG 蒙版】命令即可。

- ◆ 【平滑】：设置图像的平滑参数。

06 单击优化面板右上角的面板菜单按钮，可以锐化图像边缘。

07 选择【连续的 JPEG】命令可以为图像添加渐进下载效果，即浏览器先以低分辨率显示图像，下载完毕再以高分辨率显示。

图 10-3   JPEG 蒙版

10.1.3 优化GIF格式的图像

在优化面板的格式栏选择【GIF】或【GIF 动画】，即可设置 GIF 格式的压缩参数。

◆ <u>接近网页最合适</u>：设置 GIF 图像所使用的调色板，共有 10 种选择：

➤ 【最适色彩】：使用自适应颜色。从图像中选取使用最多的 256 种颜色组成调色板，包括网络安全色和非网络安全。

➤ 【接近网页最合适】：首先从图像中选择 256 种网络安全色组成调色板。如果网络安全色不满 256 种，则使用与之最接近网络安全色代替。

➤ 【网页 216】：使用 216 网络安全色，适用于 Windows 和 Macintosh 系统。

➤ 【精确】：使用图像中所有的颜色。

➤ 【Macintosh】：使用 Macintosh 系统的 256 标准色。

➤ 【Windows】：使用 Windows 系统的 256 标准色。

➤ 【灰度】：使用 256 色灰度，导出黑白图像。

➤ 【黑白】：仅使用黑色和白色。

➤ 【一致】：根据图像的 RGB 颜色色阶生成调色板。

➤ 【自定义】：自定义调色板。

◆ 【颜色】：设置图片使用的颜色数。

◆ 【失真】：设置压缩损失率。当值为 0 时，压缩损失最小，但文件最大；当值为 100 时，压缩损失最大，但文件最小。

◆ 【抖动】：设置抖动率。抖动率越大，导出图像的失真度越小，但是图像越大；抖动率越小，导出图像的失真度越大，但是图像越小。

◆ <u>不透明</u>：设置透明背景色，即将图像中指定颜色透明显示，共有 3 种选择：

➤ 【不透明】：不使用透明背景色。

➤ 【索引色透明】：将图像中一种或多种颜色显示为透明色。

➤ 【Alpha 透明】：使用 Alpha 通道形成透明效果,用户可以使用【转化为 Alpha】滤镜创建 Alpha 通道。

单击优化面板右上角的面板菜单按钮，选择【交错】命令可为图像添加交错下载效果，即先显示低分辨率图像，下载完毕后再以高分辨率显示。

10.1.4 优化PNG格式的图像

PNG 格式分为 PNG8、PNG24、PNG32，分别表示 8 位、24 位、32 位真彩色。PNG8 格式的图像需要设置压缩参数，设置方法与 GIF 格式的设置方法相同； PNG24 或 PNG32 包含了图像所有颜色，因此不需再进行压缩设置，对这两种 PNG 图像进行优化时，只需要设置图像的【色版】即可。

10.2 导出图像

在 Fireworks 中，完成了对图像的绘制、编辑和应用效果之后，若要将图像应用于 Web 中，需要将文档导出为常见的 Web 图像格式，如 GIF 格式或 JPEG 格式。导出的文档也可以是 PNG 格式的图像，但其与 Fireworks 的 PNG 文档不同。它去除了一些 Fireworks 的固有信息，并进行了优化。

对于新用户，可以使用 Fireworks 的导出向导。导出向导可以为用户提供必要的建议，帮助完成导出操作。使用 Fireworks 的导出预览，不仅可以在导出的过程中进行优化设置，还可以完成其他的一些相关操作，如对导出图像进行缩放、裁切等操作。

10.2.1 使用导出向导

先为图像设置好优化选项，再将图像导出为需要的格式，是最常用的导出流程。使用导出向导的一般操作步骤如下：

（1）在优化面板上完成对图像的优化设计之后，执行【文件】/【导出】命令。

（2）在弹出的【导出】对话框中选择文件的保存路径和文件名。

（3）若要导出切片，在"切片"区域设置切片的名称。然后单击【保存】按钮，即可将文档保存为优化时设定的格式。

10.2.2 导出预览

Fireworks 允许用户在优化预览的同时导出文档。一般操作步骤如下：

（1）选择【文件】/【图像预览】命令打开如图 10-4 所示的【图像预览】对话框。该对话框的右边区域显示要导出的图像，左边区域显示可编辑的控制选项。右边的预览区域包含多种控制工具，利用这些工具可以方便地控制图像的预览方式。

（2）利用预览区域的控制工具设置图像的预览方式。

◆　指针工具：单击该工具图标可以将鼠标指针设置为正常方式。如果在图像窗格上单击，则可选中窗格。

◆　裁切工具：该工具用于设置图像的导出区域。选择该工具后，拖动图像四周的控点即可选择图像的导出区域。单击【图像预览】对话框的"文件"选项卡，选择【导出裁切】选项也可以设置图像的导出范围。

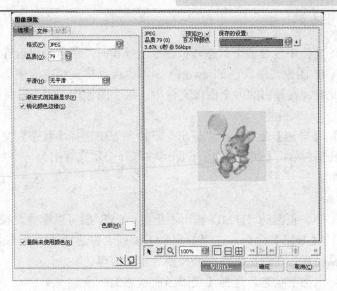

图 10-4   图像预览对话框

◆   放大镜工具 ：该工具可对文档图像进行缩放显示。按住 Alt 键再单击图像，可以将图像缩小显示。在其后的缩放比率下拉列表中可以直接选择需要的缩放比率。

◆   1 预览窗口□、2 预览窗口▤或 4 预览窗口▦：这组工具用于在对话框的预览区域中将图像分别以 1 窗格、2 窗格或 4 窗格显示。

◆   状态控制工具：用于预览包含多个图帧的动画 GIF 图像。此外，在【图像预览】对话框的"文件"选项卡中的"缩放"区域可以对图像进行缩放，该操作会导致导出后的图像大小发生变化，但不会影响原始的 PNG 文档大小。

◆   %：设置图像在导出时的缩放比例。

◆   宽度/高度：设置图像在导出时的宽度或高度。

◆   约束比例：选中该复选框，则导出时会保持图像的宽度和高度比。

（3）在【图像预览】对话框中对图像完成优化及导出设置以后，单击对话框底部的【导出】按钮，设置文件名和文件类型后，单击【导出】按钮，即可导出优化图像。

10.2.3 导出图层或状态

在默认情况下，进行文档的导出操作时，会将所有可见的图层重叠起来，将重叠的结果导出为一幅图像，生成一个图像文件。在 Fireworks 中，用户可以将文档中的多个图层分别导出为多个图像文件。

1. 将图层导出为多个文件

选择【文件】/【导出】命令，在"导出"下拉列表中选择【层到文件】选项，该选项将导出当前状态上的所有层，每一个图层导出为一个图像文件。

如果希望导出的图像自动裁剪，则选中【裁切图像】复选框。

2. 将状态导出为多个文件

如果要导出的文档中包含多个状态，执行导出操作时，通常会将包含多个状态的文档导出为一个动画 GIF 图像文件。在 Fireworks 中，也可以将文档中的多个状态分别导出为多个图像文件，此时，在导出的多个图像文件中，每个图像均采用当前优化面板上相同的优化设置。

选择【文件】/【导出】命令，在"导出"下拉列表中选择【状态到文件】选项，选择要保存的文件路径后，单击【保存】按钮，即可将每一个状态导出为一个对应的图像文件。

3. 导出 CSS 层

在 Fireworks 中，正常的 HTML 输出不重叠。CSS 层可以重叠，彼此堆叠在一起。

选择【文件】/【导出】命令，在"导出"下拉列表中选择【CSS 和图像】选项，选择要保存的文件路径后，在对话框底部选择要导出的内容。

- 若要仅导出当前状态，选择【仅限当前状态】。
- 若要仅导出当前页面，选择【仅限当前页面】。
- 若要为图像选择文件夹，则选择【将图像放入子文件夹】，并单击【浏览】按钮，定位到相应的文件夹。

若需要，单击【选项】按钮设置 HTML 页面属性。然后单击【确定】和【保存】按钮，关闭对话框。

4. 导出为 Adobe PDF

Fireworks CS5 支持 Adobe PDF 文件导出功能，用户可以将 Fireworks 设计导出为高精度、交互式且安全的 PDF 文档，或将其分发以进行审阅，审阅者可以在 Adobe Reader® 或 Acrobat® 中添加注释或回复其他人的注释，以增强沟通。

导出的 PDF 文件将保留所有页面和超文本链接，使审阅者像在 Web 上一样浏览 PDF。此外，Adobe PDF 提供可选密码保护的安全设置，可以为查看以及打印、复制和注释等其他任务单独创建密码，防止审阅者编辑或复制设计。

将 PNG 文件导出为 Adobe PDF 文件的一般操作步骤如下：

（1）选择【文件】/【导出】命令，在"导出"下拉列表中选择【Adobe PDF】选项。

（2）选择要保存的文件路径之后，在"页面"下拉列表中选择当前 PNG 文件中要导出的页面，并选中【在导出后查看 PDF】复选框，以便在 Adobe Reader 或 Acrobat 中自动打开 PDF。

（3）若要自定义 PDF，则单击【选项】按钮，在弹出的【Adobe PDF 导出选项】对话框中设置 Adobe PDF 应用程序的兼容性、图像压缩的类型、图像品质、

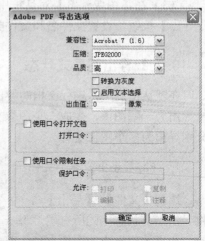

图 10-5 【Adobe PDF 导出选项】对话框

每个页面上包围图像的空白边框的像素宽度，以及打开、编辑文档的口令。如图 10-5 所示。

- 兼容性：选择可以打开导出的文件的 Acrobat 版本。
- 压缩：指定图像压缩的类型，以减小文件大小。

通常，JPEG 和 JPEG2000 压缩对于类似于照片的具有渐变颜色的图像压缩效果较好。对于具有大面积纯色、浅色区域的插图，ZIP 是较好的选择。

- 品质：该选项用于为 JPEG 或 JPEG2000 压缩指定图像质量。选择高品质时，生成的文件会很大，但图像质量很好。
- 转换为灰度：选中该选项，则将所有图像转换为灰度，以减小文件大小。
- 启用文本选择：选中该选项之后，允许审阅者从导出的文件中复制文本。

取消选择该选项可以极大地减小文件大小。

- 出血值：该选项用于指定每个页面上包围图像的空白边框的像素宽度。例如，值 20 表示使用 20 个像素的边框包围每个图像。
- 使用口令打开文档：选中该项之后导出的文档需要键入指定的打开口令才能打开。
- 使用口令限制任务：选中该项之后，打印、编辑、复制和注释导出的文档需要先键入指定的保护口令。

（4）设置完毕，单击【确定】按钮关闭【Adobe PDF 导出选项】对话框。

（5）单击【保存】按钮关闭【导出】对话框。

在这里需要提请读者注意的是，在导出为 PDF 文件时，即使 Fireworks 文档中的页面具有透明画布，应用了透明特性的对象也会失去其透明特性。为避免出现这种情况，用户可以在导出到 PDF 之前将画布设置为非透明背景。

5. 导出为 FXG 文件

Fireworks CS5 支持 Flash 应用程序工作流程，与 Flash Catalyst 整合并支持 FXG 2.0 格式。通过 FXG 将对象、页面或整个文档导出到 Flash 应用程序，进行交互性开发，同时保留用于动画交互开发的图层状态和符号。

FXG 是一种基于 MXML 子集的图形文件格式，MXML 是由 Flex 框架使用的基于 XML 的编程语言。此格式可帮助设计人员和开发人员更有效地进行协作。设计人员可以使用如 Fireworks CS5、Photoshop CS5 和 Illustrator CS5 等工具来创建图形，并将它们导出为 FXG 格式。然后，可以在如 Flex Builder 等工具中使用 FXG 文件来开发丰富的 Internet 应用程序和体验。这些 RIA 可以使用 Flash Player 在 Web 浏览器中运行，也可以在桌面上作为 Adobe AIR 应用程序运行。

将 PNG 文件导出为 FXG 文件的一般操作步骤如下：

（1）选择菜单栏【文件】/【导出】命令。

（2）在弹出的【导出】对话框中设定导出 FXG 文件的名称和存放路径，并将【保存类型】设置为【FXG 和图像】。

（3）在【页面】下拉列表中选择是将当前页面或当前页面中选定的对象导出为 FXG。

（4）设置完毕，单击【保存】按钮，即可将指定对象以 FXG 格式导出。

10.3 思考与练习

1. 填空题

（1）在 Fireworks CS4 中，可以优化网络上常用的三种主要图像格式，即_____格式、PNG-8 或 PNG-24 格式、_____ 格式，其中，_____格式图像可以制作透明效果。

（2）保存优化图像时，如果选择【HTML 和图像】该项，则同时生成一个_____文件和一个_____文件，两者是独立的文件。

（3）优化图像时，一般要考虑两个方面的因素，即图像的_____和_____。

2. 思考题

（1）简单说明导出动画与导出静态图像的不同之处。

（2）在输出 GIF 格式优化图像时如何设置透明色？

（3）JPEG 格式进行优化图像输出时，能否设置透明色？

3. 操作题

（1）打开一个图像文件，然后以 GIF、JPEG 两种不同格式进行导出，并且以 JPEG 格式导出时，要求图像中间矩形区域的效果较其他部分好。

（2）制作一个具有渐进下载效果的 GIF 动画，并将动画中的各个状态导出为多个文件。

第 **11** 章

初识 Flash CS5

Flash CS5 是由 Adobe 公司出品的用于矢量图编辑和动画创作的专业软件。它支持动画、声音以及交互，具有强大的多媒体编辑功能，使用该软件可以制作出网页互动动画，还可以将一个较大的互动动画作为一个完整的网页。

本章将主要介绍 Flash CS5 的一些基本概念和窗口结构等知识。希望读者通过本章的学习，可以对 Flash CS5 有一个宏观的了解，为以后的深入学习奠定基础。

◎ Flash CS5 的工作环境

◎ 修改文件属性

◎ 发布、打包动画文件

11.1 Flash CS5 概述

Flash CS5 是由 Adobe 公司出品的用于矢量图编辑和动画创作的专业软件。它支持动画、声音以及交互，具有强大的多媒体编辑功能，使用该软件可以制作出网页互动动画，还可以将一个较大的互动动画作为一个完整的网页。

Flash 自它诞生的那天起，它就已经具备了天然的优势，那就是矢量流媒体技术，使 Flash 动画区别于其他动画软件的逐帧模式，且制作的矢量动画短小精悍，易于网络传播，这个优势直到现在也是其他软件无法企及的。此外，FlashPlayer 播放器插件可以摆脱浏览器的束缚，让创作人员不必去考虑浏览器的支持问题。

最新推出的 Flash CS5 允许开发者将他们的 Flash 作品直接转换成 HTML5 Canvas 格式并粘贴到网页上。这就使得那些支持 HTML5 格式的浏览器可以在不安装 Flash 插件的前提下直接播放 Flash 动画。目前各大顶级浏览器都增加了对 HTML5 Canvas 格式的支持。这些程序功能的加强无疑可以使 Flash 动画扩展到各个领域，比如手机游戏、网络游戏、桌面程序等，Flash 动画必将获得更加广泛的应用。

11.2 Flash CS5 的工作环境

Flash 基于矢量图形标准实现动画，只需要少数的矢量数据就可以描述很复杂的对像，生成的编辑文件（*.fla）尤其是播放文件（*.swf）非常小巧，有效解决了目前网络传输速度的问题；基于矢量图形的 Flash 动画在尺寸上可以随意调整缩放，而不会影响图形文件的大小和质量；流式技术允许用户在动画文件全部下载完之前播放已下载的部分，而在播放中下载剩余的动画。Flash 提供的透明技术和物体变形技术使创建复杂的动画更容易；交互设计可以让用户随心所欲控制动画，赋予用户更多主动权；优化界面设计和强大的工具使 Flash 更简单实用；同时，Flash 还具有导出独立运行程序的能力，其优化下载的配置功能更令人为之赞叹。可以说，Flash 为制作适合网络传输的 Web 动画开辟了新的道路。

执行【开始】/【所有程序】/【Adobe Flash CS5 Professional】命令，即可启动 Flash CS5。本书如不作特别说明，所提及的 Flash CS5 均指 Adobe Flash CS5 Professional 简体中文版，所进行的操作均基于 Windows XP 操作系统，其他版本的操作可能略有不同，本书不作说明。

执行【文件】/【新建】或【文件】/【打开】命令，在打开的【新建文档】对话框中选择"Flash 文件（ActionScript 3.0）"或"Flash 文件（ActionScript 2.0）"，然后单击【确定】按钮，即可进入 Flash CS5 中文版的工作界面，如图 11-1 所示。

Flash CS5 的界面采用了全新的 Adobe 风格：菜单栏放到了窗口栏之上，使得工作区域更为整洁；改进了工具的交互，更便于操作；菜单栏也进行了优化，更加方便用户使用；同时加入了快速更换布局功能，方便不同的用户人群使用（Developer、Debugger、Designer）；时间轴窗口被放到了工作区下方，绘图工具箱和属性栏都放到了工作区右侧，作为浮动面板集合在一起，更能提升效率；此外，由于脚本编写方式的改进，Flash CS5 新增了一个"代码片断"面板。

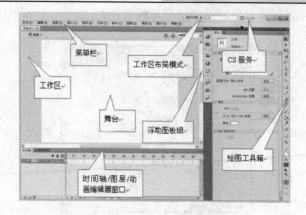

图 11-1　Flash CS5 工作界面

11.2.1　常用工具栏

Flash CS5 为了方便用户的使用，将一些使用频率比较高的菜单命令以图形按钮的形式放在一起，组成了常用工具栏，如图 11-2 所示。执行【窗口】/【工具栏】/【主工具栏】菜单命令，即可显示该工具栏。

图 11-2　工具栏

◆ 　：转到 Bridge 资源管理工具。
◆ 　：使编辑的对象在拖放操作时进行精确定位。
◆ 　：柔化选定对象的边界。
◆ 　：尖锐化选定对象的边界。
◆ 　：调整选定对象在舞台中的角度。
◆ 　：缩小或放大选定对象的尺寸。
◆ 　：打开布局对话框，调节选定对象群的布局。

11.2.2　绘图工具箱

在 Flash CS5 中，绘图工具箱作为浮动面板被放到了工作区右侧，单击工作区右侧的工具箱缩略图标，即可展开工具箱面板，如图 11-3 所示。工具箱通常固定在窗口的右侧，用户也可以通过用鼠标拖动绘图工具箱，改变它在窗口中的位置，还可以单击工具箱顶部的 或 按钮将工具箱伸缩成单列/多列或面板，还可以缩为精美的图标，将工具箱拖动到工作区之后，通过拖电工具箱的左右侧边或底边，可以调整工具箱的尺寸。

单击选中绘图工具箱中的某些工具之后，工具箱底部会显示相应的选项工具，如选中铅笔工具之后，会显示对象绘制模式 按钮，以及铅笔模式按钮。单击选项工具按钮，可以对指定工具进行相应的设置。

Flash CS5 的绘图工具箱中的工具与 Flash CS4 大致相同。有关绘图工具箱中的工具的使用方法及属性设置将在本书下一章中进行详细介绍。

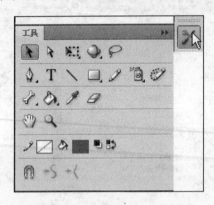

图 11-3　Flash CS5 绘图工具箱

11.2.3　时间轴控制区

Flash CS5 的时间轴窗口默认位于工作区下方，如图 11-4 所示，它是处理帧和图层的地方。将鼠标移动到时间轴面板标题栏下方，按下鼠标左键并拖动，可以将时间轴从 Flash 主窗口中脱离并保持漂浮。单击时间轴面板上的 ╬ 按钮可以展开或折叠时间轴面板。

舞台中所出现的每一帧的内容表示该时间点上出现在各层上的所有内容的反映。时间轴上的帧可根据时间改变内容，例如，可以移动、添加、改变和删除不同帧的各层上的内容以创建运动和动画。

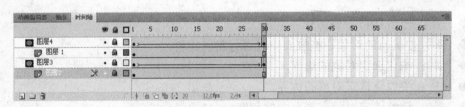

图 11-4　时间轴窗口

时间轴窗口分为两大部分：层控制区和时间轴控制区。下面对这两部分进行简单的介绍。

1. 层控制区

时间轴窗口的左边区域就是层控制区，用于进行与层有关的操作。它按顺序显示了当前正在编辑的文件的所有层的名称、类型、状态等等。在层的操作层中有一些按钮，其功能分别如下：

◆　👁：用来切换选定层的显示或隐藏状态。
◆　🔒：用来切换选定层的锁定或解锁状态。
◆　▢：用于设置显示或隐藏外框。
◆　▣：新建一个图层。
◆　▢：增加一个新的文件夹。

- ◆ 🗑：删除选定层。
- ◆ 细心的读者会发现，在 Flash CS5 的图层面板底部已找不到添加运动引导层的图标了。如果要添加运动引导层，则需要右键单击需要添加运动引导层的图层，在弹出的上下文菜单中选择"添加传统的运动引导层"命令。

2. 时间轴控制区

\时间轴窗口右边区域就是时间轴控制区，用于控制当前帧、动画播放速度、播放时间等。时间轴控制区中各个工具按钮的功能如下：

- ◆ ⬛：改变时间轴控制区显示范围，将当前帧显示到控制区窗口的中间。
- ◆ ⬛：在时间轴上选择一个连续的区域，将该区域中包含的帧全部显示在窗口中。
- ◆ ⬛：在时间轴上选择一个连续的区域，除了当前帧外，只会在窗口中显示该区域中包含的帧的外框。
- ◆ ⬛：在时间轴上选择一个连续区域，区域内的帧可以同时显示和编辑。
- ◆ ⬛：单击该按钮，会显示一个菜单，用来选择显示 2 帧、5 帧或全部帧等。

时间轴窗口的底部是状态栏，它显示的是当前帧数以及当前动画设置的帧频率等。

📖11.2.4 浮动面板

默认情况下，浮动面板停置在工作界面的右侧。一个浮动面板通常由几个功能相近的面板组合而成。Flash CS5 改进了面板管理解决方案，可以用它来优化工作区，使之更加适合您的工作方式。浮动面板可以随意伸缩，既可单击面板的标题栏或单击面板右上角的 ⏩ 按钮，将面板收缩为精美的图标，也可将鼠标移动到面板上标题栏上，当鼠标指针变成四向箭头时，拖动鼠标移动面板，使成单独悬浮在屏幕上。

当暂时不需要用到某个面板的时候，单击该面板左上角的三角形图标可以折叠面板。在菜单栏中的【窗口】下拉菜单中可以打开或者关闭这些面板。菜单项前有"√"号时表示已打开相应的面板，否则表示已关闭。

11.3 修改文件属性

Flash CS5 的文件操作可以看作是创建动画的基本操作，它包括动画文件的打开、保存、关闭等。这些操作与 Dreamweaver CS5 的操作方法相似，在此不再赘述。下面主要介绍 Flash 文件的属性设置方法。

用户在开始 Flash 创作之前，必须设置它的播放速度和文件尺寸大小。如果中途修改这些属性，将会大大增加工作量，而且可能使影片与原来所预想的相差很远。所以在开始制作动画之前务必进行周密的计划，并进行正确的设置。

在工作区的空白区域内单击鼠标，此时，打开属性面板，即可查看整个动画文件的属性。单击属性面板上"大小"后的【编辑】按钮，弹出如图 11-5 所示的【文档设置】对话框。

读者也可以执行【修改】/【文档】命令，打开【文档设置】对话框。

在"尺寸"框中可以指定影片的宽度和高度值。动画影片将在指定的范围内显示。

"标尺单位"下拉列表框用于指定文档的标尺度量单位，默认为像素。当在舞台上显示标尺时，标尺将显示在文档的左沿和上沿。在显示标尺的情况下移动舞台上的元素时，将在标尺上显示几条线，说明该元素的尺寸。

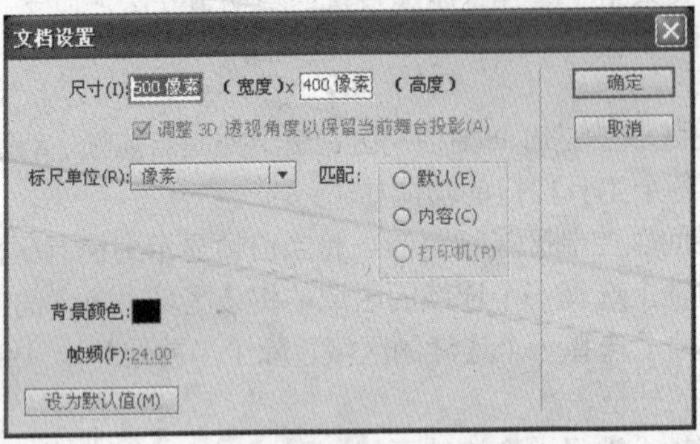

图 11-5   "文档属性设置"对话框的设置

在"匹配"区域可以设置舞台大小。选项【内容】是指在舞台上将内容四周的空间设置为对称；选项【打印机】指匹配打印机，将舞台大小设置为最大的可用打印区域。此区域的大小是纸张大小减去【页面设置】对话框中指定的页边距之后的区域。选项【默认】是指将舞台大小设置为默认大小（即 550 像素×400 像素）。

点击背景色框，在弹出的颜色面板里选择动画背景的颜色。

在"帧频"文本区域单击，即可键入动画文件的播放速度，默认值 24 对于大多数项目而言，是在 web 上播放动画的最佳帧频（在 Flash CS5 之前的版本中，帧频默认值为 12）。当然，用户应根据影片发布的实际需要来设置。

设置完文档属性之后，单击【设为默认值】按钮，将所有设置保存为默认值，同时激活【调整 3D 透视角度以保留当前舞台投影】复选框。当下次新建影片文档时，影片的舞台大小和背景颜色将自动应用保存的设置。若要将新设置仅应用于当前文档，则不要单击该按钮。

11.4   设置发布参数

Flash 本身带有强大的输出功能，用户可以选择自己需要的文件输出格式，而且可以修改各种输出格式的属性。选择【文件】/【发布设置】命令即可打开【发布设置】对话框，通过该对话框，用户可以控制自己作品的传输方式：比如通过 HTML 网页传输；或者选择多种发布途径，比如作为通过 HTML 网页、作为 Quick Time 影片以及作为执行程序传输。

在发布操作中，第一步是选择影片传输的格式。

选择【文件】/【发布设置】/【格式】命令，即可在弹出的对话框中设置影片的传输格式，如图 11-6 所示。该对话框为用户提供了很多种选择：

◆   类型：选择一种文件格式，即可在【发布设置】对话框中增加一个相应的选项卡。例如，选择【JPEG 图像】选项，即可增加一个【JPEG】选项卡。

◆ 文件：用户可以给发布的任何文件命名。如果选择【使用默认名称】复选框，所创建的文件将和编辑文件同名，且带有相应的扩展名。如果不选该复选框，则可以指定文件名。

11.4.1 Flash

创建扩展名为.swf 文件是发布 Flash 影片的最佳途径。它也是为了从 Web 获取影片的第一步。当以这种格式将影片文件放进 HTML 网页时，用户可以用网页浏览器，如微软公司的 Internet Explore 或 Netscape 公司的 Navigator 来浏览。选择【文件】/【发布设置】/【Flash】命令，即可在弹出的对话框中设置影片的发布参数，如图 11-7 所示。

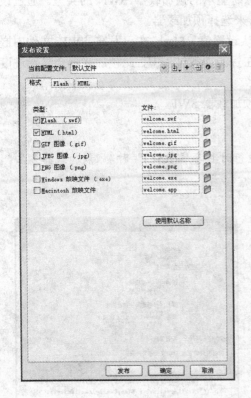

图 11-6 【格式】设置对话框

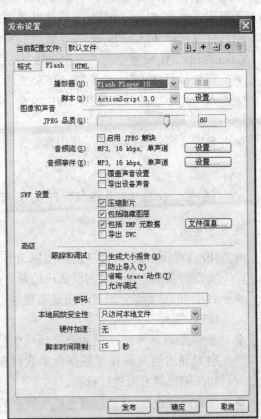

图 11-7 Flash 设定对话框

◆ 播放器：用于设置 Flash 作品的版本。可以选择 Flash Lite 1.0 至 Flash Lite 4.0 或者从 Flash Player 5 到 Flash Player 10 的各个版本，以及 Adobe AIR 2 和 iPhone OS，但高版本的文件不能用在低版本的应用程序中。

◆ 脚本：用于设置 ActionScript 脚本的版本。

当选择了 ActionScript 2.0 或者 ActionScript 3.0 时，其右侧的【设置】按钮变为可用，单击该按钮会弹出 ActionScript 设置的对话框，在其中可以设置类文件的相对类路径。

Flash CS5 新增了一种文本布局框架（TLF），并将其作为默认的文本类型。与传统文本相比，TLF 文本提供了更丰富的文本控制，例如，更丰富的字符样式、更多的段落样式、更多字体属性，支持双向文本等，用户可以借助印刷质量的排版全面控制文本内容。

注意：TLF 文本要求在 FLA 文件的发布设置中指定 ActionScript 3.0 和 Flash Player 10 或更高版本。

如果要发布包含 TLF 文本的 SWF 文件，还需要单击"脚本"菜单右侧的【设置】按钮，在打开的【高级 ActionScript 3.0 设置】对话框中单击"库路径"选项卡，在"运行时共享库设置"部分的"默认链接"下拉列表中选择"合并到代码"。如图 11-8 所示。

如果本地播放计算机上没有嵌入 TLF ActionScript 资源或嵌入的 TLF ActionScript 资源不可用，则当 Flash Player 下载这些资源时，在 SWF 播放过程中可能会发生短暂延迟。用户可以选择 Flash Player 在下载这些资源时显示的预加载器 SWF 的类型。通过设置 ActionScript 3.0 设置中的"预加载器方法"来选择预加载器。

- ➢ 预加载器 SWF：这是 Flash CS5 的默认设置值。Flash 在已发布 SWF 文件中嵌入一个小型的预加载器 SWF 文件。在资源加载过程中，此预加载器会显示进度栏。
- ➢ 自定义预加载器循环：使用自定义的预加载器 SWF。

注意：仅当"默认链接"设置为"运行时共享库(RSL)"时，"预加载器方法"设置才可用。

- ◆ JPEG 品质：设置动画中的位图以 JPEG 文件格式压缩保存时的默认压缩量。
- ◆ 启用 JPEG 解块：设置导出是否包含有 JPEG 图片。
- ◆ 音频流/音频事件：这两个选项用于分别对导出的音频和音频事件的取样率和压缩比等方面进行设置。
- ◆ 覆盖声音设置：该选项将忽略所有在音频流和音频事件中的设置，使得动画中所有的声音都采用当前对话框中对声音所作的设置。
- ◆ 导出设备声音：导出适合于设备（包括移动设备）的声音，从而代替原始的库文件里的声音。
- ◆ 压缩影片：该选项可以压缩 Flash 动画，从而减小文件大小和下载时间。压缩的 Flash 动画仅可以在 Flash 6 及更高的版本上播放。

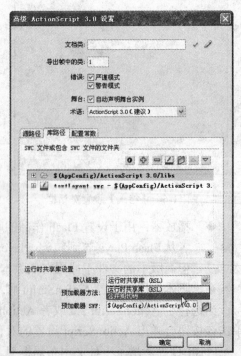

图 11-8　【高级 ActionScript 3.0 设置】对话框

◆ 包括隐藏图层：该选项使用户可以指定是否导出隐藏的图层。

◆ 包括 XMP 元数据：在导出发布的文件中包括元数据。单击其右侧的【文件信息】按钮，可以打开 XMP 面板，用户可以查看或键入文件要包括的元数据。

◆ 导出 SWC：导出 .swc 文件，该文件用于分发组件。 SWC 文件包含可重用的 Flash 组件。每个 SWC 文件都包含一个已编译的影片剪辑、ActionScript 代码以及组件所要求的任何其它资源。

◆ 生成大小报告：创建一个包含影片中各帧大小以及导入的文件和字体列表信息的文本文件。该文本文件和导入的影片同名，并在同一个目录下。

◆ 防止导入：防止最终导出的影片再次导入 Flash。该选项不会影响编辑文件，只是对最终的 Flash 影片产生影响。

◆ 省略 trace 动作：从导出的 Flash 影片中删除所有的跟踪动作。

◆ 允许调试：选择该选项后，将允许远程调试 Flash 动画。如果需要，可以在下面的"密码"文本框中输入一个密码，用来保护作品不被他人随意调试；将密码输入区清空，则可以清除密码。

◆ 包括 XMP 元数据：在导出发布的文件中包括元数据。单击其右侧的【文件信息】按钮，可以打开 XMP 面板，用户可以查看或键入文件要包括的元数据。

◆ 导出 SWC：导出 .swc 文件，该文件用于分发组件。 .swc 文件包含一个编译剪辑、组件的 ActionScript 类文件，以及描述组件的其它文件。

◆ 密码：如果选择了【允许调试】或【防止导入】，则在"密码"文本字段中输入密码。如果添加了密码，则其他用户必须输入该密码才能调试或导入 SWF 文件。若要删除密码，则清除"密码"文本字段。

◆ 本地回放安全性：该选项用于设置已发布的 SWF 文件的安全模型，即本地安全性访问权，或网络安全性访问权。

➢ 只访问本地文件：已发布的 SWF 文件可以与本地系统上的文件和资源交互，但不能与网络上的文件和资源交互。

➢ 只访问网络：已发布的 SWF 文件可以与网络上的文件和资源交互，但不能与本地系统上的文件和资源交互。

◆ 硬件加速：指定 SWF 文件能够使用硬件加速的模式。

➢ 第 1 级 — 直接：该模式通过允许 Flash Player 在屏幕上直接绘制，而不是让浏览器进行绘制，从而改善播放性能。

➢ 第 2 级 —GPU：该模式通过允许 Flash Player 利用图形卡的可用计算能力执行视频播放并对图层化图形进行复合。根据用户的图形硬件的不同，这将提供更高一级的性能优势。

在发布 SWF 文件时，嵌入该文件的 HTML 文件包含一个 wmode HTML 参数。选择级别 1 或级别 2 硬件加速会将 wmode HTML 参数分别设置为 direct 或 gpu。打开硬件加速会覆盖在【发布设置】对话框的【HTML】选项卡中选择的"窗口模式"设置，因为该设置也存储在 HTML 文件中的 wmode 参数中。

◆ 脚本时间限制：该选项用于设置脚本在 SWF 文件中执行时可占用的最大时间量。Flash Player 将取消执行超出此限制的任何脚本。

11.4.2 HTML

如果需要在 Web 浏览器中放映 Flash 动画，必须创建一个用来启动该 Flash 动画并对浏览器进行有关设置的 HTML 文档。可以由发布命令来自动创建所需的 HTML 文档。

在【发布设置】对话框中单击 HTML 标签，则会打开 HTML 选项卡，如图 11-9 所示。

◆ 模板：选择用于生成 HTML 网页的模板。不同的模板提供不同的功能。点击其后的【信息】按钮，将会弹出和该模版有关的信息。

◆ 检测 Flash 版本：该选项对文档进行配置，以检测用户拥有的 Flash Player 的版本，并在用户没有指定的播放器时向用户发送替代 HTML 页。该选项只有在选择的模板是 "Flash HTTPS" 或 "仅 Flash" 或 "仅 Flash-允许全屏" 时，才可激活。

Flash 8 以前的版本使用 Flash Player 检测会导致创建 3 个单独的 HTML 页面。现在，Flash 对 Flash Player 的检测功能有了很大改进，仅发布一个 HTML 页面，简化了 Flash 内容的发布。

◆ 尺寸：设置影片窗口在 HTML 网页中的水平和垂直大小。本设置不会影响源文件，只影响出现在 HTML 网页的影片窗口中的导出影片。

◆ 回放：设置动画在网页的播放属性。

◆ 品质：根据处理器的情况来决定影片的放映速度和视觉质量。

◆ 窗口模式：该选项用于在安装了 Flash Active X 控件的 Internet Explorer 浏览器中，设置动画播放时的透明模式和位置。

◆ HTML 对齐：决定影片和网页上其他元素的对齐关系。选择该项不会造成任何明显的影响，除非对所产生的 HTM 网页重新进行编辑并在影片旁边放置了其他的元素，如文本或图片。

◆ 缩放：确定动画被如何放置在指定长宽尺寸的区域中，该设置只有在输入的长宽尺寸与原动画尺寸不符时起作用。【默认】使动画保持原有的显示大小在指定区域中显示，区域边界可能在动画两边显现；【无边框】使动画保持原有的显示比例和尺寸，即使浏览器窗口大小被改变，动画大小也维持原样，若指定区域小于动画原始大小，则区域外的部分不显示；【精确匹配】会根据指定区域大小来调整动画显示比例，使动画完全充满在区域中，这样可能造成变形；【无缩放】则表示在调整 Flash Player 窗口大小时不缩放文档。

◆ Flash 对齐：该选项决定了影片在影片窗口中的对齐情况。

◆ 显示警告信息：设置当标签设置上发生冲突时，Flash 是否显示出错消息框。

11.4.3 GIF

GIF 是网页上经常使用的一种动画存储格式。也是一些用户在使用 FLAH 的时候，生成作品的主要形式。

在以静态 GIF 文件格式输出时，如果不作专门指定，将仅输出第 1 帧，如果想把其他帧以静态 GIF 文件格式输出，可以在时间轴窗口中选中该帧后在【发布设置】对话框中的 GIF 面板执行发布命令，也可以在时间轴窗口中把要输出的帧的标签设为静态后再执行发布命令。

选择【文件】/【发布设置】/【格式】命令，选择【GIF】选项，在弹出的如图 11-10 所示的 GIF 属性设定框内可以设定属性。

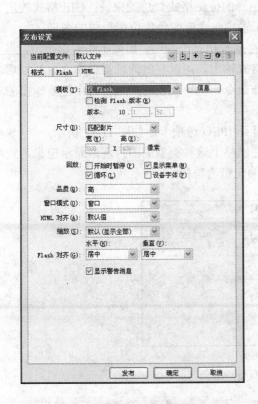

图 11-9　HTML 选项卡

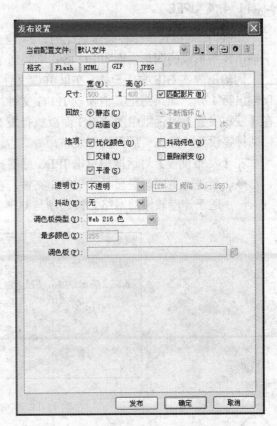

图 11-10　GIF 选项卡

◆ 尺寸：所创建的 GIF 在垂直和水平方向上的大小，用像素表示。如果选中【匹配影片】，则设置值无效，Flash 将按动画尺寸输出图片。

◆ 回放：确定输出的图形是静态的还是动态的。如果是动态的，应如何放映。

◆ 选项：设置输出的 GIF 文件外观。

◆ 透明：确定动画中的背景和透明度在生成的 GIF 文件中如何转换。【Alpha】表示设置一个 alpha 值的极限，图片中 alpha 值低于此极限的颜色将完全透明，alpha 值高于此极限的颜色不发生变化。

◆ 抖动：如果正在导出的 GIF 使用了当前调色板中没有的颜色，那么抖动可通过混合已有的颜色来模拟那些没有的颜色。【无】表示关闭抖动处理；【有序】表示在尽可能减少文件的存储空间的前提下提供好的抖动处理效果；【扩散】表示提供最好的抖动质量，但文件存储空间将增加。

◆ 调色板类型：因为 GIF 文件的调色板的颜色有限，所以必须选择适当的调色板才能使导出的文件的颜色尽可能准确。以下选项可为调色板进行最有效的控制。

◆ 最多颜色：设置在 GIF 图形中用到的颜色数，当该设置的数值较小时，生成的文件所占用空间也较小，但有可能使图形的颜色失真。

11.4.4 JPEG

JPEG 图像格式是一种高压缩比的、24 位色彩的位图格式。总的来说，GIF 格式较适于输出线条形成的图形，而 JPEG 格式则较适于输出包含渐变色或位图形成的图形。

同输出静态 GIF 文件一样，在以 JPG 文件格式输出某一帧时，如果不作专门指定，将仅输出第 1 帧，如果想把其他帧以 JPEG 文件格式输出，可以在时间轴窗口中选中该帧后在【发布设置】对话框中的 JPEG 面板执行发布命令，也可以在时间轴窗口中把要输出的帧的标签设为"静态"后再执行发布命令。

在【发布设置】对话框中单击 JPEG 标签打开 JPEG 选项卡，如图 11-11 所示。

◆ 渐进：生成渐进显示的 JPEG 文件。在网络上这种类型的图片逐渐显示出来，较适于速度较慢的网络。该选项与 GIF 的交错选项相似。

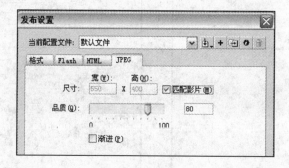

图 11-11　JPEG 选项卡

11.5 预览导出 Flash 文件

执行【文件】/【发布预览】命令，可以使 Flash 按所选的文件类型在默认浏览器中输出并进行预览。预览 QuickTime 动画时，【发布预览】命令将启动 QuickTime 播放器来进行预览；预览可执行程序时，Flash 将打开该程序。

选择【文件】/【导出影片】命令可将 Flash 的文件作为影片导出。选择【文件】/【导出图像】命令可将 Flash 的文件作为图像导出，将文件作为图像导出可创建出以当前显示的帧为基础的图像文件。如果以矢量格式导出，可以将导出的文件在矢量图形软件上进行编辑。如果作为位图导出，则要在位图软件上编辑。

读者需要注意的是，Flash CS5 不再支持导出 EMF 文件、WMF 文件、WFM 图像序列、BMP 序列或 TGA 序列。下面介绍几种在 Flash 中常用的输出文件格式。

（1）Flash Movie（*.SWF）文件格式：这个格式是 Flash 本身特有的文件格式，也是在【导出影片】或【导出图像】命令对话框中默认选择的文件类型。这种格式的文件不但可以播放出所有在编辑动画时设计的各种效果和交互功能，而且输出的文件量小，效果不失真。

（2）Windows AVI (*.AVI) 文件格式：Windows AVI 格式是标准的 Windows 电影格式，但不支持任何交互操作。该格式的文件适用于在视频编辑应用程序中进行编辑，但因为该格式是基于位图的，所以如果分辨率高或较长的动画时，会使输出的文件体积很大。

当选择以该格式输出时，将弹出如图 11-12 所示的【导出 Windows AVI】对话框。

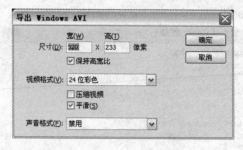

图 11-12 【导出 AVI】对话框

该对话框中各个选项的含义简要介绍如下：

◆ 尺寸：指定 AVI 的宽和高，单位为像素。如果勾选了【保持高宽比】复选框，则只需设置其中一个值，Flash 将按照原动画的长宽比例自动算出另外一个值。

◆ 视频格式：该选项用于指定色深。

◆ 压缩视频：采用标准的 AVI 压缩方式压缩视频。在输出的 AVI 电影中打开或关闭边缘平滑功能，该功能可改善位图的外观，但当背景是彩色的时，会使图形周围产生一个灰色的色环，这时可取消对该选项的选择。

◆ 平滑：打开或关闭 Flash 输出位图的消除锯齿功能。

◆ 声音格式：设置输出声音的取样率。取样率高，声音的保真度就高，但占据的存储空间也大；输出文件越小，可能衰减的越多。

（3）Adobe Illustrator 序列文件（*.AI）：该文件格式是 Flash 和其他绘图应用程序间交换图形时最好的格式. 对曲线、不同的线条类型和填充区域能进行十分精确地转换。

（4）QuickTime（*.MOV）格式：当 Flash 创建 QuickTime 文件时，会将影片复制到独立的轨道中。默认情况下，QuickTime Export 功能会使用与源 Flash 文档相同的尺寸创建一个影片文件，然后导出整个 Flash 文档。以 QuickTime 格式输出的视频文件不再是 Flash CS5 动画作品，但是在 QuickTime 中播放和在 Flash Player 中播放完全一样，可以保留所有的交互功能。

当选择以该格式输出时，将弹出如图 11-13 所示的【QuickTime Export 设置】对话框。

对话框中的各个选项的含义介绍如下：

◆ 呈现宽度/呈现高度：Flash 影片导出为 QuickTime 视频的宽度和高度。

◆ 忽略舞台颜色：使用舞台颜色创建一个 Alpha 通道。

Alpha 通道是作为透明轨道进行编码的，这样，用户就可以将导出的 QuickTime 影片叠加在其它内容上面以改变背景颜色或场景。 若要创建带有 alpha 通道的 QuickTime 视频，必须选择支持 32 位编码和 alpha 通道的视频压缩类型。 支持它的编解码器包括动画、PNG、Planar RGB、JPEG 2000、TIFF 或 TGA。 还必须从"压缩程序/深度"设置中选择"百万颜色"。 若要设置压缩类型和颜色深度，则单击【影片设置】对话框的"视频"列表中的【设置】按钮。

◆ 到达最后一帧时：将整个 Flash 文档导出为影片文件。

◆ 经过指定时间后：设置要导出的 Flash 文档的持续时间。

◆ QuickTime 设置：单击该按钮，将打开 QuickTime 高级设置对话框，指定自定义的 QuickTime 设置。

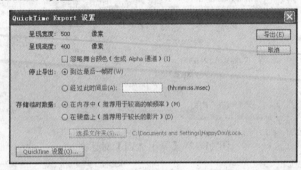

图 11-13 【QuickTime Export 设置】对话框

通常，对于大多数应用程序而言，使用默认的 QuickTime 设置就可以获得最佳的回放性能。当然，用户也就根据需要指定设置。

11.6 打包动画文件

在网页中浏览 Flash 动画时，需要安装 Flash 的插件；如果没有安装 Flash 的插件而又希望欣赏 Fash 动画，可以将动画打包成可独立运行的 EXE 可执行文件。该文件不需要附带任何程序就可以在 Windows 系统中播放，并且和原 Flash 动画的效果一样。

若要打包 Flash 动画，创建 EXE 可执行文件，请执行以下操作之一：

◆ 执行【文件】/【发布设置】命令，在【格式】选项卡中选择【Windows 放映文件】，然后执行【发布】命令即可生成 EXE 文件。

◆ 在 Windows 操作系统的资源管理器中，浏览到 Adobe Flash CS5 安装目录下的【Players】文件夹，双击其中的 FlashPlayer.exe 文件，将会出现 Flash 动画播放器。在播放器中执行【文件】/【打开】命令打开一个 Flash 动画，然后执行【文件】/【创建播放器】命令。在【另存为】对话框中，选择好路径和文件名，单击【保存】按钮即可生成 EXE 文件。

通过以上的两种方法打包动画文件后，只要双击打包后的文件，系统就会自动打开一个 Flash 动画播放器，并在其中播放动画。

11.7 思考与练习

（1）与以往的版本相比，Flash CS5 增加了哪些新功能和新特点？

（2）Flash CS5 的操作界面由哪几部分组成？请简述每个部分的作用。

（3）Flash 中的哪些功能可以支持确保获得压缩的、流媒体格式的高品质视频？

第 **12** 章

处理图像与文本

图形和文本是 FLASH 动画的基本组成部分，熟练掌握这些知识点是用户使用 FLASH 创作作品的先决条件。本章主要介绍 Flash CS5 绘图工具栏中的有关工具的使用方法和技巧、传统文本类型以及 TLF 文本类型的区别、输入文本的方法和技巧。在本章的最后给出两个具体的实例，对前面的知识加以综合应用。希望读者通过本章的学习，可以掌握创建、使用图形、文本的基本方法。

 学 习 要 点

- 绘制、处理图像
- 对象的基本操作
- 文本处理方法

12.1 绘制、处理图像

所有的动画都是把平面图形连接起来产生的。为了制作美观的动画效果，创建各种精美的图形元素或图像是必不可少的。Flash 提供了一些平面创作工具，不必借助图像处理软件就可以创建、编辑丰富的矢量图，并引入了滤镜，加强了在设计中 Flash 对图像的控制能力。此外，Flash 还为用户提供了强大的文本技术支持，可以创建不同风格的文字对象。

熟练地掌握 Flash 的基本绘图方式和工具，以及创建、编辑文本的方法和工具，能够帮助用户创建合适的图形效果，也是成功制作 Flash 动画的必要条件。

前一章已对绘图工具箱进行了简单的介绍。本节将介绍使用绘图工具箱中的工具创建基本的矢量图形的方法。

12.1.1 线条绘制工具

在 Flash CS5 中，线条的绘制是最简单的图形绘制，用户可以通过绘图工具箱里的直线工具、铅笔工具以及钢笔工具在舞台上绘制出需要的线条。

1. 直线工具

直线工具专门用于绘制各种不同方向的矢量直线段。选择绘图工具箱里的直线工具，在工作区右侧的属性设置面板里设置直线的笔画颜色、线条宽度和风格、笔触样式和路径终点的样式后，在舞台上按住鼠标左键并拖动线条到终点处释放，即可绘制线条。

如果在属性面板中选择了【提示】，可以在全像素下调整直线锚记点和曲线锚记点，防止出现模糊的垂直或水平线。按住 Shift 键拖动鼠标可将线条方向限定为水平、垂直或斜向 45° 方向。

如果需要对矢量线条进行更详细的设置，可单击属性面板中 "样式" 下拉列表右侧的按钮，打开【笔触样式】对话框进行设置。

2. 铅笔工具

利用 Flash CS5 提供的铅笔工具，可以绘制出随意、变化灵活的直线或曲线。

单击绘图工具箱中的铅笔工具，并在绘图工具箱底部的 "选项" 区域选择绘画模式和铅笔样式，在属性设置面板中设置矢量线的宽度、线型和颜色，然后拖动鼠标在舞台上移动即可进行绘制。按住 Shift 键拖动可将线条限制为垂直或水平方向。

自 Flash 8 开始，Flash 中增加了对象绘制模式，用该模式创建的图形是独立的对象，且在叠加时不会自动合并，分离或重排重叠图形时，也不会改变它们的外形。如果没有选择，则采用默认的合并绘制模式，即重叠绘制的图形时，图形会自动进行合并。例如，如果绘制一个多边形并在其上方叠加一个椭圆形，然后选取椭圆并进行移动，则会删除多边形上被椭圆形覆盖的那部分,如图 12-1 所示。支持 "对象绘制" 模型的绘画工具有：铅笔、线条、钢笔、刷子、椭圆、矩形和多边形工具。

图 12-1　合并模式

按下 按钮可以选择铅笔绘制的样式：伸直、平滑或墨水。选择【伸直】，则绘制出来的曲线趋向于规则的图形；选择【平滑】，则绘制出的图形边缘的棱角会尽可能地光滑；选择【墨水】，则绘制出来的曲线不做任何调整，显示实际的绘制效果。

3. 钢笔工具

Flash "借用"了 Illustrator 和 After Effects 中的钢笔工具，改良后的钢笔工具可以对点和线进行 Bézier 曲线控制，绘制更加复杂、精确的曲线。

选择钢笔工具后，在属性设置面板上选择钢笔的线型、线宽和颜色。在舞台上单击鼠标左键绘制一个点，然后在舞台上再次单击鼠标左键绘制第二个点，起点和第二个点之间会自动绘制出一条直线，如图 12-2 所示；如果在第二个点按下鼠标不放并拖动鼠标，则会在第一个点和第二个点之间绘制出一条曲线，如图 12-3 所示，这两个点被称为节点。重复以上操作绘制需要的曲线。绘制完成，如果要结束开放的曲线，可以用鼠标双击最后一个节点，或再次单击绘图工具栏上的钢笔工具。如果要结束封闭曲线，可以将鼠标放置在开始的锚点上，这时在鼠标指针上会出现一个小圆圈，单击鼠标就会形成一个封闭的曲线。

图 12-2　绘制直线　　　　　　　　　　图 12-3　绘制曲线

绘制曲线后，还可以在曲线中添加、删除以及移动某些节点。选择钢笔工具，将鼠标在曲线上移动，当鼠标箭头变成钢笔形状，并且在钢笔的左下角出现一个 "+"号时，单击鼠标左键，就会增加一个节点。如果将鼠标移动到一个已有的节点上，鼠标箭头会变成钢笔形状，并且在钢笔的左下角出现一个 "-"号，此时单击鼠标，就会删除该节点，而曲线也重新绘制。

还可以利用【首选参数】对话框设置钢笔工具的一些属性。选择【编辑】/【首选参数】命令弹出【首选参数】对话框，单击【编辑】标签，可以在该对话框中设置钢笔的如下属性：

◆ 【显示钢笔预览】：如果选择该项，可以在绘制曲线时进行预览。

◆ 【显示实心点】：将未选择的锚点显示为实点，将当前选择的锚点显示为空心点。

◆ 【显示精确光标】：如果选择该项，可以将选择钢笔工具后的鼠标变成十字指针。

📖12.1.2 填充绘制工具

使用形状绘制工具绘制出来的图形不仅包括矢量线，还能够在矢量线内部填充色块，除此之外，用户可以根据具体的需要，取消矢量线内部的填充色块或外部的矢量线。

1. 椭圆工具

选择椭圆工具 ○，在属性设置面板中设置椭圆的线框颜色、线框大小、样式等线框属性与填充颜色等属性。然后在舞台上拖动鼠标，确定椭圆的轮廓后，释放鼠标，规定长度与宽度的椭圆就显示在舞台上。使用椭圆工具绘制图形时，按住 Shift 键可以绘制出正圆。

如果只想绘制椭圆轮廓线，在选中椭圆工具后，单击属性面板上的的填充色图标，在弹出的颜色面板右上角单击☑按钮，取消填充色。如果只想绘制椭圆色块，在选中椭圆工具后，单击属性面板上的笔触填充图标，在弹出的颜色面板中单击☑按钮。

Flash CS5 丰富了绘图功能，用户还可以设置椭圆工具的内径绘制出圈环，设置起始/结束角度绘制弧线。效果如图 12-4 所示。图 a 内径为 72，起始/结束角度均为 0，勾选了【闭合路径】与否不影响绘图效果；图 b 内径为 72，起始角度为 60，结束角度为 120，且勾选了【闭合路径】复选框；图 c 与图 b 的区别是没有勾选【闭合路径】复选框；图 d 内径为 0，且闭合路径；图 e 与图 d 的区别是没有闭合路径。

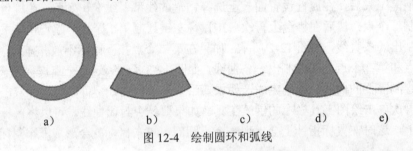

图 12-4　绘制圆环和弧线

在 Flash CS5 中，除了"合并绘制"和"对象绘制"模型以外，"椭圆"和"矩形"工具还提供了图元对象绘制模式。

使用图元椭圆工具或图元矩形工具创建椭圆或矩形时，不同于使用对象绘制模式创建的形状，Flash 将形状绘制为独立的对象。利用属性面板可以指定图元椭圆的开始角度、结束角度和内径以及图元矩形的圆角半径，如图 12-5 所示。图左侧是使用椭圆工具绘制的椭圆，椭圆的边线与填充色块是分离的；右侧的图是使用图元椭圆工具绘制的椭圆，是一个整体形状。

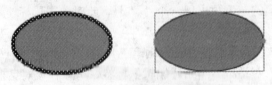

图 12-5　椭圆和图元椭圆

📖说明　只要选中图元椭圆工具，属性面板就将保留上次编辑的图元对象的值。

2. 矩形工具

使用矩形工具不但可以绘制矩形，还可以绘制矩形轮廓线。矩形工具的使用方法与椭圆工具类似。在此不再赘述。下面介绍一下绘制圆角矩形的方法。

选择矩形工具后，在属性面板的"矩形选项"区域拖动滑块可以设置矩形圆角的半径，值越大，矩形的圆角半径就越明显。效果如图 12-6 所示。

图 12-6　不同圆角半径的矩形

当矩形的圆角半径设置为 100 时，如果矩形的宽和高相等，则绘制的图形将是正圆。

默认情况下，矩形的 4 个圆角半径大小一样，单击 ⬭ 按钮，可以分别设置 4 个角的边角半径。设置好半径后，在舞台上拖动鼠标即可绘制圆角矩形，如图 12-7 所示。

如果对设置的半径不满意，单击【重置】按钮可以清除设置。

3. 画笔工具

画笔工具可以用来建立自由形态的矢量色块，可以随意绘制出形状多变的色块。

选中画笔工具之后，在绘图工具箱中的【选项】区域将出现 4 种属性，可以设置画笔的大小、形状、颜色以及画笔模式。

画笔模式的属性可以用来设置画笔对舞台中其他对象的影响方式。画笔模式包含 5 种子模式，其功能分别如下：

◆ 【标准绘画】：在这种模式下，新绘制的线条覆盖同一层中原有的图形，但是不会影响文本对象和引入的对象，如图 12-8 所示。

◆ 【颜料填充】：在这种模式下，只能在空白区域和已有矢量色块的填充区域内绘图，并且不会影响矢量线的颜色，如图 12-9 所示。

图 12-7　不同圆角半径的矩形　　图 12-8　【标准绘画】模式　　图 12-9　【颜料填充】模式

◆ 【后面绘画】：在这种模式下，只能在空白区绘图，不会影响原有的图形，只是从原有图形的背后穿过，如图 12-10 所示。

◆ 【颜料选择】：在这种模式下，只能在选择区域内绘图，也就是说必须也选择一个区域，然后才能在被选区域中绘图，而不会影响到矢量线和未填充的区域，如图 12-11 所示。

◆ 【内部绘画】：在这种模式下，可分为两种情况：一种情况是当画笔起点位于图形之外的空白区域，在经过图形时，从其背后穿过；第二种情况是当画笔的起点位于图形的内部时，只能在图形的内部绘制图，如图 12-12 所示。

  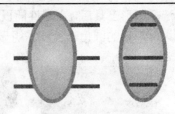

图 12-10 【后面绘画】模式　图 12-11 【颜料选择】模式　图 12-12 画笔的【内部绘画】模式

　　画笔的锁定填充选项用于切换在使用渐变色进行填充时的参照点，当 弹起时，是非锁定填充模式，单击该按钮，即可进入锁定填充模式。

　　在非锁定填充模式下，以现有图形进行填充，即在画笔涂过的地方，都包含着一个完整的渐变过程，如图 12-13 所示。当画笔处于锁定状态时，以系统确定的参照点为准进行填充，完成渐变色的过渡是以整个动画为完整的渐变区域，画笔涂到什么区域，就对应出现什么样的渐变色，如图 12-14 所示。

 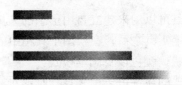

图 12-13 画笔未锁定状态的效果　　　图 12-14 画笔锁定状态的效果

12.1.3 擦除工具

　　橡皮工具主要用来擦除舞台上的对象，选择绘图工具箱中的橡皮工具后，可以在工具箱底部的选项区域设置擦除模式和橡皮擦形状。

　　单击橡皮工具选项区域的"橡皮擦模式"按钮，可以设置以下 5 种不同的擦除模式。

　　标准擦除：鼠标变成橡皮状，它可以擦除矢量图形、线条、打散的位图和文字。

　　擦除填色：用鼠标拖动擦除图形时，可以擦除填充色块、打散的位图和文字。如图 12-15 所示，不能擦除矢量线。

图 12-15 擦除填色前后的效果

　　擦除线条：用鼠标拖动擦除图形时，只可以擦除矢量线，不能擦除填充色块。效果如图 12-16 所示。

　　擦除所选填充：只可以擦除已被选择的填充色块和打散的位图和文字，没有选中的填充色块或文字不能擦除。

　　内部擦除：擦除图形时，只可以擦除连续的、不能分割的填充色块。

图 12-16　擦除线条的效果

选择了水龙头工具之后，鼠标指针会变成水龙头工具形状，此时就可以使用水龙头工具进行擦除对象。它与橡皮擦除的区别在于，橡皮只能够进行局部擦除，而水龙头工具可以一次性擦除。只需单击线条或填充区域中的某处就可擦除线条或填充区域。它的作用有如先选择线条或填充区域，然后按 Delete 键。

Flash CS5 提供了 10 种大小不同的橡皮形状选项，用鼠标单击即可选择橡皮形状。

12.1.4　填充工具

Flash 中的填充工具有三种：墨水瓶、颜料桶和吸管。

1. 墨水瓶工具

墨水瓶工具用来改变已经存在的线条或形状的轮廓线的笔触颜色，宽度和样式。

单击绘图工具箱里的墨水瓶工具，在属性面板中设置墨水瓶使用的笔触颜色，线宽以及线性，然后单击舞台中的对象即可应用对笔触的修改。如果单击一个没有轮廓线的区域，墨水瓶工具会为该区域增加轮廓线；如果该区域已经存在轮廓线，则它会把该轮廓线改为墨水瓶工具设定的样式。效果如图 12-17 所示。

图 12-17　描边前后的效果

读者需要注意的是，如果要为文字描边，就先分离文本。

2. 颜料桶工具

颜料桶工具用于填充颜色、渐变色以及位图到封闭的区域。它既可以填充空的区域，也可以更改已经涂色区域的颜色。颜料桶工具经常会和吸管工具配合使用。当吸管工具单击的对象是填充物的时候，它将首先获得填充物的各种属性，然后自动转换成为颜料桶工具。

单击颜料桶工具，在工具箱底部的选项区域选择空隙大小的填充选项及是否锁定填充，并在属性面板里设置图形的填充颜色，然后单击要填充的形状或者封闭区域即可完成颜色的填充。

不封闭空隙：只有区域完全闭合时才可以填充。

封闭小空隙：当区域存在较小空隙时可以填充。

封闭中等空隙：当区域存在中等空隙时可以填充。

封闭大空隙：当区域存在较大空隙时可以填充。

3. 吸管工具

在 Flash 中，使用吸管工具可以不必重复设置对象的填充属性，只要吸取选定对象的某些属性，再将这些属性赋给其他目标图形即可。吸管工具可以吸取矢量线、矢量色块的属性，还可以吸取导入的位图和文字的属性。

在绘图工具栏中单击吸管工具按钮 ，鼠标指针变为吸管形状，单击要将其属性应用到其它笔触或填充区域的笔触或填充区域，即可拾取相应的颜色或填充样式。然后单击要应用颜色或填充样式的笔触或区域即可。

📖 12.1.5 选取和变形工具

由于动画是在平面的基础上进行创作的，Flash 作为一个动画制作的专业软件，几乎包括了大多数平面图像软件的所有功能。本节将讲解一些比较常用的编辑工具。

1. 黑色箭头工具

黑色箭头工具 主要用于选择对象，选中对象后，还可以移动对象。下面介绍几种不同性质的对象的选择：

◆ 单击图形的矢量线，只能选择一条边线。

◆ 双击矢量线，会将与这条矢量线相连的所有外框矢量线同时选中。

◆ 在矢量色块上单击，可以选中这部分矢量色块，而不会选择矢量线外框。

◆ 双击矢量色块，连同这部分色块的矢量线外框同时被选中。

◆ 按下鼠标左键不放拖动鼠标，用拖曳的矩形线框可以选择多个对象；按住 Shift 键，然后单击需要选择的对象，也可以选择多个对象。

◆ 按下鼠标左键不放拖动鼠标，用拖曳的矩形线框可以规则地选择矢量图形的一部分区域。

除了选择对象之外，黑色箭头工具还可以任意修改矢量线的弧度和矢量色块的外形。选择黑色箭头工具，将鼠标指针移动到矢量线上，当黑色箭头工具出现弧形符号时，拖动矢量线到合适的弧度，然后松开鼠标即可修改矢量线的弧度。将鼠标指针移动到矢量线的连接点，当出现方形符号时，拖动鼠标可以对矢量线连接点位置进行修改。

选中图形后，多次单击黑色箭头的平滑按钮 或伸直按钮 ，可以使选中图形的矢量线和矢量色块的边缘变得更加平滑或尖锐，如图 12-18 和图 12-19 所示。

2. 白色箭头工具

白色箭头工具也称为部分选取工具，可以调整曲线中的直线线段，还可以通过调整锚点的位置和切线来调整曲线线段的形状。

图 12-18　平滑前后的效果　　　　　　　图 12-19　伸直前后的效果

使用白色箭头工具在舞台上拖出一个矩形，可以选择矢量对象。选中的矢量对象会显示出曲线的锚点和切线的端点。如图 12-20 所示。矢量线上的各个点相当于用钢笔绘制曲线时加入的锚点。将鼠标指针移动到某个锚点上，会出现一个空心圆点，按下鼠标，再拖动鼠标，就可以调整某段曲线的形状，如图 12-21 所示。

图 12-20　选择矢量图形范区　　　　　　图 12-21　调整曲线

3. 套索工具

选择不规则的区域，就要用到即将介绍的套索工具了。使用套索工具的时候，有 3 种套索模式可供选择：

自由选取模式：是系统默认的模式。只要按下鼠标左键，并在工作区内拖动鼠标，即可沿鼠标运动轨迹产生一条不规则的黑线，如图 12-22 左图所示。拖动的轨迹既可以是封闭区域，也可以是不封闭的区域，套索工具都可以建立一个完整的选择区域，如图 12-22 右图所示。单击套索工具选项栏的❌按钮即可进入魔术棒模式，将鼠标指针移动到某种颜色处，当鼠标变成❌时，单击鼠标左键，即可将该颜色以及和该颜色相近的颜色图形块都选中。这种模式主要用于编辑色彩变化细节比较丰富的对象。

图 12-22　使用套索工具选取前后的效果

魔术棒选取模式：可单击❌按钮打开【魔术棒设置】对话框对魔术棒的属性进行设置。其中，"阈值"用于设置魔术棒选取对象时的容差范围。

多边形模式：单击❌按钮即可进入，将鼠标移动到舞台中，单击鼠标，再将鼠标移动到下一个点，单击鼠标，重复上述步骤，就可以绘制一个多边形选择区域。双击鼠标即可结束选择。

4. 自由变形工具

使用自由变形工具，可以对舞台上的对象以某一点为圆心，作任意角度的旋转、倾斜和变形。其具体的操作如下：

使用黑色箭头工具选择要进行变换的对象，然后单击绘图工具箱中的 ▦ 按钮，在【选项】栏中选择需要的变换按钮。此时，对象的四周出现黑色的变换框。

◆ 单击 ⟳ 按钮后，将鼠标指针移动到变形框 4 个角上的任意一个手柄上，鼠标指针将变成旋转图标，此时按下鼠标左键不放并拖动鼠标，即可旋转对象。将鼠标指针移动到其他变形手柄上时，按下鼠标左键不放并拖动鼠标，即可在垂直或水平方向上倾斜对象。

◆ 单击 ◳ 按钮后，将鼠标指针移动到变形框 4 个角上任意一个手柄，鼠标的指针会变成双向箭头，此时按住鼠标左键不放，沿箭头方向拖动鼠标，就可以对图形进行等比例缩放。拖动变形框 4 条边中间的调节手柄，则可以进行不等比例缩放。

◆ 单击 ◰ 按钮，将鼠标指针移动到变形框的任意一个手柄，鼠标的指针会变成一个三角形，此时按住鼠标左键不放，沿箭头方向拖动鼠标，就可以对矩形进行扭曲。

◆ 单击 ◳ 按钮，将鼠标指针移动到变形框的任意一个手柄，按住鼠标左键拖动控点，就可以对矩形进行封套变形。变形后的效果如图 12-23 所示。

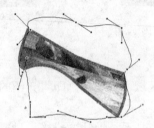

图 12-23　使用【封套】命令变形前后

⚠ **注意**：封套操作只适用于矢量图形，所以如果选择的对象中包含了非矢量图形，变形将只会对矢量图形起作用。

5. 渐变变形工具

渐变变形工具用于调整渐变颜色的渐变方向、对应色的填充位置和缩放渐变色色阶区域的长度。使用填充变形工具就可以调整线性渐变填充样式，也可以调整辐射渐变填充样式，还可以调整位图图填充样式。

◆ 调整线性渐变填充样式

（1）单击渐变变形工具，然后单击需要调整的线性渐变填充图形的填充区域，可以看到调整外框有一个圆形手柄和一个方形手柄，如图 12-24b 所示。

（2）使用鼠标拖曳位于渐变线中点的圆形手柄，可以移动渐变中心位置，如图 12-24c 所示。

（3）拖动渐变线上的方形手柄，可以调整两条渐变线的距离；拖动渐变线上的圆形手柄可以旋转填充效果，如图 12-24d 所示。

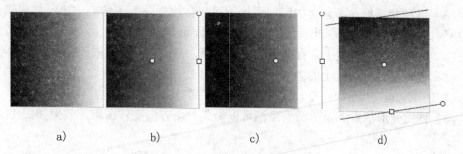

图 12-24　调整线型渐变填充样式

◆　调整辐射渐变填充样式

（1）单击渐变变形工具，可以看到辐射渐变调整外框有三个圆形手柄和一个方形手柄，如图 12-25a 所示。

（2）拖曳位于圆心中点的圆形手柄，可以移动填充色块中心亮点的位置，如图 12-25b 所示。

（3）拖曳位于圆周上的方形手柄，可以调整填充色块的渐变圆的长宽比例，如图 12-25c 所示。

（4）拖曳位于圆周上紧挨着方形手柄的圆形手柄，可以调整填充色块渐变圆的大小，如图 12-25d 所示。

（5）拖曳位于圆周上的另一个圆形手柄，可以调整填充色块渐变圆的倾斜方向，如图 12-25e 所示。

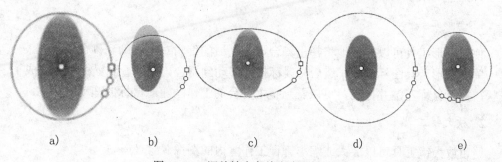

图 12-25　调整填充色块渐变圆的参数

Flash 除了可以进行渐变填充之外，还提供了位图填充的功能。操作方法如下：

（1）选择【窗口】/【颜色】命令调出【颜色】面板，在【颜色】面板的【类型】下拉列表中选择【位图填充】。

（2）单击【颜色】面板底部的【导入】按钮导入一幅位图。

（3）在绘图工具箱中选择颜料桶工具，然后单击要填充的图形内部，即可使用位图填充封闭区域。

◆　调整填充的位图

（1）选择渐变变形工具，再用鼠标单击填充了位图的图形，可以看到 4 个小圆形手柄和三个小方形手柄，如图 12-26a 所示。

（2）拖曳变形框中心的圆形手柄可以调整位图的位置，效果如图 12-26b 所示。

（3）拖动变形框左下角上的圆形手柄，可以按比例改变图像的大小，如果填充的位图缩小到比绘制的图形小，则使用同一幅位图多次填充。

（4）拖动变形框边线上带有箭头的方形手柄，可以沿一个方向改变图像的大小。

（5）拖动变形框边线上的菱形手柄，可以改变图像的倾斜度，而且不会影响图像的大小，如图 12-26c 所示。

（6）拖曳变形框右上角的圆形手柄可以沿某一个方向旋转图像，效果如图 12-26d 所示。

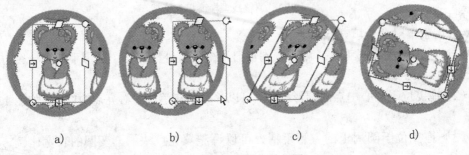

图 12-26　调整填充的位图

📖 12.1.6　视图工具

Flash 中的视图工具有两种：手形工具和缩放工具。使用这两种工具，可以方便地查看工作区中的细节或整体布局。

1. 手形工具

使用手形工具可以方便地将超出舞台显示区域的编辑对象移动到舞台中。

单击手形工具图标按钮，然后将鼠标指针移动到舞台，可以看到鼠标指针变成了手的形状，按下鼠标左键并拖曳，可以看到整个舞台的工作区随着鼠标的拖动而移动。

2. 放大镜工具

使用放大镜工具可以放大或缩小舞台工作区内的图像。

在绘图工具箱中选择放大镜工具，并在绘图工具箱的选项区域选择缩放工具，其中，有加号图标的表示放大，有减号图标的表示缩小，然后按下鼠标左键并拖动鼠标选择需要缩放的区域，即可缩放指定区域。

📖 12.1.7　3D转换工具

除了以上常用工具之外，Flash CS5 绘图工具箱中还有 6 个很实用的工具：3D 旋转工具、3D 平移工具、喷涂刷工具、Deco 工具、骨骼工具和绑定工具。利用这些工具，可以在很大程度上增强 Flash 的动画表现力。

3D 转换工具包括 3D 旋转和 3D 平移，借助这两个工具，用户可以在舞台的 3D 空间中移动和旋转影片剪辑来创建 3D 效果。将这两种效果中的任意一种应用于影片剪辑之后，Flash 会将其视为一个 3D 影片剪辑，每当选择该影片剪辑时就会显示一个重叠在其上面的彩轴指示符（x 轴为红色、y 轴为绿色，z 轴为蓝色）。

提到 3D 平移和 3D 旋转，读者有必要了解"全局 3D 空间"和"局部 3D 空间"的概念。全局 3D 空间即为舞台空间，全局旋转和平移与舞台相关。局部 3D 空间即为影片剪辑空间，局部旋转和平移与影片剪辑空间相关。3D 平移和旋转工具的默认模式是全局，读者可以单击工具箱底部的"全局"切换 按钮进行切换。

注意：如果要使用 Flash CS5 的 3D 功能，FLA 文件的发布设置必须设置为 Flash Player 10 和 ActionScript 3.0。

使用 3D 平移工具 选择影片剪辑之后，影片剪辑的 x、y 和 z 三个轴将显示在影片剪辑的中心。x 轴为红色、y 轴为绿色，而 z 轴为蓝色，如图 12-27 所示。

图 12-27　使用 3D 平移工具选择影片剪辑　　　　图 12-28　沿 Z 轴平移影片剪辑

若要移动 3D 空间中的单个对象，可以执行以下操作：

（1）在工具面板中选择 3D 平移工具 ，并在工具箱底部选择局部或全局模式。

（2）用 3D 平移工具选择舞台上的一个影片剪辑实例。

（3）请将鼠标指针移动到 x、y 或 z 轴控件上，此时鼠标指针的形状将发生相应的变化。例如，移到 x 轴上时，指针变为 ，移到 y 轴上时，显示为 。

（4）按控件箭头的方向按下鼠标左键拖动，即可沿所选轴移动对象。

沿 x 轴或 y 轴移动对象时，对象将水平方向或垂直方向直线移动，图像大小不变；沿 z 轴移动对象时，对象大小发生变化，从而使对象看起来离查看者更近或更远。效果如图 12-28 所示。

此外，读者还可以打开 3D 平移工具的属性面板，在"3D 定位和查看"区域通过设置 X、Y 或 Z 的值以平移对象。当在 z 轴上移动对象，或修改属性面板上 z 轴的值时，【高度】和【宽度】的值将随之发生变化，表明对象的外观尺寸发生了变化。这些值是只读的。

（5）单击属性面板上 右侧的文本框，可以设置 FLA 文件的透视角度。

（6）单击属性面板上 右侧的文本框，可以设置 FLA 文件的消失点。

FLA 文件中所有 3D 影片剪辑的 z 轴都朝着消失点后退。通过重新定位消失点，可以更改沿 z 轴平移对象时对象的移动方向。通过调整消失点的位置，可以精确控制舞台上 3D 对象的外观和动画。例如，如果将消失点定位在舞台的左上角 $(0,0)$，则增大影片剪辑的 Z 属性值可使影片剪辑远离查看者并向着舞台的左上角移动。

若要将消失点移回舞台中心，则单击属性面板上的【重置】按钮。

使用 3D 旋转工具 选择影片剪辑之后，3D 旋转控件出现在舞台上的选定对象之上。X 控件显示为红色、Y 控件显示为绿色、Z 控件显示为蓝色，自由旋转控件显示为橙色，如图 12-29 所示。

图 12-29　使用 3D 旋转工具选中影片剪辑　　图 12-30　使用自由旋转控件旋转影片剪辑

若要旋转 3D 空间中的单个对象，可以执行以下操作：

（1）在工具面板中选择 3D 旋转工具 ，并在工具箱底部选择局部或全局模式。

（2）用 3D 旋转工具选择舞台上的一个影片剪辑实例。

（3）请将鼠标指针移动到 x、y、z 轴或自由旋转控件之上，此时鼠标指针的形状将发生相应的变化。

（4）拖动一个轴控件以绕该轴旋转。左右拖动 x 轴控件可绕 x 轴旋转。上下拖动 y 轴控件可绕 y 轴旋转。拖动 z 轴控件进行圆周运动可绕 z 轴旋转。拖动橙色的自由旋转控件可同时绕 x 和 y 轴旋转，效果如图 12-30 所示。

移动旋转中心点可以控制旋转对于对象及其外观的影响。若要相对于影片剪辑重新定位旋转控件中心点，则需要移动中心点。若要按 45° 增量约束中心点的移动，可以在按住 Shift 键的同时进行拖动。双击旋转中心点可将其移回所选影片剪辑的中心。所选对象的旋转控件中心点的位置可以在【变形】面板的【3D 中心点】区域查看或修改。

若要重新定位 3D 旋转控件中心点，可以执行以下操作之一：

● 拖动中心点到所需位置。

● 按住 Shift 并双击一个影片剪辑，可以将中心点移动到选定的影片剪辑的中心。

● 双击中心点，可以将中心点移动到选中影片剪辑组的中心。

（5）调整透视角度和消失点的位置。

12.1.8 喷涂刷和Deco工具

喷涂刷和 Deco 工具是自 Flash CS4 引入的两个装饰性绘画工具。使用这两个工具，可以将创建的图形形状转变为复杂的几何图案。

喷涂刷的作用类似于粒子喷射器，使用它可以一次将形状图案"刷"到舞台上。默认情况下，喷涂刷使用当前选定的填充颜色喷射粒子点。读者也可以将影片剪辑或图形元件作为图案应用。

喷涂刷工具的使用方法如下：

01 新建一个文档，单击选中绘图工具箱中的喷涂刷工具 。

02 切换到喷涂刷的属性面板，单击【编辑】按钮下方的色块，选择默认喷涂点的填充颜色。或者单击【编辑】按钮，从打开的【库】面板中选择一个自定义的影片剪辑或图形元件作为喷涂刷"粒子"。

03 单击【缩放宽度】后面的字段，可以输入值设置喷涂粒子的元件的宽度。例如，输入 10 将使元件宽度缩小 10%；输入 200 将使元件宽度增大 200%。同理，设置喷涂粒子的元件的高度。

04 如果需要按随机缩放比例将每个基于元件的喷涂粒子放置在舞台上，则选中【随机缩放】复选框。

05 如果希望围绕中心点旋转基于元件的喷涂粒子，则选中【旋转元件】复选框。

06 如果希望按随机旋转角度将每个基于元件的喷涂粒子放置在舞台上，则选中【随机旋转】复选框。

07 如果不使用库中的元件作为喷涂粒子，可以在【画笔】区域设置默认喷涂粒子的宽度和高度，以及应用到喷涂粒子的顺时针旋转量。

08 设置好以上选项之后，在舞台上要显示图案的位置单击或拖动，即可使用默认形状的粒子或基于元件的粒子进行喷涂。效果如图 12-31 所示。

图 12-31　喷涂刷效果

左图是作为喷涂粒子的库中的元件，右图是两次使用喷涂刷后的效果。

使用 Deco 绘画工具可以对舞台上的选定对象应用效果。Flash CS5 针对设计师为 Deco 工具新增了一整套刷子：建筑物刷子、装饰性刷子、火焰动画、火焰刷子、花刷子、闪电刷子、粒子系统、烟动画、树刷子。点击库中的资源即可直接在 Photoshop 中编辑它们，为任何设计元素添加高级动画效果。

Deco 工具的使用方法如下：

01 新建一个文档，单击选中绘图工具箱中的 Deco 工具 。

02 切换到 Deco 工具的属性面板，单击【绘图效果】下方的按钮，可以从弹出的下拉列表中选择 Deco 工具的绘制效果。

- 藤蔓式填充：用藤蔓式图案填充舞台、元件或封闭区域。
- 网格填充：使用网格填充效果可创建棋盘图案、平铺背景或用自定义图案填充的区域或形状。将网格填充绘制到舞台后，如果移动填充元件或调整其大小，则网格填充将随之移动或调整大小。
- 对称刷子：围绕中心点对称排列元件。在舞台上绘制元件时，将显示一组手柄。可以使用手柄通过增加元件数、添加对称内容或者编辑和修改效果的方式来控制对称效果。
- 3D 刷子：在舞台上对某个元件的多个实例进行涂色，在舞台顶部附近缩小元件，并在舞台底部附近放大元件，使其具有 3D 透视效果。
- 建筑物刷子：在舞台上绘制建筑物。建筑物的外观取决于为建筑物属性选择的值。
- 装饰性刷子：绘制装饰线，例如点线、波浪线及其他线条。
- 火焰动画刷子：可以创建程式化的逐帧火焰动画。
- 火焰刷子：在时间轴的当前帧中的舞台上绘制火焰。
- 花刷子：可以在时间轴的当前帧中绘制程式化的花。
- 闪电刷子：可以创建闪电，以及创建具有动画效果的闪电。
- 粒子系统刷子：可以创建火、烟、水、气泡及其他效果的粒子动画。
- 烟动画刷子：可以创建程式化的逐帧烟动画。
- 树刷子：可以快速创建树状插图。

03 单击【编辑】按钮下方的色块，可以选择默认装饰图案的填充颜色。或者单击【编辑】按钮，从打开的【库】面板中选择一个自定义的影片剪辑或图形元件作为装饰图案。

04 在属性面板上编辑填充效果的选项。应用某种填充效果之后，将无法更改属性检查器中的高级选项以改变填充图案。

如果选中【藤蔓式填充】效果，读者还可以指定填充形状的分支角度、分支颜色和图案缩放比例，等等属性。

- 分支角度：指定分支图案的角度。
- 分支颜色：单击【分支角度】右侧的色块，可以在弹出的颜色板中指定用于分支的颜色。
- 图案缩放：缩放操作会使对象同时沿水平方向（沿 x 轴）和垂直方向（沿 y 轴）放大或缩小。
- 段长度：指定叶子节点和花朵节点之间的段的长度。
- 动画图案：指定效果的每次迭代都绘制到时间轴中的新帧。在绘制花朵图案时，此选项将创建花朵图案的逐帧动画序列。
- 帧步骤：指定绘制效果时每秒要横跨的帧数。

如果选中【网格填充】，则可以指定填充形状的水平间距、垂直间距和缩放比例。

- 水平间距：指定网格填充中所用形状之间的水平距离（以像素为单位）。

- 垂直间距：指定网格填充中所用形状之间的垂直距离（以像素为单位）。

如果选中了【对称刷子】，则可以指定填充形状对称排列的方式。

- 绕点旋转：围绕指定的固定点旋转对称中的形状。默认参考点是对称的中心点。填充效果如图 12-32 所示。

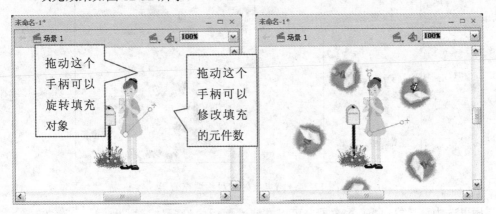

图 12-32　绕点旋转的对称填充效果

若要围绕对象的中心点旋转对象，请按下圆形手柄 进行拖动。

若要修改元件数，可以按下圆形手柄 进行拖动。

- 跨线反射：跨指定的不可见线条等距离翻转形状。如图 12-33 所示。

图 12-33　跨线反射的对称填充效果

在图 12-33 左起第二个图中左右移动鼠标，可以调整对称图形之间的距离。

按下圆形手柄 进行拖动，填充的形状将随之进行相应的旋转，如图 12-33 右图所示。

- 跨点反射：围绕指定的固定点等距离放置两个形状。效果如图 12-34 所示。

按下绿色的圆形手柄拖动，可以调整对称元件的位置。

- 网格平移：使用按对称效果绘制的形状创建网格。每次在舞台上单击 Deco 绘画工具都会创建形状网格。使用由对称刷子手柄定义的 x 和 y 坐标调整这些形状的高度和宽度。

- 测试冲突：不管如何增加对称效果内的实例数，可防止绘制的对称效果中的形状相互冲突。取消选择此选项后，会将对称效果中的形状重叠。

05 设置好以上选项之后，如果选择的是【藤蔓式填充】或【网格填充】效果，则单击舞台，或者在要显示填充图案的形状或元件内单击，即可应用设置的填充图案。如果选择的是【对称刷子】效果，则单击舞台上要显示对称刷子插图的位置，然后使用对称刷子手柄调整对称的大小和元件实例的数量，即可应用设置的填充图案。

图 12-34　跨点反射的对称填充效果

如果选中了【3D 刷子】效果，可以在属性面板中设置如下属性：

● 最大对象数：要涂色的对象的最大数目。
● 喷涂区域：与对实例涂色的光标的最大距离。
● 透视：切换 3D 效果。若要为大小一致的实例涂色，则取消选中此选项。
● 距离缩放：此属性确定 3D 透视效果的量。增加此值会增加由向上或向下移动光标而引起的缩放。
● 随机缩放范围：此属性允许随机确定每个实例的缩放。增加此值会增加可应用于每个实例的缩放值的范围。
● 随机旋转范围：此属性允许随机确定每个实例的旋转。增加此值会增加每个实例可能的最大旋转角度。

然后在舞台上拖动以开始涂色。将光标向舞台顶部移动为较小的实例涂色。将光标向舞台底部移动为较大的实例涂色。效果如图 12-35 所示。

如果选中了【建筑物刷子】效果，可以在属性面板中设置如下属性：

● 建筑物类型：要创建的建筑样式。
● 建筑物大小：建筑物的宽度。值越大，创建的建筑物越宽。

然后从希望作为建筑物底部的位置开始，垂直向上拖动光标，直到希望完成的建筑物所具有的高度。效果如图 12-36 所示。

如果选中了【装饰性刷子】效果，可以在属性面板中设置如下属性：

● 线条样式：要绘制的线条样式。读者可以试验所有 20 个选项查看装饰效果。
● 图案颜色：线条的颜色。
● 图案大小：所选图案的大小。
● 图案宽度：所选图案的宽度。

然后在舞台上拖动光标。装饰性刷子效果将沿光标的路径创建一条样式线条。如图 12-37 所示的树叶、星星和小路。

如果选中了【火焰动画刷子】效果，可以在属性面板中设置如下属性：

- 火大小：火焰的宽度和高度。值越高，创建的火焰越大。
- 火速：动画的速度。值越大，创建的火焰越快。
- 火持续时间：动画过程中在时间轴中创建的帧数。

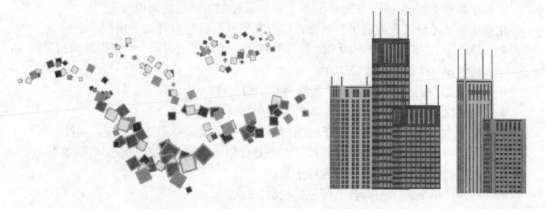

图 12-35　3D 刷子效果　　　　　　　　　图 12-36　建筑物刷子效果

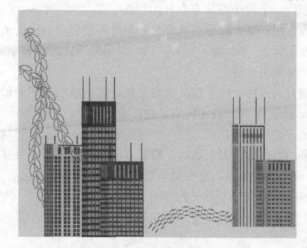

图 12-37　装饰性刷子效果

- 结束动画：选择此选项可创建火焰燃尽而不是持续燃烧的动画。Flash 会在指定的火焰持续时间后添加其他帧以造成烧尽效果。如果要循环播放完成的动画以创建持续燃烧的效果，请不要选择此选项。
- 火焰颜色：火苗的颜色。
- 火焰心颜色：火焰底部的颜色。
- 火花：火源底部各个火焰的数量。

然后在舞台上拖动鼠标，即可创建动画。当按住鼠标按钮时，Flash 会将帧添加到时间轴。

如果选中了【闪电刷子】效果，可以在属性面板中设置如下属性：

- 闪电颜色：闪电的颜色。
- 闪电大小：闪电的长度。
- 动画：借助此选项，可以创建闪电的逐帧动画。在绘制闪电时，Flash 将帧添加到时间轴中的当前图层。

- 光束宽度：闪电根部的粗细。
- 复杂性：每支闪电的分支数。值越高，创建的闪电越长，分支越多。

然后在舞台上拖动光标。Flash 将沿着移动鼠标的方向绘制闪电。

如果选中了【粒子系统刷子】效果，可以在属性面板中设置如下属性：

- 粒子 1：用户可以分配两个元件作为粒子，这是其中的第一个。如果未指定元件，将使用一个黑色的小正方形。
- 粒子 2：指定第二个可以分配作为粒子的元件。
- 总长度：从当前帧开始，动画的持续时间（以帧为单位）。
- 粒子生成：在其中生成粒子的帧的数目。如果帧数小于"总长度"属性，则该工具会在剩余帧中停止生成新粒子，但是已生成的粒子将继续添加动画效果。
- 每帧的速率：每个帧生成的粒子数。
- 寿命：单个粒子在舞台上可见的帧数。
- 初始速度：每个粒子在其寿命开始时移动的速度。速度单位是像素/帧。
- 初始大小：每个粒子在其寿命开始时的缩放。
- 最小初始方向：每个粒子在其寿命开始时可能移动方向的最小范围。测量单位是度。零表示向上；90 表示向右；180 表示向下，270 表示向左，而 360 还表示向上。允许使用负数。
- 最大初始方向：每个粒子在其寿命开始时可能移动方向的最大范围。测量单位是度。零表示向上；90 表示向右；180 表示向下，270 表示向左，而 360 还表示向上。允许使用负数。
- 重力效果：当此数字为正数时，粒子方向更改为向下并且其速度会增加（就像正在下落一样）。如果重力是负数，则粒子方向更改为向上。
- 旋转速率：应用到每个粒子的每帧旋转角度。

然后在舞台上要显示效果的位置单击鼠标。Flash 将根据设置的属性创建逐帧动画的粒子效果。

如果选中了【烟动画刷子】效果，可以在属性面板中设置如下属性：

- 烟大小：烟的宽度和高度。值越高，创建的火焰越大。
- 烟速：动画的速度。值越大，创建的烟越快。
- 烟持续时间：动画过程中在时间轴中创建的帧数。
- 结束动画：选择此选项可创建烟消散而不是持续冒烟的动画。Flash 会在指定的烟持续时间后添加其他帧以造成消散效果。如果要循环播放完成的动画以创建持续冒烟的效果，则不要选择此选项。
- 烟色：烟的颜色。
- 背景色：烟的背景色。烟在消散后更改为此颜色。

然后在舞台上拖动光标，即可创建动画。当按住鼠标按钮时，Flash 会将帧添加到时间轴。

如果选中了【花刷子】或【树刷子】效果，可以在舞台上插入花或树的插图。效果如图 12-38 所示。

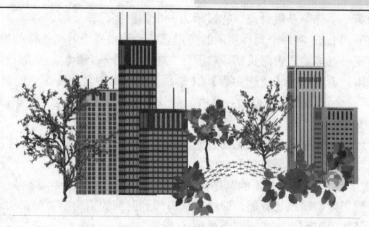

图 12-38　花刷子和树刷子效果

12.1.9　骨骼工具和绑定工具

在 Flash CS5 中，用户可以在一个实例与其他实例之间添加骨骼，从而将这两个实例连接在一起。或者在创建的形状中添加骨骼，从而移动形状的各个部分并对其进行动画处理，而无需绘制形状的不同版本或创建补间形状。例如，可以向简单的蛇图形添加骨骼，以使蛇逼真地移动和弯曲。

在向元件实例或形状添加骨骼时，Flash 将实例或形状以及关联的骨架移动到时间轴中的新图层，此新图层称为骨架图层。每个骨架图层只能包含一个骨架及其关联的实例或形状。通过在不同帧中为骨架定义不同的姿势，在时间轴中进行动画处理。

在 Flash CS5 中，可以向影片剪辑、图形和按钮实例添加 IK 骨骼。一般步骤如下：

（1）在舞台上创建元件实例。若要使用文本，则应首先将其转换为元件。

（2）在工具面板中选择骨骼工具 ✐，并单击要成为骨架的根部或头部的元件实例。然后拖动到单独的元件实例，以将其链接到根实例。

在拖动时，将显示骨骼。释放鼠标后，在两个元件实例之间将显示实心的骨骼。每个骨骼都具有头部、圆端和尾部（尖端）。如图 12-39 所示。

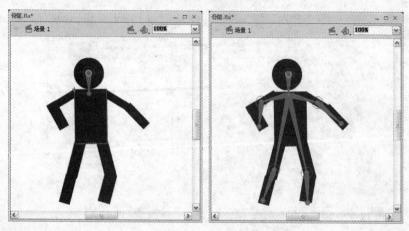

图 12-39　添加骨骼

骨架中的第一个骨骼是根骨骼。它显示为一个圆围绕骨骼头部。

默认情况下，Flash 将每个元件实例的变形点移动到由每个骨骼连接构成的连接位置。对于根骨骼，变形点移动到骨骼头部。对于分支中的最后一个骨骼，变形点移动到骨骼的尾部。当然，用户也可以在【首选参数】/【绘画】选项卡中禁用变形点的自动移动。

（3）从第一个骨骼的尾部拖动到要添加到骨架的下一个元件实例，添加其他骨骼，如图 12-39 右图所示。

指针在经过现有骨骼的头部或尾部时会发生改变。为便于将新骨骼的尾部拖到所需的特定位置，可以启用【贴紧至对象】功能。

（4）按照要创建的父子关系的顺序，将对象与骨骼链接在一起。例如，如果要向表示胳膊的一系列影片剪辑添加骨骼，请绘制从肩部到肘部的第一个骨骼、从肘部到手腕的第二个骨骼以及从手腕到手部的第三个骨骼。

若要创建分支骨架，则单击希望分支开始的现有骨骼的头部，然后进行拖动以创建新分支的第一个骨骼。

创建 IK 骨架后，可以在骨架中拖动骨骼或元件实例以重新定位实例。拖动骨骼会移动其关联的实例，但不允许它相对于其骨骼旋转。拖动实例允许它移动以及相对于其骨骼旋转。拖动分支中间的实例可导致父级骨骼通过连接旋转而相连。子级骨骼在移动时没有连接旋转。

创建骨架且其所有的关联元件实例都移动到骨架图层后，仍可以将新实例从其他图层添加到骨架。在将新骨骼拖动到新实例后，Flash 会将该实例移动到骨架的骨架图层。

向元件实例添加骨骼，每个实例只能具有一个骨骼，而对于形状，可以向单个形状的内部添加多个骨骼。在添加第一个骨骼之前必须选择所有形状。在将骨骼添加到所选内容后，Flash 将所有的形状和骨骼转换为 IK 形状对象，并将该对象移动到新的骨架图层。在将形状转换为 IK 形状后，它无法再与 IK 形状外的其他形状合并。

向形状添加骨骼的一般步骤如下：

（1）在舞台上创建填充的形状。如图 12-40 所示。形状可以包含多个颜色和笔触。编辑形状，以便它们尽可能接近其最终形式。向形状添加骨骼后，用于编辑形状的选项将变得更加有限。

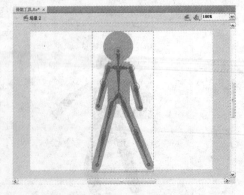

图 12-40　创建的填充形状　　　　　图 12-41　添加骨骼

（2）在舞台上选择整个形状。如果形状包含多个颜色区域或笔触，请确保选择整个形状。围绕形状拖出一个矩形选择区域可确保选择整个形状。

（3）在工具面板中选择骨骼工具 ，在形状内单击并拖动到形状内的其他位置。

（4）若要添加其他骨骼，从第一个骨骼的尾部拖动到形状内的其他位置。添加骨骼后的效果如图 12-41 所示。

创建骨骼之后，若要从某个 IK 形状或元件骨架中删除所有骨骼，可以选择该形状或该骨架中的任何元件实例，然后执行【修改】/【分离】命令，IK 形状将还原为正常形状。

若要移动 IK 形状内骨骼任一端的位置，可以使用部分选取工具拖动骨骼的一端。

若要移动元件实例内骨骼连接、头部或尾部的位置，可以使用"变形"面板移动实例的变形点。骨骼将随变形点移动。

若要移动单个元件实例而不移动任何其他链接的实例，则按住 Alt (Windows) 或 Command (Macintosh) 拖动该实例，或者使用任意变形工具拖动它。连接到实例的骨骼将变长或变短，以适应实例的新位置。

若要删除单个骨骼及其所有子级，可以单击该骨骼并按 Delete 键。通过按住 Shift 单击每个骨骼可以选择要删除的多个骨骼。

若要移动骨架，可以使用选取工具选择 IK 形状对象，然后拖动任何骨骼以移动它们。或者在 IK 骨骼对应的属性面板中编辑 IK 形状。

下面对属性面板中常用的选项工具进行简要说明。

● 　：使用选取工具选中一个骨骼之后，单击这组按钮，可以将所选内容移动到相邻骨骼。

若要选择骨架中的所有骨骼，则双击某个骨骼。

若要选择整个骨架并显示骨架的属性及其姿势图层，请单击姿势图层中包含骨架的帧。

● 位置：显示选中的 IK 形状在舞台上的位置、长度和角度。

若要限制选定骨骼的运动速度，则在【速度】字段中输入一个值。连接速度为骨骼提供了粗细效果。最大值 100% 表示对速度没有限制。

若要创建 IK 骨架的更多逼真运动，可以控制特定骨骼的运动自由度。例如，可以约束作为胳膊一部分的两个骨骼，以便肘部无法按错误的方向弯曲。

● 联接：旋转：约束骨骼的旋转角度。

旋转度数相对于父级骨骼而言。选中【启用】选项之后，在骨骼连接的顶部将显示一个指示旋转自由度的弧形。若要使选定的骨骼相对于其父级骨骼是固定的，则禁用旋转以及 x 和 y 轴平移。骨骼将变得不能弯曲，并跟随其父级的运动。

● 联接：X 平移/联接：Y 平移：选中【启用】选项，可以使选定的骨骼沿 x 或 y 轴移动并更改其父级骨骼的长度。

选中启用之后，选中骨骼上将显示一个垂直于（或平行于）连接上骨骼的双向箭头，指示已启用 x 轴运动（或已启用 y 轴运动）。如果对骨骼同时启用了 x 平移和 y 平移，则对该骨骼禁用旋转时定位它更为容易。

选中【约束】选项，然后输入骨骼可以行进的最小距离和最大距离，可以限制骨骼沿 x 或 y 轴启用的运动量。

● 强度：设置弹簧强度。值越高，创建的弹簧效果越强。

● 阻尼：设置弹簧效果的衰减速率。值越高，弹簧属性减小得越快，动画结束得越快。如果值为 0，则弹簧属性在姿势图层的所有帧中保持其最大强度。

"弹簧"选项是 Flash CS5 新增的对物理引擎的支持功能。骨骼的"强度"和"阻尼"属性通过将动态物理集成到骨骼 IK 系统中，使 IK 骨骼体现真实的物理移动效果，使骨骼动画效果逼真，并且动画效果具有高可配置性。

按照以上步骤添加骨骼之后，读者可能会发现，在移动骨架时形状的笔触并不按令人满意的方式进行扭曲。使用绑定工具，就可以编辑单个骨骼和形状控制点之间的连接，从而可以控制在每个骨骼移动时笔触扭曲的方式，以获得更满意的结果。

在 Flash CS5 中，可以将多个控制点绑定到一个骨骼，以及将多个骨骼绑定到一个控制点。使用绑定工具单击控制点或骨骼，将显示骨骼和控制点之间的连接。然后可以按各种方式更改连接。

若要加亮显示已连接到骨骼的控制点，可以使用绑定工具 单击该骨骼。已连接的点以黄色加亮显示，而选定的骨骼以红色加亮显示。仅连接到一个骨骼的控制点显示为方形。连接到多个骨骼的控制点显示为三角形，如图 12-42 所示。

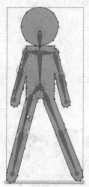

图 12-42　显示骨骼和控制点　　　　图 12-43　选定控制点已连接的骨骼

若要向选定的骨骼添加控制点，则按住 Shift 单击未加亮显示的控制点。也可以通过按住 Shift 拖动来选择要添加到选定骨骼的多个控制点。

若要从骨骼中删除控制点，则按住 Ctrl 键单击以黄色加亮显示的控制点。也可以通过按住 Ctrl 键拖动来删除选定骨骼中的多个控制点。

使用绑定工具 单击控制点，可以加亮显示已连接到该控制点的骨骼。已连接的骨骼以黄色加亮显示，而选定的控制点以红色加亮显示。如图 12-43 所示。

若要向选定的控制点添加其他骨骼，则按住 Shift 单击骨骼。

若要从选定的控制点中删除骨骼，则按住 Ctrl 键的同时单击以黄色加亮显示的骨骼。

12.2 对象的基本操作

当用户在舞台中创建了大量的对象之后，经常需要调整它们的位置，按一定的次序摆放，或以某种方式对齐，调整它们之间的距离。当在同一层中有不同的对象相互叠放在一起时，也需要调整它们的前后顺序。

在 Flash 中删除、移动、组合和复制对象的操作与其他常用的应用程序相同，在此不再赘述。本节简要介绍一下排列对象和对齐对象的一些操作方法。

在同一层中如果舞台上出现多个对象时，对象之间会出现相互重叠，上层对象覆盖底层对象的现象，这时就需要对对象的排列次序作相应的调整，方便编辑。

选择舞台上需要重新排序的对象，执行【修改】/【排列】命令下的子菜单命令即可。如果排列时同时选择了多个对象，所选择的对象将同时进行移动排列，并且它们之间的排列关系保持不变。

对象的对齐包括对象与对象的对齐以及对象与舞台的对齐，前者以选中的对象为参照物，而后者则是以舞台为参照物。例如，对选中对象应用 按钮，前者将使选择的对象水平中心对齐，而后者则是使选择对象与舞台的水平中心对齐。效果如图 12-45 和图 12-46 所示。

图 12-44　对齐之前的效果

图 12-45　相对于舞台对齐

在 Flash CS5 中，只需要通过一个浮动面板即可完成这两种对齐操作。

执行【窗口】/【对齐】命令打开对齐浮动面板，如图 12-47 所示。

图 12-46　对象与对象对齐

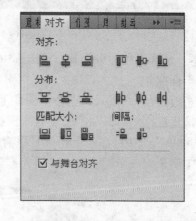

图 12-47　对齐面板

◆　对象与对象对齐：选择舞台上需要对齐的多个对象，然后在对齐面板中选择需要的对齐按钮即可。

例如：单击对齐面板中的 按钮，则选择的对象将水平中心对齐。单击"间隔"区域

中的 按钮，可以使选择的对象在水平方向上等距离分布；点击匹配大小按钮中的 按钮，可以以选中对象中高度的最大值为基准，将其他对象的高度进行拉伸，从而达到高度相同的效果。如图 12-48 所示。

图 12-48　对象与对象对齐前后的效果

◆　对象与舞台对齐：选择舞台上需要对齐的对象，打开对齐浮动面板，并按下【与舞台对齐】按钮，然后从面板中选择需要的对齐按钮即可。

面板中的其他按钮的功能和效果在这里就不一一介绍了，读者可以通过上机操作熟悉各个按钮的功能。本章上述几节讲解了处理图像的一些操作，下面通过一个静态倒影实例进一步巩固前面的知识点。本例最终效果图如图 12-49 所示，它是一个有倒影的轿车，整个画面的背景成蓝色，给人一种立体的感觉。

01　新建一个 Flash 文件。选择【视图】/【网格】/【编辑网格】命令调出【编辑网格】对话框。设置网格宽度和高度均为 18px，然后选中【显示网格】复选框。

02　选择【文件】/【导入】命令，导入一幅轿车的图像，如图 12-50 所示。

图 12-49　倒影图像的效果图　　　　　　图 12-50　导入的轿车图像

03　选择黑色箭头工具，单击选中该轿车图像，然后选择【修改】/【分离】命令，打散轿车图像。

04　选择套索工具，在轿车图像上，沿轿车轮廓单击并拖曳鼠标，选择整个轿车，从起点拖曳鼠标然后再回到起点双击鼠标，即可完成轿车的选取。

05　单击选中绘图工具箱中黑色箭头工具，选中轿车，然后拖曳鼠标，将轿车拖出画面。选中剩余的画面，按 Delete 键，删除选中的剩余画面。轿车图像如图 12-51 所示。

图 12-51　选取的轿车图像

06 单击选中轿车，然后选择【插入】/【转换为元件】命令，调出【转换为元件】对话框。在该对话框的【名称】文本框中输入元件的名字，然后选中【图形】单选按钮，表示创建一个图形元件。

07 执行【窗口】/【库】菜单命令调出库面板，从中用鼠标将创建的图形元件拖到舞台中，这样舞台上就有两个图形元件的实例。

08 选择【修改】/【变形】/【垂直翻转】命令，将该对象垂直翻转 180°。然后将其中一个轿车的图像移动到另一个轿车图像的下面，如图 12-52 所示。

图 12-52　两个轿车的图像

09 单击选中下面的轿车图像，在属性面板中的"色彩效果"区域的"样式"下拉列表中选择 Alpha 选项，然后在后面的文本框输入数值或通过其后面的滑块调整它的透明度为 57%。

10 选择【修改】/【文档】命令，调出【文档属性】对话框，将舞台工作区设置为宽 500px，高为 300px，背景颜色设置为蓝色，其余选项保持默认的设置。

12.3　文本处理

文字在日常生活中有着不可或缺的作用，是传递信息的重要手段，具有迅速、准确等特点。除了图形之外，文本也是我们创作中最基本的素材与内容。

Flash CS5 针对设计师增加了新的 Flash 文本布局框架（TLF）。与以前的文本引擎（即 Flash CS5 中的"传统文本"）相比，TLF 支持更多丰富的文本布局功能和对文本属性的精细控制。

本节将向读者介绍如何使用 Flash CS5 对传统文本和 TLF 文本进行处理，内容包括：文本的类型介绍、多种插入文字的方式、设置文字的大小、颜色、样式以及排版方式等。

12.3.1 创建文本

单击绘图工具箱中的文本工具，然后在舞台的工作区中单击鼠标，此时，舞台上将出现一个文本框，用户即可在文本框内输入文字。

Flash CS5 可以按多种方式在文档中添加文本，通常一个 Flash CS5 文档中会包含几种不同的文本类型，每种类型适用于特定的文字内容。在 Flash CS5 中，传统文本的文本类型可分为三种：静态文本、动态文本、输入文本。TLF 文本也分为三种：只读、可选、可编辑。文本类型的切换与设置可以通过属性设置面板中的文本类型下拉列表选项来选择。

此外，Flash CS5 还支持在传统文本和 TLF 文本之间互相转换。在转换时，Flash 将

TLF 只读文本和 TLF 可选文本转换为传统静态文本，TLF 可编辑文本转换为传统输入文本。

在 TLF 文本和传统文本之间转换文本对象时，Flash 将保留大部分格式。然而，由于文本引擎的功能不同，某些格式可能会稍有不同，包括字母间距和行距。因此，读者在转换文本类型之后，应仔细检查文本并重新应用已经更改或丢失的任何设置。

1. 静态文本

静态文本在动画播放过程中，文本区域的文本是不可编辑和改变的。在属性面板上可以设置文本的一些属性。

◆ 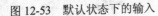：该按钮位于文本类型下拉列表框右侧，单击该按钮可以改变文本的方向，有三种方式可供选择：水平、垂直（从左至右）、垂直（从右至左）。

在 Flash CS5 中，静态文本框有两种，可变宽度文本框和固定宽度文本框。

（1）可变宽度：选择文本工具后在舞台上单击，即可在舞台上添加一个可变宽度的文本框，文本框的右上角显示一个小圆圈。在这种方式下输入文字时，文本框将随着文字的增加而延长。如果需要对输入的文字换行，使用回车键即可，如图 12-53 所示。

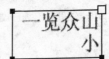

图 12-53　默认状态下的输入　　　　　　图 12-54　固定宽度下的输入

（2）固定宽度：选择文本工具后在舞台上按下鼠标左键拖动，即可在舞台上绘制一个固定宽度的文本框。当输入的文字长度超过设定的宽度时，文字将自动换行，如图 12-54 所示。用户也可以拖动文本框右上角的方块改变文本框的宽度。

> 📖 **说 明**　若要取消固定宽度设置，可双击文字输入框右上角的小方块，则回到默认状态；如果要从默认状态转换成固定宽度输入形式，只需要用鼠标拖动文字输入框右上角的小圆圈到适当位置后松开鼠标即可。

输入垂直方向的文本时，用户还可以指定文本的方向：从左至右或从右至左。效果如图 12-55 所示。

字母间距：单击"字母间距："后面的字段，在出现的文本框中输入一个−60~60之间的整数，可以设置文本的字距；也可以按下鼠标左键拖动，设置文本间距大小。如果字体包括内置的紧缩信息，勾选【自动调整字距】选项可自动将其紧缩。

◆ 消除锯齿：指定字体的消除锯齿属性。

【使用设备字体】指定 SWF 文件使用本地计算机上安装的字体来显示字体，使用设备字体时，应只选择通常都安装的字体系列，否则可能不能正常显示。

【位图文本（未消除锯齿）】则关闭消除锯齿功能，不对文本进行平滑处理。位图文本的大小与导出大小相同时，文本比较清晰，但对位图文本缩放后，文本显示效果比较差。

【动画消除锯齿】可以创建较平滑的动画。

【可读性消除锯齿】可以创建高清晰的字体，但动画效果较差，并可能导致性能问题。

【自定义消除锯齿】则是按照需要修改字体属性。

◆ 可选：AB图标表示在播放输出的 Flash 文件时，可以用鼠标拖曳选中这些文字，并可以进行复制和粘贴。否则不能用鼠标选中这些文字。

◆ 旋转文本：当指定文本方向为垂直时，用户还可以单击 按钮旋转文本。效果如图 12-56 所示。

图 12-55　垂直方向输入文本

图 12-56　垂直文本旋转前后的效果

垂直偏移：单击 按钮，可从下拉列表中选择文字的位置。

默认情况下，文本显示在输入框的中间；单击 按钮，表示将文字向上移动，可用此方法将所选文字变成上标； 按钮表示将文字向下移动，用此方法可将所选文字变成下标。

◆ 链接：在其后的文本框中输入网址，就可以给电影动画中的字符建立超级链接。

2. 动态文本

动态文本即可编辑的文本，在动画播放过程中，文本区域的文本内容可通过事件的激发来改变，例如，在游戏中显示得分。动态文本提供了一种实时跟踪和显示分数的方法，可以在属性面板上为该文本实例命名，指定关联的变量，文本框将接收这个变量的值，通过程序可以动态地改变文本框所显示的内容。

◆ ：将文本呈现为 HTML，保留丰富的文本格式，并带有相应的 HTML 标记。

◆ ：显示文本字段的黑色边框和白色背景。

◆ 嵌入：选择要嵌入的字体轮廓。在【字符嵌入】对话框中，单击【自动填充】将选定文本字段的所有字符都嵌入文档。

行为：指定文本框中的行类型，该列表框中有 4 个列表选项：单行、多行、多行不换行。

◆ 变量：输入与文本字段相关联的变量名称。读者需要注意的是，ActionScript 3.0 不支持该选项。

> 说明 为了与静态文本相区别，动态文本的控制手柄出现在右下角。

3. 输入文本

输入文本在动画播放过程中，允许用户在空的文本区域中输入文字。通常用于填充表格，回答调查的问题或者输入密码等等，实现与用户的交互。

行为：指定行的类型，有 4 个列表选项：单行、多行、多行不换行以及密码，其中"密码"为输入文字所特有，选择密码类型，则输入的信息将以星号代替，不允许任何人观看。

最大字符数：用于设置表单的长度，表示文本区域内可以看见信息的最大字符数。

在输入文本之前，或在输入文本之后，常常需要修改文本的不同属性，包括文字的字体、字号、颜色和样式等。这些属性的设置与 Fireworks 的操作方法相同，在此不再赘述。

4. TLF文本

根据文本在运行时的表现方式， TLF 文本可以创建三种类型的文本块。

只读：当作为 SWF 文件发布时，文本无法选中或编辑。

可选：当作为 SWF 文件发布时，文本可以选中并可复制到剪贴板，但不可以编辑。对于 TLF 文本，此设置是默认设置。

可编辑：当作为 SWF 文件发布时，文本可以选中和编辑。

TLF 文本是 Flash Professional CS5 中的默认文本类型。与传统文本相比，TLF 文本增强了以下功能：

更多字符样式，包括行距、连字、加亮颜色、下划线、删除线、大小写、数字格式及其他。

更多段落样式，包括通过栏间距支持多列、末行对齐选项、边距、缩进、段落间距和容器填充值。

控制更多亚洲字体属性，包括直排内横排、标点挤压、避头尾法则类型和行距模型。

可以为 TLF 文本应用 3D 旋转、色彩效果以及混合模式等属性，而无需将 TLF 文本放置在影片剪辑元件中。

文本可按顺序排列在多个文本容器。这些容器称为串接文本容器或链接文本容器。

能够针对阿拉伯语和希伯来语文字创建从右到左的文本。

支持双向文本，其中从右到左的文本可包含从左到右文本的元素。当遇到在阿拉伯语或希伯来语文本中嵌入英语单词或阿拉伯数字等情况时，此功能必不可少。

TLF 文本的属性面板如图 12-57 所示。由图可知，TLF 文本引擎对文本的布局和格式可提供非常丰富、精细的控制。

由于篇幅所限，本章只简要介绍 TLF 文本属性面板各部分的功用，以及一些主要属性的设置说明。有关属性的详细介绍，读者可以参阅相关资料。

TLF 文本的"字符"和"高级字符"部分列出了应用于单个字符或字符组（而不是整个段落或文本容器）的属性。

加亮显示：给文本加亮颜色。

字距微调：TLF 文本使用字距微调信息自动微调字符字距。设置该属性可以在特定字符对之间加大或缩小距离。

旋转：旋转各个字符。读者需要注意的是，为不包含垂直布局信息的字体指定旋转可能出现非预期的效果。

大小写：指定如何使用大写字符和小写字符。

"默认"使用每个字符的默认字面大小写。"大写"指定所有字符使用大写字型。"小写"指定所有字符使用小写字型。"大写转为小型大写字母"指定所有大写字符使用小型大写字型。此选项要求选定字体包含小型大写字母字型。"小写转换为小型大写字母"指定所有小写字符使用小型大写字型。此选项要求选定字体包含小型大写字母字型。

数字格式：指定在使用 OpenType 字体提供等高和变高数字时应用的数字样式。

"默认"指定默认数字大小写。"全高"是全部大写数字，通常在文本外观中是等宽的，这样数字会在图表中垂直排列。"旧样式"具有传统的经典外观。数字是按比例间隔的，消除了等宽全高数字导致的空白。

数字宽度：指定在使用 OpenType 字体提供等高和变高数字时是使用等比数字还是定宽数字。

基准基线：该选项用于为明确选中的文本指定基准基线。该选项仅当选中了文本属性面板选项菜单中的"显示亚洲文本选项"时可用。

对齐基线：为段落内的文本或图形图像指定不同的基线。该选项仅当选中了文本属性面板选项菜单中的"显示亚洲文本选项"时可用。

连字：连字是某些字母对的字面替换字符。连字通常替换共享公用组成部分的连续字符。它们属于一类更常规的字型，称为上下文形式字型。

间断：该选项用于防止所选词在行尾中断。该设置也用于将多个字符或词组放在一起，例如，词首大写字母的组合或名和姓。

"自动"断行机会取决于字体中的 Unicode 字符属性。"全部"将所选文字的所有字符视为强制断行机会。"任何"将所选文字的任何字符视为断行机会。"无间断"不将所选文字的任何字符视为断行机会。

基线偏移：以百分比或像素设置基线偏移。如果是正值，则将字符的基线移到该行其余部分的基线下；如果是负值，则移动到基线上。

区域设置：指定特定于语言和地域的规则和数据的集合。

若要设置 TLF 文本的段落样式，则使用文本属性检查器的"段落"和"高级段落"部分。

对齐：此属性可用于水平文本或垂直文本。

读者需要注意的是，在当前所选文字的段落方向为从右到左时，对齐方式图标的外观会反过来，以表示正确的方向。

间距：为段落的前后间距指定像素值。

在这里，读者需要注意的是，与传统页面布局应用程序不同，TLF 段落之间指定的垂直间距在这两个值重叠时会折叠。例如，有两个相邻段落，Para1 和 Para2。Para1 后面的空间是 12 像素（段后间距），而 Para2 前面的空间是 24 像素（段前间距）。TLF 会在这两个段落之间生成 24 像素的间距，而不是 36 像素。

文本对齐：指示对文本如何应用对齐。

"字母间距"在字母之间进行字距调整。"单词间距"在单词之间进行字距调整。此设置为默认设置。

如果在【首选参数】对话框中勾选了【显示亚洲文本选项】复选框，或在 TLF 文本属性面板的选项菜单中选中了【显示亚洲文本选项】时，"高级段落"选项才可用。利用"高级段落"部分可以设置 TLF 文本的以下属性：

标点挤压：此属性有时称为对齐规则，用于确定如何应用段落对齐。根据此设置应用的字距调整器会影响标点的间距和行距。

避头尾法则类型：此属性有时称为对齐样式，用于指定处理日语避头尾字符的选项，此类字符不能出现在行首或行尾。

行距模型：行距模型是由允许的行距基准和行距方向的组合构成的段落格式。

行距基准确定了两个连续行的基线，它们的距离是行高指定的相互距离。行距方向确定度量行高的方向。如果行距方向为向上，行高就是一行的基线与前一行的基线之间的距离。如果行距方向为向下，行高就是一行的基线与下一行的基线之间的距离。

TLF 文本属性检查器中的"容器和流"部分用于控制影响整个文本容器的选项。如图 12-58 所示。

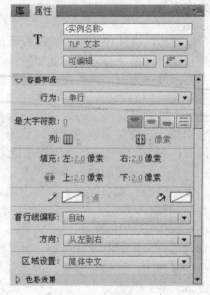

图 12-57　TLF 文本的属性面板　　　　图 12-58　设置容器和流属性

行为：此选项用于指定容器如何随文本量的增加而扩展。

在这里需要说明的是，"多行"选项仅当选定文本是区域文本时可用。

：指定容器内文本的对齐方式。

读者需要注意的是，如果将文本方向设置为"垂直"，"对齐"选项会相应更改。

列数：指定容器内文本的列数。此属性仅适用于区域文本容器。默认值是 1。最大值为 50。

：列间距　指定选定容器中的每列之间的间距。默认值是 20。最大值为 1000。此度量单位根据"文档设置"中设置的"标尺单位"进行设置。

填充：指定文本和选定容器之间的边距宽度。所有四个边距都可以设置"填充"。

：点：容器外部边框的颜色及边框宽度。默认为无边框。边框宽度的最大值为 200。

：容器的背景色。默认值是无色。

首行偏移：指定首行文本与文本容器的顶部的对齐方式。

"点"指定首行文本基线和框架上内边距之间的距离（以点为单位）。"自动"将行的顶部与容器的顶部对齐。"上缘"将文本容器的上内边距和首行文本的基线之间的距离设置为字体中最高字型的高度。"行高"将文本容器的上内边距和首行文本的基线之间的距离设置为行的行高（行距）。

方向：为选定容器指定文本方向。

当在段落级别应用时，方向将控制从左到右或从右到左的文本方向，以及段落使用的缩进和标点。当在容器级别应用时，方向将控制列方向。容器中的段落从该容器继承方向属性。

📖12.3.2 分散文字

由于 Flash 可以操作的对像是矢量图形，所以对于文本、位图等不能操作的对像，就需要用分散功能使其成为可编辑的元素，这个过程是不可逆的，不能将矢量图形转变成单个的文字或文本。

选中需要转换的文本，执行【修改】/【分离】命令即可分散文字。此时，选定的文本中的每个字符就会被放置在单独的文本块中，如图 12-59 所示。

图 12-59 应用了一次"分离"命令前后效果

对上述文本再次使用【分离】命令，即可以把上一步中分离的字符转化成图形文本。当把字符转化成为图形文本以后，就可以使用任何绘图工具来修改图形文字，还可以选择位图或者渐变色等特殊填充效果来创建图案文本，或者使用橡皮擦工具来删除文字的一部分。如图 12-60 所示。

图 12-60 两次"分离"命令并填充

📖12.3.3 文字特效

在 Flash 中可以创建效果丰富的文字特效。本节将通过两个简单实例讲解常见的文字特效制作方法。

1. 霓虹灯效果

本例将对前面章节中所有的知识加以综合应用，制作一个霓虹灯的实例。该实例的效果如图 12-61 所示，黑色的背景，辐射渐变的文字，黄色柔化的轮廓线，再加上许多迷人的光斑，就像都市夜景的霓虹灯，给人一种梦幻的感觉。

图 12-61 霓虹灯效果图

01 新建一个 Flash 文件。选择【修改】/【文档】命令，调出【文档属性】对话框，将舞台工作区设置为宽 500px，高为 300px、背景颜色为黑色，其余选项不进行设置。

02 单击椭圆工具，在属性设置面板上设置没有轮廓线。然后在舞台中按住 Shift 键绘制一个正圆。

03 选中绘制的椭圆，然后执行【窗口】/【颜色】命令调出【颜色】面板，在该面板中设置填充类型为"径向渐变"，并设置颜色样本从左到右分别为红色、淡黄色、蓝色、绿色、黄色。设置完成后椭圆的效果如图 12-62 所示。

图 12-62　设置椭圆的渐变色　　　　　图 12-63　柔化后的效果

04 选中绘制的椭圆，执行【修改】/【形状】/【柔化填充边缘】命令，在弹出的【柔化填充边缘】对话框中设置"距离"为 30px，"步骤数"为 14，"方向"为"扩散"。设置完成后，单击【确定】按钮。柔化后的椭圆如图 12-63 所示。

05 打开【颜色】面板中的下拉列表框，选择【线性渐变】选项，进行线性渐变填充设置，设置颜色样本从左到右分别为红色、绿色、蓝色。单击矩形工具。在舞台上绘制一个没有轮廓线的矩形，如图 12-64 所示。

06 通过复制粘贴，将绘制的矩形复制 7 份。选择其中一个矩形，执行【窗口】/【变形】命令调出【变形】对话框，单击选中【旋转】按钮，在后面的文本框中输入 45°。

07 按照上一步同样的方法，将其他 7 个矩形进行旋转，旋转的角度分别为 90°、135°、180°、225°、270°、315°。将这 8 个矩形分别拖拉到椭圆的光环之上，效果如图 12-65 所示。

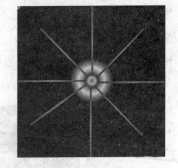

图 12-64　绘制矩形　　　　　图 12-65　将矩形拖曳到光华之上

08 将舞台中所有的对象全部选中，执行【修改】/【组合】命令，将它们组成一个整体，然后将它们拖曳出舞台。

09 单击文本工具，在对应的属性设置面板中设置文本的颜色为蓝色、字体为宋体、字号为 85。然后在舞台中输入"Flash"文字。

10 选中所有的文字，连续两次执行【修改】/【分离】命令将文字打散，然后取消选中的文字。

11 单击墨水瓶工具，在属性设置面板上设置线粗为 1、颜色为黄色。然后单击"Flash"各个文字的笔画，可以看到文字的边缘增加了黄色的线条。

12 打开【颜色】面板，设置填充方式为线性渐变，颜色样本从左到右分别为红色、灰蓝色、绿色、以及深黑色。然后单击颜料桶工具，再分别单击各个文字的填充色块。

13 单击渐变变形工具，然后在舞台中单击文字。通过鼠标拖曳手柄调整性渐变填充色块的颜色深浅以及倾斜度。

14 单击黑色箭头工具，按住 Shift 键，分别双击"Flash"文字的各个笔画边缘，选中文字边缘的所有矢量线。

15 选择【修改】/【形状】/【将线条转化为填充】命令，将文字所有边缘的矢量线转换为填充色块。

16 选择【修改】/【形状】/【柔化填充边缘】命令，调出【柔化填充边缘】对话框，在该对话框中进行柔化设置。然后单击【确定】按钮。柔化后的文字图形如图 12-66 所示。

图 12-66　修改文字图像属性后的显示效果

17 选中所有文字，然后选择【修改】/【组合】命令，将文字组成一个群体。

18 单击选中光斑，将其复制多份，然后拖曳到舞台中适当的位置，最后的效果如图 12-363 所示。

2. 线框文字特效

01 执行【文件】/【新建】命令创建一个新的 Flash 文件。

02 执行【修改】/【文档】命令打开【文档属性】对话框。设置【宽度】为 400 像素、【高度】为 100 像素、【背景色】为白色。

03 单击文本工具，在属性面板中设定字体为粗体、字符大小为 72、字体为 Ariel Black。然后在舞台中输入"HAPPY"。

04 选中文本中的内容，两次执行【修改】/【分离】命令将文本内容打散，观察如图 12-67 所示的打散效果图。

图 12-67　文本打散效果图

05 选择直线绘制工具，在属性面板中单击"编辑笔触样式"按钮 ，将会弹出【笔触样式】对话框。设置线条类型为"点状线"，粗细为 5，点距为 5。颜色为紫红色。

06 选择墨水瓶工具，点击文本内容，为每一个字符填加线形边框。如图 12-68 所示。

图 12-68　文本描边效果图

07 选择放大镜工具，将图形放大，然后选择所有的文本线框中所包围的填充色块，将其删除，则会出现如图 12-69 所示的最终效果图。

图 12-69　最终效果图

12.4　思考与练习

1. 填空题

（1）Flash CS5 提供了_____、_____、_____3 种铅笔模式。

（2）使用套索工具的时候，可以选择_____、_____和_____3 种套索模式之一。

（3）橡皮工具主要用来擦除舞台上的对象，选择绘图工具箱中的橡皮工具后，会在【选项】栏中出现三个选项，它们分别是_____、_____、_____。

（4）在 Flash CS5 中，文本类型可分为_____、_____、_____三种。

（5）选取一般有三种工具，它们分别是_____、_____、_____，其中只能对位图进行操作的是_____。

2. 思考题

（1）Flash CS5 的工具箱提供了多少种绘图工具？请简述这些工具的名称与作用。

（2）铅笔工具的三种状态的区别是什么？

（3）简述如何改变渐变色填充的颜色以及透明度。

（4）吸管，墨水瓶与颜料桶工具分别用在什么场合？如何使用它们？

（5）对象之间的对齐与舞台对齐有何不同？这两种对齐方式如何操作？

（6）传统文本有哪三种类型？TLF 文本有哪几种类型？它们各有什么特点？

（7）在 Flash CS5 中文本排列的方式有哪几种？如何垂直排列一个新文本？

（8）如何对输入的文字进行渐变色的填充？

3. 操作题

（1）导入一幅位图图像，然后将该图像填充到舞台上的椭圆中。

（2）使用矩形工具绘制三个大小不同的矩形，然后将它们调整到顶端对齐、大小一样以及它们之间的间距相等。

（3）创建如图 12-70 所示的文字。

图 12-70 创建文字效果

（4）将对齐面板中的其他按钮功能，自己动手熟悉一遍。

（5）绘制一个渐变填充椭圆，然后对其分别进行旋转、扭曲、封套以及缩放变形。

第 **13** 章

图层、元件和库

本章将介绍元件和库的基本操作，内容包括创建与编辑元件和实例、元件库与公共库的使用等等。此外，还将介绍滤镜和混合模式这两项重要的功能。通过使用滤镜，可以为文本、按钮和影片剪辑增添许多自然界中常见的视觉效果；使用混合模式，可以改变两个或两个以上重叠对象的透明度或者颜色，从而创造具有滤镜效果的复合图像。

◎ 创建、编辑元件和实例
◎ 使用滤镜和混合模式
◎ 库的管理和使用

13.1 元件和实例

元件是所有 Flash 项目中的一个关键组件。在 Flash 中，元件是可以重复使用的图形、按钮或影片剪辑，它主要存放在库面板中。合理使用元件可以缩短动画制作的时间，减少文件的数据量，使制作出来的动画能够在网络上传输更加迅速，从而大大提高工作效率。

元件是一个特殊的对象，它在 Flash 中只创建一次，然后可以在整部电影中反复使用。元件可以是一个形状，也可以是动画，并且所创建的任何元件都自动成为库中的一部分。

实例则是指元件在舞台工作区的具体应用。一个元件可以产生许多实例。实例的外观和动作无需和元件一样。每个实例都可以有不同的颜色和大小，并提供不同的交互作用。例如，可以将按钮元件的多个实例放置在舞台上，其中每一个都有不同的相关动作和颜色。修改元件即可修改和该元件有关的所有实例，而修改实例只是对该实例本身发生影响，而对其他的内容则不会发生影响。每个实例都有自己的时间轴和舞台以及层，也就是说可以将实例放置在场景中的动作看成是将一部小的电影放置在较大的电影中。而且，可以将实例作为一个整体来设置动画效果。

在 Flash CS5 中可以创建三种类型的元件：

图形元件：内容可以是单幅矢量图形，或者是图像，或是声音，或是动画。

按钮元件：作用比较简单，就是在交互作品中激发某一个事件的作用。它需要相对独立的编辑区域和播放时间。在编辑区域已经为用户提供了创建按钮对象需要具备的 4 种状态帧：弹起、指针经过、按下、点击。

动画元件：和图形元件有一些共同点，但它在具有声效的动画和交互动画中发挥的作用是图形元件所不具备的。

13.1.1 创建元件和实例

在 Flash CS5 中可以创建新元件，也可以直接将选定元素转换为元件，或从其他文件中导入需要的元件。不同文件中的元件之间没有联系，编辑一个元件并不影响另一个。所以可以使用多个 Flash 项目中的多个不同的元件。

创建元件有以下几种方法：

◆ 执行【插入】/【新建元件】命令，在弹出的【新建元件】对话框中设置元件的名称和类型后，即可进入元件编辑窗口绘制元件，Flash 会自动把该元件添加到库中。

◆ 选择舞台上要转化为元件的对象，选择【修改】/【转化为元件】命令，在弹出的【转化为元件】对话框中设置元件的名称和类型。如果需要修改元件注册点位置，单击对话框中注册图标器上的小方块，然后确定。

◆ 执行【文件】/【导入】/【导入到库】命令，从弹出的【导入到库】对话框中找到包含用户要使用的元件的 Flash 文件并打开，然后在库面板中拖动需要的元件至当前项目的舞台上，完成后关闭窗口。

创建元件后，从库面板中拖动需要的元件至舞台上，即可创建该元件的一个实例。

正如前面所学习的，用户可以使用几乎相同的方法来创建任意类型的元件。但是，添加内容的方式及元件时间轴相对于主时间轴的工作方式根据元件类型不同而有所变化。下面主要介绍一下按钮元件和影片剪辑的创建方法。

1. 制作按钮元件

当创建按钮元件时，将只显示唯一的时间轴，它的 4 个帧"弹起"、"指针经过"、"按下"、"点击"表示不同的按钮元件状态，如图 13-1 如示。

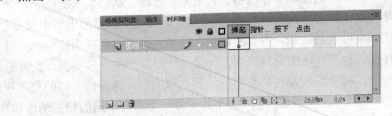

图 13-1　按钮元件的时间轴

◆　弹起：此帧表示当鼠标指针未放在按钮上时按钮的外观。

◆　指针：此帧表示当鼠指针标放在按钮上时按钮的外观。

◆　按下：此帧表示当用户单击按钮时按钮的外观。

◆　点击：此帧是用户所定义的响应鼠标运动的区域。此帧中的项在主电影中不显示。按钮的时间轴实际上并不运动，它仅仅通过跳转至基于鼠标指针的位置和动作的相应帧，来响应于鼠标的运动与操作。

如果用户要使按钮在某一特定状态下发出声音，则需在此状态的某层放置所需的声音。用户还可以将影片剪辑元件的实例放置在按钮元件的不同状态，以便创建动态按钮。

下面通过一个实例制作具体讲解按钮元件的制作方法。本例的具体步骤如下：

01 选择【文件】/【新建】命令创建一个新的 FLASH 文件。

02 执行【插入】/【新建元件】命令调出【创建新元件】窗口，在【名称】中输入名字为"元件 1"，【类型】选择【图形】，点击【确定】按钮完成设定。

03 在元件编辑区内用椭圆绘制工具绘制一个圆形，填充里面的颜色为黑白渐变色，效果如图 13-2 所示。用选择工具选取圆形以及其边框，执行【修改】/【组合】命令将其组群。

04 选中图形，执行【编辑】/【复制】，【编辑】/【粘贴到当前位置】命令，创建一个图形的副本。

05 选中图形副本，执行【修改】/【变形】/【缩放和旋转】命令调出【旋转和缩放】窗口，在【缩放】选项中输入 120，在【旋转】选项中输入 100。

06 选择【修改】/【排列】/【移至底层】命令，此时的效果如图 13-3 所示。

07 选择【插入】/【新建元件】命令创建新的元件，【名称】设为"按钮"，【类型】选择"按钮"，点击【确定】按钮完成设定。

08 选择【窗口】/【库】命令调出库面板，从中将图形元件"元件 1"拖到按钮元件的编辑区中。单击【指针经过】状态，选择【插入】/【关键帧】命令加入一个关键帧。

09 选择【修改】/【变形】/【缩放和旋转】命令，【旋转】选项选 180。

10 单击【按下】状态，选择【插入】/【关键帧】命令加入一个关键帧。选取椭圆工具，在按钮旁边绘制一个比它略大的红色圆。

11 选择红色的圆，执行【修改】/【形状】/【柔化填充边缘】命令，在弹出的【柔化填充边缘】对话框中设置【距离】为30，【步骤数】为20，【方向】选择【扩散】。效果如图13-4所示。

图13-2　平面按钮效果图　　　图13-3　中期按钮效果图　　　图13-4　【按下】状态效果图

12 单击【场景1】按钮回到主操作界面，把【库】面板中名为"按钮"的元件拖到场景中。完成按钮动画创作。选择【控制】/【播放】命令观看动画效果。

2. 制作影片剪辑元件

一个影片剪辑元件实际上是一个小Flash电影，它具有主电影的所有交互性、声音及功能。用户可以将其添加至按钮、图形甚至于其他影片剪辑中。影片剪辑的时间轴和主时间轴二者独立运行。因此，如果主时间轴停止，影片剪辑的时间轴不一定停止，仍可以继续运行。

影片剪辑元件的创建和图形元件的创建非常相似，只是后期需要设置交互动画的名字属性，这是一个比较复杂的过程。在这一小节中，通过一个简单的实例来介绍创建影片剪辑元件的方法和过程。本例的具体步骤如下：

01 新建一个文件。选择【文件】/【导入】命令导入一幅花的图像，如图13-5所示。

02 选中图像，执行【修改】/【分离】命令将图像转化为矢量图形。

03 执行【修改】/【转换为元件】命令调出【转换为元件】对话框。在该对话框中的【名称】文本框中输入元件的名称"花"，在【类型】栏选择【图形】。设置完成后，单击【确定】按钮关闭该对话框，并将舞台中导入的图像删除。

04 选择【插入】/【新建元件】命令，调出【创建新元件】对话框。在该对话框中的【名称】文本框中输入元件的名称，例如"蝴蝶"，然后在【类型】下面的单选按钮组中选择【图形】单选按钮。设置完成后单击【确定】按钮，进行确认并关闭该对话框。

05 选择【文件】/【导入】命令导入一幅GIF动画图像。

06 单击元件编辑窗口左上角的场景名称，返回到场景编辑舞台。

07 选择【插入】/【新建元件】命令创建一个名为"电影片段"的影片剪辑元件。

08 执行【窗口】/【库】命令调出库面板，将库面板中的"花"图形元件拖曳到舞台中。使该图形元件的中心刚好和舞台中的十字准星标志重合。

09 单击选择图层1的第30帧，右击鼠标，并从弹出的快捷菜单中选择【插入关键帧】命令，插入一个关键帧。

10 执行【插入】/【图层】命令，在图层1之上新建一个名为"图层2"的新层。

11 单击选择图层 2 的第 1 帧，然后将库面板中的"蝴蝶"图形元件拖曳到舞台中的左下角，如图 13-6 所示。

12 单击图层 2 的第 30 帧，然后右击鼠标，从弹出的快捷菜单中选择【插入关键帧】命令，插入一个关键帧。

13 单击图层 2 的第 1 帧，右击鼠标，从快捷菜单中选择【创建传统补间】命令。

图 13-5　导入的图像

图 13-6　拖曳"蝴蝶"元件到舞台中

14 单击图层 2 的第 30 帧，然后在舞台中选择"蝴蝶"图形元件，将它拖曳到"花"图形元件的中央，如图 13-7 所示。

图 13-7　创建位移动画

15 完成上述步骤后，单击元件编辑窗口左上角的场景名称，返回到场景编辑舞台。

此时，在库面板中可以看到创建的影片剪辑元件。单击库面板右上角的播放按钮，可以看到该影片剪辑的效果。从库面板中将制作好的元件拖曳到舞台上，即可创建它的实例。

13.1.2 编辑元件和实例

在编辑元件之后，Flash 会自动更新电影或动画中应用了该元件的实例。编辑元件的方法有很多种，下面介绍 4 种常用编辑元件的方法。

◆ 选择【窗口】/【库】命令调出库面板。双击库面板中需要编辑元件的图标，即可进入元件编辑窗口，在一个新的窗口编辑元件。

◆ 在舞台工作区中选择需要编辑的元件实例，在其上面右击鼠标，从弹出的快捷菜单中选择【编辑】命令，即可进入元件编辑窗口。

◆ 在舞台工作区中选择需要编辑的元件实例，在其上面右击鼠标，从弹出的快捷菜单中选择【在当前位置编辑】命令，此时，只有鼠标右击的实例所对应的元件可以编辑，但是其他对象仍然在舞台工作区中，以灰色显示，表示不可编辑。效果如图 13-8 右图所示，在编辑窗口中，舞台上的文字不可编辑。

图 13-8　在当前位置编辑

◆ 在舞台工作区中选择需要编辑的元件实例，在其上面右击鼠标，从弹出的快捷菜单中选择【在新窗口中编辑】命令，此时会打开一个新的窗口，如图 13-9 所示。编辑完成后，关闭新窗口，即可回到原来的舞台场景。

图 13-9　在新窗口中编辑

将元件放置在舞台上后，可以对元件实例进一步编辑，例如，改变实例类型、改变实例的颜色和透明度、设置图形实例的动画等，以创建更丰富的实例效果。

1. 改变实例类型

选中要改变类型的实例，在实例属性面板上的"实例行为"下拉列表中选择目的实例类型，如图形、按钮或影片剪辑。

2. 改变实例的颜色和透明度

单击舞台上要修改的实例，在实例属性面板上单击"色彩效果"区域的"样式"下拉列表显示弹出菜单，从中选择需要的颜色选项。

◆ Alpha：调整实例的透明度。设置为 0%使实例全透明，设置为 100%使实例最不透明。

◆ 高级：单击【高级】菜单项，展开高级设置选项，可以分别调节实例的红、绿、蓝和透明度的值。

3．设置图形实例的播放方式

选中某个图形实例之后，在属性面板的"循环"区域的"选项"下拉菜单中可以设置图形实例的动画效果。

◆ 循环：使实例循环重复。因为将此实例定义为一个图形，而图形元件的时间线与主时间线同时放映，当主时间线放映时，实例将仅仅是循环放映；而当主时间线停止时，实例也将停止。

◆ 播放一次：使实例从指定的帧开始播放，放映一次后停止。

◆ 单帧：只显示图形元件的单个帧，此时需要指定显示的帧。

13.1.3 使用滤镜

滤镜是扩展图像处理能力的主要手段。滤镜功能大大增强了 Flash 的设计能力，可以为文本、按钮和影片剪辑增添有趣的视觉效果。Flash 所独有的一个功能是可以使用补间动画让应用的滤镜活动起来。不但如此，Flash 还支持从 Fireworks PNG 文件中导入可修改的滤镜。

选中要应用滤镜的对象，可以是文本、影片剪辑或按钮。在属性面板中单击"滤镜"折叠按钮，显示"滤镜"面板，单击左下角的"添加滤镜"按钮，打开滤镜菜单，从中选择需要的滤镜选项，并设置相应的效果参数。

1．使用Flash内置的滤镜

Flash CS5 含有 7 种滤镜，包括"投影"、"发光"、"模糊"、"斜角"、"渐变发光"、"渐变斜角"和"调整颜色"等多种效果，其中的部分参数设置与 Fireworks 中的滤镜大致相同，在此不再赘述。这一节主要介绍 Flash 滤镜特有的滤镜及参数设置。

（1）投影：模拟对象向一个表面投影的效果，或者在背景中剪出一个形似对象的洞，来模拟对象的外观。投影的各项设置参数的说明如下：

◆ 模糊 X 和模糊 Y：阴影模糊柔化的宽度和高度。右边的 ⊜ 是限制 X 轴和 Y 轴的阴影同时柔化，去掉 ⊜ 可单独调整一个轴。

◆ 挖空：挖空（即从视觉上隐藏）源对象，并在挖空图像上只显示投影，如图 13-10 所示，右图选择了【挖空】复选框。

◆ 隐藏对象：不显示对象本身，只显示阴影，如图 13-11 所示。

（2）模糊滤镜：柔化对象的边缘和细节。将模糊应用于对象，可以让它看起来好像位于其他对象的后面，或者使对象看起来具有动感，如图 13-12 所示，上图为同时柔化，下图为单独柔化，且 Y 轴模糊值加大。

（3）发光滤镜：为对象的边缘应用颜色，使对象周边产生光芒的效果。其【挖空】选项表示隐藏源对象，只显示光芒，如图 13-13 所示。

（4）斜角滤镜：包括内斜角、外斜角和完全斜角三种效果，它们可以在 Flash 中制造三维效果，使对象看起来凸出于背景表面，如图 13-14 所示。根据参数设置不同，可以产生各种不同的立体效果。

图 13-10　挖空的投影效果

图 13-11　隐藏对象

图 13-12　模糊 XY 效果

◆　加亮：设置斜角的加亮颜色。如图 13-15 所示，阴影色为红色，加亮色为蓝色。

◆　距离：斜角的宽度。如图 13-16 所示，左图距离为 5，右图为 30。

（5）渐变发光滤镜：可以在发光表面产生带渐变颜色的光芒效果。在  栏指定光芒的渐变颜色。选择的渐变开始颜色称为 Alpha 颜色，该颜色的 Alpha 值为 0。无法移动此颜色的位置，但可以改变该颜色。还可以向渐变中添加颜色，最多可添加 15 个颜色指针。

图 13-13　挖空效果

图 13-14　不同斜角的效果

图 13-15　阴影和加亮效果

图 13-16　距离不同的效果

（6）渐变斜角滤镜：可以产生一种凸起的三维效果，使得对象看起来好像从背景上凸起，且斜角表面有渐变颜色。在 ▆▆▆▆▆▆ 栏指定斜角的渐变颜色。渐变斜角要求渐变的中间有一个颜色的 Alpha 值为 0。无法移动此颜色的位置，但可以改变该颜色。

（7）调整颜色滤镜：调整所选影片剪辑、按钮或者文本对象的亮度、对比度、色相和饱和度。拖动要调整的颜色属性的滑块，或者在相应的文本框中输入数值，即可调整相应的值。

2. 禁止和恢复滤镜

如果在对象上应用了滤镜，修改对象时，系统会对滤镜进行重绘，从而影响文件的播放性能。如果在设计图像时，先在一个很小的对象上应用各种滤镜，并查看滤镜应用后的效果，设置满意后，将滤镜临时禁用，对对象修改完毕后再重新激活滤镜，则可很大程度上解决此问题。

禁止和恢复滤镜的操作步骤如下：

（1）在滤镜列表中单击要禁用的滤镜名称。

（2）单击属性面板底部的【启用或禁用滤镜】按钮 ◉，滤镜名称右侧将显示 ✕，则可禁用选定滤镜。

（3）若要禁用应用于对象的全部滤镜，则在滤镜菜单中选择【禁用全部】命令。

（4）若要恢复禁用的滤镜，则在滤镜面板中选中已禁用的滤镜，然后单击面板底部的【启用或禁用滤镜】按钮 ◉。在滤镜菜单中选择【启用全部】可恢复禁用的全部滤镜。

3. 复制和粘贴滤镜

如果希望将某个对象上应用的全部或部分滤镜效果应用到其他对象上，利用 Flash CS5 的复制和粘贴滤镜功能可以轻松实现。步骤如下：

（1）在舞台上选中将从中复制滤镜效果的对象。

（2）在其滤镜面板上已应用的滤镜列表中选择要复制的滤镜效果，然后单击滤镜面板底部的剪贴板按钮 📋，根据需要从其弹出的菜单中选择【复制所选】或【复制全部】命令。

（3）选中要应用滤镜的对象，然后单击剪贴板按钮 📋，在弹出的下拉菜单中选择【粘贴】命令，即可将复制的滤镜效果应用到该对象上。

4. 创建滤镜设置库

如果希望将同一个滤镜设置或一组滤镜应用到其他多个对象，可以创建滤镜设置库，将编辑好的滤镜或滤镜组保存在设置库中，以备日后使用。步骤如下：

（1）单击滤镜面板底部的【预设】按钮 ⬚，在弹出的下拉菜单中选择【另存为】命令。

（2）在打开的【将预设另存为】对话框中键入预设名称，然后单击【确定】按钮。预设子菜单上即会出现该预设滤镜。以后在其他对象上使用该滤镜时，直接单击该滤镜名即可。

13.1.4 使用混合模式

混合模式就像是调酒，将多种原料混合在一起以产生更丰富的口味。至于口味的喜好、浓淡，取决于放入各种原料的多少以及调制的方法。使用混合模式可以改变两个或两个以上重叠对象的透明度或者颜色相互关系，可以混合重叠影片剪辑中的颜色，从而将普通的对象变形为在视觉上引人入胜、层次丰富、效果奇特的复合图像。

Flash CS5 提供了 14 种混合模式，且混合模式只能应用于影片剪辑和按钮。选择要应用混合模式的影片剪辑实例或按钮实例，在属性面板中的"混合"弹出菜单需要的混合模式，即可。

各种混合模式的效果如图 13-17 所示。

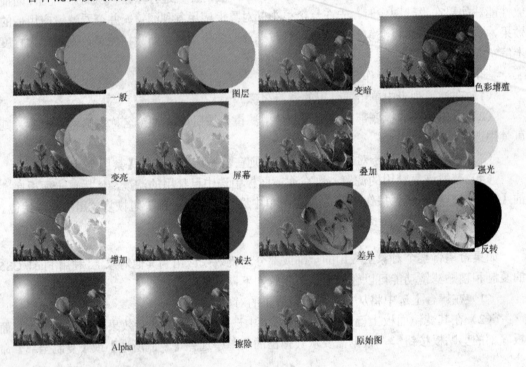

图 13-17 混合模式效果图

以上示例仅说明了不同的混合模式如何影响图像的外观。读者需注意的是，一种混合模式可产生的效果会很不相同，具体情况取决于基础图像的颜色和应用的混合模式的类型。因此，要调制出想要的图像效果，必须试验不同的颜色和混合模式。

13.2 库的管理和使用

Flash 项目可包含上百个数据项，其中包括元件、声音、位图及视频。若没有库，要对这些数据项进行操作并对其进行跟踪将是一项令人望而生畏的工作。

Flash CS5 提供了两种库，一种是公共库，它用于存放 Flash 自带的元件。另一种就是用户平常使用的库，用来存放用户创建的元件。

13.2.1 公用库

Flash CS5 给用户提供了公用库。使用 Flash 附带的范例公用库可以向文档添加预置的按钮或声音。用户还可以创建自定义公用库，然后与创建的任何文档一起使用。例如，可以在一个动画中定义一个公共库，在以后制作其他动画的时候就可以链接该公共库，并使用其中的元件。在导出该动画时，这些共享元件文件被视为外部文件，而不加载到该动画文件中。

选择【窗口】/【公用库】下的子菜单命令，即可调出公用库中的资源。若要了解元件的动画和声音效果，可单击公用库面板右上角的 ▶ 播放按钮。Flash CS5 中的公用库分为 3 类：

◆ 按钮：元件都是按钮元件。
◆ 声音：都是声音文件。
◆ 类：主要用来提供编译剪辑。

如果要使用公用库中的元件，请在公用库选中需要的元件，然后将该元件拖到当前动画的库中，或拖到当前动画的工作区中。

用户还可以把一个元件定义成公用库项目。打开一个包含有需要定义成公用库项目的动画文件，在其库面板中选择要共享的元件，然后单击面板右上角的选项菜单按钮，在弹出的快捷菜单里选择【属性】命令，在弹出的对话框中单击【高级】折叠按钮，打开如图 13-18 所示的【元件属性】对话框。

在对话框中选择【为运行时共享导出】复选框，然后在"标识符"文本框中输入该元件的标识符，最后在 URL 文本框中为公用库输入一个链接地址。

读者需要注意的是，ActionScript 3.0 不支持此功能。若要使用此功能，需要在【发布设置】对话框中将脚本版本设置为 ActionScript 1.0 或 ActionScript2.0。

13.2.2 库

Flash CS5 中的库在创建一个新文件时就已经存在，但不包含任何元件。如果导入了外部的素材或创建了新的元件之后，这些素材或元件都会自动显示在库面板中。选择【窗口】/【库】命令，即可调出库面板，如图 13-19 所示。

在库面板中可以很轻松地执行库项目有关的操作，下面看看库窗口的一些常用操作。

1. 创建库项目

◆ 单击库窗口下方的 📁 图标可以在库目录结构的根部新建一个文件夹。
◆ 单击库窗口下方的 🔛 图标可以在库窗口中创建一个新元件。
◆ 执行【窗口】/【库】命令和【窗口】/【组件】命令打开库面板和组件面板，在组件面板中选择要加入到库面板中的组件图标，然后按住鼠标左键拖到库面板中，即可将选定组件添加到库中。
◆ 单击库面板右上角的选项菜单按钮，在弹出的快捷菜单中选择【新建字型】命令，在弹出的对话框中设置字体元件的名称和样式，即可新建字体库项目。

创建字体库项目可以在 SWF 文件中嵌入创建的字体，最终回放该 SWF 文件的设备上无需存在这种字体，也可如实回放。

图 13-18 "元件属性"对话框 图 13-19 库面板

◆ 单击库选项菜单按钮，在弹出的快捷菜单中选择【新建视频】命令，设置元件名称和类型，即可新建一个视频元件。

若要显示来自摄像头的实时视频流，则要使用 ActionScript。在使用 ActionScript 加载和操作视频之前，需进行以上操作创建一个视频对象，将其拖到舞台上，并为其赋予实例名称。

2．删除库项目

◆ 在库窗口中选定要删除的项目，按住 Ctrl 键单击或按住 Shift 单击可选择多个库项目，然后单击库窗口底部的删除按钮🗑。

◆ 单击库选项菜单按钮 ≡，在弹出的快捷菜单中选择【选择未用项目】命令，可以自动选定所有在作品中没用到的元件，单击库窗口底部的🗑按钮即可删除。

3．在库窗口中修改元件

◆ 在库窗口中选定元件，从库面板的选项菜单中选择【属性】命令，或单击库窗口底部的属性按钮 ❶，即可查看选定元件的属性。

◆ 右击元件，在弹出的快捷菜单中选择【类型】命令，即可修改选定元件的类型。

◆ 在库窗口中双击库元件图标，或选定元件后从所窗口的选项菜单中选择【编辑】命令，即可打开元件编辑窗口。

4．更新元件

如果用户在导入一个外部的声音文件或是位图文件后，又用其他的软件编辑了这些文件，此时 Flash 中的元件内容就会与原始的外部文件有差异。只要执行库面板选项菜单中的【更新】命令，系统就会自动更新这些文件。

13.3　思考与练习

1. 填空题

（1）在 Flash CS5 中，元件一共有三种类型，它们分别是_____、_____、_____。

（2）按钮元件有 4 个固定状态，分别是_____、_____、_____、_____。

2. 问答题

（1）简述元件和实例之间的联系和区别。

（2）什么是公共库，它有什么用处？如何使用公共库中的组件？

（3）简单介绍什么是滤镜和混合模式。

3. 操作题

（1）导入一个 GIF 动画，然后将它转换为一个名字为"exercises"的影片剪辑元件。

（2）创建一个名为"button"的按钮元件。按钮的 4 个形态分别是：正常状况下是绿色按钮图形、鼠标经过时是蓝色按钮图形、按下时是红色按钮图形、单击时的状态和正常状态下一样。按钮的 4 个状态的效果如图 13-20 所示。

（3）创建一个图形元件，并在舞台上添加一个实例，通过属性设置面板调整它的透明度为 50%、亮度为 45。

（4）对图 13-21 左边的对象进行滤镜处理，使其尽量实现右边对象的效果。

（5）对图 13-22 左边的对象进行混合模式处理，使其尽量实现右边对象的效果。

正常　　经过　　按下　　单击

图 13-20　按钮状态

图 13-21　图像效果

图 13-22　图像效果

第  章

创建动画

从以往的迪斯尼动画片到当前的不可思议的用电脑制作的电影，所有的人都已经陶醉于那种将美丽的画面和动作结合到一起的效果。动画的制作实际上就是改变连续帧的内容的过程。不同的帧代表不同的时刻，画面随着时间的变化而改变，就成了动画。本章将重点介绍 Flash 动画的制作方法，具体包括 Flash 动画的基本原理，如何制作逐帧动画，渐变动画，交互动画，遮罩动画，反向运动以及基于对象的补间动画。

◎ 帧的相关操作

◎ 动画的几种制作方法

◎ 应用声音和视频

14.1 动画中的帧

读者可能看到过组成电影的实际胶片。从表面上看，它们像一堆画面串在一条塑料胶片上。每一个画面称为一帧，代表电影中的一个时间片断。这些帧的内容总比前一帧有稍微的变化，这样，当电影胶片在投影机上放映时就产生了运动的错觉。

Flash 动画也是将一组画面快速地呈现在人的眼前，给人的视觉造成连续变化效果。它是以时间轴为基础的动画，由先后排列的一系列帧组成，那些被称为关键帧的帧定义了动画在哪儿发生改变，发生怎样的变化。由于这组画面在相邻帧之间有较小的变化，所以会形成动态效果。帧是在动画最小时间里出现的画面，Flash 动画本身的制作过程，实际上就是对帧的制作过程。

利用关键帧的办法制作动画，可以大大简化制作过程。只要确定动画中的对象在开始和结束两个时间的状态，并为它们绘制出开始和结束帧，Flash 会自动通过插帧的办法计算并生成中间帧的状态。如果需要制作比较复杂的动画，动画对象的运动过程变化很多，仅仅靠两个关键帧是不行的。此时，用户可以通过增加关键帧来达到目的。关键帧越多，动画效果就越细致。如果所有的帧都成为关键帧，这就形成了逐帧动画。无论采用何种方法制作动画，如何处理关键帧是非常重要的。

14.1.1 时间轴窗口

时间轴窗口是用来进行动画创作和编辑的主要工具，也是进行帧操作的主要区域。在介绍帧的相关操作之前，先简要介绍一下时间轴窗口，如图 14-1 所示。

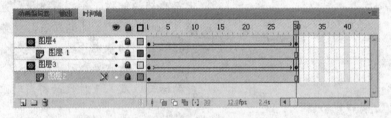

图 14-1 时间轴窗口

下面介绍几个前面没有讲到的重要组成部件。

1. 时间轴标尺

时间轴标尺是由帧标记和帧编号两部分组成。在默认情况下，帧编号居中显示在两个帧标记之间。帧标记就是标尺上的小垂直线，每一个刻度代表一帧，每 5 帧显示一个帧编号。

2. 播放头

当用户拖动时间轴上的红色播放头时，可以浏览动画，随着播放头位置的变化，动画则会根据播放头的拖动方向向前或向后播放。

3. 状态栏

时间轴上的状态栏显示了当前帧、帧率和播放时间 3 条信息。当前帧显示舞台上当前可见帧的编号，也就是播放头当前的位置。帧率显示了当前动画每秒钟播放的帧数，用户可以双击帧率打开【文档属性】对话框重新设置每秒钟播放的帧数。播放时间显示的是第 1 帧与当前帧之间播放的时间间隔。

4. 帧选项菜单

帧选项菜单位于时间轴的右上角，单击该图标按钮会弹出一个下拉菜单，用于设置时间轴上帧的间隔距离和帧的高度。其中，【彩色显示帧】用于设置帧各部分的颜色，例如传统补间动画中的帧显示为灰色，形状补间动画中的帧显示为淡绿色，补间动画中的帧显示为淡蓝色；如果没有选中此项，则时间轴上的帧的底色显示为白色，如图 14-2 所示。

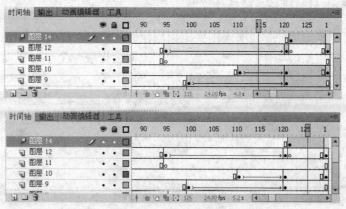

图 14-2　选中【彩色显示帧】命令与否的效果图

【预览】命令表示将帧中的图形放大或缩小放置在框中，如图 14-3 所示。如果选择了【关联预览】，则以按钮元件放大或缩小的比例为标准，显示它们相对整个动画的大小。

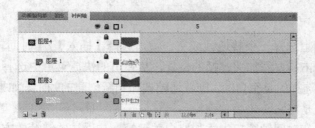

图 14-3　选择【预览】命令的效果图

14.1.2　帧的基础知识

◆ 关键帧和空白关键帧：在时间轴上，实心圆点表示关键帧，空心圆点表示空白关键帧，即被设定成关键帧，但该帧中没有任何对象，如图 14-4 所示。

创建一个新图层时，每一图层的首帧将自动被设置为空白关键帧。关键帧是动画中能改变内容的帧，它的作用就在于能够使对象在动画中产生变化。

◆ 普通帧：也被称为静态帧，它是同一层中最后一个关键帧。在时间轴窗口中，关键帧总是在普通帧的前面。前面的关键帧总是显示在其后面的普通帧内，直到出现另一个关键帧为止。例如上图中，时间轴上显示有小方框的帧，即为普通帧。

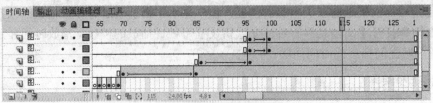

图 14-4　时间轴上的帧

📖14.1.3　帧的相关操作

1、选择帧和添加与帧相关的动作

在时间轴窗口单击选中帧，右击需要添加动作的关键帧，打开【动作-帧】面板，在该面板中为该帧添加需要的动作，此时，该关键帧上面会出现一个小写字母"a"，便于与其他没有添加动作的关键帧相区别。如图 14-5 所示的第一帧。

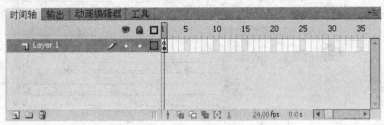

图 14-5　时间轴上添加了动作的帧

如果需要选择多个连续的帧，单击帧范围的第一帧，按住 Shift 键单击帧范围的最后一帧。

2. 添加帧

◆ 在时间轴上选择一个普通帧或空白帧，选择【插入】/【时间轴】/【关键帧】命令，或右击需要添加关键帧的位置，从弹出的快捷菜单中选择【插入关键帧】命令。如果选择的是空白帧，则普通帧被加到新创建的帧上，如果选择的是普通帧，该操作只是将它转化为关键帧。

◆ 如果需要在时间轴窗口中添加空白关键帧，与添加关键帧的方法一样，只是从打开的菜单中选择【插入空白关键帧】命令。

◆ 如果需要在时间轴窗口中添加普通帧，可先在时间轴上选择一个帧，然后选择【插入】/【时间轴】/【帧】命令，或右击时间轴上需要添加关键帧的位置，从弹出的快捷菜单中选择【插入帧】命令。

3. 移动、复制和删除帧

◆ 移动帧：选中帧，然后按住鼠标左键拖动到时间轴上的新位置即可。

◆ 复制帧：选中单独帧或一系列帧，右击鼠标，从弹出的快捷菜单中选择【复制帧】命令，然后在时间轴上需要粘贴帧的位置处右击鼠标，从弹出的快捷菜单中选择

【粘贴帧】命令即可。

◆ 删除帧：选择单独帧或一系列帧，然后右击鼠标，从弹出的快捷菜单中选择【删除帧】命令即可。

4. 设置帧的属性

单击选择时间轴上的帧，在屏幕右侧帧属性面板中可以设置帧的属性，如图 14-6 所示。

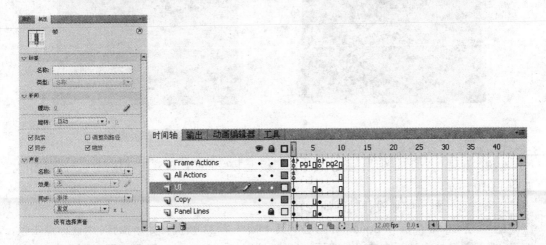

图 14-6　帧属性面板　　　　　　　　　图 14-7　帧标签

◆ 帧标签：用于设置帧的名称标识。设置了帧标签的帧在时间轴上将显示有一面小红旗，且显示帧标签名称，如图 14-7 所示的最上面一个图层的第 1 帧和第 6 帧。设置了帧标签之后，用户可以在动作脚本中引用该名称，以控制动画的播放。

◆ 补间：用于设置动画效果。

在帧属性面板中，还有声音、效果和同步等选项，将在后面的章节中向读者具体介绍。

14.2　逐帧动画

逐帧动画是一种最基础的动画制作方法，在制作时，需要对每一帧动画的内容进行具体的绘制，连续的帧组合成连续变化的动画。如果关键帧比较少，而它们的间隔又比较大时，则播放类似于幻灯片的放映。利用这种方法制作动画，工作量非常大，如果要制作的动画比较长，那就需要投入相当大的精力和时间。由于这种方法是对每一帧都进行绘制，所以制作出来的动画效果非常好，动画变化的过程非常准确、真实。

下面以一个实例来说明如何制作逐帧动画。这个实例是模仿写字的过程，文字在舞台逐渐一笔一笔出现在舞台上。本例的具体操作步骤如下：

01 新建一个 Flash 文件。在时间轴窗口的图层面板中选择第一层，然后单击直线绘制工具，并在属性面板中设置线宽为 1，颜色为白色。在舞台上划一条横线，作为粉笔的原形。

02 执行【插入】/【图层】命令创建一个新的图层，在该图层执行【文件】/【导入】命令导入一幅背景图像。选中图像，执行【修改】/【分离】命令打散图像，将其作为黑板的背景，效果如图 14-8 所示。

03 单击图层面板左下角上的"新建图层"按钮新建一个图层。利用绘图工具在该层适当的位置绘制一个简单的黑板擦。效果图如图 14-9 所示。

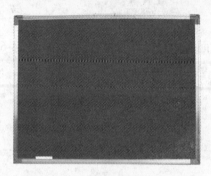 

图 14-8　黑板和粉笔的效果图　　　　图 14-9　黑板擦效果图

04 创建一个新的图层，将该层作为黑板上书写的图层。双击图层名，重命名图层，如图 14-10 所示。

接下来要一帧一帧地设计动画的内容。

05 在 Chalk 图层和 Equation 图层从第 1 帧～第 23 帧执行如下操作：用鼠标点击帧，按 F6 插入关键帧。然后在 Eraser 图层（黑板擦图层）和 Board 图层（黑板图层）分别点击第 23 帧，按 F5 插入帧。最后效果如图 14-11 所示。

06 在图层面板上点击锁定图标，将黑板和黑板擦的两个图层锁定。

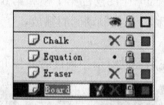 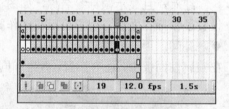

图 14-10　图层名称的修改　　　　图 14-11　在时间轴上插入各帧

07 为 Chalk 图层和 Equation 图层设计每一层的内容。如图 14-12 所示为前 8 帧的示意图，其中每一帧代表一笔。

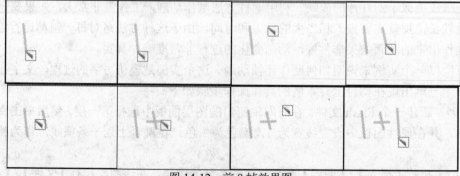

图 14-12　前 8 帧效果图

08 在收尾阶段，为了保证动画的连贯性与真实性，仍然采用自己手动逐帧绘制的结果，第19帧~第22帧的效果如图14-13所示。

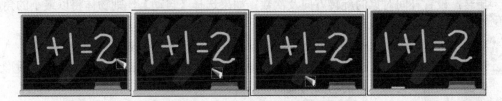

图14-13　最后4帧的效果图

09 复杂的工作就结束了，执行【控制】/【播放】命令即可预览辛苦完成的逐帧动画了。

14.3　传统补间动画

渐变动画不同于逐帧动画，它需要创建两个不同性质特征的关键帧，而不用每帧都设计。Flash会自动生成中间的过渡帧。渐变动画有两种类型：传统补间和形状补间。本小节只介绍传统补间动画的制作方法，有关形状补间动画的制作将在下一节中讲解。

制作传统补间动画的基本原则是在两个关键帧分别定义图像的不同的性质特征，并在两个关键帧之间建立补间关系。传统补间可以是单一实例，群组或文字产生位置移动，大小比例缩放，图像旋转等运动，分离的图形不能产生运动补间，也就是说，一定要将舞台中各种对象转换成元件或群组对象，否则不能达到传统补间效果。

在创建传统补间动画的过程中，用户可以在属性面板上设置动画的多种运动属性，如图14-14所示。

◆ 缓动：设置对象在动画过程中的速度变化。负值表示变化先慢后快；0表示匀速变化；正值表示变化先快后慢。单击右侧的铅笔图标，即可打开如图14-15所示的【自定义缓入/缓出】对话框。

图14-14　动画属性面板

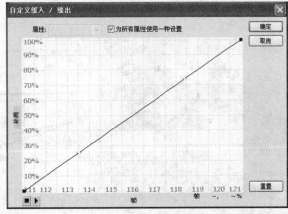

图14-15　"自定义缓入/缓出"对话框

在该对话框中，用户可以拖动缓动曲线为补间对象或补间动画中指定的属性设置缓动。设置完成后，单击对话框左下角的播放按钮可以实时查看缓动效果。

◆ 旋转：设置补间对象的旋转方向及次数。如果选择【自动】，则物体将以最小的角度旋转到终点位置。

◆ 贴紧：选择该项时，如果有连接的引导层，可以将动画对象吸附在引导路径上。

◆ 同步：如果对象中有一个对象是包含动画效果的图形元件，选择该项时可以使图形元件的动画播放与舞台中的动画播放同步进行。

◆ 调整到路径：对象在路径变化动画中可以沿着路径的曲度变化改变方向。

◆ 缩放：允许在动画过程中改变对象的比例，否则禁止比例变化。

下面用一个简单实例来具体介绍传统补间动画的制作方法。本例具体的操作步骤如下：

01 新建一个 Flash 文件。执行【文件】/【导入】/【导入到舞台】命令，导入一幅位图到舞台中，如图 14-16 所示。

02 右击时间轴第 30 帧，从弹出的快捷菜单中选择【插入关键帧】命令。

03 右键单击时间轴第 1 帧，在弹出的上下文菜单中选择【创建传统补间】菜单命令，在两个关键帧之间将显示一条带箭头的线，且两个关键帧及其中间的帧显示为灰色，表示已建立传统补间。

此时打开库面板，可以看到一个名为"补间 1"的图形元件。这是因为动画运动只对元件、群组和文本框有效，因此在创建运动动画后，Flash 自动将其他类型的内容转变为元件，并以"补间＋数字"形式命名。

04 保持第 1 帧的选中状态，在属性面板上设置"缓动"值为 30，即变化越来越慢；"旋转"方向为"自动"，且选中【缩放】复选框。

在制作对象大小缩放的传统补间动画时，如果选中了【缩放】复选框，则动画过程中对象将逐步缩放到指定大小；如果不选中该项，则动画过程中对象大小保持不变，到达终点关键帧时突然缩放到指定大小。

05 选中舞台上的图形实例，利用自由变形工具调整元件的大小和形状，效果如图 14-17 所示。

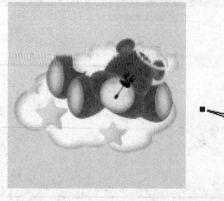
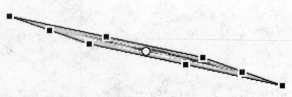

图 14-16　导入图像　　　　　　　　图 14-17　缩小、旋转和倾斜图片

06 选中图形实例，在属性面板的【色彩效果】区域的【样式】下拉列表框中选择

【Alpha】选项，并将其值设置为 0%，此时舞台上的实例消失，可以让动画实现从无到有的效果。

07 单击第 30 帧，选择舞台上的实例，在属性面板的【色彩效果】区域的【样式】下拉列表框中选择【色调】选项，然后在打开后面的颜色选择器选择一种颜色，这样第 30 帧对应的对象就被染色，使动画的效果更加精彩。

08 执行【控制】/【播放】命令可以预览动画的效果：图像从无到有开始旋转，越转越慢，并逐渐放大，同时还被染色。

14.4 形状补间动画

形状补间动画描述了一段时间内将一个对象变成另一个对象的过程。在形变动画中用户可以改变对象的形状、颜色、大小、透明度以及位置等。在创建形状补间动画过程中，还可以选中关键帧后，在属性面板中设置形状补间动画的属性。

在传统补间动画中的所有对象必须转变成元件或群组。形状补间动画则不同，它处理的对象只能是矢量图形，如果要对文字，位图等进行形状补间，需要先将其打散，变成分散的图形。群组对象和元件都不能直接进行形状补间动画。

形状补间动画包含两个属性，如图 14-18 所示。

图 14-18　形状补间动画的属性

【缓动】用于设置对象在动画过程中的变化速度。

【混合】用于设定变形的过渡模式，即起点和终点关键帧之间的帧的变化模式。其中，"分布式"设置中间帧的形状过渡更光滑更随意；"角形"设置使中间帧的过渡形状保持关键帧上图形的棱角，只适用于有尖锐棱角的形状补间动画。

下面通过两个实例来具体介绍形状补间动画的制作方法。

01 新建一个宽 900px，高为 250px 的 Flash 文件。

02 单击绘图工具箱中的矩形工具，在舞台中绘制一个正圆。选中正圆的填充色块，打开【颜色】面板，设置填充方式为径向渐变，然后修改第一个颜色样本为紫色，第二个颜色样本为绿色。

03 右键单击第 1 帧，在弹出的上下文菜单中选择【创建补间形状】命令，并将正圆拖曳到舞台的左下角。

04 在第 20 帧右击鼠标，从弹出的快捷菜单中选择【插入关键帧】命令，此时第 1 帧和第 20 帧都变成了关键帧，并且在第 1 帧～第 20 帧之间产生了形变动画。

05 单击第 20 帧，选择绘图工具箱中的多角星形工具，打开属性面板，单击【选项】按钮，在弹出的对话框中设置样式为星形，边数为 6，并单击【确定】按钮关闭对话框。然后在舞台的正中间绘制一个星形，仍然使用径向渐变的填充方式，并将舞台中的正圆删除。

06 在第 40 帧右击鼠标，从弹出的快捷菜单中选择【插入关键帧】命令，将第 40 帧设置为关键帧，并且在第 20 帧～第 40 帧之间单击鼠标右键，在弹出的上下文菜单中选择【创建形状补间】命令，创建形变动画。

07 单击第 40 帧，单击选择绘图工具箱中的矩形工具，在舞台的右上角绘制一个矩形，仍然使用径向渐变的填充方式，然后将舞台中的星形删除。

08 操作完成后，按下 Enter 键可以观看动画的效果：正圆从舞台的左下角向舞台的中央移动，在移动的过程中变成了星形，星形再向舞台的右上角进行移动，在移动的过程中变成了矩形。该实例的正圆变为星形然后再变为矩形的变形动画中的几个画面如图 14-19 所示。

图 14-19 形变动画示例

在某些情况下，Flash 自动创建的形状变化可能不符合设计需要。使用"形状提示"功能可以指定对象变形的方式。下面制作一个文字变形动画演示"形状提示"命令的使用方法。本例基本步骤如下：

01 新建一个 flash 文档。在当前层上选取一帧，按 F6 键插入关键帧。在起点关键帧上使用文本工具输入字母"H"，设置其颜色为蓝色，大小为 200。

02 执行【修改】/【分离】命令，将字母打散。

03 在起点关键帧后选择一帧，右击鼠标，从弹出的快捷菜单中选择【插入关键帧】命令，插入一个终点关键帧。

04 在终点关键帧上删除字母"H"，使用文本工具输入字母"D"，设置其颜色为蓝色，大小为 200。然后执行【修改】/【分离】命令，将字母分散。

05 在两关键帧之间的任一帧上单击鼠标右键，在弹出的上下文菜单中选择【创建补间形状】命令，在两帧之间建立形状补间关系。

06 选中第一个关键帧，执行【修改】/【形状】/【添加形状提示】命令，在起点关键帧和终点关键帧上均会出现标着字母"a"的红色圆圈，如图 14-20 所示。

07 分别在起点关键帧和终点关键帧上移动红色圆圈，使形状提示位于需要对应变形的位置。

当移动之后，红色的圆圈在起点关键帧上会变成黄色，而在终点关键帧上会变成绿色，如图 14-21 所示。

08 执行【修改】/【形状】/【添加形状提示】命令 4 次，添加 4 个形状提示，并在起点和终点关键帧移动形状提示，确定其精确的变形位置，变形位置如图 14-22 所示。

图 14-20　"形状提示" 　　　图 14-21　移动后的"形状提示" 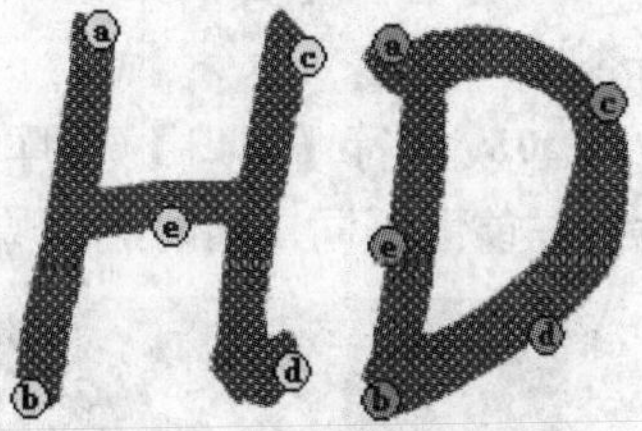　　　图 14-22　变形的对应位置

09 选中第一个关键帧，执行【修改】/【形状】/【删除所有形状提示】命令去掉形状提示。按下 Enter 键观看动画效果，如图 14-23 所示。

图 14-23　添加"形状提示"后的形状补间效果

14.5　遮罩动画

在很多优秀的 Flash 作品中，除了色彩上给人以视觉震撼外，在很多时候，还得益于其特殊的制作技巧，遮罩动画就是其中一种。遮罩动画可以制作出很多特殊的效果，比如探照灯扫过时的灯光，闪烁的文字，百叶窗式的图片切换等。

遮罩动画必须要由两个图层才能完成。上面的一层称之为遮罩图层，下面的层称为被遮罩图层。遮罩图层的作用就是可以透过遮罩图层内的图形看到被遮罩图层的内容，但是不可以透过遮罩层内的图形外的区域显示被遮罩图层的内容。

为了具体说明遮罩的效果，下面将介绍两种遮罩动画的制作方法，希望读者在学习中仔细揣摩。

实例1　探照灯效果

01 新建一个 flash 文档。在图层 1 的第一帧，执行【文件】/【导入】/【导入到舞台】命令，导入一幅位图。

02 单击"新建图层"图标，新建图层 2。

03 在图层 2 的第一帧，选择多角星形工具，在舞台上绘制一个六边形，并执行【修改】/【转换成元件】命令将其转换为一个图形元件。此时的效果如图 14-24 所示。

04 在图层 2 的第 30 帧，单击鼠标右键，从弹出的上下文菜单中选择【插入关键帧】命令。

05 执行【窗口】/【库】命令，打开库面板，将刚建立的图形元件拖入到舞台中，位置与前面不同，同时删除原来的图形，如图 14-25 所示。

图 14-24 图像效果   图 14-25 图像效果

06 在两个关键帧之间的帧上单击鼠标右键，从弹出的上下文菜单中选择【创建传统补间】命令，建立传统补间关系。

07 在图层 1 的第 30 帧，单击鼠标右键，从弹出的上下文菜单中选择【插入帧】命令，将文字延续到第 30 帧。

08 在图层 2 上，单击鼠标右键，从弹出的上下文菜单中选择【遮罩层】，使图层 2 成为遮罩层，图层 1 成为被遮照层，建立起遮罩动画。

这样，就完成了探照灯效果的遮罩动画。

09 按下 Enter 键观看动画效果，第 5 帧、第 10 帧和第 20 帧的效果如图 14-26 所示。

图 14-26 探照灯效果

实例2 百叶窗效果

01 新建一个 flash 文档。执行【文件】/【导入】/【导入到舞台】命令导入一幅图片，然后执行【修改】/【分离】命令将图片打散。

02 选择椭圆工具，设置椭圆工具绘制的填充颜色无，在打散的图形上绘制一个圆形。

03 选中圆，执行【编辑】/【复制】命令。然后单击箭头工具，选中圆圈外的多余部分，按 Delete 键删除。此时的效果如图 14-27 所示。

04 单击"新建图层"图标，增加一个新的图层 2，在该图层内执行【文件】/【导入】/【导入到舞台】命令导入一幅图片，然后执行【修改】/【分离】命令将图片打散。

05 执行【编辑】/【粘贴当前位置】命令，将前面复制的圆复制到该图片上。单击箭头工具，选中圆圈外的多余部分，按 Delete 键删除。图片效果如图 14-28 所示。

图 14-27　切换的图片　　　　　　　　　　图 14-28　另一张切换图

06 单击"新建图层"图标，增加一个新的图层 3。用矩形工具在该图层绘制一个矩形，矩形的长度略大于圆的直径，如图 14-29 所示。

图 14-29　添加一个矩形　　　　　　　　　图 14-30　矩形的变形

07 选中该矩形，执行【修改】/【转换成元件】命令，将该矩形转换成一个图形元件，命名为"元件 1"，然后删除舞台上的元件实例。

08 执行【插入】/【新建元件】命令创建一个新的元件，命名为"元件 2"，元件类型为影片剪辑。

09 打开库面板，把库中的"元件 1"拖到"元件 2"的编辑窗口中。

10 选择第 20 帧，单击鼠标右键，从弹出的快捷菜单中选择【插入关键帧】命令。

11 执行【修改】/【变形】/【自由变换】命令，调整矩形的高度，如图 14-30 所示。

12 在 25、40 帧处创建关键帧，并把第 1 帧的内容复制到第 40 帧。分别在第 1 帧～第 20 帧之间、第 25 帧～第 40 帧之间建立传统补间关系，从而设定动画效果。

13 选中图层 3 的第一帧，从库面板中拖出一个影片剪辑实例，调整实例的位置，使矩形刚好遮住圆形的下部分。然后在图层 3 上单击鼠标右键，从弹出的上卜文菜单中选择【遮罩层】命令，将该层设为遮罩层。

14 单击"新建图层"图标，新建图层 4。将图层 2 和图层 3 中两层的内容完全复制。在图层 4 上的第一帧单击鼠标右键，选择【粘贴帧】命令，这时 Flash 会自动在图层 4 的下方创建图层 5。

15 单击图层 4 上的锁定图标，解锁图层，然后选中图层 4 的第 1 帧，使用键盘上向上的方向键将该帧上的矩形上移，使其正好与图层 3 的矩形相接，然后锁定该图层。

16 使用相同的操作将图层 2 和图层 3 的第 1 帧的内容复制到若干层上，并使每层上的矩形都与下面的矩形相接，直到矩形上移到离开圆形。

至此，完成了百叶窗式的图片切换动画。

17 按下 Enter 键观看动画效果，如图 14-31 所示。

图 14-31　不同时刻的动画效果

在实际使用时，遮罩动画还有很多其他的动画效果，这不但需要读者自己多加学习和练习，同时也要开动脑子，发挥自己的创意，相信经过不断的练习之后，读者自己也会做出很多有创意的动画效果。

14.6　运动引导动画

在 Flash 动画创作当中，读者常会发现动画中的物体沿着不规则的轨迹运动，如果要是逐帧制作的话，工作量实在是太大了。利用 Flash 的运动引导层可以轻松解决这个问题。

下面通过一个简单的实例演示运动引导层的使用方法。本例具体操作步骤如下：

01 选择【文件】/【新建】命令创建一个新的 Flash 文件。单击属性面板上的【背景】选项，在出现的颜色调色板中设置背景色为白色。

02 执行【文件】/【导入到库】命令，导入一幅 GIF 图片到库中，如图 14-32 所示。

03 将图片从库中拖放到舞台上，选中导入的图片，执行【修改】/【转换为元件】命令，将位图转换为图形元件。

04 将该元件拖到图层 1 的第一帧，用鼠标点击第 30 帧，按 F6 键添加关键帧。

05 在图层 1 上单击鼠标右键，在弹出的上下文菜单中选择【添加传统运动引导层】菜单命令。图层 1 之上将出现一个运动引导层。

06 选中该向导层，选中铅笔工具，在向导层中绘制运动轨迹，如图 14-33 所示。

图 14-32　运动图形　　　　　　　　　　　　图 14-33　运动轨迹效果图

07 单击引导层的第30帧，并按F5键添加静止帧。

08 单击运动引导层的第1帧，把图层1中的图形中心拖到曲线的其中一个端点，效果如图14-34所示。

图14-34 第1帧效果图

09 选择第30帧，在该帧处拖动图形，使图形中心对准另外一个端点。效果如图14-35所示。

图14-35 帧效果图

10 选择第一层中的任意一帧，单击鼠标右键，在弹出的上下文菜单中选择【创建传统补间】命令。

这样，运动向导层的动画制作就完成了。

11 选择【控制】/【播放】命令可以观看动画效果。第15帧的动画效果如图14-36所示。

图14-36 第15帧的动画效果

导出的动画中，运动引导路径是不可见的。

14.7 补间动画

补间动画是自Flash CS4引进的一种动画形式，与传统补间动画基于关键帧不同，补间动画是基于对象的动画形式，是通过为一个帧中的对象属性指定一个值，并为另一个帧中的该相同属性指定另一个值创建的动画。

在深入了解补间动画的创建方式之前，读者很有必要先掌握两个补间动画中的术语：补间范围和属性关键帧。

"补间范围"是时间轴中的一组帧，舞台上的对象的一个或多个属性可以随着时间而改变。补间范围在时间轴中显示为具有蓝色背景的单个图层中的一组帧。在每个补间范围中，只能对舞台上的一个对象进行动画处理。此对象称为补间范围的目标对象。

"属性关键帧"是在补间范围中为补间目标对象显式定义一个或多个属性值的帧。如果在单个帧中设置了多个属性，则其中每个属性的属性关键帧会驻留在该帧中。用户可以在动画编辑器中查看补间范围的每个属性及其属性关键帧。还可以从补间范围上下文菜单中选择可在时间轴中显示的属性关键帧类型。

如果补间对象在补间过程中更改其舞台位置，则补间范围具有与之关联的运动路径。此运动路径显示补间对象在舞台上移动时所经过的路径。用户可以像编辑普通的矢量路径一样编辑舞台上的运动路径。

在补间动画中，只有指定的属性关键帧的值存储在 FLA 文件和发布的 SWF 文件中，因此可以在最大程度上减小文件大小。可补间的对象类型包括影片剪辑、图形和按钮元件以及文本字段。可补间的对象的属性包括：2D X 和 Y 位置、3D Z 位置（仅限影片剪辑）、2D 旋转（绕 z 轴）、3D X、Y 和 Z 旋转（仅限影片剪辑）、倾斜 X 和 Y、缩放 X 和 Y、颜色效果，以及滤镜属性。

总的来说，传统补间和补间动画两者之间的差异体现在以下几点：

- 传统补间使用关键帧。关键帧是其中显示对象的新实例的帧。补间动画只能具有一个与之关联的对象实例，并使用属性关键帧而不是关键帧。
- 创建补间动画时，会将所有不允许补间的对象类型转换为影片剪辑。而传统补间会将这些对象类型转换为图形元件。
- 在补间动画范围上不允许帧脚本。传统补间允许帧脚本。
- 若要在补间动画范围中选择单个帧，必须按住 Ctrl (Windows) 或 Command (Macintosh) 单击帧。而在传统补间动画中，只需要单击即可。
- 对于传统补间，缓动可应用于补间内关键帧之间的帧组。对于补间动画，缓动可应用于补间动画范围的整个长度。若要仅对补间动画的特定帧应用缓动，则需要创建自定义缓动曲线。
- 利用传统补间，可以在两种不同的色彩效果（如色调和 Alpha 透明度）之间创建动画。补间动画可以对每个补间应用一种色彩效果。
- 使用补间动画可以为 3D 对象创建动画效果，而传统补间不能。
- 只有补间动画才能保存为动画预设。

下面以一个实例来演示补间动画的制作方法。

01 新建一个 Flash 文档，并执行【文件】/【导入】/【导入到舞台】菜单命令，在舞台中导入一幅位图，作为背景。然后在第 30 帧按 F5 键，将帧延长到 30 帧处。

02 单击图层管理面板左下角的"新建图层"按钮，新建一个图层。执行【文件】/【导入】/【导入到库】命令，导入一幅 GIF 图片。此时，在库面板中可以看到导入的 GIF 图片，以及自动生成的一个影片剪辑元件。

03 在新建图层中选中第一帧，并从库面板中将影片剪辑元件拖放到舞台合适的位置。此时的舞台效果如图 14-37 所示。

图 14-37　舞台效果

04 在新建图层的第 30 帧按下 F5 键，将帧延长到第 30 帧。

05 选择第 1 帧～第 30 帧之间的任意一帧单击右键，在弹出的快捷菜单中选择【创建补间动画】命令。

此时，时间轴上的区域变为了淡蓝色，该图层的标示也变成了 🎬，表示该图层为补间图层。

06 在图层 2 的第 10 帧处按下 F6 键，增加一个属性关键帧。

此时，时间轴上的补间范围中就会自动出现一个黑色菱形标识，表示属性关键帧。

07 将舞台上的实例拖放到合适的位置，并选择自由变形工具，将实例缩放到合适的大小，如图 14-38 所示。

图 14-38　路径

此时，读者会发现舞台中出现了一条带有很多小点的线段，这条线段就是 Flash CS5 补间动画的运动路径。运动路径显示从补间范围的第一帧中的位置到新位置的路径，线段上的端点个数代表帧数，例如本例中的线段上一共有 10 个端点，就是代表了时间轴上的 10 帧。如果不是对位置进行补间，则舞台上不显示运动路径。

补间动画的运动路径与 Flash 中的其他矢量路径一样，用户可以使用部分选取工具、转换锚点、删除锚点和任意变形等工具以及【修改】菜单上的命令编辑运动路径。

08 选择工具面板上的黑色箭头工具，将选取工具移到路径上的端点上时，鼠标指针右下角将出现一条弧线，表示可以调整路径的弯曲度。按下鼠标左键拖动到合适的角度，然后释放鼠标左键即可，如图 14-39 所示。

图 14-39　调整路径的弯曲度

读者还可以使用部分选取工具、【变形】面板、属性检查器、动画编辑器更改路径的形状或大小，或者将自定义笔触作为运动路径进行应用。

📖 **说 明**　在相互交叉的不同运动路径上设计多个动画时，选定运动路径或补间范围之后，单击属性面板右上角的选项菜单按钮，从中选择【始终显示运动路径】菜单项，即可在舞台上同时显示所有图层上的所有运动路径。

09 将选取工具移到路径两端的端点上时，鼠标指针右下角将出现两条折线。按下鼠标左键拖动，即可调整路径的起点位置。

10 使用部分选取工具对线段进行弧线角度的调整。单击线段两端的顶点，线段两端就会出现控制手柄，按下鼠标左键拖动控制柄，就可以改变运动路径弯曲的设置。

11 在图层 2 的第 20 帧处单击鼠标右键，在弹出的快捷菜单中选择【插入关键帧】命令，并在其子菜单中选择【缩放】。然后在舞台上拖动实例到合适的位置，并使用自由变形工具调整实例的大小。

12 保存文档，按 Enter 键测试动画效果。可以看到，实例将沿路径运动。此时，如果在时间轴中拖动补间范围的任一端，可以缩短或延长补间范围。

补间图层中的补间范围只能包含一个元件实例。元件实例称为补间范围的目标实例。将第二个元件添加到补间范围将会替换补间中的原始元件。

如果要将其他补间添加到现有的补间图层，可执行以下操作之一：

- 将一个空白关键帧添加到图层，将各项添加到该关键帧，然后补间一个或多个项。
- 在其他图层上创建补间，然后将范围拖到所需的图层。
- 将静态帧从其他图层拖到补间图层，然后将补间添加到静态帧中的对象。
- 在补间图层上插入一个空白关键帧，然后通过从"库"窗格中拖动对象或从剪贴板粘贴对象，从而向空白关键帧中添加对象。随后即可将补间添加到此对象。

如果要一次创建多个补间，可将多个可补间对象放在多个图层上，并选择所有图层，然后执行【插入】/【补间动画】命令。也可以用同一方法将动画预设应用于多个对象。

创建补间动画之后，可以在补间范围中按住 Ctrl 键的同时单击需要修改属性的帧，在相应的属性检查器中编辑当前帧中补间的任何非位置属性的值。此外，读者还可以在时间轴上或运动路径中选择需要设置缓动的补间，在相应的属性面板上设置补间动画的缓动，轻松地创建复杂动画，而无需创建复杂的运动路径；或者在"路径"区域修改运动路径在舞台上的位置。

在属性面板中应用简单（慢）缓动曲线，应用的缓动将影响补间中包括的所有属性。在 Flash CS5 的动画编辑器中应用缓动则可以影响补间的单个属性、一组属性或所有属性。

读者也可以使用动画编辑器补间整个补间动画的属性。创建补间动画之后，选择时间轴中的补间范围或者舞台上的补间对象或运动路径之后，动画编辑器即会显示该补间的属性曲线，如图 14-40 所示。

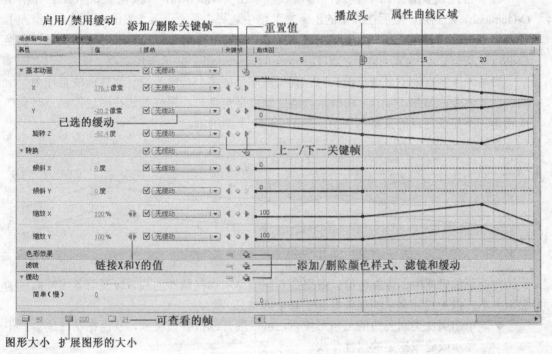

图 14-40　动画编辑器面板

使用"动画编辑器"可以查看所有补间属性及其属性关键帧，可以对关键帧属性进行全面、细致的控制。动画编辑器使用每个属性的二维图形（X 和 Y）表示已补间的属性值。每个图形的水平方向表示时间（从左到右），垂直方向表示对属性值的更改。对应的属性曲线显示在动画编辑器右侧的网格上。该网格表示发生选定补间的时间轴的各个帧。特定属性的每个属性关键帧将显示为该属性的属性曲线上的控制点。如果向一条属性曲线应用了缓动曲线，则另一条曲线会在属性曲线区域中显示为虚线。该虚线显示缓动对属性值的影响。

注意： 在动画编辑器中，"基本运动"属性 X、Y 和 Z 与其他属性不同，这三个属性联系是在一起的。此外，不能使用贝塞尔控件编辑 X、Y 和 Z 属性曲线上的控制点。

使用标准贝塞尔控件编辑每个图形的曲线与使用选取工具或钢笔工具编辑笔触的方式类似。向上移动曲线段或控制点可增加属性值，向下移动可减小值。在更改某一属性曲线的控制点后，更改将立即显示在舞台上。

属性曲线的控制点可以是平滑点或转角点。属性曲线在经过转角点时会形成夹角。属性曲线在经过平滑点时会形成平滑曲线。对于 X、Y 和 Z，属性曲线中控制点的类型取决于舞台上运动路径中对应控制点的类型。

若要将点设置为平滑点模式，可以右键单击 (Windows) 或按住 Command 并单击 (Macintosh) 控制点，然后在弹出的上下文菜单中选择【平滑点】、【平滑右】或【平滑左】。若要将点设置为转角点模式，则选择【角点】。若要在转角点模式与平滑点模式之间切换控制点，则按住 Alt (Windows) 或 Command (Macintosh) 并单击控制点。

当某一控制点处于平滑点模式时，其贝塞尔手柄将会显现，并且属性曲线将作为平滑曲线经过该点，如图 14-41 上图所示。当控制点是角点时，属性曲线在经过控制点时会形成拐角。不显现角点的贝塞尔手柄。如图 14-41 下图所示。

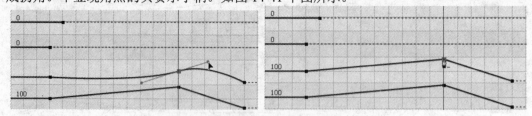

图 14-41　平滑点模式和转角点模式

在动画编辑器中，读者还可以根据需要控制显示哪些属性曲线，以及每条属性曲线的显示大小。以大尺寸显示的属性曲线更易于编辑。

- 单击属性类别旁边的三角形按钮，可以展开或折叠该类别，从而在动画编辑器中显示或隐藏指定的属性曲线。
- 使用动画编辑器底部的"图形大小"和"扩展图形的大小"字段可以调整展开视图和折叠视图的大小。
- 在动画编辑器底部的"可查看的帧" 🔲 24 字段中输入要显示的帧数，可控制动画编辑器中显示的补间的帧数。最大帧数是选定补间范围内的总帧数。

Flash 还包含一系列的预设缓动，适用于简单或复杂的效果，如图 14-42 所示。

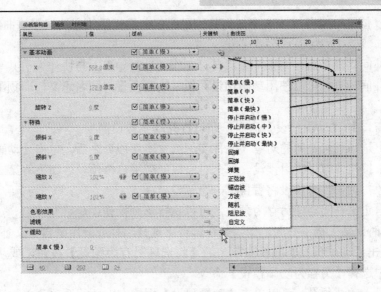

图 14-42 Flash 的预设缓动

在动画编辑器中可以对单个属性或一类属性应用预设缓动。其一般操作步骤如下：

（1）单击动画编辑器的"缓动"部分中的【添加】按扭，在如图 14-42 所示的弹出菜单中选择要添加的缓动。

（2）在要添加缓动的单个属性右侧单击【已选的缓动】按钮，在弹出的下拉菜单中选择需要的缓动方式。

在向属性曲线应用缓动曲线时，属性曲线图形区域中将显示一个叠加到该属性的图形区域的虚线曲线。该虚线曲线显示补间曲线对该补间属性的实际值的影响。通过将属性曲线和缓动曲线显示在同一图形区域中，叠加使得在测试动画时了解舞台上所显示的最终补间效果更为方便。如图 14-43 所示的绿色虚线，即为添加的缓动曲线。

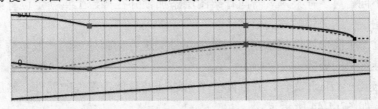

图 14-43 添加的缓动曲线

（3）如果要向整个类别的属性（如转换、色彩效果或滤镜）添加缓动，则从该属性类别的【已选的缓动】弹出菜单中选择缓动类型。

（4）在"缓动"部分中的缓动名称右侧的字段中设置缓动的值，以编辑预设缓动曲线。

对于简单缓动曲线，该值是一个百分比，表示对属性曲线应用缓动曲线的强度。正值会在曲线的末尾增加缓动。负值会在曲线的开头增加缓动。对于波形缓动曲线（如正弦波或锯齿波），该值表示波中的半周期数。

此外，读者还可以自定义缓动曲线。自定义缓曲线在曲线图区域显示为一条红色的曲线，读者可以使用与编辑 Flash 中任何其他贝塞尔曲线相同的方法编辑该曲线。

制作好补间动画之后，如果希望将自己制作的动画导出，与协作人员共享，或是导入他人制作的补间动画，可以使用动画预设面板。动画预设，顾名思义，即预配置的补间动画。

执行【窗口】/【动画预设】命令，即可打开动画预设面板。

在舞台上选中了可补间的对象（元件实例或文本字段）之后，单击【动画预设】面板中的【应用】按钮，即可应用预设。每个对象只能应用一个预设。如果将第二个预设应用于相同的对象，则第二个预设将替换第一个预设。

若要将自定义补间动画另存为预设，可以执行下列操作：

（1）在时间轴上选中补间范围，或在舞台上选择路径或应用了自定义补间的对象。

（2）单击【动画预设】面板左下角的【将选区另存为预设】按钮，或从选定内容的上下文菜单中选择【另存为动画预设】命令。

如果要导入动画预设，可以单击【动画预设】面板右上角的选项菜单按钮，从中选择【导入】命令。

14.8 反向运动

反向运动 (IK) 是一种使用骨骼的有关节结构对一个对象或彼此相关的一组对象进行动画处理的方法。使用骨骼，元件实例和形状对象可以按复杂而自然的方式移动，只需做很少的设计工作。例如，通过反向运动可以更加轻松地创建人物动画，如胳膊、腿和面部表情。

IK 骨架存在于时间轴中的骨架图层上。对 IK 骨架进行动画处理的方式与 Flash 中的其他对象不同。对于骨架，只需向骨架图层添加帧并在舞台上重新定位骨架即可创建关键帧。骨架图层中的关键帧称为姿势。

下面通过一个简单实例演示在时间轴中对骨架进行动画处理的一般步骤。该实例演示一个卡通娃娃挥手的姿势。

01 新建一个 flash 文件，并创建一个卡通娃娃身体各部件的元件。然后利用骨骼工具添加骨骼，如图 14-44 所示。

02 在时间轴中，右键单击骨架图层中的第 15 帧，然后在弹出的上下文菜单中选择【插入帧】命令。此时，时间轴上的骨架图层将显示为绿色。

03 执行下列操作之一，以向骨架图层中的帧添加姿势：
- 将播放头放在要添加姿势的帧上，然后在舞台上重新定位骨架。
- 右键单击骨架图层中的帧，然后选择【插入姿势】命令。
- 将播放头放在要添加姿势的帧上，然后按 F6 键。

Flash 将向当前帧中的骨架图层插入姿势。此时，第 15 帧将出现一个黑色的菱形，该图形标记指示新姿势。

04 在舞台上移动卡通娃娃的左胳膊，并在属性面板中调整骨骼长度，如图 14-45 所示。

图 14-44　添加骨骼　　　　　　　　图 14-45　移动骨骼位置

05 在骨架图层中插入其他帧，并添加其他姿势，以完成满意的动画。

06 完成后，在时间轴中清理播放头，以使用在姿势帧之间内插的骨架位置预览动画。

使用姿势向 IK 骨架添加动画时，读者还可以调整帧中围绕每个姿势的动画的速度。通过调整速度，可以创建更为逼真的运动。控制姿势帧附近运动的加速度称为缓动。例如，在移动腿时，在运动开始和结束时腿会加速和减速。通过在时间轴中向 IK 骨架图层添加缓动，可以在每个姿势帧前后使骨架加速或减速。

向骨架图层中的帧添加缓动的步骤如下：

（1）单击骨架图层中两个姿势帧之间的帧。 应用缓动时，它会影响选定帧左侧和右侧的姿势帧之间的帧。如果选择某个姿势帧，则缓动将影响图层中选定的姿势和下一个姿势之间的帧。

（2）在属性检查器中，从"缓动"菜单中选择缓动类型。可用的缓动包括 4 个简单缓动和 4 个停止并启动缓动。"简单"缓动将降低紧邻上一个姿势帧之后的帧中运动的加速度，或紧邻下一个姿势帧之前的帧中运动的加速度。缓动的 "强度"属性可控制哪些帧将进行缓动以及缓动的影响程度。

"停止并启动"缓动减缓紧邻之前姿势帧后面的帧以及紧邻图层中下一个姿势帧之前的帧中的运动。

这两种类型的缓动都具有"慢"、"中"、"快"和"最快"4 种形式。在使用补间动画时，这些相同的缓动类型在动画编辑器中是可用的。在时间轴中选定补间动画时，可以在动画编辑器中查看每种类型的缓动的曲线。

（3）在属性检查器中，为缓动强度输入一个值。默认强度是 0，即表示无缓动。最大值是 100，它表示对下一个姿势帧之前的帧应用最明显的缓动效果。最小值是 -100，它表示对上一个姿势帧之后的帧应用最明显的缓动效果。

（4）在完成以上操作之后，在已应用缓动的两个姿势帧之间清理时间轴中的播放头，以便在舞台上预览已缓动的动画。

14.9 交互动画

交互动画是指在作品播放时支持事件响应和交互功能的一种动画，也就是说，动画播放时能够受到某种控制，而不是象普通动画一样从头到尾进行播放。这种控制可以是动画播放者的操作，比如说触发某个事件，也可以在动画制作时预先设置某种变化。

交互性是电影和观众之间的纽带。在 Flash 中，交互动作的实现是通过脚本完成的，网页设计者通过 JavaScript，VBScript 等脚本程序通知 Flash 在发生某个事件时应该执行什么动作。当播放头到达某一帧，或当影片剪辑加载或卸载，或用户单击按钮或按下键盘键时，就会发生一些能够触发脚本的事件，使网页可以按浏览者的不同要求进行显示或者处理用户提供的各种数据并返回给用户。

脚本可以由单一动作组成，如指示影片停止播放的操作；也可以由一系列动作组成，如先计算条件，再执行动作。许多动作都很简单，不过是创建一些影片的基本控件。其他一些动作要求创作人员熟悉编程语言，主要用于高级开发。

ActionScript 是 Flash 中的脚本撰写语言，使用 ActionScript 可以让应用程序以非线性方式播放，并添加无法以时间轴表示的有趣或复杂的交互性、数据处理以及其他许多功能。

Flash CS5 引入了 ActionScript 3.0，其脚本编写功能超越了 ActionScript 的早期版本。它旨在方便创建拥有大型数据集和面向对象的可重用代码库的高度复杂应用程序。虽然 ActionScript 3.0 对于在 Adobe Flash Player 9 中运行的内容并不是必需的，但它使用新型的虚拟机 AVM2 实现了性能的改善。ActionScript 3.0 代码的执行速度可以比旧式 ActionScript 代码快 10 倍。

ActionScript 3.0 在架构和概念上是区别于早期的 ActionScript 版本的。ActionScript 3.0 中的改进部分包括新增的核心语言功能，以及能够更好地控制低级对象的改进 Flash Player API。由于篇幅限制，本书不作介绍。读者可参阅相关书籍。

Flash CS5 中包含了多个 ActionScript 版本。尽管和以往一样，Flash Player 提供针对以前发布的内容的完全向后兼容性，Flash Player 10 仍然支持 AVM1，执行 ActionScript 1.0 和 ActionScript 2.0 代码，但读者须注意以下几个兼容性问题：

● 单个 SWF 文件无法将 ActionScript 1.0 或 2.0 代码和 ActionScript 3.0 代码组合在一起。

● ActionScript 3.0 代码可以加载以 ActionScript 1.0 或 2.0 编写的 SWF 文件，但它无法访问该 SWF 文件的变量和函数。

● 以 ActionScript 1.0 或 2.0 编写的 SWF 文件无法加载以 ActionScript 3.0 编写的 SWF 文件。

Flash CS5 中还包括一个单独的 ActionScript 3.0 调试器，仅用于 ActionScript 3.0 FLA 和 AS 文件，它与 ActionScript 2.0 调试器的操作稍有不同。FLA 文件必须将发布设置设为 Flash Player 9 或更高版本。启动一个 ActionScript 3.0 调试会话时，Flash 将启动独立的 Flash Player 调试版来播放 SWF 文件。调试版 Flash 播放器从 Flash 创作应用程序窗口的单独窗口中播放 SWF。

在 Flash CS5 中，用户可以通过动作面板来创建与编辑脚本。选择【窗口】/【动作】命令，即可打开动作面板，如图 14-46 所示。

默认条件下，激活的动作面板为帧的动作面板，如果在舞台上选择按钮或是影片剪辑，"动作"面板的标题就会随着所选择的内容而发生改变，以反映当前选择。读者需要注意的是，当动画文件的脚本版本发布为 ActionScript 3.0 时，不能在按钮实例或影片剪辑实例上添加动作脚本。

用户可以在"动作"工具箱中选择项目创建脚本，也可单击"将新项目添加到脚本中"按钮 ⊕，从弹出的菜单中选择动作。"动作"工具箱把项目分为几个类别，例如动作，属性和对象等，还提供了一个按字母顺序排列所有项目的索引。当双击项目时，它将被添加到面板右侧的脚本窗格中，也可以直接单击并拖动项目到脚本窗格中。

用户也可以直接在"动作"面板右侧的脚本窗格中输入动作脚本、编辑动作、输入动作的参数或者删除动作，还可以添加、删除脚本窗格中的语句或更改语句的顺序，这和用户在文本编辑器中创建脚本十分相似。还可以通过"动作"面板来查找和替换文本，查看脚本的行号等。用户还可以检查语法错误，自动设定代码格式并用代码提示来完成语法。

此外，Flash CS5 增强了代码易用性方面的功能，以前只有在专业编程的 IDE 才会出现的代码片断库，现在也出现在 Flash CS5 中。单击【动作】面板右上角的"代码片断"选项卡，即可弹出【代码片断】面板，如图 14-47 所示。

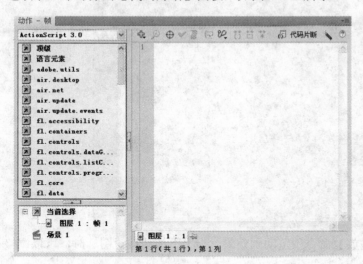

图 14-46　【动作】面板　　　　　　　　图 14-47　【代码片断】面板

Flash CS5 代码片断库通过将预建代码注入项目，可以让用户更快更高效地生成和学习 Actionscript 代码。

下面制作三个简单的实例，演示交互动画的制作方法。

14.9.1　制作音量控制按钮

01 创建一个新的 Flash 文件 ActionScript 2.0。

02 执行【插入】/【新建元件】菜单命令创建一个按钮元件。进入元件编辑窗口，依照前面章节的介绍制作一个按钮元件。

03 返加主场景，从库面板中将按钮拖到舞台上，并选择该按钮实例，选择【修改】/【转换为元件】命令，在弹出的对话框中选择【影片剪辑】选项，这样就创建一个影片剪辑，而按钮就是它的第 1 帧。

04 选中影片剪辑编辑窗口中的按钮实例，在动作面板的代码编辑区中输入如下的程序代码：

```
on(press){
    startDrag("",false,left,top,right,bottom);
    dragging=true;
}
on(release, releaseOutside){
    stopDrag();
    dragging=false;
}
```

05 返回主场景，选择舞台上的影片剪辑实例，在动作面板的代码编辑区中输入如下的程序代码：

```
onClipEvent(load){
    top=_y;
    left=_x;
    right=_x;
    bottom=_y+100;
}


onClipEvent(enterFrame){
    if(dragging==true){
        _root.setVolume(100-(_y-top));
    }
}
```

06 选择【控制】/【播放】命令预览动画效果。当上下拖动按钮图标时，可以调整音量的大小。

14.9.2 动态修改颜色

01 新建一个 ActionScript 2. 0 Flash 文件。

02 选择多角星形工具，在属性面板上设置笔触颜色和轮廓颜色之后，单击属性面板上的【选项】按钮，设置样式为【星形】，边数为 6，然后在舞台中间绘制一个星形。

03 选中星形，执行【修改】/【转换为元件】命令，将星形转换为图形元件。

04 选择【插入】/【新建元件】命令建立一个影片剪辑元件。进入元件编辑窗口，从库面板中拖放一个星形至舞台，然后在时间轴上选择第 60 帧，按 F6 键加入关键帧，在该帧利用自由变形工具缩放星形。

05 单击第 1 帧~第 60 帧之间的任意一帧，点击右键，在弹出的上下文菜单中选择【创建补间形状】菜单命令，建立渐变动画效果。

06 选中第 1 帧，在对应的属性面板上设置旋转方向为顺时针，旋转次数为 3。

07 单击时间轴上方的【场景 1】按钮回到主界面。选择【插入】/【新建元件】命令建立一个按钮元件。进入元件编辑窗口，利用椭圆工具绘制一个按钮。

08 返回主场景。执行【窗口】/【库】命令，调出库窗口，拖动窗口中的影片剪辑元件到主界面的第 1 帧，在属性面板上将实例名称设置为 colortest。

09 新建一个图层，选择文本工具，在属性面板的"文本引擎"下拉列表中选择"传统文本"，在"文本类型"下拉列表中选择"输入文本"，并选中"在文本周围显示边框"图标按钮。

10 在舞台上绘制一个输入文本框，并在属性面板中将其实例名称设为 input。

11 新建一个图层，从库面板中拖放一个按钮实例到舞台。

12 选择舞台上的按钮实例，在【动作】面板的脚本编辑区添加如下代码：

```
on (release){
    var c=new Color(colortest);
    c.setRGB("0x"+input.text);


}
```

13 选择【控制】/【测试影片】命令观看动画效果。

在文本框中输入不同的数值之后，单击按钮，可以改变影片剪辑实例的颜色。

14.9.3 控制蝴蝶飞舞

01 新建一个 ActionScript 3.0 Flash 文件，选择【插入】/【新建元件】命令创建一个名为"1/4wing"的图形元件。使用绘图工具绘制一个如图 14-48 所示的蝴蝶翅膀。

02 同样的方法，再分别创建名为"3/4wing"和"wing"的两个图形元件，使用绘图工具绘制如图 14-49 和图 14-50 所示的蝴蝶翅膀。

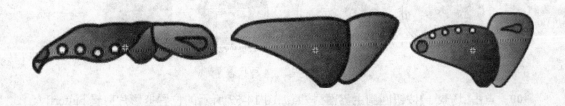

图 14-48　1/4 蝴蝶翅膀效果图　　　图 14-49　3/4 蝴蝶翅膀效果图　　　图 14-50　蝴蝶翅膀效果图

03 选择【插入】/【新建元件】命令创建一个名为"body"的图形元件。使用绘图工具绘制一个如图 14-51 所示的蝴蝶的身体。

04 选择【插入】/【新建元件】命令创建一个名为"butterfly"的影片剪辑,将绘制好的图形元件拖放到界面的第一帧,调整其位置,效果如图 14-52 所示。

05 点击第 2 帧,按 F6 键添加关键帧。并在该帧里调整翅膀实例和身体实例的位置,效果如图 14-53 所示。

图 14-51　蝴蝶的身体　　　　图 14-52　翅膀的组合　　　　图 14-53　翅膀的效果

06 同理,逐帧设置该动画,一直到第 8 帧,效果图如图 14-54 所示。

图 14-54　蝴蝶的逐帧效果图

07 选择【插入】/【新建元件】命令创建一个名为"Round red"的按钮元件。使用绘图工具和调色版工具绘制如图 14-55 所示的圆形按钮,分别代表圆形按钮的弹起、按下、指针经过、点击 4 种状态。

图 14-55　红色按钮 4 种状态

08 用同样的方法制作一个"Round green"按钮,其 4 种状态效果如图 14-56 所示。

图 14-56　绿色按钮 4 种状态

09 点击【场景 1】按钮回到主界面。按照如图 14-57 所示的位置把影片剪辑 butterfly、按钮元件 Round green、按钮元件 Round red 拖到相应的位置上。

10 选中影片剪辑实例,在属性面板上将其命名为 butterfly_mc。选中按钮实例,分别在属性面板上将其命名为 stopbutton 和 startbutton。然后用文本工具在按钮实例右侧输入如图 14-57 所示的文本。

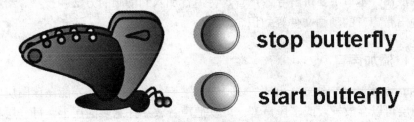

图 14-57　按钮位置图

11　新建一个图层，并命名为 Action。单击第 1 帧，选择红色按钮实例，打开【代码片断】面板，双击"事件处理函数"分类下的"Mouse Click 事件"。

12　切换到【动作】面板，在脚本编辑区删除使用【代码片断】面板添加的处理函数中的示例代码，然后输入如下代码：

```
Butterfly_mc.stop();
```

13　选择绿色按钮，按照第 10 步中的方法添加脚本。然后在【动作】面板的脚本编辑区输入如下代码：

```
Butterfly_mc.play();
```

此时，【动作】面板的脚本编辑区中的代码如下：

```
    /* stopbutton 的 Mouse Click 事件*/
stopbutton.addEventListener(MouseEvent.CLICK,
fl_MouseClickHandler);
function fl_MouseClickHandler(event:MouseEvent):void
{
    butterfly_mc.stop();
}


    /* startbutton 的 Mouse Click 事件*/
startbutton.addEventListener(MouseEvent.CLICK,
fl_MouseClickHandler_2);
function fl_MouseClickHandler_2(event:MouseEvent):void
{
    butterfly_mc.play();
}
```

14　选择【控制】/【播放】命令观看动画效果。

14.10　制作有声动画

声音也是动画的重要组成部分，一个好的动画或网页，不仅要有精彩的画面，强大的功能，而且还有有优美动听的音乐。Flash CS5 提供了许多使用声音的途径，可以使声音独立于时间轴窗口之外连续播放，也可使音轨中的声音与动画同步，使它在动画播放的过程中淡入或淡出。本节主要讲解导入声音、将声音加入到动画的方法和技巧、给动画配音以及如何输出带声音的动画文件等知识。

📖 14.10.1 添加声音

在 Flash 动画文件中添加声音时，必须先创建一个声音图层，才能在该图层中添加声音，声音图层可以存放一段或多段声音。可以把声音放在任意多的层上，每一层相当于一个独立的声道，在播放影片时，所有层上的声音都将回放。添加声音的步骤如下：

（1）选择【文件】/【导入】/【导入到库】命令，在弹出的【导入】对话框中找到需要的声音文件，单击【打开】按钮，即可将声音文件导入到 Flash 中，并将声音文件以元件的形式保存在库中。

（2）选择【插入】/【图层】命令，为声音创建一个图层。

（3）单击选择声音层上预定开始播放声音的帧，插入关键帧，然后在属性面板的【声音】下拉列表框中选择要置于当前层的声音文件。

（4）在【效果】下拉列表框中选择一种声音效果，用来进行声音的控制。

✧ 【左声道】、【右声道】：表示声音只在左声道或右声道播放。

✧ 【从左到右淡出】、【从右到左淡出】：使声音的播放从左声道移到右声道；或从右声道移到左声道。

✧ 【淡入】、【淡出】：在声音播放期间逐渐增大音量；或逐渐减小音量。

✧ 【自定义】：自定义声音效果。

（5）在【同步】下拉列表框中确定声音播放的时间。

✧ 【事件】：把声音与一个事件的发生同步起来。

✧ 【开始】：该选项与【事件】唯一不同的地方在于，到达一声音的起始帧时若有其他声音播放，则该声音将不播放。

✧ 【停止】：使指定声音不播放。

✧ 【数据流】：使声音与影片在 Web 站点上的播放同步。

（6）在【循环】文本框中输入数字用于指定声音重复播放的次数。

指定关键帧开始或停止声音的播放以使它与动画的播放同步，是编辑声音时最常见的操作。当动画播放到关键帧时，将开始声音的播放。用户也可以让关键帧与场景中的事件联系起来，当指定的事件触发时停止或播放声音。

下面通过两个实例演示声音与动画同步的具体制作方法。

实例1　在指定关键帧开始或停止声音播放

01 新建一个 FLA 文件，执行【文件】/【导入】/【导入到库】菜单命令将声音文件 swear.mp3 导入到库面板中。

02 选择【插入】/【图层】命令，为声音创建一个图层。

03 单击声音图层的第 5 帧，插入关键帧，并在属性面板上的【声音】下拉列表框中选择导入的声音文件，然后在【同步】下拉列表框选择【开始】选项。

04 在第 70 帧创建另一个关键帧，在【声音】下拉列表框中选择 swear.mp3，然后在【同步】下拉列表框选择【停止】选项。

05 按照上述方法将声音添加到动画内容之后，可以在时间轴窗口的声音图层中看到声音的幅度线，如图 14-58 所示。

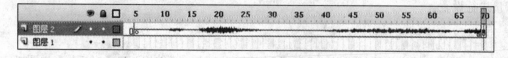

图 14-58　添加声音后的时间轴窗口

06 按 Enter 键预览声音效果。

当动画播放到第 5 帧时开始播放音乐，到第 70 帧时自动停止。

💡**注意**：声音图层时间轴中的两个关键帧的长度不要超过声音播放的总长度，否则当动画还没有播放到第 2 个关键帧，声音文件就已经结束，添加的功能就无法实现。

实例2　为按钮添加声音

01 新建一个 Flash 动画文件。选择【插入】/【新建元件】命令，新建一个按钮元件。

02 进入元件编辑窗口，在按钮的各个状态插入关键帧，使用绘图工具箱中的工具绘制按钮的各个状态。

03 在元件编辑窗口中加入一个声音图层，在声音图层中为每个要加入声音的按钮状态创建一个关键帧，如图 14-59 所示。

例如，若想使按钮在被单击时发出声音，可在按钮的标签为【按下】的帧中加入一个关键帧。

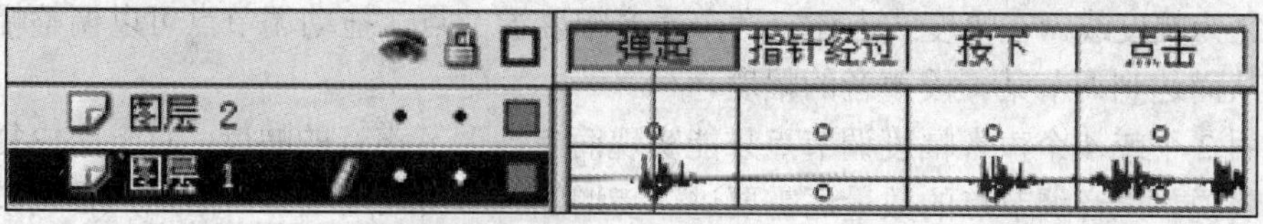

图 14-59　在按钮元件编辑窗口中添加声音图层

04 选中关键帧，并在属性面板上的【声音】下拉列表框中选择需要的已导入的声音文件，然后在属性面板的【同步】下拉列表框中选择声音对应的事件。

05 添加声音后，单击【场景 1】按钮，返回到场景编辑舞台。

06 从库面板中将刚才创建的按钮拖曳到舞台上。执行【控制】/【测试影片】命令观看动画效果。

为了使按钮中不同的关键帧中有不同的声音，可以把不同关键帧中的声音置于不同的层中，还可以在不同的关键帧中使用同一种声音，但使用不同的效果。

📖 14.10.2 编辑声音

将声音加入到声音图层中之后，还可以根据需要对声音的起点和终点以及播放时间的音量进行设置。

1. 定义声音的起点和终点

在声音的属性设置面板上单击【编辑】按钮，即可打开【编辑封套】对话框，如图 14-60 所示。在该对话框中可定义声音的起始播放点和结束点，以及播放时声音的音量。

在图 14-60 中可以看到两个波形图，它们分别是左声道和右声道的波形。在左声道和右声道之间有一条分隔线，分隔线上左右两侧各有一个控制手柄，它们分别是声音的开始滑块和结束滑块，拖动它们可以改变声音的起点和终点，如图 14-61 所示。滑块之外的声音将从动画文件内删除。

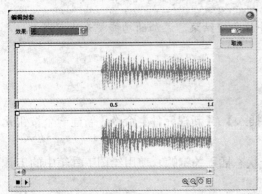

图 14-60　【编辑封套】对话框　　　　图 14-61　定义声音的起点和终点

2. 调节声音的幅度

在【编辑封套】对话框中的声道波形的下面还有一条直线，它就是用来调节声音的幅度，称之为幅度线。在幅度线上还有两个声音幅度调节点，拖动调节点可以调整幅度线的形状，从而达到调节某一段声音的幅度。

使用 2 个或 4 个声音幅度调节点只能实现简单地调节声音的幅度，对于比较复杂的音量效果来说，声音调节点的数量还需要进一步增加。单击幅度线即可添加声音调节点。例如在幅度线上单击 4 次，将左、右声道上个添加 4 个声音调节点，如图 14-62 所示。

⚠️ **注意**：声音调节点的数量不能够无限制地增加，最多只能有 8 个声音调节点，如果用户试图添加多于 8 个声音调节点时，Flash 将忽略用户单击幅度线的操作。

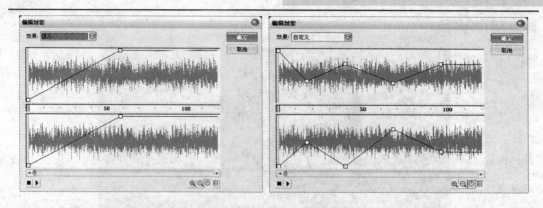

图 14-62　添加声音调节点前后的效果

14.11　应用视频

Flash CS5 提供了对视频完美的支持，支持导入多种视频文件格式。FLV 和 F4V (H.264) 视频使用户可以轻松地将视频以几乎任何人都可以查看的格式放在网页上。读者可以把视频导入 Flash 文件，也可以把读者制作的 Flash 文件发布成 MOV（QuickTime movie）视频。

导入视频和导入位图或矢量图一样方便。在导入视频时，用户可以嵌入一个视频片断作为动画的一部分，且在动画中可以设置视频窗口大小、像素值等。

在 Flash CS5 中导入视频的基本步骤如下：

（1）新建一个 FLA 文件。执行【文件】/【导入】/【导入视频】命令。

（2）在弹出的对话框中选择需要导入的视频文件之后，单击【打开】按钮，弹出【导入视频】对话框。

在这里，用户可以根据具体要求选择部署视频的方式。

（3）选择部署视频的方式。如果选择的视频文件是以 FLV 或 H.264 格式编码的视频，则点击【下一步】按钮后，可直接导入全部视频文件。如果选中【启动 Adobe Media Encoder】按钮，则可对导入的视频进行编辑。

（4）启动 Adobe Media Encoder 之后，在视频编辑对话框中，设置视频编码后的格式，以及视频编码配置文件。单击"输出文件"下方的路径，可以选择编码后的视频的保存位置。单击【添加】按钮可以打开资源管理器，打开其他需要编码的视频文件。单击"预设"下方的配置文件，切换到如图 14-63 所示的编码界面。在这里可以设置影片的音视频编码。

（5）切换到【视频】选项卡，设置视频编解码器、帧频、品质以及关键帧和关键帧间隔。拖动播放轴线上的 ◁ 和 ▷ 滑块可以选择导入视频的长度范围。单击视图缩放级别按钮，可以在弹出的下拉列表中设置对话框左上方视图的缩放大小。单击对话框左上角的【裁剪】按钮，视频视图四周将出现裁切框，将鼠标指针移到裁切框的边线上，按下鼠标左键拖动，可以在某一个方向上裁切视频剪辑，消除视频中的一些区域，以强调帧中特定的焦点，如图 14-64 所示。

（6）在【音频】选项卡中设置是否对音频编码，以及数据速率。

（7）添加提示点。

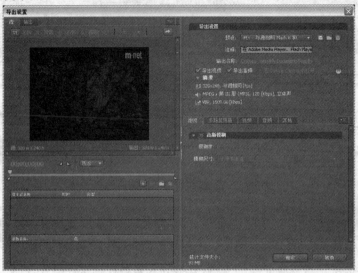

图 14-63　编码界面

图 14-64　视频编码界面

使用回放头定位到要嵌入提示点的特定帧（视频中的位置），然后单击提示点列表左上角的【添加提示点】按钮，并在"类型"下拉列表中指定要嵌入的提示点的类型。单击对话框左下方区域的加号（+）按钮，然后修改自动添加的参数的名称和值。

（8）设置完成后，点击【确定】按钮，切换到 Adobe Media Encoder 主界面，然后单击【开始队列】按钮，即可开始按以上设置对视频文件进行编码。

除了可以将视频直接导入 Flash 内部以外，如果想导入一段 QuickTime 视频，还可以通过链接的方式为 Flash 设定一个指向外部视频的指针。

单击【文件】/【导入】命令，找到需要导入的 QuickTime 视频，点击【打开】按钮自动弹出一个 QuickTime 视频导入向导。在该向导中选择连接到外部的方式后，单击【下一步】按钮即可。此时，可以通过【控制】/【播放】命令来预览包含有外部链接的视频文件。

　　读者需要注意的是，通过链接的方法引入 QuickTime 视频后，Flash 文件的发布格式就只能为 QuickTime，而不能为 SWF 动画了。

14.12　思考与练习

1. 填空题

　　（1）动画的基本单位是＿＿＿＿＿＿＿。

　　（2）Flash 动画可以分为两类。一种是＿＿＿，另外一种是过度动画，过度动画又分为＿＿＿和＿＿＿。

　　（3）Flash 中使用＿＿＿＿＿＿＿对话框编辑声音的起点、终点和大小强弱的。

2. 思考题

　　（1）如何快速地插入关键帧？关键帧在动画中起什么作用？

　　（2）动画的播放速度用什么来控制？如何设定 Flash 动画的播放速度？

　　（3）在 Flash CS5 中如何为帧，按钮以及影片剪辑添加动作？

　　（4）逐帧动画和渐变动画各有什么优缺点？

　　（5）如何编辑声音的起始点？

3. 操作题

　　（1）导入一幅图片，创建该图片沿曲线移动，在移动的过程中不断旋转并逐渐地消失。

提示：首先将导入的图像转换为元件，然后创建沿曲线移动的动画，通过对应的属性设置面板将第 2 个关键帧所对应的实例的 Alpha 属性设置为 0（完全透明）。

　　（2）制作一个带声音的按钮。

　　（3）将导入到 Flash 动画中的声音调节为淡入或淡出的效果。

　　（4）自己创建一个简单的动画，使其在第一个关键帧处于停止状态；在动画中添加一个按钮，并能够通过该按钮控制动画的播放。

　　（5）创建一个形状补间动画，要求从"FLASH"5 个字母到"动画"的渐变，同时要求有颜色的渐变效果。

　　（6）发挥自己的想象力，制作一个动画，融合了运动补间，外形渐变，运动引导层和遮罩动画的制作。

第 **15** 章

综合实例——制作游戏网站

通常情况下，制作一个网站需要综合运用这三种软件才会使得网站的形式与内容完美地统一起来。本章将从一个简单的网页实例入手，详细介绍制作文本、图像、链接、动画等各种网页组件的基本方法和技巧，力图用生动的语言和详尽的步骤使初学者轻松地学会综合运用 Dreamweaver、Fireworks 和 Flash 制作网页的基本方法。

 学 习 要 点

- ◎ 规划网站结构的一般方法
- ◎ 制作弹出菜单和引导动画
- ◎ 上传站点的步骤

15.1 规划网站结构

创建网站是一项复杂的工作，很大的工作量会耗在页面构思上，需要综合考虑审美、网站内容、网站性质、目录设置、使用是否方便等多种因素。因此，创建网站之前，需要先规划一下网站的结构和页面的布局。由于篇幅限制，本章仅介绍站点规划、首页制作的步骤，用户可按类似方法完成网站的其他栏目。

本例的最终效果如图 15-1 所示。

图 15-1　网站效果图

15.1.1 设置站点栏目

制作网站前应先设置站点栏目，以便根据栏目安排站点的文件结构。在实际制作中，用户最好有一个网站的页面结构示意图，以显示栏目名称、用途以及各栏目板块之间的关系。图 15-2 是网站"游民部落"的栏目示意图。

栏目示意图只显示了站点最上层的结构，实际制作中还应制作更细致的结构。应根据建站目的、服务对象、设备性能、已有栏目来确定新栏目，同时，也应充分考虑开发者的技术支持。

确定好站点栏目后，就可以设置站点的文件结构了。

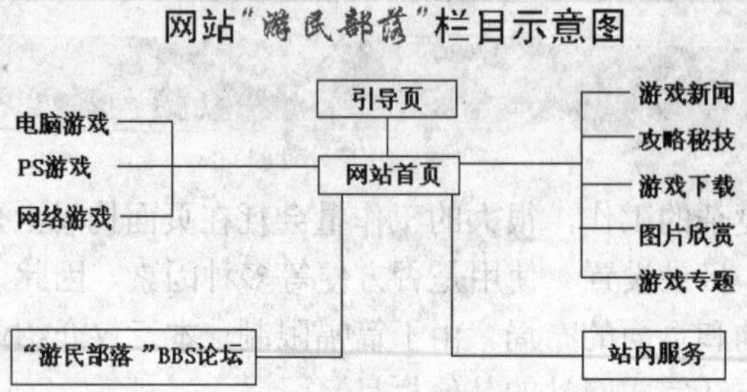

网站"游民部落"栏目示意图

图 15-2　网站"游民部落"的栏目示意图

📖15.1.2　站点的文件结构

大型网站往往有很多文件，包括网页、图片、多媒体、数据库、程序等，如何管理这些文件呢？这就需要在建站时设置一个科学合理的文件结构。

文件结构是根据站点的栏目设置确定的，网站"游民部落"的所有文件均存放于文件夹 C:\Inetpub\wwwroot\gamelover 中。用户应根据栏目及需要，在根文件夹中建立相应的子文件夹，存放同类文件。这样才能做到井然有序，方便站点的开发，同时也益于日后的管理。

在设计开发中，通常将网站的公有文件（如首页、图片）和一级栏目（如本章实例中的 type、channel、bbs、site）存放于站点根文件夹中；一级栏目内的公有文件（如栏目首页、栏目专有的图片文件）和二级栏目（如本章实例中的 pcgame、psgame、mud）存放于相应一级栏目的文件夹（如本章实例中的 type 文件夹）中；依此类推，直到安排好所有文件。

站点规划是网站建设中最基本也是最重要的步骤，精彩的栏目安排和科学合理的文件结构是成功网站的先决条件。站点规划完成后，就可以正式创建站点了。

15.2　创建站点

01 启动 Dreamweaver，选择【站点】/【管理站点】/【新建】命令，在弹出的【站点设置】对话框中设置站点名称为"游民部落"。

02 指定本地站点文件夹的路径 C:\Inetpub\wwwroot\gamelover。

03 单击【站点设置】对话框左侧分类中的【服务器】，然后单击【添加新服务器】按钮，在弹出的屏幕中设置服务器名称，连接方式为 FTP，FTP 地址为：ftp://ftp. gamelover .com.cn；用户名为 admin；密码为 admin；Web URL 地址为 http://www.gamelover. com.cn。

04 单击【保存】按钮。单击【站点设置】对话框左侧分类中的【高级设置】，在其子分类中选择【本地信息】，设置默认图像文件夹为 C:\Inetpub\wwwroot\gamelover\image\；Web URL 为 http://127.0.0.1/。

05 单击【保存】按钮，即在本地计算机上建立了"游民部落"站点。

📖15.2.1　制作站点的引导页

引导页是在主页前加载到用户计算机的网页，通常包含欢迎信息，网站名称等。本实例的引导页制作可以分为三个步骤：在 Flash 中制作欢迎动画、利用 Fireworks 制作网站 LOGO、利用 Dreamweaver 组织页面内容。

1. 制作欢迎动画

01 启动 Flash，创建一个空白的 FLA 文档。选择【修改】/【文档】命令，将"尺寸"设置为 500px×400px，"背景色"为黑色。

02 单击工具栏"文本工具"按钮，在属性设置面板内设置文本类型为【静态文本】，字体为 Arial TUR，字体大小为 20，颜色为橙色。然后在工作区右方输入文本"http://www.gamelover.com.cn"。

03 在时间轴面板"图层 1"的第 50 帧位置添加关键帧。选中该帧，将文本拖动到工作区的左方。

04 在时间轴面板上单击"图层 1"的第 1 帧，并执行【插入】/【传统补间】命令。

05 新建图层 2。单击工具栏"文本工具"按钮，在属性设置面板内设置文本类型为【静态文本】，字体为 Microsoft Sans Serif，字体大小为 20，颜色为灰色，然后在工作区下方输入文本"游民部落——游戏爱好者的天堂"。

06 在时间轴面板"图层 2"的第 50 帧位置添加关键帧。选中该帧，将文本拖动到工作区的上方。

07 在时间轴面板上单击"图层 2"的第 1 帧，单击鼠标右键，在弹出的快捷菜单中选择【创建传统补间】命令。

08 新建"图层 3"。导入一幅黑底的 JPEG 图片，如图 15-3 所示。

09 选中导入的图片，选择【插入】/【转换为元件】命令，将其转换为图形元件。

10 选中图形元件，在属性设置面板上将其颜色样式设置为【Alpha】，参数为 0%，将图片变成完全透明。

11 在时间轴面板上"图层 3"的第 60 帧位置添加关键帧，选中导入的图片元件，将其颜色样式设置为【Alpha】，参数为 100%。这样图片变成完全不透明。

12 单击时间轴面板"图层 3"的第 1 帧，单击鼠标右键，在弹出的快捷菜单中选择【创建传统补间】命令，然后在属性面板上设置【缓动】为 100，顺时针旋转 6 次，【同步】类型为【事件】，不循环。完成后的效果如图 15-4 所示（第 25 帧位置）。

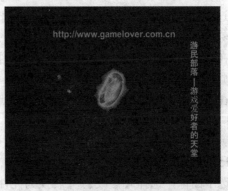

图 15-3　导入的 JPEG 图片　　　图 15-4　第 11 步完成后的效果（第 25 帧位置）

⑬ 新建"图层 4"。在"图层 4"第 61 帧位置添加关键帧。单击绘图工具箱中的文本工具按钮，在属性设置面板内设置文本类型为【静态文本】，字体为"华文琥珀"，大小为 200，颜色为红色。在工作区中输入"？"。

⑭ 在时间轴面板上"图层 4"的第 62 帧～第 69 帧上均添加关键帧。选中第 62 帧，删除工作区文本"？"。

⑮ 按照同样的方法删除第 64、66、68 帧上的文本内容。这样在播放时形成了一个闪烁效果。

⑯ 新建"图层 5"。在"图层 5"第 70 帧位置添加关键帧。单击工具栏"文本工具"按钮，在属性设置面板内设置文本类型为"动态文本"，字体为"华文行楷"，大小为 200，颜色为桔黄。在工作区的左下方输入"游"字。

⑰ 选择【修改】/【转换为元件】命令，将文本"游"转换为"图形"元件。

⑱ 选中图形元件"游"字，在属性设置面板上将其颜色样式设置为【Alpha】，参数设置为 0%。这样即将该字设置为完全透明。

⑲ 在"图层 5"第 85 帧的位置添加关键帧，将图形元件"游"字脱到工作区左上角，并在属性设置面板上将其颜色样式设置为【Alpha】，参数设置为 100%。

⑳ 在"图层 5"第 130 帧的位置添加关键帧。这样即制作了一个从工作区外飘入"游"字的效果，并且"游"字是从透明渐渐变成不透明的。

㉑ 按照第 **⑯** ～ **⑳** 步类似的方法，分别制作一个从工作区外飘入"民"、"部"、"落"的效果。

　　注意在时间轴面板上应将 4 个动画效果设置为依次播放，即"民"字的动画帧为第 86 帧～第 96 帧；"部"字和"落"字的动画帧为第 96 帧～99 帧。设置完成后，在 3 个图层的第 130 帧位置均添加帧。此时的效果如图 15-5 所示。

㉒ 新建"图层 9"。在第 99 帧位置添加关键帧。单击文本工具按钮Ａ，在属性面板上设置文本类型为"动态文本"，字体为"华文隶书"，大小为 20，颜色为浅灰色。

㉓ 在工作区"游民"和"部落"之间的区域水平输入"游戏爱好者的乐园，欢迎光临游民部落！"。

㉔ 选中输入的文本，选择【修改】/【转换为元件】命令，将文本转换为"图形"元件。

㉕ 选中图形元件，在属性设置面板上将颜色样式设置为【Alpha】，参数设置为 0%。这样即将该文本设置为完全透明。

㉖ 在"图层 9"第 120 帧的位置添加关键帧，选中插入的图形元件，在属性设置面板上将其颜色样式设置为【Alpha】，参数设置为 100%。

㉗ 在"图层 9"第 130 帧的位置添加帧。这样即制作了一个从透明渐渐变成不透明的欢迎文本。

㉘ 新建"图层 10"。在第 110 帧位置添加关键帧。选择【文件】/【导入】命令，重新导入图 15-3 所示的图像。

㉙ 选中图像，选择【修改】/【转换为元件】命令，将图像转换为图形元件。

㉚ 在"图层 10"的第 120 帧位置添加关键帧，将上一步插入的元件拖到工作区的右下角。

31 单击"图层 10"的第 110 帧，选中上一步插入的元件。选择【修改】/【变形】/【任意变形】命令，拖动控制柄，将元件拉伸至文档大小，如图 15-6 所示。

图 15-5　第 18 步完成后的效果（第 99 帧位置）　　　图 15-6　将元件拉伸至文档大小

32 单击"图层 10"的第 110 帧，在属性设置面板上将其颜色样式设置为【Alpha】，参数设置为 0%。

33 在"图层 10"的第 130 帧位置添加关键帧。

34 新建"图层 11"。在第 95 帧位置添加关键帧。

35 选择【窗口】/【公共库】/【声音】命令，在【库-声音】面板中选中声音"Beam Scan"，并将其拖动到工作区中。此时的效果如图 15-7 所示。

36 选择【文件】/【导出影片】命令，将文件命名为"welcome.swf"，保存类型为"Flash 影片（*.swf）"，保存位置为 C:\Inetpub\wwwroot\gamelover\multimedia。

37 设置完成后，单击【保存】按钮，此时会跳出【导出 Flash Player】对话框，设置"生成大小报告"并压缩影片，JPEG 品质设为 50，导出版本为 Flash 10。单击【确定】按钮。

38 将文档保存为"welcome.fla"。

2. 制作 LOGO

LOGO 是一个网站的标志，大型网站通常都有醒目和吸引人的 LOGO。本节将使用 Fireworks 制作网站"游民部落"的 LOGO 标志。具体步骤如下：

01 启动 Fireworks，打开一个已有的 JPEG 文件，如图 15-8 所示。

02 调出属性设置面板。单击文本工具按钮，在文档中输入"游民部落"。

03 选中文本，设置字体为华文隶书，大小为 80，填充方式为放射状，深蓝，纹理为五彩纸屑，参数为 50%，平滑消除锯齿。

04 在文本属性设置面板上单击"添加滤镜"按钮**➕**，分别为文本"游民部落"添加【阴影和光晕】/【投影】和【阴影和光晕】/【内侧发光】效果。此时的效果如图 15-9 所示。

05 选择【窗口】/【样式】命令，调出样式面板。

06 单击"文本工具"按钮，在文档中输入"GameLover"。

07 选中文本"GameLover",双击样式面板的"Style 26"样式,在跳出的【编辑样式】对话框中按图 15-10 所示设置各项参数,设置完毕,单击【确定】按钮。

图 15-7　完成效果(第 130 帧位置)

图 15-8　打开已有的 JPEG 文件

图 15-9　第 4 步制作完成的文本"游民部落"

图 15-10　"编辑样式"对话框

08 选中文本"GameLover",在属性设置面板上将文本调整到合适的大小,制作完成的文本"GameLover"如图 15-11 所示。

$$\text{GameLover}$$

图 15-11　第 8 步制作完成的文本"GameLover"

09 调整文本"游民部落"、"GameLover"和背景图像至合适位置,如图 15-12 所示。

10 选中页面中的所有对象,选择【修改】/【平面化所选】命令,将矢量对象全部转化为位图对象,如图 15-13 所示。

图 15-12　调整好的对象位置

图 15-13　将矢量对象转化为位图对象

11 单击裁剪工具按钮，在文档中拖出一个裁减框。用鼠标拖动裁减框四周的控点,调整裁减框大小,使其刚好能容纳下文档内容。双击鼠标,裁除文档多余的部分。

12 选择【修改】/【图像大小】命令,调出【图像大小】对话框,选中对话框中的【约束比例】项,然后将图像宽度↔设置为 160 像素。设置完成后,单击【确定】按钮。

13 选择【窗口】/【优化】命令调出优化面板,在"设置"栏选择【JPEG-较高品质】。

14 选择【文件】/【导出】命令,在【导出】对话框中输入文件名"logo","保存类型"选择【仅图像】。设置完毕，单击【保存】按钮。

15 选择【文件】/【保存】命令，将文档保存为 "logo.png"。

3. 制作引导页

制作好引导动画和网站 LOGO 之后，接下来就可以利用 Dreamweaver 将这些网页素材组织成网页。具体操作步骤如下：

01 启动 Dreamweaver，选择【窗口】/【站点】命令，打开站点面板。

02 在站点选择栏内选择已建立的站点"游民部落"，并将站点视图设置为"本地视图"。

03 新建一个 HTML 文件，重命名为 default.html，并将其保存在"游民部落"站点根目录下。

04 在编辑区打开上一步中新建的文件。选择【修改】/【页面属性】命令，设置背景颜色为#000000，文本颜色为#999999。

05 选择【窗口】/【CSS 样式】命令，打开 CSS 样式面板。

06 单击"CSS 面板"上的"新建 CSS 样式"按钮 ，设置选器器类型为【类】，选择器名称为.default，且规则定义位置为【仅限该文档】。

07 单击【确定】按钮，在弹出的对话框内按图 15-14 所示设置各项参数。

08 单击"新建 CSS 样式"按钮，设置选器器类型为【复合内容】，选择器名称为a:link，且规则定义位置为【仅限该文档】。

图 15-14 【CSS 规则定义】对话框

09 按照第 7 步类似的方法设置 "a:link" 的参数。设置完毕，单击【确定】按钮。

10 单击"新建 CSS 样式"按钮，按图第 7 步类似的方法设置参数，"选择器"设定为 "a:hover"。设置完毕，单击【确定】按钮。在【CSS 规则定义】窗口内将"修饰"设定为"下划线"，"颜色"设定为黄色。设置完成，单击【确定】按钮。

11 调出属性设置面板。单击属性设置面板上的"居中对齐"按钮 。

12 选择【窗口】/【插入】命令，调出插入面板。单击插入面板的"常用"选项卡。

13 单击插入面板的"插入表格"按钮，在【插入表格】对话框内设置行数为 5，列数为 1，宽度为 600 像素，其他均为 0。设置完毕，单击【确定】按钮。

14 在表格第 1 行的单元格内输入 "http://www.gamelover.com.cn"。选中文本，在属性设置面板内单击字体按钮，切换到 CSS 样式视图。选择刚才建立的 ".default" 样式。

15 将光标移到表格第 2 行的单元格中，单击属性设置面板上的"居中对齐"按钮 。

16 单击插入面板的 "Flash" 按钮，在单元格中插入制作的 Flash "welcome.swf"。

17 选中第 16 步插入的 Flash，在属性设置面板上设置其宽为 500，高为 400，且选中【自动播放】选项。

18 在表格第 4 行的单元格内插入网站的 LOGO 标志 logo.jpeg。

19 换行输入"欢迎光临游民部落，点击进入"。选中文本"点击进入"，在属性设置面板的"链接"栏内设置文本的链接"index.htm"（该文件是设置站点文件结构时建立的，作为该站点的首页），"目标"设定为_self"。

20 在表格第 5 行的单元格内居中插入一个 3 行 1 列的表格，按图 15-15 所示输入文本作为网站信息栏。并为文本"admin@gamelover.com.cn"添加电子邮件链接。

21 选择【窗口】/【资源】命令，单击面板左侧的 📖 图标，切换到库项目视图。

22 选中第 18 步建立的表格，将其拖到资源面板的库项目视图中，并命名为copyright。如图 15-16 所示。

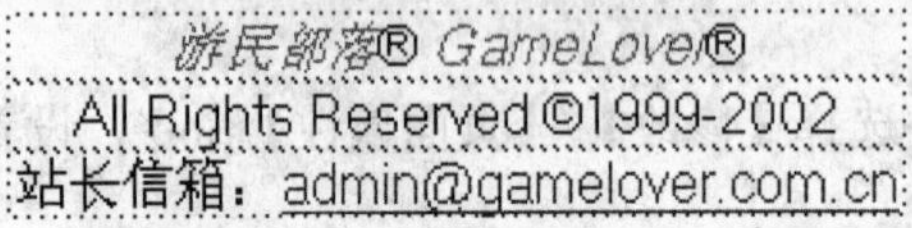

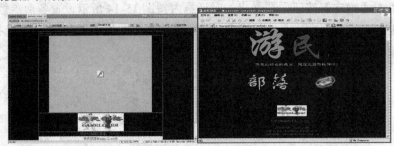

图 15-15　使用表格制作的网站信息栏 　　　图 15-16　转换为库项目后的网站信息栏

23 按 F12 键预览网页，并根据需要作修改。图 15-17 是网页 default.html 完成后的视图和在浏览器中的效果。

图 15-17　引导页完成后的视图和在浏览器中的效果

24 保存引导页 default.html。

15.2.2 制作首页

首页是网站中最重要的页面。首页的布局应做到清晰合理，样式最好能吸引浏览者。首页的内容应涵盖网站的主要板块、特色栏目、最新更新等。

1. 制作弹出菜单

01 启动 Fireworks。选择【文件】/【新建】命令，在【新建文档】对话框中，将"画布大小"设置为 720 像素×35 像素，画布颜色设置为透明。

02 选择【窗口】/【公用库】命令，调出【公用库】面板，选中按钮类别中合适的按钮，将其拖放到文档中。

03 选中导入的按钮，在属性设置面板上将其位置参数"X"设置为 0，"Y"设置为0。将导入的按钮精确定位到文档的最左侧。

04 同理，再向文档中导入 4 个按钮，并通过属性设置面板使其水平分布，刚好布满整个文档。

05 在属性设置面板上将 5 个按钮的"文本"分别设置为"游民论坛"、"电脑游戏"、"PS 游戏"、"图片欣赏"和"攻略秘技"。设置完成后的文档如图 15-18 所示。

图 15-18　设置按钮的文本标签

06 打开行为面板。选中"电脑游戏"按钮，可以看到行为面板上已经有"设置导航栏图像"行为，这是在导入按钮元件时自动添加的。

07 单击行为面板上"添加行为"按钮 ✦，在下拉菜单中选择【设置弹出菜单】行为。在【弹出菜单编辑器】中按图 15-19～图 15-22 所示设置各项参数。用户也可根据需要修改某些参数值。

图 15-19　编辑弹出菜单的内容

图 15-20　编辑弹出菜单的外观

图 15-21　编辑弹出菜单的高级选项

图 15-22　编辑弹出菜单的位置

08 按照类似的方法编辑其他 4 个按钮的弹出菜单。编辑完毕，按 F12 键可以在浏览器中预览弹出菜单的效果。

09 选择菜单栏【窗口】/【优化】命令，调出优化面板，在"设置"栏内选择【GIF 最合适 256】。

10 选择【文件】/【导出】命令，在【导出】对话框内输入文件名 guide，保存类型为 HTML 和图像，导出切片，包括无切片区域。

导出的所有文件均默认存放于站点的 image 目录下。

11 设置完毕，单击【保存】按钮，即完成了弹出菜单 guide 的编辑工作。

2. 制作栏目标题

下面以制作"游戏新闻"栏目的标题为例，讲解用 Fireworks 制作栏目标题的步骤。

01 启动 Fireworks，创建一个 550 像素×30 像素的文档，"画布颜色"设置为"透明"。

02 单击工具栏的矩形工具按钮，在文档中画出一个矩形。在属性设置面板上将矩形的"宽"设置为 550，"高"设置为 30，"X"值和"Y"值均设置为 0。

03 打开样式面板。选中矩形，单击样式面板上的"Style 14"样式。在属性设置面板上将矩形的填充颜色设置为#CCCCCC。

04 单击矩形工具按钮，在文档中画出一个矩形。在属性设置面板上将矩形的"宽"设置为 15，"高"设置为 15，"X"值设置为 10，"Y"值设置为 7。

05 选中矩形，单击样式面板上的"Style 26"样式。

06 单击文本工具按钮，在文档中输入"游戏新闻"。选中"游戏新闻"，单击样式面板上的"Style 26"样式。选中文本，在属性设置面板上字体大小设置为 16。

07 单击文本工具按钮，在文档中输入"Game News"，单击样式面板上的"Style 22"样式。选中文本，在属性设置面板上字体大小设置为 20。

08 单击指针工具按钮，移动文本至合适位置，如图 15-23 所示。

09 选择【窗口】/【优化】命令调出优化面板。在"设置"栏选择【GIF 最合适 256】。

10 选择【文件】/【导出】命令，将文档导出为 gamenews.gif，存于站点 image 目录下。

11 返回文档，将"游戏新闻"和"Game News"分别改成其他栏目的标题，并导出保存在站点的 image 目录下。

图 15-23　调整文本位置后的文档

12 将文档保存为 title.png，以备站点更新时使用。

3. 制作首页

01 启动 Dreamweaver，选择【窗口】/【文件】命令，打开文件面板。

02 在站点选择栏内选择站点"游民部落"，并将站点视图设置为"本地视图"。

03 新建一个 HTML 文件，将它保存在"游民部落"站点根目录下，命名为"index.html"，然后在编辑区打开该文件。

04 选择【窗口】/【CSS 样式】命令，打开 CSS 样式面板。

05 单击【CSS 面板】上的"新建 CSS 样式"按钮，设置"选择器"为 a:link，"类型"为"复合内容"，定义在新建样式表文件。设置完毕，单击【确定】按钮，将 CSS 样式保存为 link.css，保存在站点的 CSS 目录下。

06 在 CSS 样式定义对话框中，设置字体大小为 14 像素，颜色为#333333，无修饰。

07 按照第 **05**、**06** 步类似的方法编辑 a:visited 和 a:hover 的 CSS 样式，均保存在文件 link.css 中。在制作站点其他页面时，可使用 CSS 样式面板的"附加样式表"按钮将 link.css 导入到其他页面中。

08 单击属性设置面板上的居中对齐按钮 ≣。

09 单击插入面板的"插入表格"按钮，在跳出的【插入表格】对话框中设置行数为 6，列数为 1，宽度为 720 像素，其他均为 0。设置完毕，单击【确定】按钮，在文档中居中插入了一个 6 行 1 列的表格，作为页面的框架表格。

10 调出资源面板。单击资源面板左侧的"库"按钮 🕮，显示站点中的库项目。

11 将库项目"copyright"拖到框架表格第 6 行的单元格中。

12 在框架表格第 1 行的单元格内插入一个 1 行 5 列的表格，在表格的后 4 个单元格中分别输入"BBS 论坛"、"留言板"、"网站地图"、"关于本站"，作为站内服务栏。

13 在框架表格第 2 行的单元格中插入一个 1 行 3 列的表格，且表格的"宽"设置为 100%。

14 在表格第 1 列的单元格内插入网站的 LOGO 图像 image/logo.jpg。

15 在表格第 2 列和第 3 列的单元格中插入广告图片。

这样即制作好了首页的标题栏，如图 15-24 所示。

16 将光标移到框架表格第 3 行的单元格中，选择【插入】/【交互式图像】/【Fireworks HTML】命令，打开【插入 Fireworks HTML】对话框。单击【浏览】按钮，定位到本节第一小节制作的弹出菜单，如图 15-25 所示。单击【确定】按钮，即可插入弹出菜单。

图 15-24　首页的标题栏

图 15-25　"插入 Fireworks HTML"对话框

17 在框架表格第 4 行的单元格内插入一个 1 行 2 列的表格，且表格的"宽"设置为 100%。

18 选中表格第 2 列的单元格，在属性面板上将"宽"设置为 550。

这是首页的正文区，表格第 1 列用于制作功能面板，第 2 列用于制作网站的栏目频道。接下来制作功能面板。

网站首页一般都含有多个功能面板，为浏览者提供一些站内服务。如介绍网站最近更新的内容、进入 BBS 论坛的入口、站内搜索、友情链接等。

19 根据功能面板的个数在第 17 步插入表格的第 1 列单元格中嵌套表格（例如 4 个功能面板则应嵌套一个 8 行表格）。嵌套表格的每 2 行对应一个功能面板，其中第 1 行为栏目标题，第 2 行为栏目内容。

20 在每个功能面板对应的嵌套表格中插入一张表单，然后按照图 15-26 设计网站"游民部落"首页的 4 个功能面板，用户可根据需要自行设计。

图 15-26　"游民部落"首页的功能面板

21 在首页上为每个频道制作一个栏目。栏目位于第 17 步插入表格第 2 列的单元格中，用户应根据栏目个数在该单元格中嵌套表格。

为了美观，通常在栏目之间还要插入一些图片、动画、Flash 等。栏目制作的方法很简单，这里就不再作介绍。图 15-27 是网站"游民部落"的"游戏新闻"栏目，由内容介绍和一个 Flash 动画组成的，如图 15-28 所示。

图 15-27　"游戏新闻"栏目　　　　图 15-28　"游戏新闻"栏目在浏览器中的效果

22 将光标移到框架表格第 5 行的单元格中，单击插入面板"常用"选项卡的"水平线"按钮█，在单元格中居中插入一条水平线。在属性设置面板上将"宽"设定为 90％。

23 保存文档。然后按 F12 键预览网页，并根据需要做修改。

📖 15.2.3 将站点上传至服务器

在本地计算机上制作好网站文件后，应将其上传至远程服务器，以便发布到 Internet。

01 启动 Dreamweaver，选择【窗口】/【文件】命令，打开文件面板。

02 在站点选择栏内选择建立的站点"游民部落"。

03 单击站点面板上的"连接到远程主机"按钮📡，当连接按钮变成📡时表示成功连接到远程服务器。此时将显示远程主机的文件视图。用户可以通过视图切换栏 `远程视图 ▼` 切换站点面板上的视图模式。

04 将站点面板切换至"本地视图"，选中需要上传的文件，单击站点面板上的"上传文件"按钮⬆，即可将选中文件上传至远程服务器。

上传过程中 Dreamweaver 会显示【状态】对话框显示上传状态。当【状态】对话框消失后，即表明所有文件已成功上传至服务器。这样，精心制作的网页最终发布在 Internet 上了。

05 打开浏览器，在地址栏内输入"http://www.gamelover.com.cn/default.html"，即可从 Internet 访问到站点"游民部落"。

第 **16** 章

综合实例——制作个人网站

本章将制作一个个人网站，详细介绍制作栏目标题、导航条、链接等各种网页元素的基本方法和技巧，以及精确定位网页元素、在网页中添加音频、使用模板和库创建统一风格的页面、制作简单的动态页面的基本方法。

◉ 使用表格和框架布局页面

◉ 使用模板和库统一页面风格

◉ 创建动态页面

16.1 实例效果

本例的最终效果如图 16-1 所示。

图 16-1　网页效果

将鼠标指针移到页面左侧导航栏中的导航项目图片上时，图片上的文字变为桔黄色。
单击【道听途说】，对应的显示页面如图 16-2 所示。

单击【伊人风尚】，对应的显示页面如图 16-3 所示。

单击页面中的某一张图片，将在一个新窗口中显示其大图。

单击【语过添情】，对应的显示页面如图 16-4 所示。

单击【我的店铺】，对应的显示页面如图 16-5 所示。

单击"友情链接"，将在一个新窗口中打开指定的链接页面。

图 16-2　网页效果

图 16-3　网页效果

图 16-4　网页效果

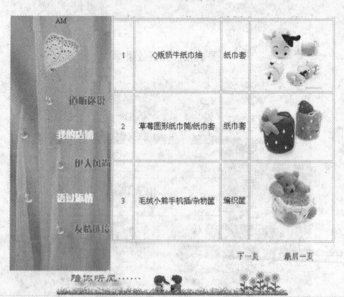

图 16-5　网页效果

16.2　规则网站结构

　　设置站点的常规做法是在本地磁盘上创建一个包含站点所有文件的文件夹，然后在该文件夹中创建和编辑文档。当准备好发布站点并允许公众查看时，再将这些文件复制到

Web 服务器上。站点目录结构的好坏，对站点本身的上传、维护以及以后内容的更新和维护有着重要的影响。

在建立目录结构时，尽量不要将所有文件都存放在根目录下，而是按栏目内容建立子目录。例如时尚资讯站点可以根据时尚类别分别建立相应的目录，如服饰、家居、音像、美容等相应目录。其他如友情链接等需要经常更新的次要栏目，可以建立独立的子目录。而一些相关性强、不需要经常更新的栏目，如关于本站、联系我们等，可以合并放在统一目录下。另外，在每个主目录下都建立独立的 images 目录，用于存放各个栏目中的图片。在默认情况下，站点根目录下都有 images 目录，用于存放首页和次要栏目的图片。

此外，为便于维护和管理，建立的目录结构的层次建议不要超过 4 层，且不要使用中文目录名或过长的目录名。

本网站实例只是个人介绍性质的页面，主要是四个静态的页面和一个动态的页面，因此在建立目录的时候，可以将其中的页面文件直接放在根目录下，所有的图片放在 images 文件夹中。

由于本例中的动态页面用到了数据库，因此，新建一个名为 data 的文件夹放置数据库文件。本网站实例将制作 6 个页面，下面简要介绍各个页面的路径、名称及功能。

（1）index.html：网站的主页。

（2）write.html：网站栏目【道听途说】的链接目标，用于显示日志或转贴文章。

（3）message.html：网站栏目【语过添情】的链接页面，显示一个留言板。浏览者输入留言后单击【提交】按钮，可以将留言发送给网站制作者。

（4）photo.html：网站栏目【伊人风尚】的链接页面，显示网站相册，播放背景音乐。

（5）images\xiangce\index.html：网站相册的索引页。

其中，images\xiangce 文件夹是制作网站相册时指定的目标文件夹。images\photo 文件夹放置生成相册的源文件。

（6）shop.asp：网站栏目【我的店铺】的链接页面，显示数据库中的商品编号、名称、类别及图片。

16.3 创建站点

对个人网站实例进行仔细规划，收集、制作需要的站点资源，如 LOGO、导航条背景、商品图片等；并建立相应的文件夹目录结构之后，接下来就可以构建站点了。本节将这些已有的文件夹组织为一个站点。步骤如下：

01 启动 Dreamweaver CS5，执行【站点】/【管理站点】/【新建】命令，打开【站点设置】对话框。

02 在弹出的【站点设置】对话框中设置站点名称为 blog；指定本地站点文件夹的路径 c:\inetpub\blog\。

03 单击【高级设置】选项卡，在其子菜单中选择【本地信息】，在打开的屏幕中设置【默认图像文件夹】为 c:\inetpub\blog\images\。

04 在【链接相对于】区域，选择【文档】选项。

05 在【Web URL 】后的文本框中输入 http://127.0.0.1/。

由于本实例中需要制作动态页面，因此还需要设置测试服务器。

06 单击【站点设置】对话框左侧分类中的【服务器】，单击【添加新服务器】按钮，在弹出的屏幕中设置服务器名称为 blogserver，连接方式为【本地/网络】。服务器文件夹与本地站点文件夹相同。

⚠ **注意**：指定测试服务器时，必须在【基本】屏幕中指定 Web URL。

07 单击【保存】按钮关闭【基本】屏幕。在【服务器】类别中，指定刚添加的服务器为测试服务器。

08 选择刚创建的服务器，单击【编辑现有服务器】按钮。

09 在弹出的对话框中单击【高级】按钮。在打开的屏幕的【服务器模型】下拉列表中选择【ASP VBScript】。

⚠ **注意**：从 Dreamweaver CS5 开始，Dreamweaver 将不再安装 ASP.NET、ASP JavaScript 或 JSP 服务器行为。如果正在处理 ASP.NET、ASP JavaScript 或 JSP 页，Dreamweaver 对这些页面仍将支持实时视图、代码颜色和代码提示。无需在【站点设置】对话框中选择 ASP.NET、ASP JavaScript 或 JSP 即可使用这些功能。

10 单击对话框中的【保存】按钮，返回【站点设置】对话框。再次单击【保存】按钮，返回【站点管理】对话框，这时对话框里列出了刚刚创建的本地站点。

将文件夹目录结构组织为站点后，即可以将磁盘上现有的文档组织当作本地站点来打开，便于以后统一管理。

16.4 制作首页

16.4.1 制作导航条

在本实例的导航栏中，浏览者可以实时查看当前的日期、星期及时间，且自动更新。效果如图 4-34 所示。

制作步骤如下：

01 新建一个 HTML 文档，并将其命名为 index.html。将光标定位在页面顶端，单击属性面板上的【居中对齐】按钮 。

02 单击【插入】面板上的表格图标按钮，在打开的【表格】对话框中设置表格的行数为 2，列数为 1，表格宽度为 700 像素，边框为 0。单击【确定】按钮插入一个 2 行 1 列的表格。

03 将光标定位在第一行的单元格中，在其属性面板上将其单元格内容的水平对齐方式设置为【居中对齐】。然后单击【插入】面板上的图像图标按钮，在打开的对话框中选择已制作的 LOGO 图像，单击【确定】按钮插入图像。

04 将光标定位在第二行的单元格中，单击属性面板上的拆分单元格按钮，在打开的【拆分单元格】对话框中，选择【列】，且【列数】为2。单击【确定】按钮，将第二行拆分为两列。

05 将光标放置在第一行第一列的单元格中，在其属性面板上设置其宽度为 200 像素。然后在【水平】下拉列表中设置其单元格内容的对齐方式为居中对齐。此时的页面效果如图 16-6 所示。

图 16-6　网页效果

06 将光标定位在第一行第一列的单元格中。单击插入面板上的表格图标按钮，打开【表格】对话框。在页面中插入一个两行一列、宽度为 200 像素、边框为 0 的表格。

其中，第一行用于放置导航栏的图标和日期时间，第二行用于放置具体的导航项目。

在接下来的步骤中，我们要为单元格设置背景图像。在 Dreamweaver CS5 中，如果要设置表格或单元格的背景图像，需通过 CSS 样式进行定义。

07 将光标置于第一行第一列的单元格中，然后单击其属性面板左上角的 🔲 **CSS** 按钮，在【目标规则】下拉列表中选择【新 CSS 规则】，并单击【编辑规则】按钮打开如图 16-7 所示的【新建 CSS 规则对话框】。

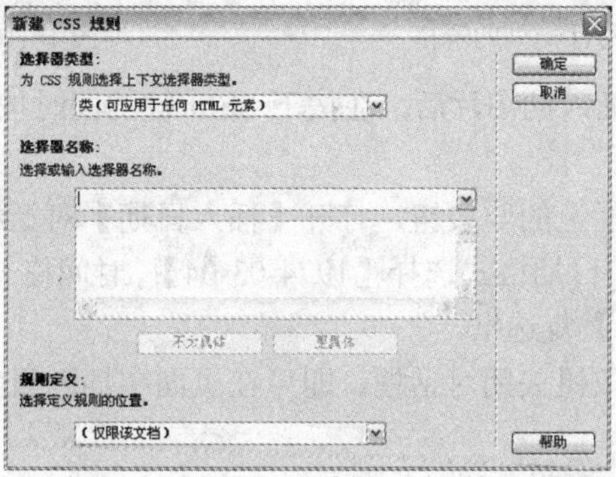

图 16-7　【新建 CSS 规则】对话框

08 在【选择器类型】下拉列表中选择【类】，在【选择器名称】中键入类名称，例如.background1，【规则定义】选择【仅限该文档】。然后单击【确定】按钮打开如图 16-8 所示的规则定义对话框。

09 在对话框左侧的【分类】列表中选择【背景】，单击【背景图像】右侧的【浏览】按钮，在弹出的资源对话框中选择喜欢的背景图片。单击【确定】按钮关闭对话框。

10 在单元格属性面板上调整单元格的高度，此时的页面效果如图 16-9 所示。

11 选中第一行的单元格，在属性面板的【水平】下拉列表中选择【居中对齐】。

12 单击【插入】栏上的图像图标按钮，打开【选择图像】对话框。选择已在图像编辑软件中制作好的图标，然后单击【确定】按钮，将其插入到单元格中。此时的页面效果如图 16-10 所示。

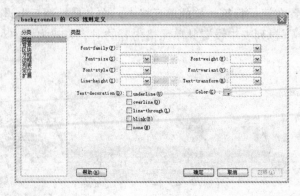

图 16-8　规则定义对话框

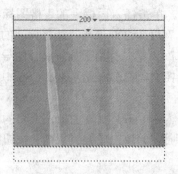

图 16-9　插入两行一列的表格

图 16-10　插入导航图标

13 将光标停留在插入的图片后，在按下 Shift 键的同时按下 Enter 键，在单元格中插入一个软回车。

14 单击【插入】栏上的 按钮，打开【插入日期】对话框。在【星期格式】下拉列表中选择【Thursday】；日期格式选择【1974-03-04】；时间格式选择【10：18 PM】；然后选中【储存时自动更新】复选框。

15 单击【确定】按钮关闭对话框，即可在页面中插入日期、星期及时间。效果如图 16-11 所示。

16 将光标定位在第二行单元格中，然后单击属性面板上的拆分单元格按钮 ，打开【拆分单元格】对话框。在对话框中选中【行】，并在【行数】微调框中输入 3，然后单击【确定】按钮，将第二行单元格拆分为 3 行。

17 单击【插入】面板上的图像图标按钮，在打开的【选择文件】对话框中选中需要的图片，然后单击【确定】按钮插入图片。此时的页面效果如图 16-12 所示。

18 在属性面板上为第三行的单元格设置背景图像，并在第四行的单元格中插入一幅图片，调整单元格到合适的高度。此时的页面效果如图 16-13 所示。

19 打开【插入】浮动面板，并切换到【布局】面板。然后单击【布局】面板【标准】模式下的【绘制 AP div】图标。此时，鼠标指针变成一个十字形。按下 Ctrl 键的同时在第三行的单元格中按下鼠标左键并拖动，绘制 5 个 AP 元素。效果如图 16-14 所示。

20 将光标定位在第一个 AP 元素内，单击【插入】/【常用】面板上的图像按钮，在打开的【选择文件】对话框中选择已在图像编辑软件中制作好的第一个导航项目，然后单击【确定】按钮插入所需要的图片。

图 16-11　导航条效果　　　　　　　　　图 16-12　拆分单元格并插入图片后的效果

21 按照上一步的方法，在其他 4 个 AP 元素中插入导航项目，并调整 AP 元素的大小和位置。此时的效果如图 16-15 所示。

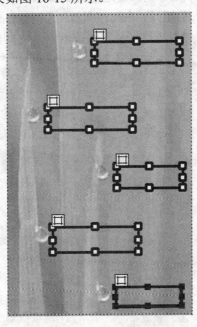

图 16-13　设置表格背景　　　　图 16-14　绘制 AP 元素　　　　　图 16-15　插入图片

22 选中第一个导航项目图片，在属性面板中将其边框设置为 0；单击【链接】文本框右侧的【指向文件】图标❀，并按下鼠标左键拖动到【文件】面板中一个现存的页面 write.html，然后释放鼠标，即可将选定的导航项目图片链接到指向的文件。在【目标】下拉列表中选择链接目标打开的方式。本例暂时保留默认设置，具体设置将在后面的章节中进行修改。

23 同理，为其他三个导航图片添加超级链接，分别链接到 shop.asp？、xiangce.html、

liuyan.html。

在这里，初学者需要注意，在链接到 shop.asp 网页时，需要添加一个"？"后缀。

24 选中第四个导航图片，即【友情链接】，在其属性面板的【链接】文本框中输入 http://www.uy123.com/。

25 选中第二行单元格中插入的图片，即蝴蝶图片。打开属性面板，单击面板底部的多边形热点工具图标 . 沿蝴蝶的边缘单击鼠标，绘制一个多边形热点区域，效果如图 16-16 所示。

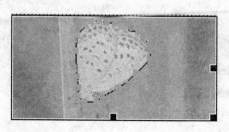

图 16-16　多边形热点区域

26 在热点对应的属性面板的【链接】文本框中输入网站首页的 URL，即 index.html；【目标】为_blank；在【替换】文本框中输入【返回首页】。

27 单击第四行单元格中插入的图片，在属性面板的【链接】文本框中输入"#"，【边框】为 0。即为该图片创建了一个虚拟链接，且在浏览器中无边框显示。在浏览器中单击此图片后，将返回到页面顶部。此时的页面效果如图 16-17 所示。

图 16-17　插入导航条的效果

28 保存文件，单击【实时视图】按钮，在实时视图中预览效果、检查超级链接。

单击导航项目图片，即可切换到相应的页面。由于其他页面还未制作，因此是空白页面。单击导航条中的蝴蝶，可返回到主页；单击导航条底部的图片，即可返回到页面顶端。

📖16.4.2 使用表格布局页面

至此，已基本完成了个人网站实例的主页 index.html 的页面布局。由于本网站实例中的页面布局基本相同，因此，可以将其另存为模板 index.dwt，以便创建统一风格的页面布局。步骤如下：

01 执行【文件】/【另存为模板】命令，将当前文档另存为模板文件 index.dwt，保存在当前站点中。

此时，文档的标题栏显示为<<模板>>index.dwt，表明该文档已不是普通文档，而是一个模板文件。将该文件在浏览器中预览，会发现该文档中所有的区域都是锁定的，这是因为还没有为模板定义可编辑区域。

02 选中表格的第二行二列的单元格，单击【插入】面板上 ▤·图标中的下拉箭头，在弹出菜单中单击 □ 可编辑区域 菜单项。

03 在弹出的【新建可编辑区域】对话框中的【名称】文本框输入可编辑区域的名字。本例输入 content，然后单击【确定】按钮关闭对话框。插入的可编辑区在模板文件中默认用蓝绿色高亮度显示，并在顶端显示指定的名称。

04 保存文件。

接下来利用模板生成主页。

05 在【模板】面板中，右击刚保存的模板，从弹出的菜单中选择【从模板新建】命令，新建一个 HTML 文档。将其命名为 index.html。

新建的文档与保存的模板一样，但只有已定义的可编辑区可以修改。本节完成主页右侧的布局。步骤如下：

01 将光标定位在可编辑区中，单击【常用】面板上的表格图标按钮，在打开的【表格】对话框中设置表格的行数为 4，列数为 1，表格宽度为 500 像素，边框为 0。单击【确定】按钮插入一个 4 行 1 列的表格。

02 将光标定位在第一行的单元格中，在其属性面板上，将单元格内容的水平对齐方式设置为【居中对齐】。

03 单击属性面板上的 ▤ css 按钮，在【目标规则】下拉列表中选择【新 CSS 规则】，然后单击【编辑规则】按钮打开规则定义对话框。

04 在【选择器类型】下拉列表中选择【类】，在【选择器名称】中键入.fontstyle，在【规则定义】下拉列表中选择【仅限该文档】，单击【确定】按钮打开对应的规则定义对话框。

05 在对话框左侧的分类列表中选择【类型】，在【字体】下拉列表中选择【编辑字体列表】，在弹出的【编辑字体列表】对话框右下角的【可用字体】列表框中选择【方正粗倩简体】。然后单击 ⌐ 按钮将其添加到字体列表中，并单击【确定】按钮关闭对话框。

06 在规则定义对话框的【字体】下拉列表中选择【方正粗倩简体】，在【字号】下拉列表中选择【特大】，单击颜色并右下角的下拉箭头，在弹出的颜色面板中选择#686868。单击【确定】按钮关闭对话框。

07 在第一行单元格中输入文本"欢迎光临我的小屋"。将光标放置在输入的文本后，然后按下 Shift + Enter 组合键插入一个软回车。

08 单击【插入】面板上的图像图标按钮，在打开的对话框中选择一条水平分割线，单击【确定】按钮插入图像。此时的效果如图 16-18 所示。

图 16-18　插入文本和分割线的效果

09 选中第二行的单元格，单击【插入】面板上的图像图标按钮，在打开的对话框中选择已在图像编辑软件中制作好的图片，单击【确定】按钮插入图像。此时的效果如图 16-19 所示。

图 16-19　插入图片的效果

10 将光标定位在第三行的单元格中，单击【插入】面板上的图像图标按钮，在打开的对话框中选择已制作好的水平分割图片，单击【确定】按钮插入图像。

11 在第四行的单元格中输入文本，并新建一个 CSS 规则设置文本颜色为#333333。然后选中文本，双击【CSS 样式】面板中【所选内容的摘要】列表中的属性值，打开【CSS 规则定义】对话框。

12 在【分类】中选择【区块】，并在【文本对齐】下拉列表中选择【居中】。然后单击【应用】按钮应用样式，单击【确定】按钮关闭对话框。

13 选中第四行中的文本，单击文档窗口顶部的【代码】按钮，切换到代码视图，在选中的代码之前添加以下代码：

```
<MARQUEE    BEHAVIOR="SCROLL"    DIRECTION="UP"    HSPACE="0"
HEIGHT="120"    VSPACE="10"    LOOP="-1"    SCROLLAMOUNT="1"
SCROLLDELAY="60">
```

如图 16-20 所示。

14 在选中的代码末尾加上</marquee>。单击【设计】切换到【设计】视图。

15 保存文档，在浏览器中预览效果，如图 16-21 所示。

正文区域底部的文本向上循环移动，形成跑马灯效果。

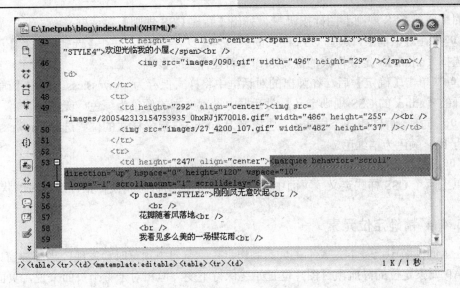

图 16-20　添加代码

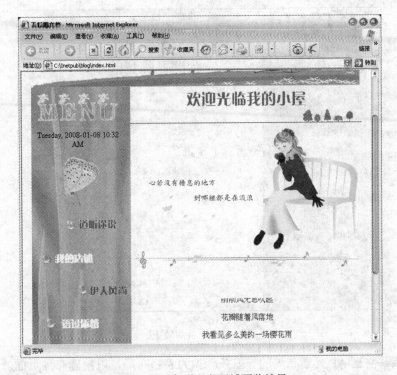

图 16-21　主页正文区域预览效果

📖16.4.3　设置超链接的样式

　　默认状态下，超级链接的文本显示为蓝色，并标记有下划线。为使页面美观，使文本与页面其他元素融合，个人网站实例为页面定义了样式表。步骤如下：

　　01　打开将作为主页的 index.html。

　　02　选择【窗口】/【CSS 样式】菜单命令，打开【CSS 样式】面板。单击该面板右下角的【新建 CSS 规则】图标按钮 ，弹出【新建 CSS 规则】对话框。

03 在对话框中，选择 CSS 样式的类型为【复合内容】，并在【选择器名称】下拉列表中选择【a:link】。定义样式的位置选择【新建样式表】。

04 单击【确定】后，在弹出的对话框中将样式保存为 newcss.css。单击【确定】，在打开的【a:link 的 CSS 规则定义】对话框中设置文本的颜色为绿色，无修饰。

05 同理，再创建一个样式表，选择器为 a:hover，定义样式的位置选择【newcss.css】，字号为 18，颜色为桔红色。

06 保存文档。

以上两个 CSS 样式定义了页面中的链接文本的活动状态和鼠标指针经过时的状态。

16.4.4 精确定位元素

在上面几节中已基本完成了主页的制作，在浏览器中预览时会发现，当缩放窗口时，使用 AP 元素定位的导航项目图片位置始终保持不变，但相对于整个页面来说，页面布局就变得有些混乱了，如图 16-22 所示。

图 16-22　页面效果

下面的步骤将把 AP 元素布局的导航条转换为表格布局，以精确布局页面。

01 按住 Shift 键选中要转换为表格的 5 个 AP 元素。

02 执行【修改】/【转换】/【将 AP Div 转换为表格】菜单命令，打开【将 AP Div 转换为表格】对话框。

03 在【表格布局】区域选择【最小：合并空白单元】，且【小于 4 像素宽度】。在【布局工具】区域选中【防止重叠】复选框，然后单击【确定】按钮关闭对话框，并将选中的 AP 元素转换为表格，如图 16-23 所示。

由于导航图片的背景是透明的，且有两张导航图片的文本颜色为白色，因此不可见。

04 选中转换出来的表格，将其插入到原来导航图片所在的单元格中。

图 16-23 转换后的表格　　　　　图 16-24 表格效果

05 调整表格的宽度和高度，使其与原来单元格的宽度和高度一致。完成后的效果如图 16-24 所示。

06 保存文档，并按 F12 键在浏览器中预览，效果如图 16-25 所示。

图 16-25 页面效果

此时无论怎样调整窗口的大小，导航图片的位置始终相对不变，从而保持整个页面布局的整洁。

16.4.5 版权声明

网站的版权声明也是一个重复使用的元素。本实例的版权声明制作步骤如下：

01 打开文件 index.dwt，将光标定位在布局表格右侧，按下 Shift + Enter 组合键插入一个软回车。

02 单击【插入】面板上的图像图标按钮，在弹出的【选择文件】对话框中选择一条分割线。

03 将光标置于插入的分割线右侧，按下 Shift + Enter 组合键插入一个软回车。输入需要的版权声明文本。

04 选中其中的邮箱地址，在属性面板的【链接】文本框中输入 mailto:vivi@123.com。此时的页面效果如图 16-26 所示。

图 16-26　页面效果

05 选中插入的版权内容，执行【修改】/【库】/【增加对象到库】菜单命令。

06 在【库】管理面板的库项目列表中将新增的库项目命名为 copyright.lbi。

07 单击【库】管理面板底部的【刷新站点列表】图标按钮 ↻，刷新库项目列表。

08 执行【文件】/【保存】菜单命令，弹出【更新页面】对话框。在【更新】区域选择【库项目】，其他选项保留默认设置，然后单击【开始】按钮更新页面。

09 更新完毕，即可按下快捷键 F12 在浏览器中预览页面。此时的主页效果如图 16-27 所示。

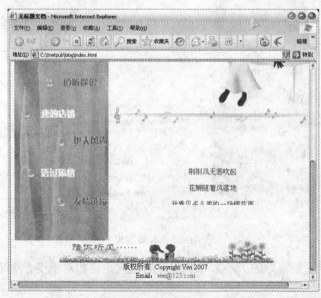

图 16-27　页面效果

16.4.6 添加导航动态效果

接下来使用行为为导航图像添加动态效果。初始时，导航图片中的文字为深灰色或白色，将鼠标移到导航图片上时，图片中的文字显示为桔黄色，且有阴影。制作步骤如下：

01 打开保存的模板 index.dwt。在导航条中选中一个导航项目图片，例如"我的店铺"，在属性面板上将其命名为 shop。

02 执行【窗口】/【行为】菜单命令，打开【行为】面板。单击该面板左上角的加号（+）按钮，在弹出的行为下拉菜单中选择【交换图像】命令，弹出如图 16-28 所示的【交换图像】对话框。

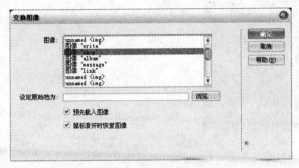

图 16-28　【交换图像】对话框

03 在【图像】区域选中要添加行为的图片【shop】，单击【设定原始档为】文本框右侧的【浏览】按钮，在打开的【选择文件】对话框中选中需要的图片文件。

04 单击【确定】按钮关闭对话框。

此时在【行为】面板中可以看到，Dreamweaver 自动为选定的图片添加了【恢复交换图像】行为，并设置了相应的行为。

05 同理，为其他导航图片添加【交换图像】行为，然后保存模板文件。

对模板进行修改之后，Dreamweaver CS5 会提示是否修改应用该模板的所有网页。

06 单击【是】按钮，即可自动更新当前站点中所有应用该模板的页面，如图 16-29 所示。

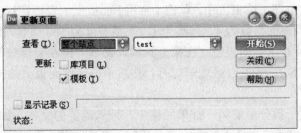

图 16-29　【更新页面】对话框

07 在【查看】下拉列表框中，选择【整个站点】选项，并在后面的站点下拉列表框中选择站点名；在【更新】后面的复选框中选择【模板】。然后单击【开始】按钮，即可将模板的更改应用到站点中使用该模板的网页。

例如，更新后的主页在浏览器中的预览效果如图 16-30 所示。

图 16-30　页面效果

16.5　使用模板生成其他页面

16.5.1　制作文章显示页面

在本节中将基于模板 index.dwt 制作"道听途说"的链接页面。具体步骤如下：

01 执行【窗口】/【模板】命令，打开【模板】面板。在【模板】管理面板的模板列表中右击 index.dwt，在弹出的上下文菜单中选择【从模板新建】命令，新建一个未命名的文档，然后将其保存为 write.html。

在该文档中，除可编辑区域 content 以外，其他区域均不可编辑。

02 将光标定位在可编辑区中，单击【常用】面板上的表格图标按钮，在打开的【表格】对话框中设置表格的行数为 4，列数为 1，表格宽度为 500 像素，边框为 0。单击【确定】按钮插入一个 4 行 1 列的表格。在第一行输入文本"神农架梆鼓"。

03 将光标定位在 content 区域第二行，然后单击属性面板上的折分单元格图标，将其拆分为两行。

04 将光标置于拆分后的第一行单元格中，插入需要的文本。如图 16-31 所示。

05 在第二行单元格中插入一条水平分隔线。将光标置于第三行，然后在属性面板上设置单元格内容的水平对齐方式为【居中对齐】。

06 在第三行输入文本【最新更新】，然后在属性面板上设置其字体为方正粗倩简体；字号为特大；新建一个 CSS 规则，设置字体颜色为桔红色。

07 在第四行输入文本，并选中文本，单击文档窗口顶部的【代码】按钮，切换到代码视图，在选中的代码之前添加以下代码：

```
<marquee behavior="scroll" direction="up" hspace="0" height="120" vspace="10"
```

loop="-1" scrollamount="1" scrolldelay="60">

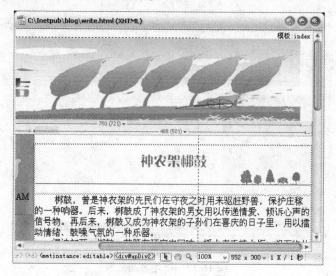

图 16-31　插入文本

08 在选中的文本代码之后，输入</marquee>。

09 保存文档。

至此，"道听途说"的链接页面制作完成。

16.5.2 使用框架显示页面

在本节中将介绍"伊人风尚"的链接页面 photo.html 的制作方法。读者需要掌握的是使用框架显示页面的方法。步骤如下：

01 执行【窗口】/【模板】命令，打开【模板】面板。在【模板】管理面板的模板列表中右击 index.dwt，然后在弹出的上下文菜单中选择【从模板新建】命令，新建一个未命名的文档。

02 选择【文件】/【另存为】命令，在弹出的对话框中设置文件名为 photo.html。即导航图片"伊人风尚"的链接目标。

03 将光标定位在可编辑区中，单击【常用】面板上的表格图标按钮，在打开的【表格】对话框中设置表格的行数为 2，列数为 1，表格宽度为 500 像素，边框为 0。单击【确定】按钮插入一个 2 行 1 列的表格。在第一行输入文字，并插入分割图片。此时的页面效果如图 16-32 所示。

04 选中第二行，在属性面板上设置单元格内容的水平对齐方式为【居中对齐】；垂直对齐方式为【顶端】。

05 将光标放置在合并后的单元格中，打开【插入】浮动面板，并切换到【布局】面板。单击【布局】面板上的 IFrame □图标，在页面中插入一个浮动帧框架。此时的页面效果如图 16-33 所示。

06 在【代码】视图中，将 IFrame 的标记<iframe></iframe>修改为如下代码：

```
<IFRAME  SRC="IMAGES/XIANGCE/INDEX.HTML"  NAME="I1"  WIDTH=496
```

`HEIGHT=540 BGCOLOR=GREEN></IFRAME>`

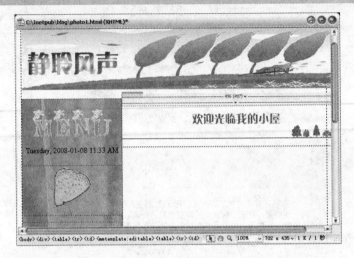

图 16-32　初始页面效果

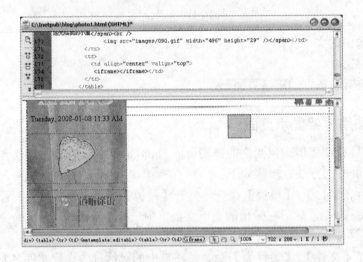

图 16-33　插入 IFrame

其中，`src="images/xiangce/index.html"`表示在浮动帧框架中显示制作的相册索引页。

07 保存页面，并按 F12 键在浏览器中预览页面。如图 16-34 所示。

单击其中一幅缩略图，即可在浮动帧框架中打开所选图片的大图，效果如图 16-35 所示。

单击链接文本【前一个】、【下一个】，即可在图片中切换浏览。单击【首页】，即可返回到如图 16-26 所示的页面。

对于广大网页设计者来说，如何能使自己的网站与众不同、充满个性，一直是不懈努力的目标。除了尽量提高页面的视觉效果、互动功能以外，如果能在打开网页的同时，听到一曲优美动人的音乐，相信这会使您的网站增色不少。

本节将为"伊人风尚"的链接目标，即 photo.html 文件添加背景音乐。步骤如下：

图 16-34　页面预览效果

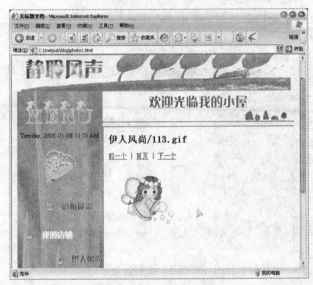

图 16-35　页面预览效果

01 在【设计】视图中，将插入点放置在要嵌入文件的地方，如导航条图标的下面。

02 执行【插入】/【媒体】/【插件】菜单命令，在下拉菜单中单击【插件】，弹出【选择文件】对话框。

03 选择需要的音乐文件 follow_your_dream.wma，单击【确定】按钮插入音频文件。

04 在属性检查器中，【宽】和【高】用于设置插件的大小；【垂直边距】和【水平边距】用于设置插件在页面中的位置；【对齐】用于设置插件与页面中其他对象的相对位置；【边框】用于设置插件的边框厚度。

如果将【宽】和【高】的值均设置为 0，则可隐藏插件。本例分别设置为 200 和 32。

05 单击【参数】按钮，弹出如图 16-36 所示的【参数】对话框。在【参数】列中输入参数的名称【Autostart】。 在【值】列中输入该参数的值【true】。

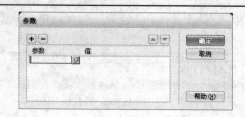

图 16-36 【参数】对话框

06 单击对话框上的加号（＋）按钮，在【参数】列中输入参数的名称【Loop】。在【值】列中输入该参数的值【true】。输入完毕后，单击【确定】关闭对话框。

如果不设置 Loop 参数，或 Loop 参数的值不为 true，则音乐播放一次后自动停止。

07 执行【文件】/【保存】命令，保存文档。

08 按快捷键 F12 在浏览器中预览整个页面，这时音乐会自动播放。如图 16-37 所示。

图 16-37 实例效果

本实例中，背景音乐将循环播放。浏览者可以单击播放器上的控制按钮以控制背景音乐的播放。如果不希望播放器在页面上可见，可以选中页面中的插件占位符，在其属性面板上将其宽和高均设置为 0。此时，浏览者无法控制背景音乐。

16.5.3 制作留言板

本例制作的留言簿页面是导航项目图片"语过添情"的链接目标。由于其页面布局与主页相同，所以本例使用模板制作留言簿。步骤如下：

01 执行【文件】/【资源】命令，打开【资源】面板。单击【资源】面板左侧的模板按钮，切换到【模板】面板。

02 在模板列表中单击另存为的模板 index.dwt，单击右键，从弹出的上下文菜单中选择【从模板新建】命令，新建一个未命名文档，然后将其保存为 message.html。

03 将光标定位在可编辑区中,单击【常用】面板上的表格图标按钮,在打开的【表格】对话框中设置表格的行数为 2,列数为 1,表格宽度为 500 像素,边框为 0。单击【确定】按钮插入一个 2 行 1 列的表格。

04 在第一行输入文字"语过添情",并插入分割图片。此时的页面效果如图 16-38 所示。

图 16-38 修改标题文字

05 选中第二行单元格,在属性面板上设置单元格内容的水平对齐方式为【居中对齐】,垂直对齐方式为【顶端】。

06 将光标定位在单元格中,单击【常用】面板上的【表单】页签,切换到【表单】面板。然后单击表单图标按钮,在单元格中插入一个表单。

07 在表单的属性面板上,设置表单的名称为 form1;在【动作】文本框中输入 mailto:vivi@123.com;在【方法】下拉列表中选择【POST】;在【目标】下拉列表中选择【_blank】。

当浏览者单击表单的【提交】按钮后,该表单内容将会发送到指定的邮箱。

08 将光标放置在表单中,单击【常用】面板上的表格图标按钮,在弹出的对话框中设置表格的行数为 5,列数为 2,表格宽度为 500 像素,边框粗细为 1 像素。单击【确定】按钮在页面中插入一个 5 行 2 列的表格。

09 在属性面板中将插入的表格的边框颜色设置为#99CC00;然后选中可编辑区所在的单元格,在属性面板上将【填充】和【间距】均设置为 5;边框为 1 像素;边框颜色为#99CC00。

10 在第一行的前四行单元格中输入文本,例如:昵称、性别、主题类别、留言。

11 将光标放置在第一行第二列的单元格中,单击【表单】面板中的 Spry 验证文本域图标按钮,插入一个 Spry 验证文本域。

12 选中 Spry 验证文本域,在其属性面板上设置其【最小字符数】为 2,【最大字符数】为 12;【预览状态】为【初始】。其他选项保留默认设置。此时的页面如图 16-39 所示。

13 将光标定位在第二行第二列的单元格中,单击【插入】栏【表单】面板中的按

347

钮，此时会添加一个单选框，再此单选框后键入文本"帅哥"。

14 选中该单选按钮，在属性面板中将新添加的单选框对象命名为 gender，设置选定值为 0，初始状态为【未选中】。

15 再次单击 按钮，添加同名为 gender 的单选框，改变选定值为 1，并在单选框后键入文本"美眉"。此时文档的效果如图 16-40 所示。

图 16-39 添加 Spry 文本域　　　　　　　　　　　图 16-40 添加单选框

16 在"主题类别"后的单元格中插入一个 Spry 选择构件。在属性面板上将其名称设置为 item；预览状态为【必填】；其他选项保留默认设置。

17 在页面上单击插入的 Spry 选择构件，在属性面板上设置其【类型】为【菜单】；然后单击【列表值】按钮，在弹出的对话框中编辑该选择构件的各个选项。如软件、文学、图像、情感、娱乐、其他、请选择一个类别。

18 单击【确定】按钮关闭【列表值】对话框，在属性面板的【初始时选定】列表框中选中【请选择一个类别】。此时的页面如图 16-41 所示。

图 16-41 添加 Spry 文本域

19 在【留言】后的单元格中插入一个 Spry 验证文本区域，并在属性面板上设置其名称为 message；【最小字符数】和【最大字符数】分别为 6 和 300；【计数器】为【其余字符】，即提示浏览者还可以输入多少个字符；【提示】为【请留下您的宝贵意见或建议。】；

【预览状态】为【有效】；其他选项保留默认设置。此时的页面如图 16-42 所示。

20 选中最后一行单元格，单击属性面板上的合并单元格按钮，将其合并为一个单元格，并设置单元格内容的水平对齐方式为【居中对齐】。然后在其中插入两个按钮。

21 选中第一个按钮，在属性面板上设置其名称为 submit；值为【提交】；动作为【提交表单】。

22 选中第二个按钮，在属性面板上设置其名称为 reset；值为【重写】；动作为【重设表单】。

23 调整表格的高度到合适的位置。保存文档，Dreamweaver 将弹出一个【复制相关文件】对话框，提示用户页面上的对象需要的支持文件已复制到本地站点，要使相应的对象能正常工作，必须将这些文件上传到服务器。

图 16-42　添加单选框

24 单击【确定】按钮，上传支持文件。然后按下 F12 键在浏览器中预览页面。

当输入的文本有效，单击【提交】按钮即可将表单数据发送到指定的邮箱，且 Spry 构件的背景色为绿色；否则不提交表单，显示一个错误提示框，并显示为相应的颜色，如图 16-43 所示。

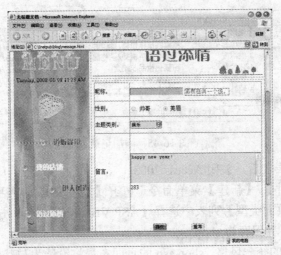

图 16-43　页面预览效果

由于本例设置了【其余字符】类型的计数器，因此，如果在【留言】文本区域没有输入字符，则显示为 300，每输入一个字符，则计数器就递减。

16.6 制作动态页面

本节讲述制作导航图片"我的店铺"的链接页面 shop.asp。该页面读取数据库中的商品数据，并将商品分页显示。

01 启动 Microsoft Access 2003，新建一个名为 product.mdb 的数据库。然后在弹出的对话框中双击【使用设计器创建表】，在打开的表设计视图中设计表结构。如图 16-44 所示。

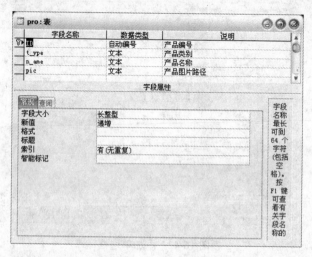

图 16-44　设计表结构

02 将设计的表保存为 pro。在弹出的对话框中双击表名称 pro，在打开的视图中添加表记录，如图 16-45 所示。

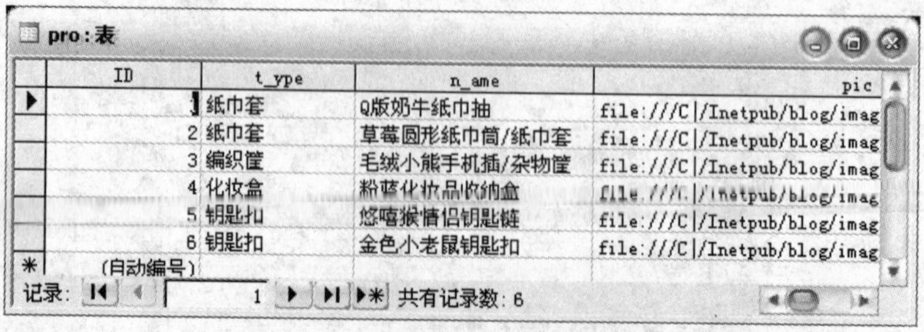

图 16-45　添加记录

03 保存数据表之后，关闭 Access 2003。

04 执行【文件】/【新建】菜单命令，打开【新建文档】对话框。在对话框左侧选择【空白页】，在【页面类型】列表中选择【ASP VBScript】，并单击【创建】按钮新建一个空白的 ASP 页面，并保存为 shop.asp。

为保持网站页面的统一风格，shop.asp 的页面布局将设计为与其他 HTML 页面一样的布局。读者可以按照前面讲述的主页制作过程重新设计 shop.asp 的页面布局。一个简单的方法是将模板的布局复制到动态页面。步骤如下：

05 打开 index.html，将其另存为 HTML 页面。执行【修改】/【模板】/【从模板中分离】菜单命令。

页面 index.html 是基于模板新建的，带有模板标记。这一步骤可以删除代码中不需要的模板标记，从而可以直接复制到 shop.asp 页面。

06 切换到 HTML 文件的【代码】视图，从<title>无标题文档</title>开始，选择以下所有的代码，然后单击右键，从上下文菜单中选择【拷贝】命令。

07 切换到 shop.asp 的【代码】视图，选中从<title>无标题文档</title>开始往下的所有代码，然后单击右键，从上下文菜单中选择【粘贴】命令。此时，切换到【设计】视图，可以看到除模板标记以外，shop.asp 的页面布局和内容与 index.html 一样。

08 在正文区域将"欢迎光临我的小屋"修改为"欢迎光临我的小店"。

09 删除正文区域第二行到第四行的内容，并切换到【代码】视图删除第四行单元格中的<marquee>标记。然后选中第二行到第四行单元格，单击属性面板上的【合并单元格】图标按钮，将所选单元格合并为一行。

10 在属性面板上将合并的单元格内容的水平对齐方式设置为【居中对齐】，垂直对齐方式为【顶端】，单击【常用】面板上的表格图标按钮，在弹出的【表格】对话框中设置行数为 2，列数为 4，表格宽度为 480 像素，边框粗细为 1 像素。

11 选中表格，在属性面板上设置其【填充】和【间距】均为 2，边框颜色为#99CC00。

12 选中第一行单元格，在属性面板上设置单元格内容的水平对齐方式为【居中对齐】，字体样式为粗体。然后输入需要的文本内容。例如：编号、产品名称、类别、缩略图。

13 执行【窗口】/【数据库】菜单命令，打开【数据库】浮动面板。单击面板左上角的加号（+）按钮，从下拉菜单中选择【OLE DB 连接】选项。

14 在弹出的【OLE DB 连接】对话框中，输入连接名称 myconn，单击【建立】按钮，弹出【数据连接属性】对话框。单击对话框顶部的【提供程序】页签，切换到如图 16-46 左图所示的对话框。

15 在【OLE DB 提供程序】列表中选择【Microsoft Jet 4.0 OLE DB Provider】，然后单击【下一步】按钮切换到如图 16-46 右图所示的对话框。

16 输入数据库的路径，或单击▢▢按钮，选择需要连接的数据库 product.mdb。然后单击【测试连接】按钮测试数据库是否能正常连接。

17 测试成功后，单击【确定】按钮关闭对话框。此时，创建的数据库连接将出现在【数据库】列表中。

18 切换到【绑定】浮动面板，单击面板左上角的加号（+）号按钮，从下拉菜单中选择【记录集（查询）】选项，打开【记录集】对话框。

19 在【名称】文本框中输入记录集的名称 p_ds，在【连接】下拉列表中选择 myconn；在【表格】下拉列表中选择 pro；其余选项保留默认设置。然后单击【测试】按钮可以查看建立的记录集内容。

20 单击【确定】按钮关闭对话框后，创建的记录集显示在【绑定】列表中。

21 将光标定位在表格的第二行第一列的单元格中，然后选中【绑定】面板中的【ID】数据项，再单击【绑定】面板底部的【插入】按钮，将所选数据项插入到单元格中。

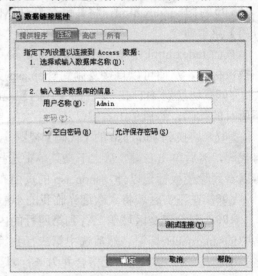

图 16-46 【数据连接属性】对话框

22 按照上一步的方法，分别将 n_ame 和 t_ype 数据项插入到第二行的第二列和第三列中。然后在第四列中插入一幅图片。

23 选中插入的图片，选中【绑定】面板中的【pic】数据项，然后在【绑定】面板底部的【绑定到】下拉列表中选择数据项绑定的标签 img.src，并单击【绑定】按钮。此时的页面效果如图 16-47 所示。

24 打开【服务器行为】浮动面板，并选中表格的第二行，然后单击【服务器行为】面板左上角的加号（+）按钮，在弹出的下拉菜单中选择【重复区域】选项，弹出【重复区域】对话框。

25 在【记录集】下拉列表中选择 p_ds；在【显示】区域选中第一项，并在文本框中输入 3，即每页显示 3 条数据。此时的页面效果如图 16-48 所示。

图 16-47 绑定数据后的效果   图 16-48 重复区域

26 将光标定位在表格的右侧，按下 Shift + Enter 组合键插入一个软回车。

27 切换到【服务器行为】面板，单击面板上的【+】按钮，在弹出的菜单中选择【记录集分页】下的各个子菜单选项，为页面添加分页导航。

插入完毕后的导航条如图 16-49 所示。

28 调整导航条表格的宽度和高度，并将其中的链接文本修改为第一页、上一页、下一页、最后一页。

由于在个人网站实例中创建的 CSS 样式表定义了超级链接文本的颜色为绿色，因此插入的记录集导航条的链接文本也显示为绿色。如图 16-50 所示。

图 16-49　插入的记录集导航条

图 16-50　修改后的记录集导航条

29 保存页面，并按 F12 键在浏览器中预览页面效果。如图 16-51 所示。

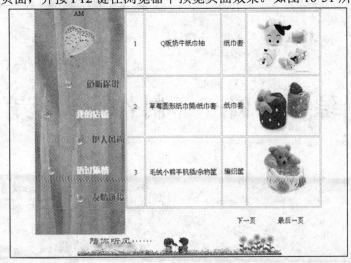

图 16-51　页面预览效果 1

本实例的记录集中共有 6 条记录，每页显示 3 条，所以分两页显示。在第一页显示【下一页】和【最后一页】链接。单击【下一页】链接文本，则显示第二页，如图 16-52 所示。

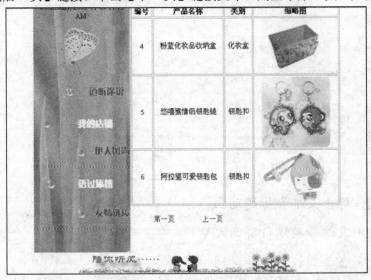

图 16-52　页面预览效果 2

单击【第一页】或【上一页】链接文本，可以切换到相应的页面。

至此，个人网站实例制作完毕。

第 **17** 章

综合实例——制作幼儿教育网站

本章将制作一个幼儿教育网站，详细介绍制作弹出菜单、标题动画、链接文本等各种网页元素的基本方法和技巧，以及使用表格精确定位网页元素、使用模板和库创建统一风格的页面，使用嵌套模板和重复区域简化页面制作流程的基本方法。

学 习 要 点

◎ 制作弹出菜单和标题动画

◎ 使用表格精确定位页面元素

◎ 使用嵌套模板和重复区域

17.1 实例效果

本例的最终效果如图 17-1～图 17-3 所示。

图 17-1　首页效果

　　将鼠标指针移到导航菜单上时，菜单项显示为橘红色，且弹出下拉菜单。移到链接文本上，则文本颜色变为橘红色，且显示下划线。

　　页面底部的图片向右滚动，当将鼠标指针移到图片上时，图片停止滚动；移开鼠标，则图片继续滚动。

　　本网站实例中的页面布局相同，例如其中一个信息显示页面如图 17-2 所示。左侧显示栏目子标题，页面右侧区域显示详细的信息列表。单击链接文本，可以在类似的页面中打开链接目标文件。

图 17-2 首页效果

如图 17-3 所示的页面是一个信息反馈页面。左侧显示栏目子标题，页面右侧区域显示一个表单。表单项采用 Spry 验证构件制作，当输入的信息不满足要求，则提交表单时会显示相应的提示信息。

图 17-3　页面效果

17.2　创建站点

对网站实例进行仔细规划之后，就需要收集、制作需要的站点资源了，如 LOGO、导航条背景、图片等，并为这些素材建立相应的文件夹目录。这些准备工作完毕之后，接下来就可以构建站点了。本节将这些已有的文件夹组织为一个站点。步骤如下：

01 启动 Dreamweaver CS5，执行【站点】/【管理站点】/【新建】命令，打开【站点设置】对话框。

02 在弹出的【站点设置】对话框中设置站点名称为 education；指定本地站点文件夹的路径 c:\inetpub\education。

03 单击【高级设置】选项卡，在其子菜单中选择【本地信息】，在打开的屏幕中设置【默认图像文件夹】为 c:\inetpub\education\images\。

04 在【链接相对于】区域，选择【文档】选项。

05 在【Web URL 】后的文本框中输入 http://127.0.0.1/。

06 单击对话框中的【保存】按钮，返回【站点设置】对话框。再次单击【保存】按钮，返回【站点管理】对话框，这时对话框里列出了刚刚创建的本地站点。

将文件夹目录结构组织为站点后，即可以将磁盘上现有的文档组织当做本地站点来打开，便于以后统一管理。

17.3 制作素材

在正式制作网页之前，需要先制作网页中要用到的图片、图标、动画、声音或视频等素材。本实例中用到的素材制作简单，本书不进行详细介绍，主要介绍一下制作弹出菜单和标题动画的操作步骤。

17.3.1 制作弹出菜单

01 启动 Fireworks CS5。执行【文件】/【新建】命令，在【新建文档】对话框中，将"画布大小"设置为 680 像素×50 像素，画布颜色设置为透明。

02 在绘图工具箱中选择文本工具，并在属性面板上设置字体为宋体，大小为 14，文本颜色为黑色。

03 在画布上输入导航菜单文本，并通过属性设置面板使其水平分布，刚好布满整个页面。效果如图 17-4 所示。

首页 | 宝宝学园 | 亲子资源 | 师生风采 | 父母学堂 | 成长天地 | 咨询留言 | 友情链接 | 联系我们

图 17-4 设置按钮的文本标签

04 在绘图工具箱中选择切片工具，在导航文字上添加切片，如图 17-5 所示。

图 17-5 为导航文字添加切片

05 选中页面上的所有对象，并复制，然后打开【状态】面板，单击面板底部的"新建/重制状态"图标按钮，新建一个状态，并执行【编辑】/【粘贴】命令，将状态 1 的内容粘贴到状态 2 中。

06 在绘图工具箱中选择文本工具，选中状态 2 中的文本，然后在属性面板上将文字颜色修改为橘红色。

07 返回状态 1，选中第一个切片对象，在切片上单击鼠标右键，在弹出的上下文菜单中选择【添加交换图像行为】命令，弹出如图 17-6 所示的对话框。

08 在对话框左上角的列表框右侧单击要添加行为的切片位置，然后选中【状态编号】按钮，并在其右侧的下拉列表中选择【状态 2】。

09 单击【确定】按钮关闭对话框。打开【行为】面板，为行为指定触发事件。本例使用默认设置，即 OnMouseOve。

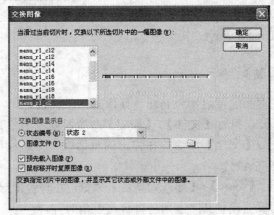

图 17-6　【交换图像】对话框

10 按照第 **07** ～ **09** 步的操作方法为其他切片添加交换图像行为和触发事件。

为切片添加交换图像行为之后，在浏览器中将鼠标指针移到黑色的导航文字上时，文本显示为橘红色。

11 选中一个切片对象，例如"宝宝学园"，在切片对象上单击鼠标右键，在弹出的上下文菜单中选择【添加弹出菜单】行为。

12 在【弹出菜单编辑器】对话框的"内容"页面，添加二级或二级以上子菜单项，并为菜单项指定链接目标，以及目标文件打开的方式。

13 单击【继续】按钮切换到"外观"页面，设置菜单类型为垂直菜单，字体为宋体，大小为 14；文本在单元格中的对齐方式为居中对齐；弹起状态的文本颜色为黑色，单元格背景颜色为白色；滑过状态的文本颜色为白色，单元格背景颜色为橘红色。

14 单击【继续】按钮切换到"高级"页面，设置单元格边距为 5，边框宽度为 1，边框颜色为黑色，阴影为深灰色，高亮为浅灰色。

15 单击【继续】按钮切换到"位置"页面，设置菜单位置为切片的底部；子菜单位置为菜单的右下部，然后单击【完成】按钮关闭对话框。并打开【行为】面板，为添加弹出菜单行为指定触发事件为 OnMouseOver。此时，画布上的对象如图 17-7 所示。

图 17-7　添加弹出菜单行为的效果

16 按照第 **11** ～ **15** 步类似的方法编辑几个切片的弹出菜单。编辑完毕，按 F12 键可以在浏览器中预览弹出菜单的效果。

17 执行【窗口】/【优化】命令，在【优化】面板的"设置"下拉列表框中选择【GIF 最合适 256】。

18 执行【文件】/【导出】命令，在【导出】对话框内输入文件名 menu，保存类型为 HTML 和图像，导出切片，包括无切片区域。所有文件均存放于站点的 images 目录下。

19 设置完毕，单击【保存】按钮，弹出菜单制作完毕。在制作网页时，可将导出的 HTML 文件应用于 Dreamweaver 中。

17.3.2 制作标题动画

该标题动画放置在页面的顶端作为 logo，具体制作步骤如下：

01 启动 Flash CS5，执行【文件】/【新建】命令，创建一个空白的 FLA 文档。

02 执行【修改】/【文档】命令，在弹出的对话框中将影片尺寸设置为 1020px×1200px，背景颜色为#FFCA21。

03 执行【文件】/【导入】/【导入到舞台】命令，在舞台上导入一幅背景图片。选中背景图片，在属性面板上设置其左上角与舞台左上角对齐。

04 新建一个图层，在图层的第 1 帧导入一幅位图，将导入的位图移到背景图片的右下方，效果如图 17-8 所示。

图 17-8　图像效果

05 按下 Shift 键的同时，单击选中图层 1 和图层 2 的第 80 帧，单击鼠标右键，在弹出的上下文菜单中选择【插入帧】命令，将舞台背景延续到第 80 帧。

06 新建一个图层，在绘图工具箱中选择多角星形工具，并打开属性面板，设置笔触颜色无，单击【选项】按钮，在弹出的对话框中设置类型为【星形】，边数为 5。然后在舞台上绘制一个五角星形。

07 选中星形，将其拖放到舞台右侧的工作区中，然后打开【颜色】面板，设置填充类型为【径向渐变】，将第一个颜色游标修改为红色，第二个颜色游标修改为黄色。

08 在第 20 帧单击鼠标右键，从弹出的上下文菜单中选择【转换为关键帧】命令。选中绘图工具箱中的文本工具，设置文本类型为静态文本，在舞台上输入文字"亲"。

09 选中文本，执行【修改】/【分离】命令，将文本打散。然后打开【颜色】面板，设置填充类型为【径向渐变】，【颜色】面板将保留上一次设置的渐变色。填充文字之后，删除舞台上的星形。

10 在第 1 帧和第 20 帧之间的任意一帧上单击鼠标右键，从弹出的上下文菜单中选择【创建补间形状】命令，创建形状渐变动画。

单击时间轴面板底部的【绘图纸外观】按钮，可以查看动画效果，如图 17-9 所示。

11 新建一个图层。选中新图层的第 21 帧，单击鼠标右键，从弹出的上下文菜单中选择【插入关键帧】命令。然后选择多角星形工具，在舞台上绘制一个五角星形。

12 选中星形，将其拖放到舞台右侧的工作区中，然后打开【颜色】面板，设置填充类型为【径向渐变】，将第一个颜色游标修改为黄色，第二个颜色游标修改为绿色。

图 17-9　形状补间动画的洋葱皮效果

13 在第 40 帧单击鼠标右键，从弹出的上下文菜单中选择【转换为关键帧】命令。选中绘图工具箱中的文本工具，设置文本类型为静态文本，在舞台上输入文字"亲"。

14 选中文本，执行【修改】/【分离】命令，将文本打散。然后打开【颜色】面板，设置填充渐变色为黄绿色径向渐变，然后删除舞台上的星形。

15 在第 21 帧和第 40 帧之间的任意一帧上单击鼠标右键，从弹出的上下文菜单中选择【创建补间形状】命令，创建形状渐变动画。

16 按照以上方法，再新建两个图层，分别制作"宝"和"贝"的形状渐变动画。为实现文字依次出现的效果，"宝"的补间范围为第 41 帧～第 60 帧；"贝"的补间范围为第 61 帧～第 80 帧。制作完成后的动画最后一帧和时间轴如图 17-10 所示。

图 17-10　动画最后一帧及时间轴效果

17 执行【文件】/【发布设置】菜单命令，在弹出的对话框中单击【Flash】选项卡，在对应的页面中将 JPEG 品质设为 80，导出版本为 Flash Player 10，然后单击【确定】按钮关闭对话框。

18 执行【文件】/【导出影片】命令，在弹出的对话框中设置文件的保存类型为【SWF影片（*.swf）】，文件名称为 logo.swf，，保存位置为 C:\Inetpub\education\multimedia。

19 执行【文件】/【保存】命令，将源文档保存为 logo.fla。

17.4 制作页面布局模板

本实例网站中的网页页面风格一致，因此考虑首先制作一个模板文件，创建页面的整体布局，然后基于该模板生成页面文件。由于本网站实例的首页布局与其他页面有所不同，因此本章将在最后单独介绍。

制作页面布局模板之前，首先制作库项目。

17.4.1 制作库项目

本实例中制作的库项目主要是版权声明。具体制作步骤如下：

01 启动 Dreamweaver CS5，选择【窗口】/【文件】命令，打开【文件】面板。

02 在【文件】面板左上角的站点下拉列表中选择站点 education，并将站点视图设置为【本地视图】。

03 打开【库】面板，单击面板底部的新建库项目按钮，输入库项目的名称，然后单击文档窗口中的其他区域。

04 双击库项目名称，在文档窗口中打开。然后在页面中插入一个三行一列的表格，表格宽度为 100%。

05 选中表格中的单元格，在属性面板上设置单元格内容的水平对齐和垂直对齐方式均为居中。然后在表格中输入文本。如图 17-11 所示。

Copyright(c) 2010-2012 vivi123 All Right Reserved.
建议使用浏览器 IE 5.0 及以上，屏幕分辨率 1024X768 及以上
联系电话：001-12345678 Email: vivi123@123.com.cn

图 17-11 库文件

06 选中版本声明中的邮箱链接文本，在属性面板上的链接文本框中输入 mailto:vivi123@123.com.cn 创建邮件链接。

07 关闭库项目编辑窗口。

此时，即可在库面板中的库项目列表中看到已创建的库项目了。

接下来制作页面布局模板。

17.4.2 制作模板

本实例制作页面布局模板的具体操作步骤如下：

01 启动 Dreamweaver CS5，选择【窗口】/【文件】命令，打开【文件】面板。

02 在【文件】面板左上角的站点下拉列表中选择站点 education，并将站点视图设置为【本地视图】。

03 在【文件】面板中单击鼠标右键，在弹出的上下文菜单中选择【新建文件】命令，在当前站点中新建一个 HTML 文件，输入文件名称后按 Enter 键，或单击文档窗口其他区域。然后在【文件】面板中双击新创建的文件，在文档窗口中打开该文件。

04 执行【修改】/【页面属性】命令，在弹出的对话框中设置字体为宋体、大小为14，颜色为黑色，背景颜色为#FFCA21；切换到"链接"页面，设置所有链接颜色均为黑色，链接文字大小为14，且始终无下划线，然后单击【确定】按钮关闭对话框。

05 在【常用】面板中单击表格图标，在弹出的对话框中设置表格行数为1，列数为1，表格宽度为100%，边框粗细为0，单元格边距和间距都为0，无标题，然后单击【确定】按钮，在页面中插入一个一行一列的表格。

06 选中表格，在属性面板上的"对齐"下拉列表中选择【居中】，然后将光标定位在单元格中，在属性面板上设置单元格内容的水平对齐方式为居中，垂直对齐方式为顶端。

07 将光标定位在单元格中，单击【常用】面板上的媒体图标按钮，在弹出的下拉菜单中选择【媒体；SWF】命令，在单元格中插入上一节中制作好的标题动画。确保选中【循环】和【自动播放】复选框。

08 将鼠标指针定位在 Flash 对象所在的表格右侧，按下 Shift+Enter 组合键，插入一个软回车。然后在【常用】面板中单击表格图标，在弹出的对话框中设置表格行数为3，列数为2，表格宽度为872像素，边框粗细为0，单元格边距和间距都为0，无标题，然后单击【确定】按钮，在页面中插入一个三行二列的表格。

09 选中表格，在属性面板上指定 ID 为 main。将光标定位在第一行单元格中，单击属性面板上的合并单元格按钮，在弹出的对话框中将第一行单元格合并为一列，然后在属性面板上设置单元格内容的水平对齐方式和垂直对齐方式均为居中。

接下来为第一行的单元格新建 CSS 规则，指定单元格背景图像。

10 在属性面板上单击【编辑规则】按钮，在弹出的对话框中设置选择器类型为【类】，选择器名称为.boximg，规则定义的位置为【新建样式表】，然后单击【确定】按钮，在弹出的对话框中将样式表命名为 link.css，且保存在当前站点根目录之下。

11 在弹出的规则定义对话框中，单击左侧分类列表中的"背景"，然后在对应的页面中单击【浏览】按钮定位到需要的背景图像。单击【应用】和【确定】按钮关闭对话框。

此时，指定单元格中已应用指定的背景图像。

12 将光标移到上一步定义背景图像的单元格中，选择【插入】/【图像对象】/【Fireworks HTML】命令，打开【插入 Fireworks HTML】对话框。单击【浏览】按钮，定位到 17.2.1 节制作的弹出菜单，单击【确定】按钮，即可插入弹出菜单。当前页面在实时视图中的效果如图 17-12 所示。

当将鼠标指针移到导航文字上时，显示弹出式菜单，且文本将显示为橘红色，效果如图 17-13 所示。

13 将光标定位在第二行第一列单元格中，在属性面板上设置单元格宽度为 291 像素，然后将该单元格拆分为三行。

14 选中上一步拆分后的第二行单元格，将其拆分为三列。然后将拆分后的第二列单元格拆分为四行。此时的页面布局如图 17-14 所示。

图 17-12　页面效果

图 17-13　页面效果

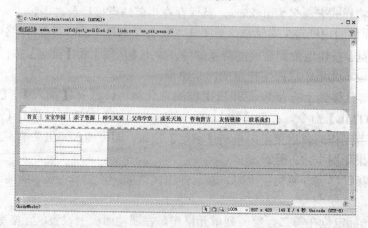

图 17-14　页面效果

15 选中单元格，在属性面板上设置单元格内容水平对齐方式为左对齐，垂直对齐方式为顶端,然后在第一行和第三行单元格中插入图像。

16 同理,在第二行第一列和第二行第三列的单元格中插入图像。

17 选中第二列单元格,分别在第一行单元格和第三行的单元格中插入图像。然后新建一个 CSS 规则,定义第二行的单元格的背景图像,且设置第二行单元格的高度为 122 像素。此时的页面效果如图 17-15 所示。

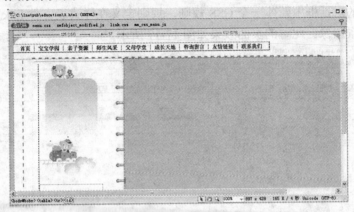

图 17-15　页面效果

18 将光标定位在表格 main 的最后一行单元格中,单击属性面板上的合并单元格按钮,将最后一行单元格合并为一列,并在属性面板上设置单元格内容水平对齐方式和垂直对齐方式均为居中,高度为 88。

19 在属性面板上的"目标规则"下拉列表中选择【新 CSS 规则】,单击【编辑规则】按钮,在弹出的对话框中指定选择器类型为【类】,规则定义在 link.css 样式表中。单击【确定】按钮,在弹出的对话框中设置单元格的背景图像。

20 将光标定位在上一步设置背景图像的单元格中,然后在库面板中选中创建的版权声明库项目,并单击面板底部的【插入】按钮,将库项目添加到页面中。此时的页面效果如图 17-16 所示。

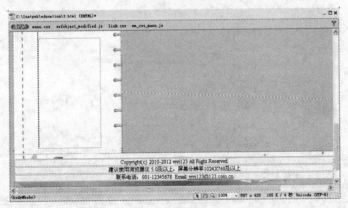

图 17-16　插入库项目的页面效果

接下来制作第二列的内容。

21 将光标定位在第二列单元格中,设置单元格背景颜色为白色,水平对齐方式为左对齐，垂直对齐方式为顶端，然后执行【插入】/【表格】命令，插入一个 3 行 3 列的表格，且表格宽度为 581 像素，边框、单元格边距和间距均为 0。

22 选中第一行的三列单元格，单击属性面板上的合并单元格按钮，将第一行的单元格合并为一行一列，并设置单元格的高度为 58。

23 在属性面板上的"目标规则"下拉列表中选择【新 CSS 规则】，单击【编辑规则】按钮，在弹出的对话框中新建一个 CSS 规则，规则定义在样式表文件 link.css 中，用于定义单元格的背景图像。此时的页面效果如图 17-17 所示。

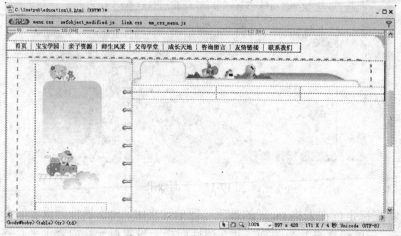

图 17-17　页面效果

24 选中第三行的三列单元格，单击属性面板上的合并单元格按钮，将第三行的单元格合并为一列。然后在单元格中插入图像。

25 将鼠标指针定位在第二行第一列的单元格中，插入图像；同理，在第三列单元格中插入图像。此时的页面效果如图 17-18 所示。

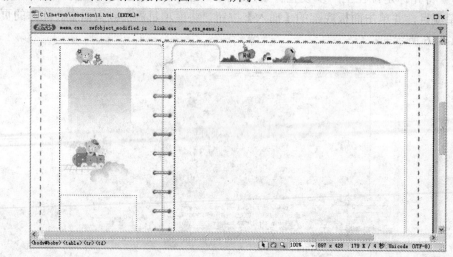

图 17-18　页面效果

至此，页面的基本布局制作完毕，该页面布局用于显示本站点实例中的栏目内容。为创建风格统一的页面，可将该页面布局保存为模板。

26 将鼠标指针定位在第二列单元格中，在属性面板上设置单元格内容水平对齐方式为居中，垂直对齐方式为顶端，然后执行【插入】/【模板对象】/【可编辑区域】菜单命令，在弹出的对话框中指定可编辑区域的名称为 content。

27 按照上一步的方法在页面左侧的区域也添加一个可编辑区域，命名为 nav。在栏目标题区域添加一个可编辑区域，命名为 name。该可编辑区域用于显示栏目标题。

28 选中可编辑区域 name 中的文字，在属性面板上的"目标规则"下拉列表中选择【新 CSS 规则】命令，然后单击【编辑规则】按钮，在已定义的样式表文件 link.css 中定义一个选择器类型为【类】的新规则。在弹出的规则定义对话框中，设置文本字体为隶书，大小为 x-large，颜色为橘红色。此时的页面效果如图 17-19 所示。

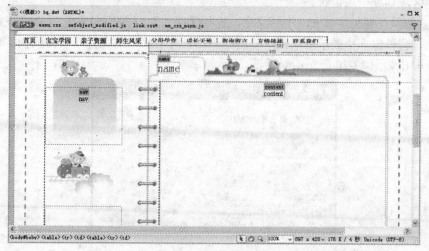

图 17-19　页面效果

至此，模板文件基本制作完毕，接下来新建 CSS 规则定义页面文件中链接文本的外观。

29 选择【窗口】/【CSS 样式】命令，打开【CSS 样式】面板。

30 单击【CSS 样式】面板底部的"新建 CSS 样式"按钮，在弹出的对话框中设置选择器类型为【复合内容】，并在选择器名称下拉列表中选择 a:link，规则定义在已创建的新式表 link.css 中，单击【确定】按钮，弹出新规则定义对话框。

31 在对话框中指定文本颜色为黑色，无修饰。设置完毕，单击【确定】按钮关闭对话框。

该规则指定浏览器中链接文本的颜色为黑色，且无下划线。

32 按照第（30）和第（31）步类似的方法编辑 a:hover 和 a:visited 的 CSS 样式。其中，a:hover 文本颜色为橘红色，有下划线修饰。选择器 a:visited 的文本颜色为黑色，无任何修饰。

创建样式表文件之后，在制作站点中的其它页面时，可使用【CSS 样式】面板中的"附加样式表"按钮将 link.css 导入到其它页面中。

33 执行【文件】/【另存为模板】命令，将该文件保存为当前站点下的模板，命名为 bg.dwt。

📖 17.4.3 制作嵌套模板

在本网站实例中，有些网页文件除显示内容及内容的多少相同之外，其他页面元素基本相同。因此，可以制作一个嵌套模板，在模板中利用重复区域显示页面内容。

本网站实例使用的嵌套模板制作步骤如下：

01 打开【资源】面板，并切换到【模板】面板视图。

02 在模板列表中选中上一节中创建的模板 bg.dwt，单击鼠标右键，在弹出的快捷菜单中选择【从模板新建】命令。

基于模板新建的文件有与模板完全一样的页面布局，除三个可编辑区域可以修改之后，其他区域均处于锁定状态。

03 删除可编辑区域 nav 中的文字，执行【插入】/【模板对象】/【重复表格】菜单命令，此时会弹出一个提示对话框，提醒用户该操作会将当前文件转换为模板。单击【确定】按钮弹出如图 17-20 所示的对话框。

图 17-20 【插入重复表格】对话框

04 设置行数为 1，列数为 1，宽度为 120 像素，边框为 0，起始行和结束行均为 1，区域名称为 submenu，然后单击【确定】按钮关闭对话框，即可在当前文档中的可编辑区域插入一个重复表格。

05 选中表格，在属性面板上设置单元格内容的水平对齐方式为左对齐，垂直对齐方式为居中，并设置单元格高度为 20。

在编辑具体的页面内容时，用户可以在基于该模板生成的页面文件中，根据需要创建多个导航子栏目。

06 删除可编辑区域 content 中的文字，执行【插入】/【模板对象】/【重复表格】菜单命令，在弹出的对话框中设置行数为 2，列数为 3，宽度为 420 像素，起始行和结束行均为 1，单击【确定】按钮插入重复表格。

07 选中重复表格，设置单元格内容水平对齐方式为左对齐，垂直对齐方式为居中，第一行的单元格高度为 30，背景颜色为淡粉色；第二行的单元格高度为 20。

08 在第一行一列的单元格中输入文本"ID"；选中第一行第二列和第三列的单元格，分别输入文本"标题"和"发布时间"。此时的页面效果如图 17-21 所示。

09 执行【文件】/【另存为模板】命令，将该文件保存为当前站点下的模板，命名为 content.dwt。

至此，嵌套模板制作完毕。

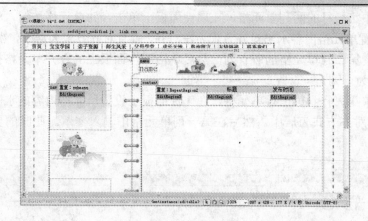

图 17-21　页面效果

17.5　基于模板制作页面

17.6.1　制作咨询留言页面

01 打开【资源】面板，并切换到【模板】面板视图。

02 在模板列表中选中上一节中创建的模板 bg.dwt，单击鼠标右键，在弹出的快捷菜单中选择【从模板新建】命令。

03 删除可编辑区域 nav 中的文字，插入需要的子栏目标题。

04 删除可编辑区域 name 中的文字，输入栏目标题。此时的页面效果如图 17-22 所示。

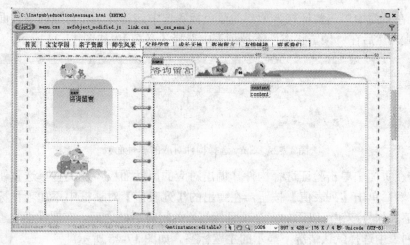

图 17-22　页面效果

05 删除可编辑区域 name 中的文字，将光标定位在单元格中，切换到【表单】插入面板，单击表单图标按钮，在可编辑区中插入一个表单。选中表单，在属性面板上的"动作"文本框中输入 mailto:vivi123@123.com.cn。

06 将光标定位在表单中，执行【插入】/【表格】命令，在可编辑区域中插入一个九行两列的表格，表格宽度为 420 像素，边框、单元格边距、间距均为 0。

07 选中第一行的两列单元格，在属性面板上单击合并单元格按钮，将其合并为一列单元格，设置单元格内容水平对齐方式为左对齐，垂直对齐方式为居中，然后输入文字。

08 选中第二行单元格的所有列，然后单击属性面板上的合并单元格按钮，将第二行单元格合并为一列。

09 选中第三行到第七行单元格，在属性面板上设置单元格内容的水平对齐方式为左对齐，垂直对齐方式为居中。然后在第一列单元格中输入文本。此时的页面效果如图 17-23 所示。

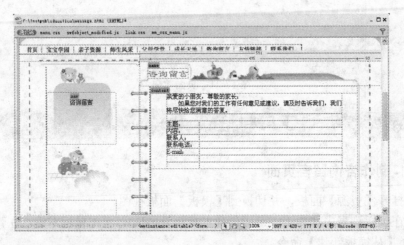

图 17-23　页面效果

10 将光标定位在第三行第二列的单元格中，切换到【表单】插入面板，单击面板中的 Spry 验证选择构件。

11 在页面中单击验证构件顶部的蓝色标签选中该构件，在对应的属性面板上设置不允许空值，然后在"预览状态"下拉列表中选择【必填】。如图 17-24 所示。

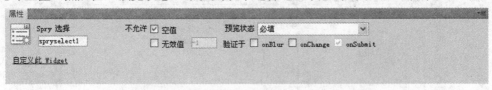

图 17-24　Spry 选择构件对应的属性面板

12 在页面中单击验证选择构件，调出对应的属性面板，在类型单选按钮区域选中【菜单】，然后单击【列表值】按钮，在弹出的【列表值】对话框中添加项目标签。单击对话框顶部的加号按钮可以添加多个项目标签。关闭对话框之后，在属性面板上的"初始时选定"列表中选择默认情况下显示的主题标签。如图 17-25 所示。

图 17-25　选择构件对应的属性面板

13 将光标定位在第四行第二列的单元格中，切换到【表单】插入面板，单击面板中的 Spry 验证文本域构件。单击文本域构件顶部的蓝色标签选中该构件，在对应的属性面板上设置预览状态为【必填】，最小字符数为 4，最大字符数为 20。

14 切换到文本域属性面板，设置字符宽度为 24，最多字符数为 20，类型为【单行】。

15 将光标定位在第五行第二列的单元格中，单击【表单】面板中的 Spry 验证文本域构件。在 Spry 文本域属性面板上设置最小字符数为 2，最大字符数为 10，预览状态为【初始】；切换到文本域属性面板，设置字符宽度为 12，最多字符数为 10，类型为【单行】。

16 将光标定位在第六行第二列的单元格中，单击【表单】面板中的 Spry 验证文本域构件。在 Spry 文本域属性面板上的"类型"下拉列表中选择【电话号码】，格式为【自定义模式】，预览状态为【必填】，并在"提示"文本域中输入 010-12345678；切换到文本域属性面板，设置字符宽度为 14，最多字符数为 13，类型为【单行】。

17 将光标定位在第七行第二列的单元格中，单击【表单】面板中的 Spry 验证文本域构件。在 Spry 文本域属性面板上的"类型"下拉列表中选择【电子邮件地址】，预览状态为【无效格式】。此时的页面效果如图 17-26 所示。

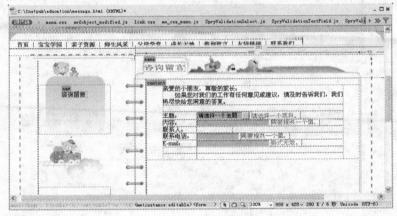

图 17-26　页面效果

18 选中第八行的所有列，单击属性面板上的合并单元格按钮，将第八行单元格合并为一列。

19 同样的方法合并第九行单元格，并在属性面板上设置单元格内容水平对齐方式和垂直对齐方式均为居中。然后在单元格中插入两个按钮。

20 选中第一个按钮，在属性面板上设置其值为"提交"，动作为【提交表单】；选中第二个按钮，在属性面板上设置值为"取消"，动作为【重置表单】。

21 将光标定位在第一行单元格中，在属性面板上设置其高度为 80；选中其他几行单元格，在属性面板上设置其高度为 30。此时的页面在实时视图中的预览效果如图 17-27 所示。

至此，咨询留言页面制作完毕。

17.5.2 制作信息显示页面

该页面的布局是本网站实例中很典型的一个页面，左侧显示导航子菜单，右侧显示相关的信息。本网站实例中绝大多数的显示布局与此相同，不同的是显示的内容和内容条目的多少。本页面将基于嵌套模板制作。具体制作步骤如下：

01 打开【资源】面板，并切换到【模板】面板视图。

02 在模板列表中选中已创建的嵌套模板 contenet.dwt，单击鼠标右键，在弹出的快捷菜单中选择【从模板新建】命令。基于嵌套模板生成的页面效果如图 17-28 所示。

图 17-27　页面效果

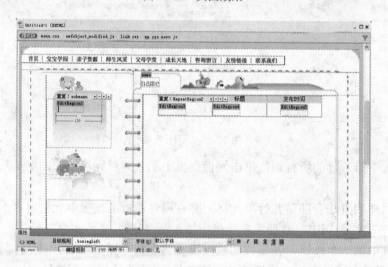

图 17-28　页面效果

03 删除可编辑区域 name 中的文字，插入需要的栏目标题，例如"宝宝学园"。

04 在页面左侧的重复表格区域的可编辑区域中，输入栏目子标题。如果子标题多于一个，则单击重复表格右上角的加号按钮，添加多个可编辑的单元格，然后输入文本，并为文本指定链接目标，以及链接目标文件打开的方式。

如果要删除某个重复单元格，则单击重复表格右上角的减号按钮；如果要调整重复单元格在表格中的显示位置，则单击右上角的向上或向下的三角形按钮。

05 按照上一步的方法在页面右侧的重复表格中输入文本，并为文本指定链接目标和目标打开的方式。此时的页面效果如图 17-29 所示。

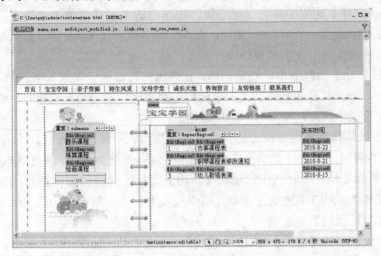

图 17-29　页面效果

该页面在实时视图中的预览效果如图 17-30 所示。

图 17-30　页面效果

由于在模板文件中定义了链接文本显示为黑色，且无下划线修饰，因此在浏览器视图中显示的链接文本与普通页面文本相同。当鼠标指针移过链接文本时，文本将显示为橘红色，且显示下划线，表明这是一个链接文本。

06 执行【文件】/【保存】命令，将文档保存在当前站点目录中。

07 按照第 **01** ~第 **06** 步的操作方法制作其他类似的页面。

17.6　制作首页

01 启动 Dreamweaver CS5，选择【窗口】/【文件】命令，打开【文件】面板。

02 在【文件】面板左上角的站点下拉列表中选择站点 education，并将站点视图设置为【本地视图】。

03 在【文件】面板中单击鼠标右键，在弹出的上下文菜单中选择【新建文件】命令，在当前站点中新建一个 HTML 文件，输入文件名称后按 Enter 键。然后在【文件】面板中双击新创建的文件，在文档窗口中打开该文件。

04 在【常用】面板中单击表格图标，在弹出的对话框中设置表格行数为 1，列数为 1，表格宽度为 100%，边框粗细为 0，单元格边距和间距都为 0，无标题，然后单击【确定】按钮，在页面中插入一个一行一列的表格。

05 选中表格，在属性面板上的"对齐"下拉列表中选择【居中】，然后将光标定位在单元格中，在属性面板上设置单元格内容的水平对齐方式为居中，垂直对齐方式为顶端。

06 将光标定位在单元格中，单击【常用】面板上的媒体图标按钮，在弹出的下拉菜单中选择【媒体：SWF】命令，在单元格中插入上一节中制作好的标题动画。确保选中【循环】和【自动播放】复选框。

单击属性面板上的【播放】按钮，可以预览动画效果，如图 17-31 所示。

图 17-31 预览 SWF 文件效果

07 选中插入的媒体对象，在属性面板上设置其相对于页面的对齐方式为居中对齐。然后将鼠标指针定位在 Flash 对象右侧，按下 Shift+Enter 组合键，插入一个软回车。

08 在【常用】面板中单击表格图标，在弹出的对话框中设置表格行数为 3，列数为 3，表格宽度为 880 像素，边框粗细为 0，单元格边距和间距都为 0，无标题，然后单击【确定】按钮，在页面中插入一个三行三列的表格。

09 选中表格，在属性面板上将其命名为 maincontent，并在"对齐"下拉列表中选择【居中对齐】。

10 选中第一行单元格，单击属性面板上的合并单元格按钮，将第一行单元格合并为一列，然后在属性面板上设置单元格内容的水平对齐方式和垂直对齐方式均为居中。

（11）打开【CSS 样式】面板，单击面板底部的附加样式表文件图标按钮，打开如图 17-32 所示的对话框。

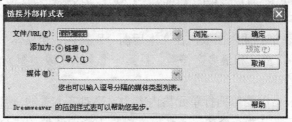

图 17-32　【链接外部样式表】对话框

（12）单击【浏览】按钮，定位到 17.3 节创建的样式表文件 link.css。添加方式选择【链接】，然后单击【确定】按钮，将样式表文件链接到当前文件中。

（13）将光标定位在第一行单元格中，然后在属性面板上的"目标规则"下拉列表中选择 17.3.2 节中已定义的规则，为指定单元格指定背景图像。

（14）将光标移到上一步定义背景图像的单元格中，选择【插入】/【图像对象】/【Fireworks HTML】命令，打开【插入 Fireworks HTML】对话框。单击【浏览】按钮，定位到 17.2.1 节制作的弹出菜单，单击【确定】按钮，即可插入弹出菜单。

（15）选中第二行第一列单元格，单击属性面板上的拆分单元格按钮，将单元格拆分为七行。然后将拆分后的第一行单元格拆分为两列。

（16）选中拆分后的第一列单元格，在属性面板上将其宽度设置为 39 像素，设置单元格内容的水平对齐方式为左对齐，垂直对齐方式为顶端，然后执行【插入】/【图像】命令，在单元格中插入图像，如图 17-33 所示。

图 17-33　页面效果

（17）将鼠标指针定位在第二列单元格中，在属性面板上设置表格宽度为 242 像素，单元格内容的水平对齐方式为居中，垂直对齐方式为顶端。然后执行【插入】/【表单】命令，在单元格中插入一张表格。

（18）单击【常用】面板上的表格图标，在弹出的对话框中设置表格行数为 4，列数为 1，宽度为 100%，单击【确定】按钮插入一张 5 行 1 列的表格，并在属性面板上将单元格的背景颜色修改为白色。

（19）选中表格的第一行，在属性面板上设置单元格内容的水平对齐方式的垂直对齐方式均为居中，然后执行【插入】/【图像】命令，插入一张位图。

20 将第二行和第三行单元格内容的水平对齐方式设置为左对齐，垂直对齐方式为居中，然后插入文本。

21 切换到【表单】插入面板，在文本后面分别插入一个文本字段。选中文本字段，在属性面板上设置字符宽度和最多字符数，且第一个文本字段类型为单行，第二个文本字段类型为密码。

22 设置嵌套表格中的第四行单元格内容的水平对齐方式的垂直对齐方式均为居中，然后插入两个按钮。选中第一个按钮，在属性面板上修改其值为"登录"，动作为【提交表单】；选中第二个按钮，在属性面板上修改其值为"取消"，动作为【重置表单】。

23 选中嵌套表格的最后一行，设置单元格内容的水平对齐方式为右对齐，垂直对齐方式为居中，然后输入文本。

此时的页面效果如图 17-34 所示。

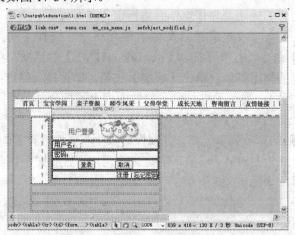

图 17-34　页面效果

24 选中表单下的第二行单元格，在属性面板上将其背景色修改为白色，高度为 3，水平对齐方式为左对齐，垂直对齐方式为顶端，然后执行【插入】/【图像】命令，插入一张位图。

25 选中第三行单元格，在属性面板上设置背景颜色为白色，然后将其拆分为两列，第一列的宽度为 36，水平对齐方式为左对齐，垂直对齐方式为顶端；第二列的背景颜色为白色。然后分别插入图片。此时的页面效果如图 17-35 所示。

26 选中第四行单元格，在属性面板上将其拆分为两列，第一列的宽度为 36，水平对齐方式为左对齐，垂直对齐方式为顶端，然后在第一列插入图片。

27 选中第二列的单元格，将其拆分为三行，并将拆分后的第二行拆分为两列，然后分别插入图片，此时的页面效果如图 17-36 所示。

28 选中第五行单元格，在属性面板上设置高度为 26，背景颜色为白色，水平对齐方式为左对齐，垂直对齐方式为顶端，然后插入图片。

29 将第六行的背景颜色设置为白色，并拆分为三列，第一列的宽度为 39，水平对齐方式为左对齐，垂直对齐方式为顶端，然后插入图片。将第二列拆分为两行，然后分别插入图片和文字。最后在第三列插入图像。

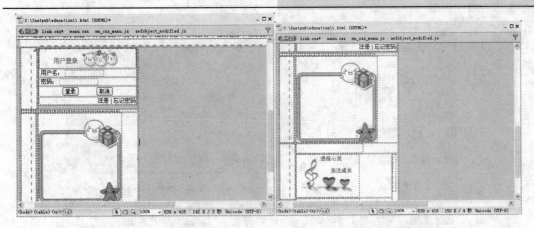

<table>
<tr><td>图 17-35　页面效果</td><td>图 17-36　页面效果</td></tr>
</table>

30 选中输入的文本，在属性面板上的"目标规则"下拉列表中选择【新 CSS 规则】，然后单击【编辑规则】按钮，在弹出的对话框中指定选择器类型为【类】，规则定义在 link.css 样式表中。单击【确定】按钮，在弹出的对话框中设置字体为隶书，大小为 x-large，颜色为蓝色。此时的页面效果如图 17-37 所示。

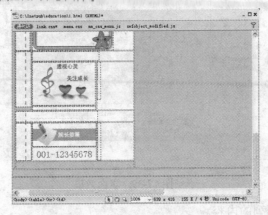

图 17-37　页面效果

此时，读者会发现，尽管已将表格的边框设置为 0，但在实时视图中预览页面效果时，表格边框所在的区域仍然显示页面的背景颜色，而不是指定的单元格背景颜色。

事实上，在 Dreamweaver 中，如果用户没有明确指定单元格边距、间距的值，Dreamweaver 将默认以边距和间距为 1 显示表格。因此，用户只需要选中表格，并在属性面板上将单元格边距、间距明确指定为 0，即可解决该问题。

31 选中第七行单元格，设置单元格内容水平对齐方式为左对齐，垂直对齐方式为顶端，高度为 26，单元格背景颜色为白色，然后在单元格中插入图像。

32 选中表格 maincontent 的最后一行，合并单元格，设置单元格内容水平对齐方式和垂直对齐方式均为居中，高度为 88，然后在属性面板上的"目标规则"下拉列表中选择17.3.2 节创建的 CSS 规则，设置单元格的背景图像。此时的页面效果如图 17-38 所示。

33 将光标定位在文档窗口最后一行单元格中，在库面板中选中创建的库项目，并单击面板底部的【插入】按钮，将库项目添加到页面中。此时的页面效果如图 17-39 所示。

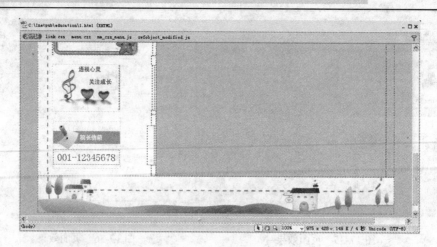

图 17-38　页面效果

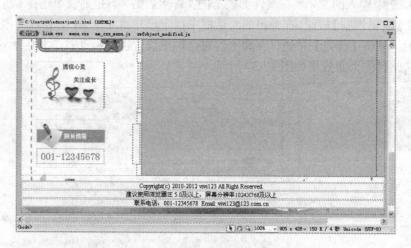

图 17-39　页面效果

接下来制作中间列的内容。

01 选中第二列的单元格，设置单元格背景颜色为白色，单元格内容水平对齐方式为左对齐，垂直对齐方式为顶端。然后在其中嵌套一个两行两列，宽度为 591 像素，单元格间距和边距均为 0 的表格。

02 选中嵌套表格的第二行的所有单元格，在属性面板上单击合并单元格命令，将其合并为一个单元格；选中第一行一列的单元格，在属性面板上将第一列宽度设置为 299 像素，第二列宽度为 292，单元格背景颜色为白色。此时的页面效果如图 17-40 所示。

03 在第一行一列的表格中嵌套一个表格，表格行数为 6，列数为 1，宽度为 100%。且在属性面板上设置表格中所有单元格内容的水平对齐方式为左对齐，垂直对齐为顶端。

04 选中嵌套表格的第一行、第三行和第五行，在单元格中插入图像。此时的页面效果如图 17-41 所示。

05 选中第二行的单元格，在属性面板上指定单元格高度为 116，然后单击属性面板上的【编辑规则】按钮，在弹出的对话框中指定选择器类型为【类】，规则定义在 link.css 样式表文件中。单击【确定】按钮，在弹出的对话框中指定单元格的背景图像。

06 按照上一步的方法，为第四行和第六行的单元格设置背景图像，且单元格高度分别为 115 和 112。完成后的页面效果如图 17-42 所示。

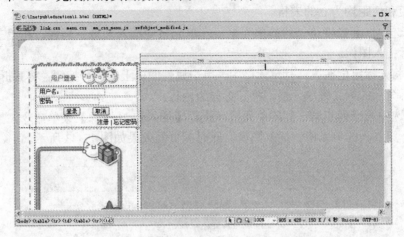

图 17-40　页面效果

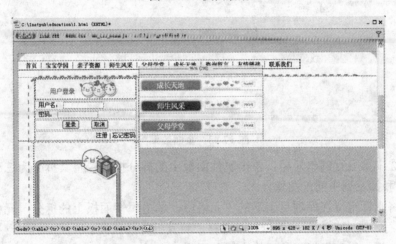

图 17-41　页面效果

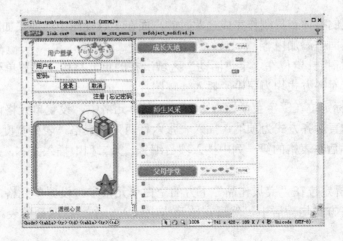

图 17-42　页面效果

07 选中第三列的单元格，设置单元格背景颜色为白色，单元格内容水平对齐方式为左对齐，垂直对齐方式为顶端。然后在其中嵌套一个六行一列的表格，宽度为 100%，单元格间距和边距均为 0 的表格。

08 选中嵌套表格第一行的单元格，在单元格中插入图像。同理，在第三行、第四行、第六行插入图像。

09 将光标定位在第二行单元格中，单击属性面板上的拆分按钮，将其拆分为三列。然后选中拆分后的第二列单元格，将其拆分为两行。

10 选中第一列和第三列的单元格，执行【插入】/【图像】菜单命令，插入图像。选中第二行第二列的单元格，插入图像。此时的页面效果如图 17-43 所示。

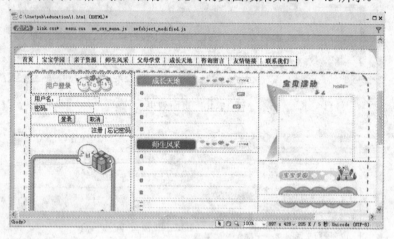

图 17-43　页面效果

11 选中第五行的单元格，单击属性面板上的拆分按钮，将其拆分为三列，然后分别在第一列和第三列中插入图像。

12 将光标定位在库项目上端的单元格中，单击属性面板上的拆分单元格按钮，将其拆分为三行，选中拆分后的第二行单元格，将其拆分为三列。

13 在第一行和第三行单元格中插入图像，在第二行第一列和第二行第三列的单元格中也插入图像。

至此，首页的整体布局制作完成，此时的页面在实时视图中的效果如图 17-44 所示。接下来在页面中添加内容。

01 将鼠标指针定位在"宝贝活动"区域所在的单元格中，设置单元格内容的水平对齐方式和垂直对齐方式均为居中，插入一幅图片。

02 将光标定位在"宝宝学园"下方的空白单元格中，设置单元格内容的水平对齐方式为居中，垂直对齐方式为顶端，插入一张六行两列的表格，表格宽度为 100%，单元格高度为 20。然后在表格的第一列中插入项目编号，第二列中插入文本，并为文本添加链接。

03 将光标定位在"宝贝作品"下方的空白单元格中，设置单元格内容的水平对齐方式和垂直对齐方式均为居中，然后在单元格中插入一个一行四列的表格，表格宽度为100%。

04 选中表格中的所有单元格，设置水平对齐和垂直对齐方式均为居中，然后分别在单元格中插入图片。此时的页面效果如图 17-45 所示。

图 17-44　首面布局效果

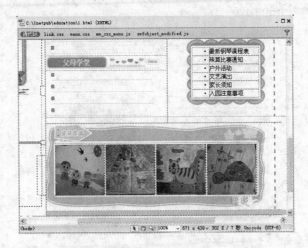

图 17-45　页面效果

接下来通过添加代码，使插入的图片滚动起来。

05 在设计视图中选中要滚动的表格，切换到代码视图，在选中代码的上方添加如下代码：

```
<marquee behavior=scroll scrollAmount=6 scrollDelay=0 direction=right width=495
height=120 onmouseover=this.stop() onmouseout=this.start()>
```

06 在选中代码结束的下方添加</marquee>。

下面简要解释一下上述代码中各个参数的功能。

- direction：表示滚动的方向，值可以是 left，right，up，down，默认为 left。
- behavior：表示滚动的方式，值可以是 scroll（连续滚动）、slide（滑动一次）或 alternate（来回滚动）。
- loop：表示循环的次数，值是正整数，默认为无限循环。
- scrollamount：表示运动速度。
- scrolldelay：表示停顿时间，默认为 0。
- height 和 width：表示运动区域的高度和宽度，值是正整数或百分数。
- hspace 和 vspace：表示元素到区域边界的水平距离和垂直距离。
- onmouseover=this.stop()：表示当鼠标移到滚动区域上时，停止滚动。
- onmouseout=this.start()：当鼠标移开滚动区域时，继续滚动。

此外，还有两个不太常用的参数。

- align：表示元素的垂直对齐方式，值可以是 top，middle，bottom，默认为 middle
- bgcolor 表示运动区域的背景色，值是 16 进制的 RGB 颜色，默认为白色

此时在实时视图中预览效果可以看到，表格中插入的图片从左至右滚动，当将鼠标移到图片上时，停止滚动；移开鼠标，继续滚动。

07 将光标定位在"成长天地"下方的空白单元格中，设置单元格内容的水平对齐方式为居中，垂直对齐方式为顶端，插入一张四行一列的表格，表格宽度为 100%，单元格高度为 30。然后在单元格中插入文本，并为文本添加链接。

08 同理，在"师生风采"和"父母学堂"下方的空白单元格中插入表格和文本。此时的页面效果如图 17-46 所示。

图 17-46　页面效果

09 在页面左侧的空白单元格中输入公告文本。

10 执行【文件】/【保存】命令，将文件保存在当前站点目录下。

至此，首页制作完毕。用户即可在浏览器预览页面效果。